CHARLOTTE GARDENER

Lady Arrington und ein Mord auf dem Laufsteg

Weitere Titel der Autorin

Lady Arrington und der tote Kavalier

Lady Arrington und die tödliche Melodie

Lady Arrington und die rätselhafte Statue

Titel auch bei Lübbe Audio erschienen

Über die Autorin

Charlotte Gardener ist eine englische Autorin. Nachdem sie mehr als dreißig Jahre in London am Theater gearbeitet hat, ist sie nun ins wunderschöne Brighton zurückgekehrt, den Ort ihrer Kindheit. Hier hat sie auch endlich die Ruhe gefunden, um ihr Hobby zum Beruf zu machen: das Schreiben von Kriminalromanen. Und wenn sie nicht gerade in einem kleinen Café an einem ihrer Romane tüftelt, liebt sie es, mit ihrem Hund Scofield lange Spaziergänge am Strand zu unternehmen.

Charlotte Gardener

Lady Arrington und ein Mord auf dem Laufsteg

Ein Kreuzfahrt-Krimi

lübbe

Dieser Titel ist auch bei Lübbe Audio und als E-Book erschienen

Vollständige Taschenbuchausgabe
der bei beTHRILLED erschienenen E-Book-Ausgabe

Copyright © 2021 by Bastei Lübbe Ag, Köln

Für diese Ausgabe:
Copyright © 2021 by Bastei Lübbe AG, Köln
Umschlaggestaltung: Kirstin Osenau unter Verwendung von Motiven
© shutterstock.com: AKaiser | Jullius | VladisChern | NAPA | Jag_cz |
jaroslava V | jannoon028
Satz: 3w+p GmbH, Rimpar (www.3wplusp.de)
Gesetzt aus der Palatino
Druck und Verarbeitung: GGP Media GmbH, Pößneck
Printed in Germany
ISBN 978-3-404-18534-4

5 4 3 2 1

Sie finden uns im Internet unter luebbe.de
Bitte beachten Sie auch: lesejury.de

1

»Mein Gott, ich sehe ja furchtbar aus.«

Entgeistert starrte Mary in den Spiegel, der an der Innenseite der offenen Schranktür angebracht war und sie vom Kopf bis zu den Füßen zeigte. Allerdings wäre ihr lieber gewesen, der Spiegel wäre blind gewesen oder in tausend Scherben zersprungen. Es hätte sie nicht gewundert, wenn er es getan hätte. Bei ihrem Anblick wusste sie nicht, ob sie lachen, weinen oder schreien sollte. Im Moment neigte sie zu einer Mischung aus allem.

»Wie eine menschliche Tomate.«

»Ach was, jetzt übertreiben Sie aber, Mrs. Arrington. So schlimm ist es nun auch wieder nicht.«

Neben ihrem eigenen Spiegelbild konnte Mary Sandra sehen. Sie saß hinter ihr auf dem King-Size Bett, mit dem der Schlafbereich der Trafalgar Suite ausgestattet war. Eigentlich wäre es die Aufgabe des Zimmermädchens gewesen, dieses Bett frisch zu beziehen, anstatt sich darauf auszubreiten. Die purpurne Bettwäsche lag bereit. Aber wie üblich hatte Fräulein Kaczmarek es nicht eilig, ihren Pflichten nachzukommen. Vor allem, wenn ihr stattdessen ein Zeitvertreib geboten wurde, der weitaus unterhaltsamer war, als Laken zu wechseln oder Kissen auszuschütteln. Daher hatte sie es sich ohne zu zögern bequem gemacht, um die kleine Modenschau zu verfolgen, die Mary notgedrungen vor ihr veranstaltete.

»Ist das Ihr Ernst?«

Durch den Spiegel warf Mary Sandra einen zweifelnden Blick zu.

»Schauen Sie mich doch an: Wie frisch aus dem Gemüseregal. Ich kriege fast Lust, mich mit Salz und Pfeffer zu bestreuen und mich mit Mozzarella auf einem Teller anzurichten.«

Sie wies an sich herunter, auf die wallenden Wogen knallroter Seide, in die sie gehüllt war. Sie bauschten sich um sie und schafften es, sie aufgeplustert oder geschwollen aussehen zu lassen. Trotz Sandras Einwand war Mary überzeugt: Wer dieses Kleid entworfen hatte (sofern man es überhaupt als Kleid bezeichnen wollte), hatte unter Garantie eine Tomate vor Augen gehabt. Warum er die bemitleidenswerte Trägerin unbedingt in eine leuchtende Strauchfrucht verwandeln wollte, war ihr schleierhaft. Es interessierte sie gerade auch nicht besonders. Es beschäftigte sie schon hinreichend, selbst diese bemitleidenswerte Trägerin sein zu müssen.

»Aber klar ist das mein Ernst.«

Sandras Grinsen und das spöttische Blitzen in ihren bernsteinfarbenen Augen verrieten Mary, dass es mit ihrem Zuspruch nicht so weit her war, wie sie zunächst vermutet hatte.

»An eine Tomate hätte ich niemals gedacht. Mich erinnern Sie eher an einen Fesselballon. Oder an eine Boje.« Sie schnippte mit den Fingern als hätte sie eine brillante Idee. »Hey, das ist doch super — falls wir sinken, werden die Rettungsmannschaften Sie schon aus kilometerweiter Entfernung sehen. Sie sollten also froh sein, dieses Kleid tragen zu dürfen: Es könnte Ihnen das Leben retten.«

Für Mary war es kein Trost, dass zumindest eine von ihnen sich königlich amüsierte. Beinahe bereute sie, Sandra hereingelassen zu haben. Wobei es vielmehr so war, dass Sandra sich selbst hereingelassen hatte. Wie es ihre Art war, hatte sie einfach ihre Schlüsselkarte benutzt, um die Tür zu öffnen, ohne vorher anzuklopfen oder ihre Ankunft sonst irgendwie anzukündigen. Es war ein Privileg, das sie sich bei sämtlichen Kabinen herausnahm und das ihr schon mehrfach eine Standpauke ihrer Vorgesetzten, der Concierge, eingetragen hatte. Für gewöhnlich hatte Mary nichts dagegen, dass Sandra einfach bei ihr hereinspazierte. Es gehörte sozusagen zu ihren Begrüßungsritualen am Anfang einer jeden Kreuzfahrt. Zwischen diesen lagen immer einige Monate, und die beiden freuten sich jedes Mal darauf, einander wiederzusehen.

Diesmal aber hatte Sandra ein aus Marys Sicht ungünstiges Timing erwischt und war geradewegs in ihre Anprobe dieser stofflichen Abscheulichkeit hineingeplatzt. Sandra hatte ziemlich verdutzt geguckt. Bei Marys vergangenen Reisen auf dem Kreuzfahrtschiff hatten die beiden enge Freundschaft geschlossen. So unterschiedlich sie auch sein mochten — eine britische Kriminalschriftstellerin Mitte sechzig und ein polnisches Zimmermädchen in ihren Zwanzigern — ihre gemeinsamen Abenteuer hatten sie zusammengeschweißt. Sandra war daran gewöhnt, dass Mary sich nicht immer verhielt wie andere Frauen in ihrem Alter. Aber sie so zu sehen hatte ihr dann doch Atem und Sprache auf einmal verschlagen. Zu Marys Leidwesen allerdings nicht allzu lange. Dann hatte Sandra einen Lachanfall erlitten, bei dem sie ihren Kopf geschüttelt und ihr hellbraunes Haar noch stärker durcheinander gebracht hatte, als es sowieso immer war.

Mary war kurz davor gewesen, sie direkt wieder nach draußen zu komplimentieren, und zwar nachdem sie ihr die Schlüsselkarte abgenommen hatte. Es war schlimm genug, sich selbst in dieser lächerlichen Aufmachung zu betrachten. Da konnte sie gut darauf verzich-

7

ten, dass das noch andere taten — und ihren Spott über sie ausschütteten. Allerdings musste sie sich damit abfinden, dass es unvermeidlich geschehen würde. Nicht mehr lange und sie würde sich einer ganzen Menge von Leuten in diesem Outfit präsentieren müssen. Sandras Scherze waren wenigstens gutmütig. Fremde würden sich nicht zurückhalten, sie mit sarkastischen Kommentaren, Gelächter und Tuscheleien zu bedenken. Mary ließ sich von so etwas normalerweise nicht beirren. Trotzdem war die Aussicht, das den ganzen Tag über sich ergehen lassen zu müssen, nicht besonders verlockend. Sie wollte diese unliebsame Erfahrung so lange wie möglich herauszögern. Zumindest, bis sie damit einigermaßen ihren Frieden gemacht hatte. Davon war sie noch weit entfernt. Wenn jetzt noch jemand unangekündigt in die Suite gekommen wäre, hätte sie sich den Fummel wahrscheinlich spontan vom Leib gerissen und ihn vom Balkon aus den unendlichen Weiten des Ozeans übereignet, um den Besucher in ihrer Unterwäsche statt in dieser optischen Zumutung zu empfangen. Zwar hätte sie der betreffenden Person dadurch nicht nur freizügige Einblicke gewährt, sondern sich auch eine Klage wegen Vertragsbruchs und Sachbeschädigung eingehandelt. Aber das hätte Mary ohne mit der Wimper zu zucken in Kauf genommen.

»Danke für Ihre Einschätzung, Sandra.«

Sie deutete auf das Bettzeug.

»Aber haben Sie nicht etwas Wichtiges zu tun?«

»Ach.« Sandra winkte ab. »Das hat Zeit. So schick, wie Sie sind, wollen Sie sich doch wohl nicht unter der Decke verkriechen und der Welt Ihre Pracht vorenthalten, oder?«

Mary seufzte.

»Sie glauben gar nicht, wie gern ich das würde. Aber

diese Gnade wird mir bedauerlicherweise nicht vergönnt sein."

Vergeblich versuchte sie, die aufgeblähte Seide um sich zumindest ein wenig plattzudrücken, um sie aus ihrer ballartigen Form zu bringen. Es war wirklich eine bewundernswerte Leistung, fand sie, ein Kleidungsstück so zu gestalten, dass es nicht nur garstig aussah, sondern auch noch ungeheuer unbequem war.

»Falls mir der Fetzen tatsächlich das Leben retten sollte, hätte er immerhin irgendeinen Nutzen. Bis dahin, fürchte ich, wird er mir das Leben allerdings eher zur Hölle machen.«

»Kommen Sie schon, in Wahrheit gefällt es Ihnen doch. Sie sind ja schon knallrot vor Freude.«

Mary versuchte, im Spiegel eine tadelnde Grimasse zu schneiden, um Sandra zu etwas mehr Rücksichtnahme und Schonung zu bewegen. Aber dann musste auch sie lachen. Sie sah einfach zu bekloppt aus. Sandra stimmte in ihr Gelächter mit ein. Dann schlug sie endlich die tröstlichen Töne an, die Mary sich von ihrer Freundin erhoffte.

»Ich weiß genau, wie Sie sich fühlen, Mrs. Arrington. Schließlich bin ich in der gleichen Lage wie Sie. Ich kann mir auch nicht aussuchen, was ich anziehe. Ich meine, schick ist das hier nicht gerade.« Sie zupfte mürrisch am Kragen der hellblauen Uniform, die jede Reinigungskraft an Bord der Queen Anne zu tragen hatte. Ihre Einstellung zu ihrer Dienstkleidung entsprach der zu ihrem Job, von dem sie alles andere als begeistert war. Sie machte ihn nur, weil er ihr ermöglichte, in der Welt herumzureisen. »Wir sitzen da also buchstäblich im selben Boot.«

»Glauben Sie mir, Sandra, ich würde sofort in eine solche Uniform schlüpfen, wenn ich dafür aus diesem

Ding raus dürfte. Von mir aus können wir also liebend gerne tauschen.«

Auf einmal schien sich Sandra in ihrem Schürzenrock doch ziemlich wohlzufühlen.

»Das würde ich Ihnen zuliebe natürlich sofort tun, Mrs. Arrington. Aber leider bin ich ja keine berühmte Schriftstellerin, sondern nur ein armes Putzmädchen und darf solche feinen Designer-Fummel gar nicht tragen. Diese Ehre gebührt nur Prominenten wie Ihnen. Dafür müssen Sie keine Waschbecken schrubben oder Staub wischen.«

Mary hätte es nichts ausgemacht. Im Gegenteil hätte sie sich bereitwillig einen Lappen geschnappt und zuerst ihre Suite und anschließend gleich noch das ganze Schiff auf Hochglanz poliert, wenn ihr diese Folter dadurch erspart geblieben wäre. Leider hatte sie diese Wahl nicht. Voller Grimm dachte sie an den Mann, der ihr diese Misere eingebrockt hatte: Mr. Bayle.

»Also, jetzt erklären Sie mir das noch mal genau.«

Sandra setzte sich auf dem Bett im Schneidersitz zurecht.

»Was haben Sie verbrochen, dass Sie so rumlaufen müssen?«

»Verbrochen habe ich nichts, jedenfalls nichts, wofür ich eine solche Bestrafung verdient hätte.« Mary drehte sich zu ihr um. »Das Einzige, was ich getan habe, ist, meinem werten Lektor zu vertrauen. Was sich, wie Sie sehen, als fataler Fehler herausgestellt hat.«

»Diesem Bayle, ja? Nach dem, was Sie von ihm erzählt haben, ist das schon ein komischer Vogel. Aber warum tut er Ihnen das an? Als schlechten Scherz oder fiesen Streich?«

»Als grandiose Werbemaßnahme. Jedenfalls seiner

Meinung nach. Ich habe Ihnen doch erzählt, dass demnächst mein neuer Roman erscheinen wird.«

Sandra nickte.

»Ich weiß. ›Halunken auf Hochsee‹. Ich bin schon tierisch gespannt darauf.«

Was nicht nur daran lag, dass Sandra gerne Krimis las. Marys neues Werk beruhte auf ihren Erlebnissen während ihrer ersten Reise mit der Queen Anne, dem verwickelten Mordfall um einen französischen Tänzer. Ohne Sandra und ihren Freund, den kolumbianischen Maschinisten Antonio, wäre es Mary niemals gelungen, ihn aufzuklären. Während sie selbst in ihrem Buch nicht vorkam und ihren bewährten Helden Stuart Smith die Ermittlungen führen ließ, hatte sie die übrigen Charaktere anhand ihrer realen Vorbilder gestaltet. Sandra war verständlicherweise begierig darauf, zu erfahren, wie lebensnah diese Darstellung gelungen war.

»Sobald es draußen ist, müssen Sie mir ein Exemplar zuschicken.«

»Ich werde es Ihnen persönlich übergeben, mit Widmung und allem Drum und Dran. Versprochen. Jedenfalls habe ich Mr. Bayle erzählt, dass ich demnächst eine weitere Reise auf der Queen Anne unternehmen würde. Er kann meine Leidenschaft für Kreuzfahrten nach wie vor nicht nachvollziehen und macht daraus keinen Hehl.«

»Vielleicht ist er eifersüchtig. Immerhin haben Sie nicht nur eine Leidenschaft für Kreuzfahrten, sondern«, Sandra zwinkerte ihr zu, »auch eine für einen gewissen Kreuzfahrtkapitän.«

Mary schüttelte den Kopf.

»So weit kommt es noch, dass ich Mr. Bayle über meine Beziehung zu George in Kenntnis setze. Das geht ihn nun wirklich nichts an, auch wenn er manchmal zu glauben scheint, als mein langjähriger Lektor nicht nur für mein schriftstellerisches Schaffen, sondern auch für mein Privatleben und dessen ordnungsgemäßen Ablauf zuständig zu sein. Eifersüchtig ist er sicher nicht. Wir kennen uns schon so lange, wir arbeiten zusammen und sind darüber gute Freunde geworden. Den größten Teil dieser Zeit war ich glücklich verheiratet, und auch nach Maxwells Tod hat Mr. Bayle an mir niemals diese Art von Interesse gezeigt.«

»Was ja nichts heißen muss …«

Mary musste zugeben, dass Sandra in diesem Punkt recht hatte. Ambrosius Bayle war ein gealterter Junggeselle, der — neben seiner Vorliebe für Earl-Grey-Tee, Scones, Whisky und überhaupt alles Britische — ganz in seinem Beruf aufging und, soweit sie bestimmen konnte, niemals ein festes Verhältnis eingegangen war. Sie waren ungefähr im selben Alter, und soweit Mary bestimmen konnte, war sie tatsächlich die wichtigste Frau in seinem Dasein. Aber er hatte ihr gegenüber nie dahingehende Andeutungen gemacht, geschweige denn, dass er ihr auf die ihm eigene förmliche Weise seine ewige Liebe gestanden hätte. Natürlich war es möglich, dass er nach Maxwells Begräbnis eine längere Anstandsfrist für geboten hielt, bevor er sich ihr offenbarte. Doch so sehr sie Mr. Bayle auch zu schätzen wusste, als Freund, als literarischen Mentor — Mary hoffte, dass es nicht passieren würde. Es hätte ihre Beziehung nur verkompliziert und ihre Zusammenarbeit krampfig, im schlimmsten Fall unmöglich gemacht. Außerdem hatte sie schon eine komplizierte Beziehung: Es war nicht gerade einfach, mit einem Kapitän zusammen zu sein. George war so viel unterwegs, dass sie ihn bisher nur auf diesen Reisen zu sehen bekommen hatte. Wenn jetzt auch noch ein weiterer Mann dazukäme und ausgerechnet Mr. Bayle …

Mary schob den Gedanken beiseite und mahnte sich, sich nicht von Sandras kindischen Spinnereien anstecken zu lassen. Ihre derzeitige Lage war schon verzwickt genug. Da waren die eventuellen romantischen Neigungen ihres Lektors das Letzte, womit sie sich auseinandersetzen wollte.

»Nein, er kann einfach nichts mit Kreuzfahrten anfangen. In seiner Vorstellung springt hier ununterbrochen eine betrunkene Horde von Wilden grölend über die Decks. So etwas widerspricht einfach seinem englischen Gemüt. Zum Glück war er in dieser Hinsicht dieses Mal etwas zurückhaltender mit seinen Kommentaren. Er weiß ja, dass er mich sowieso nicht abhalten kann. Da wollte er wenigstens Nutzen daraus ziehen. Sein Gedankengang war folgender: Wenn ich mich schon von Neuem freiwillig — oder, seiner Meinung nach, eher mutwillig — und gegen seinen weisen Rat auf den Todeskutter begebe, sollten wir aus Verlagssicht daraus Kapital schlagen und …«

»Moment mal«, unterbrach sie Sandra lachend. »Todeskutter?«

Mary hob die Arme und ließ sie in einer resignierten Geste fallen, wobei die Seide, die sie umgab, knisterte und rauschte.

»So nennt er die Queen Anne — und ist durch kein Argument davon abzubringen. Auf seine Nachfrage hin berichtete ich ihm vom Ziel der Reise und der Veranstaltung auf dem Schiff, durch die sich diese Kreuzfahrt von meinen vorherigen drastisch unterscheiden wird.«

»Keine Frage. Was hier gerade los ist, ist echt ein krasses Spektakel. Eine gewöhnliche Überfahrt wird das jedenfalls nicht werden.«

Sandra bezog sich auf die ›Intercontinental Fashion Cruise‹, die große Modeveranstaltung, die während der

Überfahrt von Southampton, von wo sie in wenigen Stunden ablegen würden, nach New York stattfinden und das gesamte Leben an Bord bestimmen würde: Alles, was in der internationalen Modeszene Rang und Namen hatte, war vertreten: Designer, Models, Labels, Fotografen, Magazine, dazu massenweise Modefans. Es würde Modenschauen geben, auf denen alteingesessene Stars und Nachwuchstalente dem Publikum ihre Kreationen vorführen würden, Fotosessions und Interviews, in denen sie den Journalisten Rede und Antwort stehen würden, zudem einen Wettbewerb, bei dem zum krönenden Abschluss der Kreuzfahrt unter allen vorgestellten Entwürfen einer ausgewählt und samt seines Schöpfers zum Sieger gekürt werden würde.

»Ihrem Tonfall nach freuen Sie sich darüber«, sagte Mary.

»Schon. Da wird auf jeden Fall ordentlich Leben an Bord sein, nicht immer nur die gleichen 08/15-Touris. Ich finde es toll, hier mal was geboten zu kriegen, das man sonst nur in New York oder Paris zu sehen bekommt.«

Mary beschloss, sich von Sandras positiver Einstellung anstecken zu lassen. Klagen und Beschwerden brachten schließlich nichts, außer, dass sie ihre eigene Stimmung damit runterzog.

»Da haben Sie auf jeden Fall recht, Sandra. Im Grunde ist das großartig und wird sicher ein fantastisches Erlebnis. Ich möchte mich darauf einlassen, es genießen, ohne mich zu sehr mit der Aufgabe zu beschäftigen, die Mr. Bayle mir aufgebürdet hat, so unliebsam sie auch sein mag.«

»Finde ich gut, Mrs. Arrington. Aber erklären Sie mir wenigstens noch schnell, was für eine Aufgabe das eigentlich ist.«

Mary erzählte. Vor ein paar Tagen hatte ihr Lektor sie

angerufen und verkündet, sie beide würden sich die Umstände der Reise gewinnbringend zunutze machen. Er war Feuer und Flamme gewesen. Diese Euphorie hätte Mary eigentlich stutzig machen sollen. Dass dies nicht passiert war, schob sie jetzt, im Rückblick, auf ihre Überraschung über Mr. Bayles so untypische Reaktion, die gar nicht zu seiner sonst so beherrschten Fassung passen wollte. Sie war froh gewesen, dass er sich, zumindest scheinbar, endlich mit ihrer Vorliebe für Schiffsreisen abfand, anstatt sie dafür auf seine britisch-steife Art ohne Unterlass zu maßregeln. Ohne auf die Einzelheiten einzugehen, hatte er ihr versichert, dass sein ›brillanter Plan‹ ihre Buchverkäufe blitzschnell in Rekordhöhen schnellen lassen würde.

Wenig später hatte er ihr einen entsprechenden Vertrag vorgelegt, den er mit der ›Close Up‹ ausgehandelt hatte, der auflagenstarken amerikanischen Zeitschrift, die die ›Fashion Cruise‹ organisierte. Mary hatte den Vertrag gründlich gelesen, und alles darin hatte tatsächlich vielversprechend geklungen. Nicht nur hatte Mr. Bayle es geschafft, Mary zu einem Mitglied der Wettbewerbsjury zu machen. Er hatte auch ausgehandelt, dass sie während ihres Aufenthalts an Bord jeden Tag ein ausgewähltes Kleid eines anderen Designers tragen würde. Die Zeitschrift, so Mr. Bayle, sei sofort angetan davon gewesen, eine prominente Schriftstellerin für einen solchen Zweck gewinnen zu können. Dadurch, so Mr. Bayles Kalkül, würde sich die Aufmerksamkeit der anwesenden Journalisten auf sie richten und sie würde Erwähnung in zahlreichen Artikeln finden — und somit automatisch auch ihr Buch.

Mary hatte den Einfall originell gefunden — und den Vertrag unterschrieben. Vielleicht allzu leichtfertig, dachte sie nun, wo es an die Umsetzung dieses Vorhabens ging. Sie wünschte sich Erfolg für ihren Roman und war bereit, sich dafür einzusetzen. Aber in Anbetracht des Tomaten-Kleides kam sie nicht umhin, sich zu fragen, ob der Schuss nicht gewaltig nach hinten losgehen würde. Welcher potenzielle Leser, der sie auf einem Foto in einer Modezeitschrift oder, schlimmer noch, einem Klatschmagazin sähe, könnte sie und ihr Schreiben bitte schön noch ernst nehmen? Niemand hatte sie gewarnt, dass sie etwas anziehen müsste, das mit viel gutem Willem vielleicht gerade noch als Karnevalskostüm durchging. Im Gegenteil: Mr. Bayle hatte ihr mehrfach versichert, es handle sich um dezente und stilvolle Entwürfe angesehener Modedesigner. Fotos der Kleider hatten nicht vorgelegen, da sie erst zu Beginn der Fahrt ausgewählt worden waren. Mary hatte somit keine Chance gehabt, jene, die ihrem Geschmack allzu stark zuwiderliefen, im Vorfeld wohlweislich auszusortieren. Wenn sie gewusst hätte, was ihr bevorstand, hätte sie den Vertrag gar nicht erst unterschrieben. Aber jetzt saß sie in dieser Bredouille fest und hatte keine Wahl, als ihre Vereinbarungen einzuhalten. Wenn es nur dieses eine Kleid gewesen wäre, wäre es nur halb so schlimm gewesen. Aber damit wäre es ja leider nicht getan. Dies war erst der Anfang dieser Aktion. Mit Unbehagen dachte Mary daran, was in den nächsten Tagen noch auf sie zukommen würde.

»Oje.« Sandra seufzte mitfühlend, als Mary ihren Bericht beendet hatte. »Da hat Ihr Mr. Bayle Sie ja ordentlich in die … Grütze geritten.«

»Das kann man wohl sagen. Wobei ich im Grunde wohl selber schuld bin. Ich hätte ihn niemals eine solche Entscheidung treffen lassen sollen. Nicht bei einem solchen Thema. Ich meine, er ist zwar immer einwandfrei gekleidet. Aber mal ehrlich: Wie viel Modesinn kann man von einem Mann erwarten, dessen gesamte Garderobe ausschließlich aus karierten Tweedanzügen besteht?«

»Da ist was dran. Ich würde Antonio auch nicht aussuchen oder gar bestimmen lassen, was ich anziehe. Wenn er nicht in seinem verschmierten Arbeitsoverall unterwegs ist, trägt er immer nur labberige Hosen und T-Shirts.« Sie verdrehte die Augen. »Er will es halt vor allem bequem haben, sagt er. Dabei könnte es ihm echt nicht schaden, sich in Sachen Klamotten mal ein bisschen mehr Mühe zu geben, sich mal zurechtzumachen, wenigstens mir zuliebe. Was ich da schon auf ihn eingeredet hab. Aber dafür ist er kein Stück offen. Also, Mrs. Arrington: Was werden Sie jetzt unternehmen, wo Sie sich so prachtvoll herausgeputzt haben?«

Mary zuckte die Schultern, und auch diese, wie jede ihrer Bewegungen, wurde von Rauschen und Knistern begleitet.

»Es gibt ja nicht viel, das ich unternehmen kann. Ich muss dieses Kleid tragen und ich kann mich nicht einfach darin in meiner Suite verbarrikadieren, so gern ich es auch würde. Ich muss mich darin zeigen.«

Sandra machte eine beschwichtigende Handbewegung.

»Das ist doch halb so wild. Es sind ja nur ein paar Leutchen an Bord. Nicht mehr als 4000 Passagiere und 1000 Crewmitglieder.«

»Danke, Sandra. Sehr freundlich von Ihnen, mich daran zu erinnern.«

»Immer gerne!«

Mary drückte die Schranktür zu. Es brachte nichts, sich länger zu quälen. Außerdem: Wenn sie sich nicht mehr selber vor Augen hatte und es schaffte, die Seidengeräusche zu ignorieren, konnte sie vielleicht vergessen,

17

wie sie vom Hals abwärts aussah. Sie durfte nur nicht nach unten gucken. Mit erhobenem Kopf musste sie durch das Meer aus Gelächter und Spott schreiten, das außerhalb der sicheren Trafalgar Suite auf sie wartete.

»Nun gut.«

Sie sammelte all ihre Entschlossenheit, raffte die sich bauschende Seide und wandte sich zum Gehen.

»Es führt kein Weg daran vorbei. Das Beste wird sein, es gelassen zu nehmen und diese Schmach so schnell wie möglich hinter mich zu bringen. Das wird eine gute Übung in Selbstironie. Sie können mich natürlich gerne begleiten, Sandra. Als moralische Unterstützung sozusagen. Vielleicht finden wir auch noch ein Exemplar dieses Kleids in Ihrer Größe. Dann könnten wir im Partnerlook auflaufen. Geteiltes Leid, Sie wissen schon. Diesen Freundschaftsdienst wollen Sie mir doch sicher gerne leisten.«

Sandra winkte ab.

»Lassen Sie mal, Mrs. Arrington. Ich würde Ihnen natürlich gerne zur Seite stehen. Aber während der Arbeitszeit darf ich meine Uniform ja leider nicht ablegen. Außerdem«, sie wies auf die Bettwäsche, »habe ich hier ja noch ungeheuer viel zu tun!«

2

Die Grand Lobby war ein Tollhaus. Mary war eine der ersten gewesen, die das Schiff am Kai von Southampton betreten hatten. Hochglanz-Plakate und ein breites Banner, das quer über die Lobby gespannt war, hatten sie zur ›Intercontinental Fashion Cruise‹ willkommen geheißen. Zudem hatten ihr einige Schaufensterpuppen, an auffallenden Stellen platziert, einen ersten Vorgeschmack auf die Sensationen der kommenden Tage geboten. Die Puppen waren mit edlen Designer-Kostümen ausgestattet. Wenn es ihnen auch an ausdrucksstarken Gesichtszügen fehlte: Bei den Haltungen, in denen sie diese präsentierten, hätte man meinen können, sie seien sich der Aufmerksamkeit bewusst, die sie auf sich zogen — und genössen sie. In diesem Sinne hatten sie so etwas wie eine Vorhut für die riesige Schar von Models gebildet, die bald die Queen Anne bevölkern würde. Bis dahin hatte es geschienen, als seien die Puppen gegenüber echten Menschen noch in der Überzahl. Zwar war Mary auf Stewarts, Bell Boys und anderes Schiffspersonal getroffen. Anderen Passagieren war sie jedoch nur vereinzelt begegnet, als sie sich über die Korridore und mit dem Aufzug zu ihrer Suite auf Deck 10 begeben hatte. Dort hatte sie das abscheuliche Ballonkleid vorgefunden, das ihrer Reisefreude noch vor dem Ablegen einen ersten Dämpfer versetzt hatte und in dem sie nun die Grand Lobby betrat. Sie hätte nichts dagegen gehabt, wenn eine der besser gekleideten Schaufensterpuppen

19

sich ihrer erbarmt und mit ihr getauscht hätte. Aber die Puppen gönnten ihr nur leere, gleichgültige Blicke.

Anders verhielt es sich mit ihren lebenden Entsprechungen. Zahlreiche Augenpaare richteten sich auf Mary, als die Türen des Aufzugs auseinanderglitten, der sie nach unten befördert hatte. Während Mary vor dem Spiegel in der Trafalgar Suite mit ihrem modischen Schicksal gehadert hatte, schienen die meisten übrigen Passagiere, wenn nicht gar alle, an Bord gekommen zu sein. Statt sich jedoch, wie es Marys Erfahrung nach für gewöhnlich der Fall war, auf ihre Kabinen auf den verschiedenen Decks zu verteilen oder die Queen Anne auf Rundgängen zu erkunden, hatten sie die Grand Lobby offenbar zu einer Art offiziellem Versammlungsort erklärt. Mary fand es verständlich. Schließlich war die Lobby das Herzstück des Schiffes. Alle Wege schienen hierher zu führen. Falls man sich einmal auf den zahlreichen Korridoren verirrte, fand man über kurz oder lang wie automatisch in diese Halle zurück, die sich mit ihrem warmen Schein über mehrere Stockwerke erstreckte. Mit ihren Emporen, ihren geschwungenen, mit rotem Teppich ausgelegten Treppen, ihren Säulen und Stuckverzierungen besaß sie einen gediegenen Charme, dem sich kein Gast entziehen konnte. Auch Mary zog er jedes Mal von Neuem in seinen Bann, und sie war sicher, dass er selbst auf die Veteranen der Besatzung seine Wirkung noch immer nicht verloren hatte. Es war also kein Wunder, dass die Modebegeisterten hierher geströmt waren wie Motten zum Licht.

Dies hatte allerdings unvermeidlich zur Folge, dass besagter Charme litt. Sonst war die Grand Lobby ein Ort erhabener Ruhe gewesen, an dem man ganz von selbst die Stimme senkte oder in einem der Sessel Platz nahm, um die Atmosphäre und die dezente Musik zu genießen.

20

Angesichts des Gedränges und Stimmengewirrs konnte von Ruhe nun nicht mehr die Rede sein. Auch die Musik ließ sich nicht mehr als dezent bezeichnen. Der Konzertflügel, der sonst immer unter einer der Treppen gestanden hatte, war ebenso entfernt worden wie die Blumensträuße in den Kristallvasen und die zu Muße und Besinnung einladenden Sitzgruppen zwischen den Säulen. Statt seichten Evergreens und klassischen Melodien dröhnten elektronische Sounds aus Lautsprechern. Das Bronzerelief, das die Queen Anne in einem Strahlenkranz zeigte, thronte zwar unangetastet über der Menge, die sich darunter hin und her schob. Aber es wäre unmöglich gewesen, es zu betrachten, da man ununterbrochen von den Blitzlichtern geblendet wurde, die das sonst so warme Licht im Zehntelsekundentakt zerrissen. Natürlich hätte Mary mit etwas Derartigem rechnen müssen. Aber sie war an die Grand Lobby so sehr als an einen Ort der Besinnlichkeit gewöhnt, dass sie von diesem harschen Kontrast im ersten Moment wie geschockt war. Beinahe kam es ihr wie eine Entweihung vor, etwa so, als würde in einer Kirche eine Techno-Party gefeiert.

Aber nachdem sie diesen ersten Schrecken überwunden hatte, musste sie zugeben, dass es wirklich ein Aufsehen erregendes Spektakel war, das sich vor ihren Augen abspielte. An schillernden Gestalten herrschte in der Modeszene bekanntlich kein Mangel, und in der Menge stach eine Vielzahl von ihnen hervor. Ganz vorneweg natürlich die Models, einige ausnehmend schöne Männer und Frauen, aber auch eine ganze Reihe solcher, die Mary zwar nicht als schön im klassischen Sinne bezeichnet hätte, die aber fraglos ein außergewöhnliches Erscheinungsbild boten. Dabei mangelte es weder an solchen, die nur aus Haut und Knochen zu bestehen schienen, noch an solchen, bei denen es schwierig war, sie eindeutig einem bestimmten Geschlecht zuzuordnen. Manche zeigten den Kameras ein einladendes Lächeln, andere nahmen eine provokative Haltung ein, wieder andere setzten eine zumindest scheinbar gelangweilte Miene auf. Einige stolzierten im Blitzlichtgewitter die Treppen hinab oder drapierten sich und ihre Outfits fotogen auf den Emporen. Aber so unterschiedlich sie auch sein mochten und so unterschiedlich sie sich auch verhielten, eins war ihnen allen gemeinsam: Der Manier, in der sie sich bewegten oder auch nur standen, merkte man an, dass sie es gewohnt waren — und danach strebten —, sich, ihre Gesichter, Körper und die Kleider, die sie trugen, fremder Aufmerksamkeit darzubieten.

Für Mary galt das ganz und gar nicht. Doch wenn sie nicht in den Aufzug zurückkehren und unverzüglich wieder die Fahrt nach oben antreten wollte, gab es kein Entkommen. Zu ihrer Verwunderung — und ungeheuren Erleichterung — fielen die Reaktionen nicht so aus, wie sie es befürchtet hatte. Niemand lachte sie aus, niemand verspottete sie. Wenn jemand mit dem Finger auf sie zeigte, dann offenbar nur in der Absicht, einen Gesprächspartner auf sie aufmerksam zu machen, damit sie gemeinsam ihr Kleid bewundern und sich darüber austauschen konnten. Auch einige Fotografen richteten ihre Kameras auf sie, und es machte nicht den Eindruck, als täten sie es mit der Absicht, ein möglichst peinliches Bild zu schießen, über das die Leserschaft ihrer Magazine sich kaputtlachen sollten. Sie behandelten Mary wie die herausgeputzten Models, winkten ihr sogar oder riefen ihr zu, den Kopf zu drehen, damit sie ein besonders gelungenes Motiv abgab.

Mary war es unerklärlich: Aber wie es aussah, erregte, was sie als Zumutung empfand, bei den anwesenden Modekennern höchste Zustimmung. Bestimmt wären einige von ihnen pikiert, vielleicht gar empört gewesen, wenn Mary ihnen gestanden hätte, dass sie mit ihrem Outfit nichts anzufangen wusste und sich schon jetzt darauf freute, es wieder ablegen zu können. Aber hier zeigte sich eben wieder, dass Geschmäcker verschieden waren. Und noch etwas zeigte sich, das Mary mit ihrem Kleid ein wenig versöhnte: Es war bei Weitem nicht das ausgefallenste. Unter den extravaganten Kreationen, in die die Models gewandet waren, fanden sich etliche, die etwa mit Flügeln oder rankenartigen, zu allen Seiten abstehenden Gebilden ausgestattet waren, und andere schienen völlig aus Federn oder Schuppen zu bestehen. In Anbetracht dieser Tatsache musste Mary ihre harsche Einstellung gegenüber ihrem roten Ballon überdenken. Sie war noch vergleichsweise gut weggekommen. Gleichzeitig hoffte sie inständig, sich im Laufe der Überfahrt nicht auch in einen Vogel, eine Eidechse oder sonst eines der Tiere verwandeln zu müssen, die für die sonstigen Entwürfe offenbar als Vorbild gedient hatten. Da wollte sie doch lieber eine Tomate oder eine Boje sein.

»Lady Arrington!«

Die Menschen vor Mary wichen auseinander. Durch die breite Lücke, die dadurch entstand, trat eine Frau.

3

Annabelle Winthrop trug ein cremefarbenes Kleid mit weit geschwungenen Ärmeln. Ihre sorgfältig geglätteten Haare waren schwarz wie Pech und hatten einen beinahe metallischen Glanz. Das Gesicht, das sie rahmten, war schmal und zeigte, dezent geschminkt, eine selbstbewusste, beinahe hochnäsige Miene. Sie verstärkte noch die einschüchternde Wirkung, die von Annabelle Winthrop ausging. Sie brauchte nicht einmal eine Handbewegung zu vollführen, damit sich die Menge vor ihr teilte. Niemand hätte gewagt, ihr den Weg zu versperren. Als Chefredakteurin der ›Close Up‹, der wichtigsten internationalen Modezeitschrift, stellte sie eine der einflussreichsten Persönlichkeiten der Branche dar. Mit der Entscheidung für oder gegen ein Coverfoto, eine Fotoserie, einen Artikel oder ein Interview konnte sie über Gedeih und Verderb einer Karriere entscheiden — und tat das manchmal aus der Laune eines Augenblicks heraus, ohne sich über die Folgen für die Betreffenden zu kümmern. Durch diese Macht war sie bei Designern und Models, bei Fotografen und anderen Journalisten, aber auch bei Schauspielern, Sängern und anderen Personen des öffentlichen Lebens gleichermaßen geachtet wie gefürchtet. Wie alle wussten, war es aufgrund ihrer Empfindlichkeiten und ihres Stolzes allzu leicht, es sich mit ihr zu verscherzen. Niemand wollte dieses Risiko eingehen, weshalb alle es eilig hatten, ihr Platz zu machen. Wenn sie doch jemand nicht rechtzeitig genug bemerkte, um eilig auszuweichen, half sie mit einem diskreten, dafür aber nicht minder schmerzhaften Stoß ihres Ellenbogens nach, mit dem sie so treffsicher war wie mit den tödlichen Blicken, mit denen sie ihr missliebige Zeitgenossen bedachte, oder den Kommentaren, mit denen sie bei Fernsehauftritten, in Interviews oder über ihre Social-Media-Kanäle die Modeentscheidungen von Leinwand- oder Bühnenstars verriss.

»Ich freue mich ungeheuer, Ihnen endlich persönlich zu begegnen, meine Liebe.«

Sie verzog ihre Lippen zu einem Lächeln, während sie Mary von Kopf bis Fuß betrachtete. Dieses Lächeln war Mary nicht ganz geheuer — sie musste dabei an eine Katze denken, die eine Maus in Augenschein nimmt und noch nicht entschieden hat, ob sie mit ihr spielen oder sie direkt umbringen soll. Ebenso wenig geheuer war ihr, von Winthrop Zentimeter für Zentimeter unter die Lupe genommen zu werden. Man sah ihr an, dass sie dabei war, sich ein Urteil über sie zu bilden, und zwar nicht nur über ihr Äußeres, sondern, davon ausgehend, gleich über ihren gesamten Charakter, als sei so etwas Oberflächliches wie ein Kleid dafür ausschlaggebend (was es in Winthrops Weltsicht vermutlich auch war). Das Urteil schien zu Marys Gunsten auszufallen — zumindest dieses Mal.

»Dieses Kleid steht Ihnen wirklich hervorragend.«

»Vielen Dank. Ich selber finde es auch ganz reizend.«

Das war nicht einmal gelogen. Das Kleid reizte sie zweifellos. Es reizte sie, es mit einer Schere umzugestalten oder es in die nächste Mülltonne zu stopfen. Aber es schien ihr ratsam, eine diplomatischere Antwort zu wählen. Auch wenn sie mit dieser kühlen, offenbar stark von sich selbst eingenommenen Frau nicht gerade Freundschaft schließen wollte, brauchte sie es sich ja nicht bei erster Gelegenheit mit ihr zu verderben — und sich gleichzeitig schon zu Beginn der ›Fashion Cruise‹ den Ruf einer rettungslos verlorenen Modebanausin zuzuziehen.

»Und?« Winthrop hakte sich bei Mary ein, als seien sie seit Kindheitstagen miteinander vertraut, und führte sie durch die Lobby. »Was halten Sie von unserer kleinen Veranstaltung hier? Ist doch ganz nett geworden, was?«

Es war eindeutig, dass ihre Untertreibung darauf abzielte, aus Mary Lobeshymnen herauszukitzeln. Mary seufzte innerlich. Mr. Bayle hatte sie darauf vorbereitet, dass Mrs. Winthrop im Umgang ›ein wenig schwierig‹ sei. Nun, da Mary sie kennengelernt hatte, kam ihr diese Aussage mindestens so untertrieben vor wie Winthrops ›kleine Veranstaltung‹. Sie schien eine Frau zu sein, die nicht nur gern und oft andere bewertete, sondern die auch ihre Sympathien immer nur zeitweise verlieh — und auf ein falsches Wort hin sofort wieder zurückzog, sodass man ununterbrochen vorsichtig sein musste, was man zu ihr oder in ihrer Hörweite sagte. Mary hatte nicht vor, sich bei ihr einzuschmeicheln. In diesem Fall aber musste sie ihr recht geben.

»Unbedingt. Sie haben wirklich die Creme de la Creme hier zusammengezogen.«

Die beiden Damen hatten eine der Treppen erklommen, von der aus sie nun einen erhöhten Ausblick auf das Treiben in der Halle hatten.

»Da vorne zum Beispiel sehe ich Gilbert Menasse und Letitia Oliveira, das aufstrebende Mode-Duo aus Brasilien. Das da drüben ist Ludovico Castiglioni.«

Auch wenn sie mit diesen Namen um sich warf, als wären sie ihr seit Ewigkeiten bekannt: In Wahrheit hatte sie bis vor wenigen Tagen keine Ahnung gehabt, wer diese Leute waren. Eine Tatsache, die sie Mrs. Winthrop ebenso zu verschweigen gedachte wie jene, dass sie niemals eine Ausgabe der ›Close Up‹ besessen hatte. Sie hatte höchstens im Wartezimmer vor Arztterminen mal darin geblättert. Mary gab zwar darauf acht, sich geschmackvoll zu kleiden. Aber sie kümmerte sich herzlich wenig darum, ob sie damit gerade im Trend lag oder wie es um die aktuellen Trends bestellt war. Einige Top-Models und die bekanntesten Designer waren ihr ein Begriff, weil sie öfter im Fernsehen oder den Zeitungen auftauchten oder einfach schon so lange in der Öffentlichkeit präsent waren, dass jedes Kind sie kannte. Aber gerade was die neuen, noch nicht so berühmten Designer anging, wies sie starke Wissenslücken auf, und ihr Interesse an Mode hatte bisher noch nicht so weit gereicht, sie zu schließen. Dies hatte sie erst kurz vor dieser Reise auf sich genommen, die sie nicht gänzlich unvorbereitet hatte antreten wollen.

Daher hatte sie sich von Greta, ihrer langjährigen Haushaltshilfe, einen Crash-Kurs geben lassen. Greta hatte nicht nur die ›Close Up‹, sondern etliche andere Modemagazine und zudem sämtliche Illustrierte abonniert, die auf dem Zeitschriftenmarkt zu haben waren. Es gab nichts Wichtigeres für sie, als sich über das Leben der Reichen und Schönen immer auf dem neuesten Stand zu halten, wer sich mit wem verlobt, wer wen mit wem betrogen, wer sich mit wem zerstritten oder wer sich von wem getrennt hatte. In ihrer innigen Anteilnahme an den Schicksalsschlägen und Skandalen der Prominenten hegte sie am Wahrheitsgehalt der Artikel und der darin verbreiteten Informationen nicht den geringsten Zweifel. Jegliche Skepsis über die professionelle Berichterstattung ihrer liebsten Qualitätsblätter hätte sie mit einem Angriff auf die Pressefreiheit gleichgesetzt und mit aller Härte abgeschmettert. Daher hörte Mary in der Regel kommentarlos zu, wenn Greta sie während der

Hausarbeit über die neuesten Entwicklungen in der High Society informierte, beschränkte sich auf einsilbige Kommentare und hütete sich, Nachfragen zu stellen, um Greta in ihrem Redefluss nicht noch weiter zu ermutigen (denn Marys Begeisterung für diese Art von Klatsch und Tratsch war ungefähr auf dem gleichen Niveau wie ihre Begeisterung für Mode). Dieses Mal aber hatte sie ihr gelauscht wie eine eifrige Schülerin ihrer Lehrerin. Greta hatte die Hefte herangezogen, damit Mary mit den jeweiligen Namen und Geschichten auch Gesichter verbinden konnte. Mary hätte zuvor nicht gedacht, dass sich die spezielle Belesenheit ihrer Angestellten einmal für sie bezahlt machen würde. Nun aber sorgte sie dafür, dass Mary inmitten dieser illustren Schar nicht als völlig Unkundige dastand.

»Immer schön, eine Gesinnungsgenossin zu treffen, die meine Leidenschaft für Mode teilt.« Annabelle Winthrop nickte ihr gönnerhaft zu. »Ich sehe schon, wir werden uns hervorragend verstehen, meine Liebe.«

Mary war sich da nicht ganz so sicher. Zum zweiten Mal innerhalb der wenigen Minuten, die ihre Begegnung mit Winthrop nun andauerte, hatte sie das Gefühl, einem Test unterzogen worden zu sein, von dem sie zwar eine weitere Runde bestanden, bei dem sie aber jederzeit durchfallen konnte. Darüber hinaus betrachtete sie sich und Winthrop ganz und gar nicht als Gesinnungsgenossinnen. Vor allem, da es Winthrop war, die darüber entschied, was Mary an den jeweiligen Reisetagen tragen würde. Am liebsten hätte Mary ihr direkt an Ort und Stelle die Befehlsgewalt über ihre Garderobe entzogen. Allerdings hatte Mr. Bayle ihr eingebläut, dass ein solcher Bruch den Verlag Fitch & Finnegan teuer zu stehen kommen würde, ganz abgesehen davon, dass Winthrop sich alle Mühe geben würde, in der Presse über Mary herzuziehen. Bekanntlich waren Skandale und Fehden den Verkäufen eines Buches förderlich. Aber Mary stand nicht der Sinn danach, sich in den Medien eine Schlammschlacht mit dieser Dame zu liefern.

»Der Mann des Tages«, fuhr die Winthrop fort, »ist natürlich Farnkamp. Er ist da vorne, sehen Sie?«

Sie wies in die Mitte der Grand Lobby, wo die Reporter und Fotografen einen Kreis um den österreichischen Star-Designer gebildet hatten — wobei sie respektvollen, beinahe ehrfürchtigen Abstand von ihm hielten. Mary hätte keinen Fingerzeig gebraucht, um ihn zu entdecken. Selbst in dieser Masse außergewöhnlicher, mitunter skurriler Personen stach er heraus. Farnkamp, ein langer, beinahe skelettartig dürrer Mann, war in einen glänzenden silbernen Anzug gekleidet, dessen Stoff die Blitzlichter zehnfach verstärkt zu reflektieren schien. Wenn man zu lange hinsah, bekam man ein Flimmern vor den Augen. Der Anzug, wie die ebenfalls silberne Krawatte, schienen der Farbe seiner schulterlangen Haare angepasst, die er zu einem silbergrauen Pferdeschwanz zusammengebunden trug. Der überwiegende Teil seines Gesichts, dessen Haut wie knittriges Leder wirkte, wurde von einer Sonnenbrille mit verspiegelten Gläsern verdeckt. Die Brille war selbstverständlich ebenfalls silbern und stellte, wie Mary wusste, eines seiner Markenzeichen dar. Angeblich zeigte er sich in der Öffentlichkeit niemals ohne sie. Es hieß sogar, er habe die wenigen Fotos, die es von ihm ohne Brille gab, aufgekauft und vernichtet. Über den Grund dafür wurde viel spekuliert. Manche sprachen schlichtweg von einem Spleen. Andere behaupteten, Farnkamp habe Froschaugen, die er hinter der Brille verborgen hielt. Von seiner Schulter hing eine ebenfalls schillernde Umhängetasche, die zu seinem Anzug passte. Er führte noch ein weiteres Accessoire mit

29

sich: Es war ein — natürlich — silberner, glitzernder Gegenstand, mit dem er unentwegt hantierte und bei dem Mary von diesem Blickwinkel aus nicht erkennen konnte, worum es sich handelte. Dicht neben dem Designer hielt sich eine junge Frau, vielleicht Anfang zwanzig. Es schien, als verbiete ihr seine Anziehungskraft, sich weiter als eine Handspanne von ihm zu entfernen. Ihr Kopf war kahl rasiert, ihre Wimpern und Lippen weiß geschminkt, ihr schlanker Körper, den sie vor den Kameras zu elastischen Posen verbog, steckte in einem eng anliegenden weißen Kleid. Auf ihrem Rücken waren Flügel angebracht.

»Wer ist sie?«, fragte Mary.

»Das«, erklärte Annabelle Winthrop, »ist Farnkamps neueste Entdeckung. Seine Muse K.«

»Einfach nur K? Ist das alles?«

Winthrop nickte.

»Wie sie wirklich heißt, weiß kaum jemand. Farnkamp hat sie angewiesen, ihren Namen abzulegen. Er wollte verhindern, dass die Leute daraus Schlussfolgerungen auf ihre Persönlichkeit ziehen. Daher hat er ihr statt eines Namens eine Bezeichnung verliehen.«

Die Chefredakteurin schien nichts Sonderbares daran zu finden. Ebenso wenig schien es sie zu verstören, dass ein älterer Mann sich ein junges Mädchen bis zu einem Punkt zu eigen machte, an dem er ihr den Namen nahm und ihn gegen eine ›Bezeichnung‹ auswechselte.

»Im Grunde ist das ja ganz praktisch«, sagte Mary. »Da ist sie immer schnell fertig, wenn sie ein Formular ausfüllen muss.«

Winthrop schien ihren Scherz nicht zu hören. Oder vielleicht hieß sie es nicht gut, dass über einen Modegott wie Farnkamp Witze gemacht wurden.

»Franz hat sich in den letzten Jahren immer stärker

zurückgezogen. Wir können uns glücklich schätzen, dass er auf dieser Reise dabei ist. Sie haben natürlich besonderes Glück, als eine der Ersten einen Entwurf aus seiner neuen Kollektion tragen zu dürfen.«

Mary hatte nicht auf das Etikett geschaut und daher bis zu diesem Moment keine Ahnung gehabt, von wem ihr Kleid stammte. Aber sie tat, als sei es ihr die ganze Zeit über klar gewesen.

»Ja, ein ungeheures Glück.«

Sie versuchte, es nicht sarkastisch klingen zu lassen. Glück, fand sie, hatte sie tatsächlich gehabt. Immerhin war ihr Kleid nicht silbern.

»Da Farnkamp die Eröffnungsschau gestaltet, fand ich es nur folgerichtig, dass Sie uns in diesem Kleid einen Vorgeschmack auf das bieten, was er uns heute Abend vorführen wird. Ich bin schon ungeheuer gespannt darauf. Da Sie ja nun sozusagen eines seiner Models sind, müssen Sie ihn unbedingt kennenlernen.«

Bevor Mary Einspruch erheben konnte, fasste Winthrop wieder ihren Arm und zog sie mit sich.

»Kommen Sie, meine Liebe, ich stelle Sie vor.«

4

Winthrops Wirkung öffnete ihnen den Kreis der Reporter und Bewunderer, sodass sie und Mary an Farnkamp und seine Muse herantreten konnten. Der Kreis schloss sich sofort wieder um sie. Beinahe kam sich Mary darin eingesperrt vor. Abgesehen davon hätte sie auf die zusätzliche Aufmerksamkeit verzichten können, die sich auf sie richtete, da sie mit dem Designer, der Chefredakteurin und dem jungen Model nun eine Gruppe bildete. Aber sie wusste: Sie würde sich damit abfinden müssen, die ›Fashion Cruise‹ eben nicht nur als Beobachterin zu erleben, sondern in gewissem Ausmaß ein Teil von ihr zu sein.

»Franz, Liebling!«

»Annabelle, Schatz!«

»Küsschen, Küsschen!«

Winthrop und Farnkamp streckten einander ihre Köpfe entgegen, allerdings ohne Berührung. Die Küsse, mit denen sie sich begrüßten, gingen ins Leere.

»Das hier ist Mary Elizabeth Arrington, die berühmte britische Schriftstellerin.«

»Freut mich, Sie kennenzulernen, Herr Farnkamp.«

Weitaus weniger freute es sie, seinem Anzug nun aus unmittelbarer Nähe ausgesetzt zu sein. Das ganze Glitzern und Funkeln konnte schwindelig machen. Es war ihr schleierhaft, warum sich jemand so anzog. Genauso gut hätte er sich mit Alufolie einwickeln können.

»Enchanté.«

Trotz seiner angeblichen Entzückung, die er mit diesem Wort ausdrückte, machte Farnkamp keine Anstalten, ihr die Hand zu geben. Stattdessen musterte er sie nur. Seine Augen konnte Mary nicht sehen, da sie von der Sonnenbrille verborgen waren. Aber sie spürte, wie sein Blick ihren Körper hinauf- und hinabwanderte. Mary war kein junges Mädchen mehr. Sie war zwar auch mit Mitte 60 noch eine attraktive Frau. Aber sie war nicht mehr in jenem Alter, in dem Männer sie mit den Augen auszogen. Sie war froh darum. Diese Glotzerei, oft begleitet von Pfiffen oder anzüglichen Sprüchen, war ihr immer zuwider gewesen, und sie hatte zahlreiche Gaffer in ihre Schranken gewiesen — und Ohrfeigen an jene verteilt, die so dreist gewesen waren, sie anzutatschen. Es gefiel ihr gar nicht, von Farnkamp nun auf eine ganz ähnliche Weise angesehen zu werden, eine Weise, bei der er nicht sie sah, die Frau, die Person, sondern nur ihren Körper. Allerdings gab es einen wesentlichen Unterschied: Er schien sie nicht in seinen Gedanken auszuziehen, vielmehr schien das Gegenteil der Fall. Es war, als ziehe er ihr in seiner Vorstellung verschiedene Kleider an, um zu prüfen, ob sie dazu taugte, sie zu tragen. Aber wenn auch keine Begierde von ihm ausging — begeistert war Mary nicht, von ihm auf ihre Eignung als menschlicher Kleiderständer untersucht zu werden.

»Sie tragen es falsch.«

Farnkamps Stimme war ein hohes Säuseln. Im Zusammenspiel mit seiner Länge — er überragte Mary, die alles andere als klein war, um einen Kopf — und seiner schmalen Gestalt konnte Mary nicht anders, als bei diesem Geräusch an eine lange dünne Orgelpfeife zu denken, die ähnliche Töne von sich gab (dazu passte auch Farnkamps silberne Farbe). Zu ihrer Verwunderung waren die Worte trotz des Aufruhrs um sie herum deutlich zu verstehen. Vielleicht, dachte sie, lag es an der hohen Frequenz.

»Bitte was?«

»Mein Kleid. Sie tragen es vollkommen falsch.«

Mary fragte sich, ob sie das Kleid aus Versehen falsch herum angezogen hatte, die Vorderseite auf dem Rücken oder verdreht, sodass die Innennähte nach außen zeigten. Es hätte sie nicht gewundert. Bei all der wogenden Seide war schwer zu bestimmen, wo vorne und hinten war.

»Wie meinen Sie das?«

»Sie müssen es mit viel mehr Verve tragen.«

»Verve?«

Farnkamp nickte, als gäbe es nichts Selbstverständlicheres in der Welt.

»Mit mehr Esprit. Sie müssen sich einfühlen in die Form, das Wesen, den Charakter des Kleides.«

Nun schaltete sich auch Winthrop ein.

»Nicht das Kleidungsstück muss sich seinem Träger anpassen«, erklärte sie Mary, »sondern der Träger sich seinem Kleidungsstück. Kleidung ist nicht da, um uns besser oder schöner wirken zu lassen. Wir sind dazu da, damit das Werk an uns seine Persönlichkeit entfalten kann. Wir müssen es ihm erlauben, müssen uns ihm vollkommen übereignen und uns alle Mühe geben, ihm gerecht zu werden.«

Bei diesen Belehrungen hätte Mary nichts lieber getan, als den beiden den Fummel um die Ohren zu hauen. An Verve und Esprit hätte sie es dabei nicht fehlen lassen. Ihre Lust dazu stieg weiter an, als Winthrop sich nun an den Designer wandte.

»Darf ich fragen, Franz, was dich zu diesem Stück inspiriert hat? Vielleicht hilft es Lady Arrington, die richtige Einstellung zu ihm zu finden und sie besser nach außen zu tragen.«

»Gewiss, Annabelle, Schatz«, säuselte der Designer mit einem süßlichen Lächeln, und kreiste Mary mit einer weiten Handbewegung ein. »Ich denke, der Name sagt alles, was man darüber wissen muss. Diese Kreation heißt ›Die Lodernde Sonne von Capri‹.«

Mary wusste nicht recht, was sie damit anfangen sollte. Zu wissen, wie der Fummel hieß, machte ihn schließlich nicht hübscher. Gerade war es ihr allerdings auch ziemlich gleichgültig. So nervig sie das Kleid und die Auseinandersetzung darüber auch fand — etwas anderes war noch weitaus verstörender. Aus der Entfernung hatte Mary nicht ausmachen können, welchen Gegenstand Farnkamp in seiner Hand hatte, und während ihres bisherigen Wortwechsels hatte er ihn an seiner Seite gehalten, sodass es ihr nicht möglich gewesen war, ihn genauer in Augenschein zu nehmen. Jetzt aber schwenkte er ihn geradewegs in ihre Richtung. Er ließ ihn vor ihr in der Luft verharren und sorgte somit dafür, dass Mary direkt in die Mündung eines Revolvers blickte.

5

Es war eine kompakte, kleine Waffe mit kurzem Lauf, ganz in Silber, einschließlich des Griffs, und über und über mit Strasssteinen besetzt. So albern eine solche Verzierung auch sein mochte, an der Gefährlichkeit änderten sie nichts. Mary hätte den Revolver untersuchen müssen, um sicherzugehen, dass er echt war. Auf den ersten Blick schien es sich jedenfalls nicht um eine Attrappe zu handeln. Sie erschrak nicht darüber. Da Farnkamp schon vorher mit dem Ding hantiert hatte, hatte er offensichtlich nicht vor, jemandem damit Schaden zuzufügen. Sicherlich würde er Mary nicht einfach über den Haufen schießen, nur weil sie sein dämliches Kleid nicht so trug, wie er es gern gehabt hätte. Trotzdem war Mary alles andere als begeistert, die Waffe vor der Nase zu haben. Im Gegenteil: Für sie war hiermit eine Grenze überschritten. Diese Leute waren unglaublich. Sie hatte sich die größte Mühe gegeben, sich auf sie und ihre Macken einzulassen. Sie fand, sie habe dabei ein hohes Maß an Selbstbeherrschung an den Tag gelegt. Aber diese Selbstbeherrschung war nicht unerschöpflich. Sie hatte dieses schreckliche Kleid angezogen. Sie hatte es hingenommen, dafür kritisiert zu werden. Aber dass dieser Mann die Frechheit besaß, ihr eine Waffe ins Gesicht zu halten, und sei es nur aus einer seiner komischen Launen heraus — eine solche Unverschämtheit war sie nicht bereit, hinzunehmen.

»Das reicht jetzt! Genug ist genug!«

Sie schob den Revolver mit der flachen Hand zur Seite, sodass er nicht mehr auf sie, sondern auf die um sie versammelten Reporter zeigte. Im Gegensatz zu ihr schienen diese allerdings nichts dagegen zu haben. Vielmehr war es, als betrachteten einige von ihnen es als Ehre. Auf jeden Fall bot es ein gutes Motiv.

Winthrop sah Mary verwundert an. Auch sie schien nichts dabei zu finden, sich eine Waffe vor die Nase halten zu lassen, zumindest solange es Farnkamps war. Dafür schien sie es gerade als dreist zu empfinden, dass Mary es gewagt hatte, das funkelnde Kleinod ihres vergötterten Designers ungefragt zu berühren.

»Wie meinen Sie, meine Liebe? Was ist denn plötzlich in sie gefahren?«

»Entschuldigen Sie«, gab Mary zurück. »Ich habe wohl nicht die richtige Ausdrucksweise verwendet. Um in der Modesprache zu bleiben: Mir platzt gleich der Kragen. Oder, wenn Ihnen das besser gefällt: Mir reißt der Geduldsfaden.«

Sie wandte sich den Farnkamp. Da sie keine Waffe zur Hand hatte, musste sie sich damit begnügen, ihm den ausgestreckten Zeigefinger vorzuhalten.

»Lassen Sie es sich nicht noch einmal einfallen, das Ding auf mich zu richten. Ich weiß nicht, wie es bei Ihnen ist. In meinen Kreisen gilt es als unhöflich, während einer Unterhaltung eine Schusswaffe auf seinen Gesprächspartner zu richten. Was Ihre Capri-Sonne angeht«, sie zupfte an der Seide. »Wenn Sie derart klare Vorstellungen davon haben, wie man Ihre ach so exquisiten Kleider zu tragen hat, sollten Sie vielleicht in Zukunft Gebrauchsanweisungen mitliefern. Vielleicht auf eingenähten Etiketten. Sie wissen schon: Waschen bei 60 Grad, tragen mit Verve. Das würde die Sache enorm vereinfachen.«

»Was erlauben Sie sich? Vergessen Sie nicht, wen Sie

vor sich haben!« Winthrops Blicke, mit denen sie Mary bedachte, sprühten Gift. Von ihrer vorherigen Liebenswürdigkeit, auch wenn es eine aufgesetzte gewesen war, war nichts mehr übrig. Dass jemand es wagte, auf so ruppige Weise mit dem gefeierten Modegenie zu sprechen, galt ihr offenbar als unerhört und unverzeihlich. Mary war sicher, sich gerade einen Platz auf der schwarzen Liste der Chefredakteurin eingefangen und Fitch & Finnegan eine saftige Klage eingehandelt zu haben.

»Sie verstehen das nicht«, fuhr Winthrop fort. »Der Mann ist Künstler, und das zeigt sich nun einmal auch in der Art, wie er sich kleidet, den Accessoires, die er mit sich führt. Ihnen mag das sonderbar vorkommen. Aber wir haben nicht das Recht, einen schöpferischen Geist wie ihn in seiner gestalterischen Kraft und seinem Ausdruckswillen zu beschränken.«

Auch einige der Journalisten schienen schockiert — und hocherfreut über die Gelegenheit für eine Story. Sie rückten näher, um bloß keine Silbe dieses Wortgefechtes zu versäumen. Mary hingegen war wenig begeistert davon, dass Greta bald in einem ihrer Klatschblätter über ihre eigene Arbeitgeberin und deren sicher sensationell aufgebauschten Streit mit dem Mode-Gott lesen durfte. So schnell konnte es also gehen, sich einen Auftritt in der Regenbogenpresse zu sichern. Aber das bremste Mary nicht. Zum einen sah sie nicht ein, mit ihrer Meinung zurückzuhalten. Zum anderen war der Schaden ja sowieso schon angerichtet.

»Wenn die betreffende Person mit einer Schusswaffe vor mir herumfuchtelt, ist es mir gelinde gesagt schnurzegal, wen ich vor mir habe, ob es ein Künstler, ein Räuber oder einfach nur ein Verrückter ist. Manche mögen ein Genie in Ihnen sehen, Herr Farnkamp. Anhand dieses Ballonkleides kann ich diesen Eindruck nicht bestätigen. So oder so entbindet Sie das nicht von der Pflicht, die simpelsten Benimmregeln einzuhalten. Ich rate Ihnen daher, sich auf Accessoires zu beschränken, von denen keine Gefahr für Leib und Leben ausgeht.«

Farnkamp hatte den beiden Frauen zugehört, als sei er gar nicht an dem Streit beteiligt, geschweige denn sein Auslöser, sondern verfolge ihn nur als Zuschauer, wie die Journalisten. Mary starrte ihn herausfordernd an. Aber erst, als sie schon meinte, er werde überhaupt keine Reaktion zeigen, schwenkte er ein weiteres Mal seinen Revolver. Dieses Mal allerdings nicht, um ihn auf Mary zu richten. Wäre ihm das eingefallen, hätte Mary nicht gezögert, ihm das Ding wegzureißen und ihm eine Ohrfeige zu verpassen, wahlweise mit seiner eigenen Waffe. Zu seinem Glück tat er nichts weiter, als mit dem Lauf in seine flache Hand zu klopfen.

»Bravo, ich gratuliere Ihnen! Jetzt haben Sie's!«

Mary war verdutzt. Sie begriff nun zwar, dass sein Klopfen mit dem Revolver eine Beifallsbekundung sein sollte. Allerdings wusste sie nicht, wofür. Bisher hatte sie noch nie erlebt, dass ihr jemand, den sie beleidigt hatte, dafür applaudiert hätte.

»Was? Was habe ich?«

Er vollführte eine Bewegung mit dem Revolver, achtete aber tunlichst darauf, nicht auf Mary zu zielen, sondern nur einen Kreis um sie zu beschreiben.

»Das, was ich meinte: Verve, Esprit, eine gewisse Aggressivität. Jetzt stehen Sie dem Kleid schon viel besser.«

»Mein Gott, wie recht Sie haben«, rief Annabelle Winthrop. »Dieses Feuer, diese Leidenschaft geht mit der Farbe, der Form und dem Stoff eine geradezu symbiotische Verbindung ein. Kleid und Trägerin verschmelzen miteinander.«

Ihre kurz aufgeflammte Feindseligkeit Mary gegen-

39

über schien erloschen. Stattdessen schien sie mit einem Schlag nicht nur Respekt, Bewunderung gar, sondern etwas wie innige Verbundenheit mit ihr zu empfinden. Mary war nicht sicher, ob dies erstrebenswert war.

»K«, wies Farnkamp seine Muse an. »Diesen flüchtigen Moment müssen wir einfangen.«

Das Mädchen hatte der Unterhaltung bisher teilnahmslos zugehört. Nun öffnete sie den Verschluss der Tasche, die Farnkamp über der Schulter trug, und zog ein Tablet heraus, das sich in einer — wie hätte es anders sein können? — mit Glitzersteinen besetzten Hülle befand. Sie klappte die Hülle auf und reichte es ihm. Er gab ihr dafür den Revolver. K schien keine Scheu vor der Waffe zu haben, handhabe sie vielmehr, als sei sie bestens mit ihr vertraut und warf sich für die Fotografen damit in Pose. Farnkamp entsperrte das Tablet, hob es vor sein Gesicht und zielte damit auf Mary, so wie er vorher mit dem Revolver auf sie gezielt hatte. Mary war nicht begeistert, geschweige denn, dass sie sich Mühe gegeben hätte, sich ebenfalls fotogen zu präsentieren. Aber sie schaute lieber in eine Kamera als in eine Revolvermündung. Das Tablet machte ein Geräusch, das dem Auslösemechanismus eines Fotoapparates nachempfunden war.

»Formidabel.« Der Designer betrachtete sein Werk. »Sie wurden verewigt, Mrs. Arrington.«

Mary verzichtete darauf, sich das Ergebnis anzusehen. Sie hatte sich in dem Kleid schließlich schon ausgiebig im Spiegel betrachtet und hatte kein Bedürfnis, sich noch einmal darin zu sehen, Esprit hin oder her. Noch dazu war es ein komisches Gefühl, plötzlich Teil von Farnkamps ›Sammlung‹ geworden zu sein, wenn auch nur in Form eines Fotos. Annabelle Winthrop allerdings trat neben ihn, um auf den Bildschirm blicken zu können.

»Wirklich eindrucksvoll, meine Liebe.« Sie legte Mary die Hand auf den Arm. »Ich hätte nicht gedacht, dass Sie es in sich haben. So viel Verve hätte ich Ihnen nicht zugetraut.«

Mary sah zu, wie Farnkamp das Tablet zuklappte. Anstatt es selber wieder in seiner Tasche unterzubringen, tauschte er es mit K gegen den Revolver. Er schien genau darauf achtzugeben, dass sie das Tablet sorgfältig verstaute und der Verschluss mit einem Klicken sicher einrastete. Wahrscheinlich nur ein weiterer der Spleens, von denen er offensichtlich eine ganze Reihe hatte.

»Da sehen Sie mal«, sagte Mary, »was dabei herauskommt, wenn man mich mit einer Waffe bedroht.«

Farnkamp strich mit seinen langen Fingern über die funkelnden Strasssteine an seinem Revolver.

»Sie lieben es wohl nicht, mit dem Tod zu spielen, was?«

Mary schüttelte den Kopf.

»Meiner Erfahrung nach ist er kein guter Spielgefährte und Waffen keine Spielzeuge – solche Spiele gehen oft übel aus, und als Gewinner steht am Ende meistens der Tod da.«

»Für mich«, erklärte Farnkamp, »gibt es nichts Erhebenderes als die Verbindung von Schönheit und Tod, von Eleganz und lebensbedrohlicher Gefahr.«

Er fuhr seiner Muse mit dem Revolverlauf über den Körper. Mit schläfrigem Blick ließ sie es geschehen. Ein träumerisches Lächeln lag auf ihren Lippen, als schwebe sie in einer süßen Trance. Bei allem, was man von Farnkamp halten mochte: Mary musste zugeben, dass er bei der Auswahl seiner Models einen guten Blick bewies. Das Mädchen war außergewöhnlich schön, mit blasser

Haut und blauen Augen, die glänzten wie die Strasssteine. Mary dachte zwar, dass sie mit Haaren wohl noch besser ausgesehen hätte als mit ihrer Glatze. Andererseits brachte ihr geschorenes Haupt ihre Züge besser zur Geltung. Das Besondere an diesen Zügen war, dass ihr Gesicht nicht ganz symmetrisch war, was doch gemeinhin als eines der vorrangigen Merkmale, gar eine Voraussetzung für Schönheit galt. Stattdessen schien es leicht verschoben, was zum einen leicht irritierte, zum anderen aber das Bedürfnis weckte, sie immer weiter anzuschauen. Dazu besaß sie, in ihren weichen Bewegungen und ihrem zarten Körperbau, eine Ausstrahlung, von der man sich nur schwer lösen konnte. Wenn Mary gezwungen gewesen wäre, sie zu beschreiben, hätte sie wohl auf einen Ausdruck wie ›pur‹ zurückgegriffen. Die Flügel auf ihrem Rücken verstärkten den feen- oder engelsgleichen Eindruck, den sie vermittelte. Es war, als sei dieses filigrane Geschöpf in seinem Leben noch niemals mit etwas Bösem in Kontakt gekommen und habe sich dadurch eine Unberührtheit bewahrt, die es rein und wie innerlich leuchtend, aber auch zerbrechlich, verletzlich wirken ließ. Das Mädchen weckte einen Beschützerinstinkt. Mary konnte gar nicht anders, als zu fürchten, ihr könne etwas zustoßen. Vor allem, wenn ein verschrobener Modeschöpfer mit seiner Knarre an ihr herumfuhrwerkte, während er von seiner Todesfaszination schwafelte.

»Sünde und Unschuld miteinander vereint.«

Farnkamp ließ die Waffe von ihrem Bauchnabel aufwärts und geradewegs zwischen ihren kleinen Brüsten hindurch bis zu ihrem Hals gleiten, wo er ihn unter ihrem Kinn verharren ließ.

»Was könnte ergreifender sein?«

Das Mädchen reckte ihren Kopf in die Höhe, von der

Revolvermündung weg. In ihren Augen meinte Mary Angst zu erkennen. Doch wagte sie offenbar nicht, auszuweichen, geschweige denn, Hand an das Besitztum des Mannes zu legen, der sie in sein Spiel mit dem Tod eingebunden hatte.

»Sehen Sie das ähnlich, Ms. ... K?«, fragte Mary.

Die Muse lächelte ein feines Lächeln. Es wirkte offen und dabei ein wenig naiv und unterstrich die kindliche, vielleicht gar ein wenig einfältige Aura, die von ihr ausging.

»Nur K, ohne Anrede, wissen Sie?« Ihre Stimme war leise, hell und weich, wie das Läuten eines kleinen Glöckchens. Die Stimme eines Kindes, dachte Mary. »Ich weiß nicht, ob ich Ihre Frage beantworten kann. Mit Tod und Sünde kenne ich mich nicht besonders aus. Ich bin nicht sicher, ob ich etwas Schönes daran finden kann.«

»Wenn du älter wirst«, sagte Farnkamp, »wirst du es erkennen.«

»Ist die Waffe denn geladen?«, erkundigte sich Mary bei dem Designer.

»Aber selbstverständlich«, gab Farnkamp zurück. »Eine ungeladene Waffe könnte schließlich niemals den Zweck erfüllen, für den sie geschaffen wurde.«

Er setzte sich den Revolver nun an seine eigene Schläfe, beinahe nachdenklich, als sinne er über den Sinn von Leben und Tod nach und wisse noch nicht recht, für welches von beiden er sich entscheiden sollte.

In diesem Moment erklang hinter Mary eine Stimme.

»Passen Sie bloß auf, dass Sie nicht aus Versehen abdrücken, Herr Farnkamp. Das wäre ein schwerer Verlust für die Menschheit.«

Mary wandte sich um.

6

Hinter ihr stand eine große, kräftige Frau, die aussah, als könne sie es an Stärke mit jedem Mann aufnehmen. So grimmig, wie sie Farnkamp anblickte, schien sie Lust zu haben, es an ihm zu demonstrieren. Wobei der schmale Österreicher in einer körperlichen Auseinandersetzung garantiert keine Chance gegen sie gehabt hätte. Ihr Gesicht hatte maskuline Züge, auf denen das spärlich aufgetragene Make-Up beinahe fehl am Platz wirkte. Ihr Haar war dunkelblond und zu dicken Zöpfen geflochten. Sie trug eine Art Wams, das aussah, als sei es aus rohem Flachs und Baumrinden gewebt und dann mit Feldblumen geschmückt worden. Sie erinnerte Mary an Kriegerinnen aus alten Heldensagen. Es fehlte nur noch eine Streitaxt oder ein Schwert.

»Das würde Sie freuen, nicht wahr, Mrs. Jonsdottir?«, sagte Farnkamp, ohne den Revolver herunterzunehmen. Ein spöttisches Lächeln spielte auf seinen Lippen. »Wer weiß, vielleicht tue ich Ihnen ja den Gefallen, wenn Sie mich nett bitten.«

Die Frau stieß ein Schnauben aus ihrer breiten Nase.

»Da habe ich meine Zweifel.«

Ihre tiefe Stimme passte zu ihrer herben Erscheinung.

»Sie selbstverliebter Fatzke haben kein Problem damit, anderen Schaden zuzufügen. Im Gegenteil. Aber sich selbst würden Sie doch niemals auch nur ein einziges Ihrer silbernen Härchen krümmen. Abgesehen davon würden Sie sich dabei ja Ihren schnieken Anzug besudeln. Woraus haben Sie den gefertigt? Lametta?

Hatten Sie den noch von Weihnachten übrig und wussten nicht, wohin damit?«

»Oha, Freya, angriffslustig wie immer.« Farnkamp nahm den Revolver herunter und richtete ihn auf Jonsdottir. Nicht in einer bedrohlichen Weise. Er verwendete ihn eher wie einen Zeigestock. »Und wie immer prächtig gekleidet. Sie sehen aus, als wären Sie einmal nackt durch den Wald gelaufen und hätten zu einem Kleid erklärt, was immer an Buschwerk, Blättern und Ranken an Ihnen hängengeblieben ist.«

Die Journalisten um sie herum wohnten dem Schlagabtausch voller Spannung bei. Nach solchen Konflikten, dachte Mary, gierten sie wahrscheinlich. Die konnten sie richtig schön für ihre Artikel ausschlachten.

Annabelle Winthrop lehnte sich ihr zu.

»Das ist Freya Jonsdottir«, raunte sie. »Die isländische Stardesignerin. Wenn Farnkamp und sie sich begegnen, fliegen immer die Fetzen.«

Was, vermutete Mary, neben ihren modischen Fähigkeiten ein weiterer Grund dafür war, dass sie sich an Bord befanden. Sicher hatte Winthrop es darauf angelegt, dass die beiden aneinandergeraten würden. Schließlich sorgte das für Schlagzeilen.

»Ihre Rivalität«, fuhr Winthrop fort, »ist geradezu legendär. Man sieht ja, dass die beiden schon in modischen Belangen wie Feuer und Wasser sind. Farnkamp kreiert moderne, stylische Entwürfe, einen ›Urban Chic‹, wenn Sie so wollen. Freya arbeitet ausschließlich mit natürlichen Soffen, Baumwolle, Jute, Hanf. Dabei orientiert sie sich an traditionellen Kleidungsstilen und findet ihre Inspiration in der Kultur ihrer Vorfahren.«

Diese Vorfahren, dachte Mary, kamen nicht nur in Jonsdottirs Outfit, sondern in ihrem gesamten Äußeren zum Ausdruck. Sie hatte etwas von einer Wikingerin.

45

»Aber glauben Sie bloß nicht«, ergänzte Winthrop, »bei ihren Querelen ginge es nur um unterschiedliche Sichtweisen auf ihre Kunst. Nein, was zwischen den beiden abläuft, ist persönlich. Aber wem erzähle ich das. So gut, wie Sie sich in unserer Szene auskennen, sind Sie sicherlich bestens über diese Streithähne informiert.«

Das war zwar nicht der Fall. Bis in solche Einzelheiten reichten Marys oberflächliche Kenntnisse nicht. Aber sie hatte auch keine Lust, sie zu vertiefen. Die Frage, warum zwei Modedesigner einander nicht ausstehen konnten, interessierte sie gerade herzlich wenig. Außerdem schien es ihr denkbar, dass diese so offen zur Schau gestellte Abneigung zumindest ein Stück weit genau das war — bloß eine Schau, mit denen sie sich eine Erwähnung in den Zeitschriften verschaffen wollten. Zumindest Farnkamp schien die Aufmerksamkeit, die ihm der Streit eintrug, in vollen Zügen zu genießen.

»Dabei verstehe ich gar nicht«, legte er nach. »Woher Ihre Aggressivität kommt. Man sollte doch meinen, dass jemand, der so naturverbunden ist wie Sie, für alle Geschöpfe auf Gottes grüner Erde nichts als Liebe empfindet.«

»Im Großen und Ganzen ist das auch so«, erwiderte Jonsdottir. »Allerdings mache ich gewisse Ausnahmen.« Der Revolver, den Farnkamp immer noch auf sie gerichtet hielt, schien sie nicht aus der Ruhe zu bringen. Vielmehr trat sie noch einen Schritt vor, sodass er sie beinahe berührte. »Ich bin zwar noch nicht so weit, mit Waffen herumzuspielen und andere ins Visier zu nehmen. Aber wer weiß — das kann ja noch kommen.«

Sie machte eine Geste in Richtung K, die sie aus träumerischen Augen betrachtete.

»Ich lasse Sie und Ihren Aushilfsengel dann mal mit Ihrer Selbstdarstellung weitermachen. Auch, um meine

Augen zu schonen — nicht, dass ich von ihrem glitzernden Outfit noch blind werde.«

»Das ist eine hervorragende Idee, Freya. Wir sollten sowieso nicht zu viel Zeit miteinander verbringen.« Farnkamp schwenkte seinen Revolver. »Je länger wir miteinander sprechen, desto stärker juckt mir der Finger am Abzug.«

Jonsdottir warf ihm noch einen verächtlichen Blick zu und zog von dannen.

»Nehmen Sie es meiner werten Kollegin nicht übel«, sagte Farnkamp in die Runde. »Ich bin sicher, dass diese Naturstoff-Kleider ganz fürchterlich jucken, Allergien und Ausschläge verursachen. Da müssen wir Mrs. Jonsdottir nachsehen, dass Sie so übel gelaunt ist.«

Er hatte so laut gesprochen, dass auch Jonsdottir es noch hören musste. Aber sie drehte sich nicht einmal mehr um. Einige der Umstehenden lachten. Mary gehörte nicht dazu. Sie fand diese Schmähung weder besonders lustig, noch hatte sie, wie andere, das Bedürfnis, sich bei Farnkamp anzubiedern. War er ihr schon vom ersten Moment an unsympathisch gewesen, so fand sie ihn inzwischen geradezu unausstehlich.

»Aber nun entschuldigen Sie uns bitte«, fuhr der Österreicher fort. »K und ich müssen noch viel für unsere große Show heute Abend vorbereiten. Annabelle, immer eine Freude, dich zu sehen.«

»Gleichfalls, Franz«, sagte Winthrop. »Wir sind schon ganz gespannt darauf, was du uns bieten wirst.«

»Keine Sorge, Annabelle-Schatz.« Farnkamp tippte ihr sachte mit der glitzernden Waffe auf die Stirn. Im Gegensatz zu Mary schien es Winthrop nichts auszumachen. »Ich verspreche dir, du wirst nicht enttäuscht sein. Sie nun«, er wandte sich an Mary. »Bewahren Sie sich Ihr Verve!«

»Ich werde mein Bestes tun.«

Farnkamp drehte sich um und strebte in weiten, geschmeidigen Schritten zur Treppe. Seine Muse lächelte Mary noch einmal zu, bevor sie sich ihm anschloss. Durch ihr weißes Flügelkostüm und seinen glitzernden Silberanzug sah es aus, als folge ein Engel einem aufsteigenden Gestirn.

»Ich verabschiede mich auch von Ihnen«, sagte Winthrop. »Es gibt eine Menge Leute hier, die beleidigt sind, wenn ich sie nicht begrüße. Wir sehen uns spätestens auf der Eröffnungsschau, meine Liebe! Glauben Sie mir, das wird ein Spektakel, bei dem es allen den Atem verschlagen wird. Vor allem, weil Franz versprochen hat, dass er am Ende für uns eine riesige Überraschung hat. Wir dürfen also gespannt sein. Küsschen, Küsschen!«

Ehe Mary wusste, wie ihr geschah, reckte Winthrop auch schon den Kopf vor und schmatzte einmal rechts, einmal links neben ihr in die Luft. Mary war zu überrascht, um es ihr gleichzutun. Ihr war nicht klar gewesen, dass sie und Winthrop sich jetzt schon so nahestanden, um dieses Begrüßungs- und Abschiedsritual durchzuführen. Diese Ehre kam offenbar nicht jedem zu. Einige der Umstehenden betrachteten sie mit einer Mischung aus Ehrfurcht und Neid. Auch wenn sie selbst nichts damit anfangen konnte: Für andere schienen diese Luftküsse so etwas wie der Ritterschlag der Modebranche zu sein.

»Ja, Küsschen … ich meine, auf Wiedersehen, Mrs. Winthrop. Bis heute Abend.«

Mary sah zu, wie Winthrop durch die Menge schritt, die sich wie ein Meer vor ihr teilte. Beinahe bedauerte sie, dass sie sich nicht nur wieder mit Winthrop vertragen, sondern die Chefredakteurin sie nun auch noch zu ihrer Busenfreundin erkoren hatte. Der Bruch mit ihr wäre vielleicht kostspielig gewesen. Aber dann hätte Mary immerhin die ganze Fahrt über anziehen können, was sie wollte, und Begegnungen mit Revolver schwingenden Modedesignern wären ihr erspart geblieben. Sie hoffte, dass es bei dieser einen bleiben würde. Aber so, wie die Reise sich anließ, machte sie sich vorsichtshalber auf noch Schlimmeres gefasst. Was Farnkamps angebliche Überraschung anging, war sie jedenfalls weit weniger enthusiastisch als die Chefredakteurin.

7

Die Modenschauen der Star-Designer würden allesamt im Queen's Ballroom auf Deck 7 stattfinden, der eigens für diesen Zweck umgestaltet worden war. Die Mitte des weiten Raumes, die sonst als Tanzfläche genutzt wurde, wurde nun von einem langen, erhöhten Laufsteg eingenommen, der den Saal in beinahe seiner gesamten Länge durchzog. Drumherum, wo sonst Tische und Stühle auf dem Parkett gestanden hatten, waren nun als Tribünen Sitzreihen in aufsteigender Höhe aufgebaut, die den Laufsteg zu beiden Seiten und seinem vorderen Ende säumten. Die Bühne, auf der für gewöhnlich das Bordorchester spielte, war freigeräumt worden und stellte nun den Durchgang zum Garderobenbereich dar, der dahinter eingerichtet war. Dort dirigierten die Designer und Designerinnen den Ablauf ihrer Präsentation, Assistententeams hielten die Kleider für die Models bereit und halfen ihnen beim Anziehen, und Scharen von Stylisten waren dafür zuständig, sie zu schminken und zu frisieren. Diese Abläufe und der gigantische Aufwand, der hinter den Kulissen betrieben wurde, würden den Zuschauern freilich verborgen bleiben. Sie würden lediglich die Show zu sehen bekommen, zu deren Vorbereitung und reibungsloser Durchführung all das diente.

Sie waren in großer Zahl herbeigeströmt, um Fallkamps Eröffnungschau beizuwohnen. Die meisten Plätze waren bereits besetzt, als Mary eintraf, und auch jene, die noch frei waren, würden es nicht mehr lange bleiben. Niemand, der mit seiner Kabine die Teilnahme gebucht hatte, hätte freiwillig auf dieses exklusive Vorrecht verzichtet. Trotz seiner Größe war es unmöglich, sämtliche Passagiere in dem Ballsaal unterzubringen. Während es im Laufe der Reise eine Reihe von frei zugänglichen Veranstaltungen geben würde, denen jeder beiwohnen konnte, waren die Haupt-Modenschauen, die an den Abenden stattfinden würden, daher ausgewählten Gästen vorbehalten — namentlich den Passagieren der höheren Kategorien. Alle, die sich hier eingefunden hatten, trugen schicke Abendgarderobe. Manche hatten ausgefallene Outfits angelegt, mit denen sie ihr eigenes Modebewusstsein oder ihren modischen Wagemut bewiesen, während sie bei Champagner, Hors d'euvres und angeregtem Geplauder darauf warteten, dass das Spektakel seinen Anfang nahm.

Mary selbst war der Ansicht, ihre eigene Kühnheit in Sachen Fashion heute schon zu Genüge an den Tag gelegt zu haben — auch wenn das nicht freiwillig geschehen war. Nach den Stunden, die sie in der ›Lodernden Sonne von Capri‹ herumgelaufen war, hatte sie beschlossen, ihre Vertragspflichten als abgegolten zu betrachten, zumindest für heute. Aus diesem Grund war sie in der Trafalgar Suite aus dem rot glühenden Seidenball gestiegen und hatte ihn gegen eines ihrer eigenen Kleider getauscht. Dieses Abendkleid war vielleicht nicht der ›Hit der Saison‹. Dunkelblau und mit klassischem Schnitt bestach es weder durch Originalität noch allzu kreative Farbgestaltung. Knielang, mit einem Dekolleté, das nicht bis zum Bauchnabel reichte, und einem Rückenausschnitt, der auf die Schulterblätter beschränkt war, schockierte es auch nicht durch die Zurschaustellung von zu viel nackter Haut. Auch wenn man ihm nicht absprechen konnte, dass es schick war — auf Innovation bedachte Modefans hätten es vermutlich langweilig gefun-

51

den. Mary hoffte es. Sie hatte genügend neugierige Blicke erduldet. Wenn ihr und ihrer Aufmachung niemand Aufmerksamkeit schenkte und auch die Fotografen sie links liegen ließen, hätte sie es als großen Vorzug dieses Kleides betrachtet. Die Hauptsache bestand für sie allerdings darin, dass sie sich darin endlich wieder wie sie selbst fühlte und sich ungezwungen bewegen konnte, ohne dass es unentwegt raschelte und rauschte. Manchmal, dachte sie, war jene Kleidung die beste, bei der man ganz einfach vergessen konnte, dass man sie trug.

Wie es aussah, ging ihr Plan auf. Als sie den Ballsaal betrat, machten sich die Fotografen gar nicht erst die Mühe, ihre Kameras auf sie zu richten und hielten stattdessen nach lohnenswerteren Motiven Ausschau. Zufrieden nahm Mary sich eines der Champagnergläser, die ein Steward ihr auf einem Tablett anbot. Aber wenn die Reporter ihr auch keine Aufmerksamkeit schenkten: Eine Person gab es, die offenbar ungeduldig nach ihr Ausschau gehalten hatte — und sich unmittelbar nach ihrer Ankunft auf sie stürzte.

»Mary! Gott sei Dank bist du da!«

George MacNeill eilte durch die Menge auf sie zu. Er trug, dem Anlass entsprechend, seine weiße Gala-Uniform mit den goldenen Tressen. In Sachen Eleganz und Stil konnte er es darin mit den prachtvollsten Abendgarderoben aufnehmen. Allerdings trug er sie heute nicht mit der gesetzten Würde zur Schau, die sie ihm für gewöhnlich verlieh. Im Gegenteil sah sein Gesicht mit dem dichten grauen Vollbart ziemlich unglücklich aus und stand somit in starkem Kontrast zu seinem feierlichen Aufzug. Er wirkte beinahe ein wenig verloren, als hätte er sich, immerhin der Kapitän der Queen Anne, auf seinem eigenen Schiff verlaufen und finde sich nicht mehr zurecht. Mary wusste nicht, was ihm zu schaffen machte. Seine Pflichten nahmen George stark in Beschlag, und das galt ganz besonders für eine Fahrt wie diese, bei der so vieles anders laufen würde als normalerweise. Daher hatten die beiden sich zwar bei Marys Ankunft auf dem Schiff begrüßt, bisher aber noch keine Gelegenheit gehabt, sich näher zu unterhalten.

»Aber George, was ist denn los?«

Besorgt fasste Mary die Hand, die er nach ihr ausstreckte wie ein Ertrinkender nach seiner Retterin. Mary spürte die Kraft seiner Finger, mit denen er fast sein ganzes Leben die harten Arbeiten der Seefahrt verrichtet hatte, seine raue Haut und die Schwielen, die das Leben auf dem Meer ihm eingetragen hatte. Ihre eigenen Hände hingegen waren schlank, gepflegt, mit in dezentem Rot lackierten Nägeln. Es war sonderbar, wie innig diese so unterschiedlichen Hände einander fassten. Aber sie griffen ganz natürlich ineinander und es fühlte sich richtig an. Nach Maxwells Tod hatte Mary nicht geglaubt, jemals wieder einen Mann zu finden, mit dem sie glücklich sein könnte. Sie war froh und dankbar, sich geirrt zu haben.

»Was los ist?«

Er raunte es so leise, dass ihn außer Mary niemand hören konnte.

»Sieh dich doch nur um. Sieh dir an, was diese Vandalen mit meinem Schiff machen!«

Er schaute über die Schulter. Ein Schaudern schien ihn zu erschüttern, als sei ihm diese Versammlung unheimlich. Dass er mit diesem Trubel nichts anfangen konnte, wunderte Mary nicht. George war ein ehrlicher, harter Arbeiter, der immer offen aussprach, was ihm in den Sinn kam und keinerlei Neigung zu Verstellung in sich hatte, geschweige denn zu Selbstdarstellung. Die Menschen um ihn, zumindest viele davon, mussten ihm ungeheuer gekünstelt vorkommen. Mit seinem Sinn für Mode war es sowieso nicht weit her. Außerhalb seiner Dienstzeiten, während derer er stets in Uniform war, zog er am liebsten bequeme Leinenhosen und grobe Hemden an, über die er bei kühlem Wetter einen Wollpullover streifte. Diese Seemannskleidung ließ ihn zwar Wind, Kälte und Regen trotzen (an die er von Berufs wegen ohnehin gewöhnt war). Dass sie besonders schick gewesen wären, hätte man jedoch nicht behaupten können.

»Es kommt mir vor, als sei an Bord der Karneval ausgebrochen. Du ahnst nicht, wie froh ich bin, dich zu sehen.«

Sie küssten sich, kein Luftkuss wie bei Winthrop, sondern der echte, innige Kuss zweier Menschen, die einander liebten. Georges Hände mochten rau sein — seine Berührungen und seine Küsse waren zärtlich. Seit Marys letzter Reise war ihre Beziehung kein Geheimnis mehr. George hatte befürchtet, der Schiffseigner würde versuchen, ihm einen Strick daraus zu drehen. Schließlich stand er mit ihnen beiden auf Kriegsfuß. Mit Mary, weil sie mehrfach die Skandale ans Licht gebracht hatte, die er zu verbergen versucht hatte. Mit George, weil er ihr dabei geholfen und dadurch, in den Augen des Schiffseigners, dem Ruf des Unternehmens geschadet hatte. Dass sie sich nun nicht nur für Ermittlungen zusammentaten, sondern noch dazu ein Liebespaar geworden waren, konnte ihm nicht passen. Allerdings konnte er es auch nicht verhindern. Er hätte Mary sicher gern die Fahrten auf der Queen Anne verwehrt und George seines Kommandos enthoben. Aber er wusste genau: Mit ihren Kenntnissen über seine Machenschaften konnte sie dem Unternehmen einen schweren Schlag versetzen, das seinen Aktienkurs in den Keller treiben und von dem es sich vielleicht nicht wieder erholen würde. Dass er darauf verzichtete, offen gegen sie vorzugehen, bedeutete nicht, dass er es nicht im Hintergrund tat. Aber bisher war er mit seinen Bemühungen gescheitert, und solange sie vorsichtig waren und sich keinen Fehltritt leisteten, konnte er ihnen nichts anhaben.

Aber selbst, wenn es anders gewesen und sie ihre Gefühle füreinander hätten verbergen müssen: In diesem Moment hätte George wohl nichts zurückgehalten, Mary vor Erleichterung an sich zu drücken.

Er löste seine Lippen von ihren und sah sie an.

»Immerhin ein vernünftiger Mensch, der bei diesem Wahnsinn nicht mitmacht.«

Mary dachte, dass er nicht dieser Meinung wäre, hätte er sie in Farnkamps Sonnenkleid bewundern dürfen. Nun war sie doppelt froh, es abgelegt zu haben.

»Wahnsinn ist der richtige Ausdruck. Ich habe schon in der Grand Lobby eine Kostprobe davon bekommen. Ist dir klar, dass dieser Farnkamp eine Schusswaffe an Bord gebracht hat?«

George machte ein grimmiges Gesicht.

»Das ist mir klar. Wenn es nach mir gegangen wäre, hätte er das Ding spätestens bei Betreten des Schiffs abgeben müssen. Ich habe natürlich Einspruch erhoben. Aber mir wurde deutlich gemacht, dass ich ihn auf keinen Fall in irgendeiner Weise einschränken darf. Er sei eine ziemlich empfindliche Natur, leicht zu kränken, und sie wollten nicht riskieren, dass er seine Teilnahme absagt. Er ist ja die große Attraktion hier, und eine Absage von ihm hätte dem Erfolg der ›Fashion Cruise‹ einen herben Dämpfer verpasst. Mir sind da leider die Hände gebunden. Diese Winthrop hat mich damit beruhigt, dass er das wohl schon seit Jahren so mache und bisher nie was passiert sei. Ich bin übrigens gar nicht sicher, dass es eine richtige Waffe ist und nicht bloß eine Attrappe.«

»Ich hatte die zweifelhafte Ehre, sie aus der Nähe betrachten zu dürfen«, sagte Mary. »Natürlich gibt es Attrappen, die sich von richtigen, funktionstüchtigen Waffen mit bloßem Auge nicht unterscheiden lassen. Ich weiß es daher auch nicht genau. Für mich sah der Revolver allerdings ziemlich echt aus.«

»Dann hoffen wir mal, dass er nicht geladen ist.«

»Und falls doch, dass er keinen Blödsinn damit anstellt. Ich meine, nicht noch größeren Blödsinn, als ich schon erleben durfte. Sag mal, George«, sie wies durch den Saal, »ist das eigentlich die erste Veranstaltung dieser Art auf der Queen Anne?«

George nickte.

»Der Schiffseigner hat das von irgendeinem anderen Kreuzfahrtunternehmen abgekupfert. Er meint, das sei ›prestigeträchtig‹, würde für tolle Presse sorgen, und Berühmtheiten sind natürlich immer gut fürs Image. Er war ganz begeistert von der Idee — die er natürlich als seine eigene verkauft hat.«

»Klar«, sagte Mary. »Das passt zu ihm. Es gibt ja auch nichts Wichtigeres für ihn, als sein Image aufzupolieren. Dass es nötig ist, steht außer Frage nach den Verbrechen, die sich auf der Queen Anne ereignet haben, und seiner Art, damit umzugehen. Natürlich wäre es nicht schlecht gewesen, für sein falsches Verhalten die Verantwortung zu übernehmen und für die Zukunft Besserung zu geloben. Aber er greift zu diesem Zweck offenbar lieber auf ein glitzerndes Spektakel zurück. Wobei man ihm immerhin lassen muss, dass es bisher gelungen ist.«

Sie trank von ihrem Champagner und blickte auf die herausgeputzte Versammlung, auf die Models und Designer, die zum Zuschauen gekommen waren, das sonstige Publikum, das sie fasziniert bestaunte und die Reporter, die sie ununterbrochen fotografierten. Über allem lag eine Atmosphäre freudiger, gespannter Erwartung auf das, was dieser Abend noch zu bieten hätte. Mary konnte nicht bestreiten, dass diese Stimmung auch auf sie übergriff. Solange sie tragen konnte, was sie wollte, anstatt sich dem vertraglichen Kleiderzwang unterzuordnen, hatte sie nichts gegen ein wenig Trubel einzuwenden. Dieser hier hatte schon bewiesen, dass er überaus unterhaltsam sein konnte. Man mochte von Winthrop, Farnkamp und seiner Muse halten, was man wollte — es ließ sich nicht bestreiten, dass sie und viele weitere der Charaktere auf dem Schiff nicht weniger bunt und ausgefallen waren als die raffinierten Kleider, die einige von ihnen trugen. Wenn es eines gab, das Mary begeisterte, dann waren es skurrile Persönlichkeiten. Das machte es ihr leicht, ihren Spaß an all dem zu finden und gleichzeitig Material für ihre nächsten Romane zu sammeln. Außerdem hatte sie noch nie eine Modenschau besucht, geschweige denn, dass sie mit Models und Designern in näheren Kontakt gekommen wäre. Sie freute sich, diese Erfahrungen machen, ihren Horizont erweitern zu können.

Aber natürlich war sie in einer weitaus angenehmeren Position als George.

»Er hätte mich ja wenigstens nach meiner Meinung fragen können«, klagte er. »Aber ich habe da natürlich nichts zu melden. Warum auch? Ich bin ja bloß der Kapitän, der das Schiff heil über den Ozean bringen muss. Da fällt es niemandem ein, sich danach zu erkundigen, ob ich mit all dem einverstanden bin.«

Auch wenn solche Rücksichtnahme vom Schiffseigner nicht zu erwarten gewesen war, verstand Mary, dass George sich übergangen und in seiner Berufsehre gekränkt fühlte. Dazu kam, dass er mit Partys und ähnlichem Rummel in der Regel nichts anfangen konnte. Mit seinem ruhigen, bedächtigen Gemüt fühlte er sich unter allzu vielen Menschen und bei Lärm immer unwohl. Am liebsten war er auf der Brücke, wo er zusammen mit seinen Offizieren mit Besonnenheit das riesige Schiff steuerte. Auch in den wenigen Pausen, die er sich gönnen konnte, bevorzugte er stille Augenblicke, die Aussicht auf das weite Meer etwa, wenn er nachts, nachdem die Passagiere sich in ihre Kabinen zurückgezogen hatten, auf das leere Außendeck kam, um sich auf die Reling zu stützen und den Wellen zuzuhören. Trotzdem kam Mary seine Reaktion ein wenig übertrieben vor. George neigte für gewöhnlich nicht dazu, zu jammern und sich zu beschweren. Dass er jetzt grummelte wie ein alter Seebär, dem die Rum-Flasche ins Wasser gefallen war, führte Mary zu der Vermutung, dass es nicht nur die Designer, Models und Fotografen waren, was George gegen den Strich ging.

»Hör mal, George. Es kann sein, dass ich falsch liege. Aber irgendwie habe ich das Gefühl, dass hinter deiner schlechten Laune noch etwas anderes steckt.«

George runzelte die Stirn. Sein wettergegerbtes Gesicht war wie eine Landkarte, seine Falten wie die Kurse, über die das Leben ihn geschickt hatte. Mary betrachtete es gern, selbst wenn es, wie jetzt, missmutig aussah.

»Du und dein detektivischer Spürsinn. Aber ja, du hast recht. Das alles hier, das ginge ja noch. Die Leute sollen natürlich ihren Spaß haben. Wenn sie mich einfach meinen Job machen ließen, hätte ich auch überhaupt nichts dagegen. Aber sie wollen ja, dass ich ...«

»Dass du was?« Sie stupste ihn an der Schulter. »Raus damit, George.«

»Sie wollen, dass ich über das Ding da laufe.«

Er gestikulierte in Richtung des Laufstegs.

»Am Abschlussabend soll ich darüber marschieren. Mit etlichen Zuschauern. Im Scheinwerferlicht. Zu Musik. Stell dir das vor!«

»Ist das alles?«

Jetzt, wo sie wusste, dass sein Problem nicht allzu schwerwiegend war, musste Mary lachen. Es war einfach zu komisch. George, der gestandene Seemann in der eindrucksvollen Uniform, bot eine so mitleiderregende Erscheinung, dass sie ihn am liebsten mit einem heißen Grog und einer Packung schottischem ›Short Bread‹, seinem Lieblingsgebäck, in seine Kabine gebracht, ihn ins Bett gesteckt und ihm Seefahrergeschichten vorgelesen hätte.

»Deswegen gerätst du in eine Krise? Da ist doch nichts weiter dabei.«

George zog einen Flunsch, beleidigt, dass sie für seine Notlage so wenig Verständnis hatte.

»Du weißt, wie sehr mir öffentliche Auftritte widerstreben.«

Mary wusste es. Sie hatte es schon bei ihrer ersten Kreuzfahrt erlebt. Damals hatte sie Georges obligatorischer Begrüßungsansprache beigewohnt, die fester Bestandteil jeder Reise war — sehr zu seinem Leidwesen. Die verkrampfte Art, in der er vor den Passagieren gestanden hatte, seine belegte Stimme und seine erzwungene Fröhlichkeit hatten gezeigt, wie schlimm es für ihn war, solche Auftritte absolvieren zu müssen. Das hatte sich seit jener Zeit nicht gebessert. Inzwischen nahm Mary nicht mehr an diesen Ansprachen teil. Zum einen wiederholten sie sich immer auf fast exakt gleiche Weise. Zum anderen war es ihr unerträglich, George leiden zu sehen. Wenn es geholfen hätte, hätte sie ihm natürlich moralische Unterstützung geliefert, indem sie ihn etwa aus der Menge aufmunternd anlächelte. Aber George meinte, es sei ihm lieber, wenn sie nicht dabei sei. Es genüge ihm schon, sich vor Fremden zu blamieren. Da brauche er sich nicht auch noch vor der Frau lächerlich zu machen, mit der er zusammen sei.

Vor aller Augen — und zahlreichen Kameras — über den Catwalk zu schreiten, musste eine wahre Horrorvorstellung für ihn sein. Mary erinnerte sich daran, wie sehr es ihr zu schaffen gemacht hatte, das schreckliche Sonnenkleid zu tragen. Sie hatte kein Recht, Georges Unbehagen herunterzuspielen. Aber vielleicht konnte sie ihm helfen, die Sache etwas leichter zu nehmen.

»Keine Sorge, George.« Sie küsste ihn auf die Wange. »Du schaffst das schon. Bis dahin sind es ja noch einige Tage. Wenn du willst, helfe ich dir, an deinem Gang zu arbeiten, damit du einen gekonnten Auftritt hinlegen und das Publikum zu Begeisterungsstürmen hinreißen kannst. Wer weiß, vielleicht landest du sogar auf dem Cover der ›Close Up‹ und startest eine zweite Karriere als Model.«

Auch wenn ihm bis gerade nicht nach Scherzen zumute gewesen war — dieser schien ihn zumindest ein wenig aufzuheitern. Er lächelte.

»Klar, in meinem Alter. George, das Seniorenmodel. Was soll ich denn vorführen? Die neuesten Sommerkollektionen für Bademäntel und Stützstrümpfe? Nein, danke. Ich sage dir, Mary: So sehr ich es auch liebe, auf dem Meer unterwegs zu sein — ich werde drei Kreuze machen, wenn wir in New York einlaufen und die ganzen Modemenschen von Bord ziehen.«

»Ich verstehe. Aber bis dahin, fürchte ich, werden wir uns damit abfinden müssen, dass sie das Schiff gekapert haben. Wir sollten versuchen, das Beste daraus zu machen und die Shows, die sie uns bieten, zu genießen. Apropos: Wir sollten uns setzen — es geht gleich los.«

George trennte sich nur widerwillig von ihr. Aber sein Platz befand sich in der ersten Reihe auf einer der Längsseiten, mitten unter den Designern und anderen wichtigen Persönlichkeiten der Branche. Seine Sitznachbarin war niemand anders als Annabelle Winthrop, was den armen George in seinem Elend nur noch bedauernswerter machte. Sie entdeckte Mary und winkte ihr zu. Mary winkte zurück und war froh, durch eine gewisse Entfernung von ihr getrennt zu sein. Der Tisch für die Wettbewerbsjury war nämlich am vorderen Ende des Catwalks und somit mit bester Sicht auf die Models aufgestellt. Die anderen beiden Mitglieder saßen bereits, ein bekannter Schauspieler und eine Sängerin. Mary fand es erleichternd, dass ihre Kollegen ebenfalls nicht in der Modebranche tätig waren. Trotzdem hatte sie Zweifel, ob sie die geeignete Person für so eine Aufgabe war. Farnkamps Kleid hatte ihr gezeigt, dass sie, gelinde gesagt, zu modischen Kreationen keinen Bezug hatte, geschweige denn über die Expertise verfügte, sie zu bewerten. Sie würde einfach nach ihrem Geschmack gehen müssen.

Auf dem Tisch lagen Notizblöcke und Kugelschreiber bereit, damit die Jurymitglieder ihre Eindrücke und Urteile schriftlich festhalten konnten. Mary machte sich noch einmal ihre Aufgabe klar: An jedem Abend, auf jeder Modenschau würde sie eines der Outfits zum Siegesentwurf küren müssen. Auf der Abschlussschau würden diese Gewinner dann noch einmal vorgeführt, damit einer von ihnen zur ›Kreation der Saison‹ gewählt werden konnte. Was immer Mary zu sehen bekommen würde, eins war ihr bereits klar: Die ›Lodernde Sonne von Capri‹ würde von ihr nicht die Bestnote erhalten.

Die Zuschauer hatten nun allesamt ihre Plätze eingenommen. Das ausgelassene Geplauder, mit dem sie eben noch den Ballsaal gefüllt hatten, verebbte. Das Deckenlicht erlosch. Die Show begann.

8

Mary musste zugeben, dass sie mitreißend war. Bei allen Vorbehalten, die sie gegenüber Farnkamp hatte, eins musste sie ihm lassen: Er verstand es, das Publikum mit einer atemberaubenden Inszenierung in seinen Bann zu ziehen. Es ging los mit ruhigen, geradezu meditativen Klängen und dem Lichtkreis eines einzelnen Scheinwerfers auf dem Laufsteg. In diesen Lichtkreis trat die Muse K. Sie trug ein beinahe durchsichtiges weißes Tüllkleid und bewegte sich, immer begleitet von dem Licht, in verspielten, tänzelnden Schritten über den Catwalk. Auf ihrem Gesicht lag ein mädchenhaftes Lächeln. Es schien nicht, als biete sie sich gerade den Hunderten von Blicken dar, die sich aus der Dunkelheit herum ebenso gebannt auf sie richteten wie der Strahl des Scheinwerfers. Vielmehr machte sie den Eindruck, als spaziere sie versonnen und ganz für sich über eine Blumenwiese oder einen idyllischen Waldweg. Mary verstand, dass es genau diese Eigenschaft war, die K so besonders machte und durch die sie sich den Platz als Farnkamps Muse verdient hatte: Die Fähigkeit, sich zahllosen Menschen zu präsentieren und dabei eine Natürlichkeit, eine Unschuld, zu bewahren, als sei sie sich all dieser Aufmerksamkeit überhaupt nicht bewusst. Sie erreichte das Ende des Laufstegs, hielt inne. Die Musik verstummte. Eine Stille trat ein, die niemand unter den Versammelten mit einem Husten oder auch nur einem Räuspern zu unterbrechen gewagt hätte. Lediglich das Klicken der Fotoapparate war zu hören, die ihre Blitze auf K schleuderten.

63

Die Muse schaute sich um, und in diesem Moment war es, als werde nicht sie von den Zuschauern beobachtet, sondern als beobachte sie von ihrer erhöhten Position aus die Zuschauer — auch wenn sie deren Gesichter im dunklen Saal unmöglich sehen konnte. Es schien sie zu belustigen. Jedenfalls ließ sie ein feines Lachen erklingen, das hell durch den Ballsaal hallte.

Dann klatschte sie in die Hände.

Der Scheinwerfer erlosch, und für eine Sekunde herrschte vollkommene Finsternis. Sogleich aber flammte ein bunter Lichterreigen auf, bei dem das Publikum Laute der Überraschung ausstieß. Nicht mehr einer, sondern zahlreiche Scheinwerfer, in Grün, Blau, Gelb und Rot, ließen ihr Licht über den Laufsteg wirbeln. Gleichzeitig wurde die sanfte Musik, die Ks Auftritt untermalt hatte, durch schwirrende elektronische Töne abgelöst, die mit dem Wummern eines hastigen Beats unterlegt waren. Im Rhythmus dieses Beats marschierten die weiteren Models auf, Frauen und Männer in den stofflichen Gebilden, die Farnkamps Fantasie entsprungen waren. In einem langen Reigen überquerten sie den Catwalk, in perfekt aufeinander abgestimmtem Timing, sodass sie immer einen gewissen Abstand voneinander wahrten. An dessen Ende, direkt vor Mary, blieben sie kurz stehen, um sich, besser gesagt: ihr Outfit zu präsentieren, bevor sie sich mit einer gekonnten Drehung umwandten, zurückschritten und hinten durch den Vorhang verschwanden, aus dem dieser Strom gespeist wurde.

Eine klare Linie in der Gestaltung der Kleider konnte Mary dabei nicht feststellen. Sie waren vollkommen unterschiedlich, manche knallbunt und weit, andere eng anliegend und ganz in Grau und Schwarz gehalten, manche hüllten die Körper vollständig ein, andere bedeckten sie nur spärlich. Aber eines hatten sie alle gemeinsam: Keines davon war auch nur ansatzweise für den Alltag eines normalen Menschen zu gebrauchen. Sie schienen nicht dafür gedacht, dass irgendjemand sie zu Hause, auf der Straße oder auf der Arbeit trug. Das schien hier absolut keine Rolle zu spielen. Es schien allein darum zu gehen, zu zeigen, was sich aus Stoff und Farbe schaffen ließ, wenn man seinem künstlerischen Ausdrucksdrang vollkommen freien Lauf ließ, ohne ihn auch nur im Geringsten zu beschränken — zum Beispiel mit Überlegungen, ob das, was dabei entstand, im ›wirklichen Leben‹ jemals Verwendung finden würde.

Mary wusste: Diese Vorgehensweise galt nicht allein für Franz Farnkamp. Andere machten es ganz genauso. Ihr war dieses Phänomen schon aufgefallen, wenn sie etwa den Bericht über eine Modenschau in den Nachrichten gesehen hatte. Sie hatte sich immer gefragt, wozu diese Kleider überhaupt hergestellt wurden, wenn die Designer überhaupt kein Interesse daran hatten, dass normale Leute sie kauften und anzogen. Jetzt, während sie ihre Eindrücke in kurzen Notizen festhielt, begriff sie: Man durfte eine solche Vorführung nicht unter dem Gesichtspunkt betrachten, hier gehe es um praktische Kleidungsstücke. Man musste sie als Kunstwerke sehen, die von Menschen am Körper getragen wurden. Man konnte sie, wie Gemälde, in Museen hängen oder sie dort, in Glasvitrinen, an Schaufensterpuppen zur Schau stellen (was mit den Siegesentwürfen in der Lobby geschehen würde). Aber dabei hätten sie wie tot gewirkt. Sie mussten getragen werden, um ihre Wirkung entfalten zu können. Selbst mit dieser Sichtweise wäre Mary zwar nie so weit gegangen, Farnkamp als Genie zu feiern. Aber es ließ sich nicht abstreiten, dass er ein hochbegabter Künstler war, und für diese Veranstaltung schien er alle Register seines Einfallsreichtums gezogen zu haben. Jedenfalls gab es nicht ein einziges Kleid, das man als langweilig hätte bezeichnen können.

So ausgefallen all diese Kleider auch waren, gab es doch einige, die selbst unter ihnen noch hervorstachen. Diese vorzuführen schien allein K vorbehalten. Immer wieder erschien sie in der Reihe der Models, nachdem sie für eine Weile in den Kulissen verschwunden war, wo sie von Stylisten und anderen Helfern für ihren nächsten Gang über den Catwalk vorbereitet wurde. Jedes Mal stahl sie ihren Kolleginnen und Kollegen buchstäblich die Show — durch ihre bloße Ausstrahlung und ihre Outfits. Auch wenn Mary nach wie vor der Ansicht war, dass die ›Sonne von Capri‹ ein schreckliches Kleid war und sie auch viele andere von Farnkamps Schöpfungen allzu skurril fand, verstand sie nun, was er mit seiner Bemerkung gemeint hatte: Es gab tatsächlich falsche Arten, ein Kleid zu tragen. Was K anhatte, war mitunter so ausgefallen, dass es an vielen anderen, auch denen, die mit ihr den Laufsteg teilten, lächerlich ausgesehen hätte. Aber die Muse war imstande, es so rüberzubringen, dass es nicht überzogen oder gar absurd wirkte. Diese Verbindung zwischen der jungen Frau und den Kleidungsstücken schien Mary auch die enge Verbindung zwischen ihr und dem Designer zu versinnbildlichen: Diese Kreationen schienen K geradezu auf den Leib geschneidert, ausschließlich für sie, der es als Einziger gelang, ihnen gerecht zu werden.

Jedes Mal, wenn sie auftauchte, geriet das Publikum ganz aus dem Häuschen und die Zahl der Blitzlichter vervielfältigte sich. Es gab keinen Zweifel daran, dass Farnkamp seine Fans wieder einmal vollkommen überzeugt und vielleicht sogar einige Skeptiker und Kritiker auf seine Seite gezogen hätte. Falls jemand noch Zweifel daran gehabt hätte, so mussten diese Zweifel spätestens von dem gewaltigen Applaus und den Bravo-Rufen getilgt werden, die sich erhoben, als die Show vorüber war, das Licht anging und der Designer höchstpersönlich über den Laufsteg schritt.

9

Viele der Zuschauer erhoben sich sogar von ihren Plätzen, um Farnkamp ihre Ehrerbietung im Stehen darzubringen. Er winkte ihnen gnädig zu. Seine Models waren an den Rändern des Catwalks gelaufen, um einander nicht im Weg zu sein. Farnkamp, dessen Pferdeschwanz bei jedem Schritt wippte, überquerte ihn nicht weniger gekonnt als sie, jedoch in der Mitte, wie ein König, der durch seinen Thronsaal schritt. Der Empfang, der ihm bereitet wurde, verstärkte diesen Eindruck ebenso wie sein Anzug, der dieses Mal nicht silbern, sondern golden war, eines Mode-Zaren würdig. Auch an einem Gefolge ließ er es nicht fehlen. In respektvollem Abstand schlossen sich ihm die Models an, angeführt von K. Als er am Ende des Laufstegs stehen blieb, hielten auch sie inne, als wagten sie nicht, in seine hoheitliche Sphäre einzudringen. Zwar hatte er kein Zepter. Dafür aber schwenkte er wieder seinen silbernen, mit Glitzersteinen besetzten Revolver. Eine Weile badete er in den Beifallsbekundungen seiner Huldiger. Dann vollführte er eine kreisende Geste mit seiner Waffe. Die Musik, die seinen Einmarsch untermalte hatte, verstummte. Auch die Zuschauer hörten nach und nach auf zu klatschen und nahmen wieder ihre Plätze ein. Gespannte Erwartung erfüllte ihre Gesichter, als Franz Farnkamp zu sprechen anhob.

»Danke, danke, mein Lieben. Wie schön, dass euch meine Darbietung gefallen hat. Aber meine Entwürfe sind nicht alles, was ich an diesem herrlichen Abend für euch bereithalte. Ich hatte euch ja noch eine Überraschung versprochen. Eine ganz besondere Überraschung. Natürlich liegt mir nichts ferner, als euch zu enttäuschen. Im Grunde sind es sogar zwei Überraschungen, die aber eng zusammengehören.«

Auch dieses Mal konnte er es nicht lassen, beim Sprechen ununterbrochen mit seiner Waffe herumzuwedeln. Wenigstens für diesen Auftritt, dachte Mary, hätte er das Ding in seiner Kabine oder wenigstens in seiner Tasche lassen können. Aber natürlich war gerade dies eine Gelegenheit, sich damit in Szene zu setzen. Er wusste schließlich ganz genau, dass er in Kombination mit seinem ausgefallenen Anzug ein imposantes Motiv abgab. Die Aufnahmen, die die Fotografen von ihm machten, würden sicherlich in zahlreichen Zeitungen und Zeitschriften veröffentlicht werden. Von den Leuten, die sich hier versammelt hatten, schien sich niemand daran zu stören — und wenn, dann ließen sie es nicht erkennen.

»Aber erlaubt mir, ein wenig auszuholen. Wie ihr alle wisst, bin ich schon lange in unserer Branche tätig. Schon mit meinen ersten Schöpfungen, die ich in jungen Jahren ersann, revolutionierte ich die Sicht der Menschen auf Kleidung. Was ich seitdem für unsere Kunst, mehr noch: für die Welt und die Menschheit geleistet habe, ist unermesslich. Selbst meine Kritiker können das nicht leugnen. Dennoch habe ich nicht immer und nicht von allen, die sie mir schuldig wären, die Achtung erfahren, die ich verdiene.«

Mary verdrehte innerlich die Augen. Es war schon schlimm genug, dass er eine Lobrede auf sich selbst und seine Errungenschaften hielt. Dass er, ein gefeierter Star-Designer, sich jetzt zu allem Überfluss auch noch darüber beschwerte, dass ihm seiner Meinung nach zu wenig Bewunderung entgegengebracht wurde, schlug dem

Fass den Boden aus. Wie eingebildet konnte ein Mensch bitte schön sein?

»Immer wieder bekam ich den Neid und die Missgunst jener Kleingeistigen zu spüren, die durch ihren Mangel an Talent nur scheitern konnten bei dem Versuch, jene Höhen zu erreichen, zu denen ich mich aufgeschwungen habe und von denen ich auf sie herabblicke. Mit Lästerreden, die ihr über mich verbreitet habt, wolltet ihr euch dafür rächen, dass ich euch überflügelt habe. Ja, auch wenn ihr in der Menge verborgen seid, euch zu verstecken versucht: Ihr wisst ganz genau, dass ich euch meine.«

Mary hatte dieser Tirade nur noch nebenbei zugehört. Farnkamps Selbstbeweihräucherungen interessierten sie ebenso wenig wie die Anklagen der vermeintlichen Frevler, die sich weigerten, ihn zu einem Mode-Gott zu erheben. Jetzt aber wurde sie doch für einen Moment von Anspannung erfasst. Farnkamp hatte seinen Revolver über die Zuschauer schweifen lassen. Bei seinen letzten Worten, richtete er die Waffe geradewegs auf Freya Jonsdottir, seine alte Rivalin. Er legte sogar den Kopf schräg, als visiere er sie an, wobei durch seine verspiegelte Sonnenbrille hindurch nicht zu erkennen war, ob er dabei auch ein Auge zukniff. Die Sitznachbarn der Designerin drückten sich zur Seite, weg von ihr, um nicht ebenfalls in die Schusslinie zu geraten. Jonsdottir selbst regte sich nicht. Es mochte Angststarre sein, die sie lähmte. Falls dem so war, ließ ihr Gesicht allerdings keinerlei Furcht erkennen. Sie schaute ihm mit stoischer, beinahe trotziger Miene entgegen, als fordere sie ihn geradezu heraus, es doch zu wagen, den Abzug zu betätigen. Mary fragte sich, ob es eine gute Idee war, ihn zu provozieren. Sie kannte diesen Mann nicht, hatte nur eine einzige kurze Begegnung mit ihm gehabt und wusste daher nicht, wozu er fähig war. Dieser Begegnung zufolge, seinem Exzentrismus, seiner Selbstverliebtheit und der Vernarrtheit in seinen Revolver war sie jedoch bereit, ihm alles zuzutrauen. Vielleicht bestand die von ihm in Aussicht gestellte Überraschung ja darin, seine Konkurrentin vor aller Augen über den Haufen zu schießen. Den Gesichtern einiger der übrigen Zuschauer konnte sie entnehmen, dass sie mit dieser Befürchtung nicht allein war. Andere hingegen fühlten sich von dieser Einlage offenbar köstlich unterhalten und schienen keine Gefahr wahrzunehmen. Mary hoffte, dass sie mit dieser Einschätzung richtiglagen.

»Aber wir sind nicht hier, um über diese Unwürdigen zu sprechen. Sie verdienen es gar nicht, dass wir uns mit ihnen befassen.«

Mary atmete auf, als Farnkamp mit dem Revolver nun in einer anderen, unbestimmten Richtung herumfuchtelte. Er mochte ein unsympathischer Spinner sein. Eine ernste Bedrohung für Leib und Leben stellte er wohl nicht dar. Es war bloß Show. Dieser Mann war einfach ein Selbstdarsteller, der alles tat, um sich ins Rampenlicht zu stellen. Freya Jonsdottir bewahrte ihre kühle Miene, die Verachtung für ihren Gegner ausdrückte. Dennoch war ihrer Körperhaltung anzusehen, dass auch sie sich entspannte, erleichtert, dass Farnkamp nicht mehr auf sie zielte.

»Wir sind hier, damit ich euch etwas verkünden kann.« Farnkamp legte eine dramatische Pause ein, bevor er fortfuhr. »Das, was ihr gerade erleben, die Vorführung grandioser Kunst, die ihr heute Abend bewundern durftet, war die letzte ihrer Art. Ich habe die Beschränktheit und die Anfeindungen der Modewelt satt. Das war meine letzte Schau, die Kleider, die ihr bestaunen konntet, die letzten, die ich jemals entwerfen werde. Hiermit erkläre ich meine Karriere für beendet.«

Ein Tumult brach aus. Erstaunte Rufe hallten durch den Saal.

»Was? Das kann doch nicht wahr sein!«

»Ist das ein Scherz?«

»Das kann er doch nicht ... nicht Farnkamp ...«

Die Modefans, anderen Designer, Fotografen und übrigen Anwesenden starrten ihn fassungslos an oder wandten sich einander zu, um sich zu versichern, dass sie richtig gehört hatten. Auch die Models hinter Farnkamp vernachlässigten die Posen, die sie bis dahin gehalten hatten, und begannen zu tuscheln. Sie drängten sich um K, bestürmten sie mit Fragen. Die Muse war die Einzige unter ihnen, die keine Bestürzung zeigte. Offenbar hatte Farnkamp sie in seine Pläne eingeweiht. Allen anderen im Saal aber schien es unglaublich, dass Farnkamp, diese so schillernde Gestalt, sich tatsächlich aus jenem Bereich zurückziehen würde, den er so stark geprägt, in dem er ein herausragendes Original gewesen und in dessen Glanz er so aufgegangen war. Abgesehen von Mary. Ihr bedeutete diese Neuigkeit nichts. Ob Farnkamp weiterhin Kleider entwarf oder seine Zeit mit Kartenlegen oder, passend zum Revolver, mit Tontaubenschießen verbrachte, machte für sie keinen Unterschied. Allerdings musste sie ihm zugestehen, dass er wirklich ein Händchen dafür hatte, für Aufruhr zu sorgen.

Der Star-Designer blickte von seiner erhöhten Position aus mit einem feinen Lächeln über die Menge, sichtlich zufrieden mit der Aufregung, die er ausgelöst hatte. Er hob und senkte seinen Revolver wie einen Dirigentenstock, mit dem er die Versammlung nach und nach wieder zur Ruhe brachte.

»Wenn euch diese Mitteilung schockiert«, rief er, »wie

werdet ihr dann erst auf das reagieren, was ich als Nächstes im Sinn habe?« Er ließ seinen Blick über die Zuschauer wandern. Die Modenschau und die Kleider schienen vergessen. Die Veranstaltung hatte sich zu einer reinen One-Man-Show entwickelt. »Schließlich habe ich euch noch eine zweite Überraschung versprochen, eine noch größere Überraschung. Ich will euch nicht länger auf sie warten lassen — also macht euch bereit für eine Vorführung, die euch den Atem verschlagen wird!«

Wie er es schon in der Grand Lobby getan hatte, setzte er sich den Revolver an die Schläfe. Wieder machte er dabei ein nachdenkliches, geradezu philosophisches Gesicht. Offensichtlich, dachte Mary, hatte er ein ziemlich eingeschränktes Repertoire von Posen, das er immer wieder abspielte. Für ein angebliches kreatives Genie fand sie ihn in dieser Hinsicht ziemlich fantasielos. Die übrigen Zuschauer starrten ihn gebannt an. Mary hatte allerdings keine Lust mehr, seiner Selbstpräsentation Aufmerksamkeit zu schenken. Sie war sicher: Worin auch immer seine zweite, großspurig angekündigte Überraschung bestand — sie würde ihr genauso wenig bedeuten wie seine erste. Sie wandte den Blick von ihm ab und widmete sich stattdessen ihren Aufzeichnungen. Sie hatte vor, sie durchzugehen, zu ordnen, hier und da mit Anmerkungen zu versehen, um nachher möglichst schnell mit ihrer Bewertung fertig zu sein.

Aber sie kam nicht dazu. Kaum hatte sie den Kugelschreiber angesetzt, als ein Knall ertönte, der sie zusammenfahren ließ. Noch bevor Mary den Kopf hochgerissen hatte und ihr Blick zurück auf den Laufsteg flog, wusste sie, dass es ein Schuss gewesen war.

10

Mary sah gerade noch, wie Farnkamp auf dem Catwalk zusammenbrach. Sein Körper schlug schlaff auf und kam seitlich ausgestreckt zu liegen. Der Schreck über den Schuss hatte Mary buchstäblich aus ihrem Stuhl hinauskatapultiert. Nun, im Stehen, sah sie sich unmittelbar der Leiche gegenüber. Daran, dass Farnkamp tot war, hegte sie nicht den geringsten Zweifel. Sein Gesicht war direkt vor ihr. Es trug einen Ausdruck von Überraschung, als sei er selber erstaunt über die starke Wirkung des Schusses. Seine Sonnenbrille war durch den Aufprall verrutscht. Seine Augen waren offen. Sie waren blaugrau, stellte Mary fest, nicht gerade Froschaugen, wie manche vermuteten, aber immerhin ein wenig vorgewölbt, als drohten sie, aus den Höhlen zu treten. Aber das konnte, ebenso wie die roten Äderchen, mit denen sie durchzogen waren, auch ein Effekt sein, den der Tod bewirkt hatte. Sie starrten Mary scheinbar an. Jedoch nur scheinbar. Sie sahen nichts mehr. Sie nahmen nichts mehr in sich auf und kein Blick ging von ihnen nach außen. Der Kopf des Designers ruhte auf seinem Arm. In seiner Schläfe klaffte das Einschussloch. Es war nicht groß, hatte höchstens den Durchmesser von Marys kleinem Finger. Blut rann daraus hervor. Aber nicht viel, nur ein Rinnsal, das sein silbernes Haar um die Wunde verklebte. Seine schlanke Hand, die den Revolver gehalten hatte, hatte sich geöffnet, sodass die glitzernde Waffe ein Stück aus ihr herausgerutscht war. Nur die obersten Fingerglieder berührten noch den mit Strasssteinen besetzten Griff. Es drang kein Rauch aus dem Lauf, wie man es manchmal in Filmen sah. Allerdings nahm Mary deutlich den Geruch von Schießpulver wahr, der von ihr ausging und zeigte, dass sie gerade abgefeuert worden war. Mary hatte Farnkamp falsch eingeschätzt: Er hatte nicht die gleiche Nummer abgezogen wie bei ihrer Begegnung in der Grand Lobby. Dieses Mal hatte er sich entschieden, den Abzug zu betätigen.

Natürlich war Mary bei Weitem nicht die Einzige, die aufgesprungen war. Kaum einen der Zuschauer hatte es bei dem Knall und dem darauf folgenden Sturz des Designers auf seinem Stuhl gehalten. Dieses Mal aber waren sie nicht aufgestanden, um Beifall zu klatschen — und die Schreie, die sie ausstießen, waren auch keine ›Bravo‹-Rufe. Es waren Schreie des Entsetzens. Einige aus dem Publikum hasteten sofort zum Ausgang, aus Angst vielleicht, es könnten weitere Schüsse fallen oder einfach, um so schnell wie möglich von dem Toten wegzukommen, dessen Anblick, dessen Nähe sie nicht verkrafteten. Im Gegensatz zu ihnen strebten andere auf den Laufsteg zu, um sich zu vergewissern, dass all das nicht ein Irrtum war, ihre Wahrnehmung sie nicht getäuscht hatte. Offenbar hatten noch nicht alle begriffen, was eigentlich passiert war. Manche, die eine weniger gute Sicht auf den Laufsteg gehabt hatten oder das Unglaubliche schlichtweg nicht wahrhaben wollten, schauten verwirrt um sich, fassten ihre Sitznachbarn am Arm und bedrängten sie mit Fragen auf der Suche nach einer Erklärung. Wieder andere blieben sitzen, vom Schock gelähmt und unfähig, sich zu bewegen. Einige der Frauen wandten sich ab, und auch von den Männern barg manch einer sein Gesicht in den Händen. Durch den Schuss alarmiert, kamen nun auch jene hervor, die hinten im Garderobenbereich arbeiteten. Unsicher, was vor sich ging, versammelten sie sich vor dem Durchgang in die Kulissen und versuchten, sich einen Reim auf den Tumult zu machen, der im Ballsaal ausgebrochen war.

Niemand war so nah an Farnkamp dran gewesen wie die Models. Nichts und niemand hatte ihnen die Sicht versperrt, sodass sie genau hatten verfolgen können, verfolgen müssen, wie er den Schuss abfeuerte. Sie waren mit Aufschreien zurückgewichen, so hastig, dass nicht viel fehlte, und einige von ihnen wären vom Laufsteg gefallen.

»Oh Gott, Franz!«

K, die ganz vorne gestanden hatte, riss die Arme hoch und presste sich die Hände auf den Mund, als wollte sie den Schrei zurückhalten, der daraus hervorbrach. Ihre Augen waren geweitet, ihr Gesicht mit einem Mal kreidebleich. Sie machte Anstalten, auf Farnkamp zuzustürzen. Aber sie brachte nicht mehr als zwei stolpernde Schritte zustande. Dann gaben ihre Beine unter ihr nach.

»Elise!«, erklang eine Stimme. Mary sah, wie sich aus der Gruppe der Garderobenmitarbeiter ein Mann löste und auf die Muse zueilte. Er musste ungefähr Mitte dreißig sein, war mittelgroß und schlank. Wie seine Kollegen trug er eine schwarze Hose und ein schwarzes T-Shirt mit dem roten Fashion-Cruise-Schriftzug. Sein dunkelblondes Haar reichte in kringeligen Locken bis an sein Kinn. Ein ebenfalls dunkelblonder, kurz geschnittener Vollbart rahmte seinen Mund, den er nun vor Bestürzung weit aufgerissen hatte.

Ks Augen verdrehten sich, sie fiel bewusstlos nach hinten. Der Mann erreichte sie gerade noch rechtzeitig, um sie aufzufangen, damit sie nicht auf den Boden schlug. Gemeinsam mit einigen anderen legte er die Muse auf dem Laufsteg ab. Sie knieten sich neben sie und versuchten, sie wieder zu sich zu bringen. Aber weder Berührungen noch Worte vermochten sie aufzuwecken. Vielleicht war es gut so, dachte Mary. Die Ohnmacht schützte sie vor dem Horror, dem das junge, unschuldige Mädchen einfach nicht gewachsen war.

Natürlich galt das nicht nur für K. Keiner der Anwesenden schien zu wissen, wie genau er mit dieser Situation umgehen, was als Nächstes passieren sollte.

»Tut doch etwas!«, tönte eine Stimme durch den Saal. »Jemand muss etwas unternehmen!«

Aber in der allgemeinen Unsicherheit schien niemand zu wissen, wie mit diesem schrecklichen und unerwarteten Geschehnis umzugehen war. Die Damen und Herren konnten nur ratlose Blicke um sich werfen, die auf ebenso ratlose Gesichter stießen.

Mary war zwar selber auch noch tief erschüttert. Doch hatte sie sich immerhin so weit gefasst, einigermaßen klar denken zu können. Sie hielt nach George Ausschau. Es oblag ihm als Kapitän, für Ruhe zu sorgen und eine Panik zu verhindern, die jeden Moment auszubrechen drohte. Doch konnte sie ihn im Gedränge nicht entdecken. Dafür fiel ihr jemand anderes ins Auge — jemand, der, in diesem allgemeinen Durcheinander und Aufruhr eine eindrucksvolle Ruhe ausstrahlte.

11

Dr. Germer hatte sich von seinem Stuhl erhoben und bahnte sich zügig und zielsicher einen Weg durch die aufgebrachte Menge. Er war der Letzte, dem Mary zugetraut hätte, in einer solchen Lage einen sinnvollen Beitrag zu leisten — geschweige denn, eine Führungsrolle einzunehmen. Doch während alles um ihn herum in heilloses Chaos zu stürzen drohte, bewahrte er Besonnenheit. Nicht weit von Mary entfernt schob er die Leute auseinander, um zum Laufsteg zu gelangen.

»Lassen Sie mich durch, Herrschaften! Machen Sie Platz für den Chief Medical Officer.«

Eine Bezeichnung, die ruhmreicher klang als ›Schiffsarzt‹ oder, wie Mary ihn im Stillen nannte, ›Ozean-Quacksalber‹. Germers orange getönte Haartolle sah so lächerlich aus wie immer, und den blauweiß getüpfelten Anzug, der sich über seinem schwabbeligen Fettbauch spannte, konnte man getrost als Modesünde bezeichnen. Mary fragte sich, ob er damit Bezug auf das Meer nehmen wollte, blaues Wasser mit weißen Schaumkronen. Wenn ja, schlug es kläglich fehl. Für sie wirkte er eher wie die wandelnde Tapete eines bayrischen Brauhauses. Seine Körperform erinnerte ohnehin an eine Weißwurst, die kurz davor stand, aus der Pelle zu platzen. Aber ausnahmsweise musste Mary ihm zugestehen, dass er Autorität ausstrahlte und damit auf die Umstehenden tatsächlich eine beruhigende Wirkung hatte. Was natürlich auch darauf beruhte, dass sie ihn nicht kannten und nicht wussten, was für ein aufgeblasener Fatzke er war.

Sie hörten auf zu schreien oder zu diskutieren und folgten ihm mit ihren Blicken, dankbar, dass endlich jemand handelte und entschlossen das Heft in die Hand nahm.

»Sie da! Gehen Sie zur Seite!«

Mit seiner speckigen Hand, an der dicke goldene Ringe glänzten, wedelte er einige Fotografen fort, die vorgedrungen waren, um bessere Aufnahmen ihres grausigen Motivs machen zu können. Mary fand es empörend, mit welcher Schamlosigkeit sie es an jedwedem Respekt vor dem Toten fehlen ließen. Immerhin ließen sie sich von Germer verscheuchen. Es verschaffte ihm sichtliche Genugtuung. Wenn es darum ging, sich wichtig zu machen und andere herumzukommandieren, war er voll in seinem Element. Wenigstens hatte er dieses Mal einen guten Grund. Schwerfällig erklomm er die Treppe, die auf den Catwalk führte. Schon dieser kleine Aufstieg brachte ihn ins Schwitzen und Schnaufen. Er benutzte den Ärmel seines Anzugs, um sich die Stirn abzuwischen, während er, vorbei an den Models und der ohnmächtigen Muse, auf den leblosen Designer zuwatschelte. Auch der Rest der Versammlung war inzwischen auf ihn aufmerksam geworden. Der Tumult legte sich zwar nicht vollends, klang jedoch immerhin ein wenig ab. Niemand wollte versäumen, was auf dem Laufsteg vor sich ging.

»Zurück mit Ihnen«, befahl Germer zweien der Mitarbeiter aus dem Garderobenbereich, die sich zögerlich vorgewagt hatten und auf die Leiche zugegangen waren. »Keiner nähert sich ihm, verstanden? Das ist eine Angelegenheit für den Experten!«

Er genoss sichtlich die geballte Aufmerksamkeit, die sich auf ihn richtete. Er machte ein großes Aufheben daraus, sich zu Farnkamp hinabzubeugen. In die Knie oder gar in die Hocke zu gehen war ihm nicht möglich — aufgrund seines Übergewichts wäre er vermutlich niemals

79

wieder zum Stehen gekommen. Schon in dieser Position drohte sein herabhängender Wanst ihn aus dem Gleichgewicht zu bringen. Mary sah ihn schon vornüber fallen und auf dem Toten landen. Zu ihrer Erleichterung schaffte er es, die Balance zu halten. Er machte ein fachmännisches Gesicht, als er Farnkamp zwei Finger an den Hals legte, um nach seinem Puls zu fühlen, den er, Marys Meinung nach, nicht finden würde. Aber es war eben Teil seines Auftritts, der großen Dr.-Germer-Show.

Es dauerte jedoch nicht lange, bis sein selbstgewisses Verhalten umschlug. Seine seriöse Miene verrutschte und wurde von Verwirrung abgelöst, während er an Farnkamp herumtastete auf der vergeblichen Suche nach einem Lebenszeichen. Alles Wichtigtuerische fiel jäh von Germer ab. Ein Zittern lief durch seinen ganzen weichen Körper, und er wurde leichenblass.

»Mein Gott, er ist tot!«, schrie er. »Er ist wirklich tot!«

Seine Verkündung beinhaltete nichts, was die meisten im Saal nicht ohnehin schon gewusst oder zumindest geahnt hatten. Er sorgte lediglich dafür, ihnen die Bestätigung zu liefern und die Aufregung noch einmal anzufachen.

So viel zu Germers sinnvollem Beitrag, dachte Mary.

Sie hatte seine sonderbare Wandlung aus der Nähe verfolgt. Sie wusste nicht, wie sie sie einschätzen sollte. Aber eines war ihr klar: Mit Germer war nichts weiter anzufangen. Jemand anders musste die Initiative ergreifen.

Die Treppe befand sich in der Mitte des Laufstegs, und es hätte zu lange gedauert, sich bis dahin durch die Menge zu drängeln. Mary war fit, allerdings nicht fit genug, um den hohen Laufsteg ohne Hilfsmittel zu erklimmen. Daher schob sie kurzerhand ihren Stuhl an ihn heran und kletterte nach oben.

Sie stand nun direkt neben der Leiche und dem Arzt. Germer schwankte. Mit seiner großspurigen Souveränität war es ein für alle Mal vorbei. Es schien nicht viel zu fehlen und er hätte, wie K, das Bewusstsein verloren und wäre hinterrücks vom Laufsteg gekippt. Er sah Mary aus seinen Schweinsäuglein an. Normalerweise zeigte er, wenn sie aufeinandertrafen, wahlweise eine sauertöpfische Miene oder ein überlegenes Lächeln auf seinen fülligen Backen. Dieses Mal aber stand darin nichts als Unglaube und Schrecken.

»Er ist tot«, wiederholte er. »Mausetot.«

»Natürlich ist er tot, was haben Sie denn gedacht? Glauben Sie, von einem Schuss in den Kopf kriegt er nur eine leichte Migräne?«

Mary schob ihn in Richtung der Models und deutete auf K. Der Mann mit dem Vollbart kümmerte sich nach wie vor um sie. Er hatte ihren Kopf auf seinen Oberschenkel gebettet und blickte voller Sorge auf sie nieder. Jemand hatte einen feuchten Lappen aus dem Garderobenbereich gebracht, mit dem er ihr die Stirn kühlte. Dabei strich er ihr über das Haar, und Mary sah, wie sich seine Lippen bewegten. Wahrscheinlich flüsterte er ihr tröstliche Worte zu. Aber all das führte nicht dazu, sie wieder zu sich zu bringen.

»Statt hier nur rumzustehen, machen Sie sich lieber nützlich«, wies Mary den Arzt an. »Kümmern Sie sich um das Mädchen.«

Unter normalen Umständen hätte Germer den Teufel getan, sich von ihr Befehle erteilen zu lassen. In diesem Fall aber schien er geradezu froh und dankbar, dass sie ihm etwas zu tun und gleichzeitig einen Grund gab, sich von der Leiche zu entfernen. Jedenfalls beeilte er sich, ihrer Aufforderung nachzukommen.

Von ihrer erhöhten Position aus blickte Mary zu jenem Teil des Saales, in dem die Ehrengäste gesessen hatten, namentlich die übrigen Modedesigner. Auch hier waren fast alle auf den Beinen. Gilbert Menasse und Letitia Oliveira, das brasilianische Designer-Duo, war von einem heftigen Austausch ergriffen, bei dem sie wild gestikulierend in ihrer Muttersprache aufeinander einredeten und immer wieder zum Laufsteg deuteten. Auch ihre Kolleginnen und Kollegen waren in heller Aufregung. Bis auf eine, die genau deswegen hervorstach: Freya Jonsdottir war auf ihrem Stuhl sitzengeblieben. Mit steinerner Miene verfolgte sie das Spektakel. Annabelle Winthrop war ganz und gar nicht so beherrscht. Die Chefredakteurin stand vor ihrem Stuhl, ihr Gesicht eine unlesbare Maske. Wenn sie auch sonst jede Situation souverän im Griff hatte — von dieser hier schien sie ebenso überfordert wie alle anderen. Mary auf dem Laufsteg zu sehen, schien sie aus der Lähmung zu reißen, die sie überkommen hatte. Sie setzte sich in Bewegung. Doch dieses Mal versäumten die Umstehenden es, ihr ehrerbietig den Weg freizumachen. Winthrop stieß sie grob beiseite und bedachte sie zusätzlich noch mit Schimpfworten. Doch drängten gleichzeitig zu viele andere Neugierige vor, die ihr Durchkommen blockierten, sodass es ihr vorerst nicht gelang, sich bis zum Laufsteg durchzukämpfen.

Endlich entdeckte Mary auch George. Er war von einer Menschentraube umschlossen, die ihn mit Fragen oder Forderungen bestürmte.

»George!«

Sie winkte ihm zu. Zum Glück sah er sie.

»Wir brauchen hier tatkräftige Unterstützung.«

»In Ordnung, Mary.«

George verstand sofort, was sie meinte, und zögerte nicht. Für die Fashion Cruise waren einige zusätzliche

Seeleute als Sicherheitspersonal eingestellt worden. Einigen von ihnen gab George nun ein Zeichen. Sie eilten herbei, schufen eine Schneise zwischen den Schaulustigen und erklommen den Laufsteg. Auf Marys Geheiß hin bildeten sie einen Kreis, um den Toten mit ihren Körpern abzuschirmen. Fotos von ihm konnten sie nicht verhindern, dazu war es längst zu spät. Sämtliche Fotografen hatten längst welche geschossen. Die Aussicht auf ein sensationelles Bild hatte ihnen geholfen, ihren Schock im Handumdrehen zu überwinden. Aber immerhin sorgte der Schutzkreis dafür, dass die Menge den Leichnam nicht mehr unentwegt vor Augen hatte. Zudem verschaffte er Mary Zeit, sich näher mit ihm zu befassen.

Sie ging neben dem Toten in die Hocke. Sie verzichtete darauf, ihn ebenfalls auf Lebenszeichen zu untersuchen. Es war eindeutig: Franz Farnkamps Herz hatte aufgehört zu schlagen. Er hatte sein Spiel mit dem Tod bis zum Äußersten getrieben — und erwartungsgemäß verloren. Zunächst war Mary verwundert, dass sich keine Blutlache unter seinem Kopf sammelte. Tatsächlich war außer jenem um das Einschussloch überhaupt kein Blut zu sehen. Nun ging Mary auf, woran das lag: Die Kugel war zwar in den Schädel des Designers eingedrungen, hatte ihn jedoch nicht durchschlagen. Anstatt auf der anderen Seite auszutreten und ein weiteres, noch größeres Loch zu reißen, musste sie in seinem Kopf steckengeblieben sein. Durch die Recherchen für ihre Romane wusste Mary, dass dies auf ein kleines Kaliber mit geringer Durchschlagskraft hindeutete. Sie drängte das Bedürfnis zurück, den Revolver aufzuheben und ihn genauer in Augenschein zu nehmen. Sie würde es George überlassen, in seiner offiziellen Funktion als Kapitän die Waffe sicherzustellen, und sie erst hinterher untersuchen. Für eines brauchte sie diese Untersuchung jedenfalls nicht mehr: Die Fragen, ob es sich um eine Attrappe oder eine echte Waffe handelte und ob sie geladen war, waren eindeutig beantwortet.

»Was ist passiert … was ist denn …«

Mary wandte den Kopf. Sie sah K, die zwischen den anderen Models und neben dem Vollbärtigen auf dem Laufsteg saß. Germer stand neben ihr und beugte sich zu ihr herunter. Er war also als Mediziner nicht gänzlich unfähig, sondern hatte es geschafft, sie aufzuwecken. Allerdings hatte er es dann versäumt, sie zum Liegenbleiben zu bewegen oder sie in Begleitung ihrer Kolleginnen fortbringen zu lassen, auf die Krankenstation etwa, wo er ihr ein Beruhigungsmittel hätte verabreichen können, um zu vermeiden, dass sie einen weiteren Schock oder Zusammenbruch erlitt. Es schien nicht viel dazu zu fehlen. Noch schien das Mädchen nicht zu begreifen, was vor sich ging. Doch die Benommenheit der Ohnmacht nahm zusehends ab, ihre Erinnerung kehrte zurück, und damit auch ihr Schrecken. Der Mann mit dem Vollbart redete sanft auf sie ein. Aber sie schien ihn gar nicht zu hören. Zwischen den Beinen der Sicherheitsleute hindurch blickte sie zu Mary und dem Leichnam, und wenn sie ihn auch nicht vollends sehen konnte, reichte es doch, sie in Verzweiflung zu stürzen.

»Franz! Franz!«, schrie sie. Tränen flossen über ihre Wangen. Sie stemmte sich auf die Beine. Der Bärtige wollte sie festhalten. Aber sie machte sich los und torkelte auf den Toten zu.

»Lasst mich durch, lasst mich zu ihm. Ich will zu Franz!«

Mary stand auf.

»Lassen Sie das Mädchen auf keinen Fall durch«, wies sie die Seeleute an, die dichter um Mary und die Leiche zusammenrückten.

»Das dürft ihr nicht, ihr müsst mich zu ihm lassen.«

Weinend und schreiend machte sie Anstalten, sie auseinanderzuschieben. Nun aber war auch George auf dem Laufsteg. Mary hatte nicht bemerkt, dass er ihn erklommen hatte. Er stellte sich K in den Weg und breitete die Arme aus, um sie abzufangen.

»Bitte, beruhigen Sie sich«, sagte er. »Sie können jetzt nicht durch.«

Auch er musste von den unvorhergesehenen Ereignissen schockiert sein. Aber es gelang ihm, die Umsicht zu bewahren, die ihm eigen war und in Notlagen besonders zum Vorschein kam. Seine Stimme war deutlich und bestimmt, gleichzeitig jedoch bedächtig und weich wie die Stimme eines weisen Großvaters, der mit seiner Enkelin sprach. Verständnis und Mitgefühl für das Mädchen schwangen in seinem Tonfall mit. Mary hatte selber schon oft erlebt, dass sich seine unerschütterliche Gemütsruhe auch auf andere übertrug — nicht selten auf sie. Sie kannte die Art, wie George K nun ansah, diesen Blick, von dem Trost und Stärke ausging, eine Sicherheit und Gewissheit, dass auch der schlimmste Sturm vorbeigehen würde, ganz gleich, mit welcher Kraft er gerade tobte. In diesem Fall aber reichte all das nicht. Es kam nicht an gegen den Schmerz, der über das Mädchen hereingebrochen war. Heftige Schluchzer schüttelten ihre schmalen Schultern, während Tränen wie Sturzbäche ihre Wangen hinabliefen.

»Franz«, murmelte sie immer wieder. »Oh Franz …«

Mary zerriss es das Herz, sie so leiden zu sehen. Aber sie zu Farnkamp zu lassen, hätte es für sie nur noch schlimmer gemacht. Der Bärtige und einige der anderen Models fassten K an den Armen und zogen sie zurück. Sie kämpfte darum, sich aus ihrem Griff zu befreien. Aber noch geschwächt von der Ohnmacht verließen sie

85

bald die Kräfte. Sie hängte sich an den Bärtigen, der seinen Arm um sie legte, klammerte sich an ihm fest und drückte ihr Gesicht an seine Brust.

»Er darf nicht tot sein«, wimmerte sie. »Er darf nicht ...«

Die Tränen erstickten ihre Worte. Alles Flehen und Betteln half nichts. Die Show war vorbei. Der letzte Auftritt des Star-Designers hatte sein Ende gefunden.

12

»Sind Sie jetzt zufrieden, Mrs. Arrington?«

»Wie kommen Sie darauf, ich sei zufrieden, Dr. Germer?«

Der Schiffsarzt funkelte Mary böse aus seinen Schweinsäuglein an.

»Na, für Sie ist so eine Kreuzfahrt doch erst komplett, wenn einer den Löffel abgegeben hat. Sonst fehlt Ihnen doch was. Jetzt ist einer hopsgegangen — und Sie können sich freuen.«

Mary seufzte. Germer hatte sich schneller von seiner Verwirrung erholt, als ihr lieb war. Mary fand es schade. Für einige Minuten war er beinahe erträglich gewesen. Jetzt war er wieder ganz der Alte: Unverschämt und unausstehlich. Er hatte dafür nicht länger als die knappe Dreiviertelstunde gebraucht, die seit dem Tod des Designers auf dem Laufsteg vergangen war.

In dieser Dreiviertelstunde war eine Menge passiert.

Da es unmöglich gewesen war, des Tumults im Ballsaal Herr zu werden, war er auf Georges Anweisung hin geräumt worden. Unter seiner und der Aufsicht seines Personals hatten die Zuschauer, die Designer und Models ihn zwar verlassen, jedoch viele von ihnen widerwillig, und auch die Stylistenteams und Assistenten waren aus den Kulissen abgezogen. Und dass die Versammlung aufgelöst war, hieß freilich nicht, dass die Leute auseinandergingen. Sie spalteten sich in Gruppen auf. Während die einen sich auf den Korridoren zusammenfanden, zogen die anderen in die Bars, um sich auf

87

den Schreck einen Beruhigungsdrink zu genehmigen, und ein weiterer Teil floss zielstrebig in die Grand Lobby. Nach diesem Ereignis stand kaum jemandem der Sinn danach, sich in seine Kabine zurückzuziehen. Statt mit den Gedanken und den frischen Erinnerungen daran allein zu sein, wollten sie sich lieber darüber austauschen. Gerade von jenen, die sich auf den Gängen in der Nähe des Saals aufhielten, spekulierte manch einer auch darauf, weitere Informationen aufzuschnappen und mitzubekommen, wie es nach dem Tod des Designers weitergehen würde.

George und Mary bemühten sich, sie in dieser Hinsicht zu enttäuschen. Wenn es nach ihnen ginge, würden alle weiteren Verrichtungen unbemerkt von den Passagieren ablaufen. Mary hatte dafür gesorgt, dass K von ihren Kolleginnen in ihre Kabine gebracht wurde. Zusätzlich hatte sie das Mädchen von einem Schiffsangestellten begleiten lassen, der sie über Gänge führte, die nur vom Personal genutzt wurden und den Gästen meist nicht einmal bekannt waren. Auf diese Weise sollten sie den Journalisten ausweichen, die natürlich nichts lieber getan hätten, als die Muse des Verstorbenen mit Fragen zu malträtieren. Einer solchen Folter wäre sie in ihrem aufgelösten Zustand kaum gewachsen. Mary hoffte, dieser Zustand würde sich bald legen. Der Mann mit dem Vollbart und eines der Models hatten sich bereit erklärt, bei K zu bleiben, auf sie aufzupassen und sofort Bescheid zu sagen, falls es ihr noch schlechter gehen sollte. In diesem Fall würde Germer ihr ein Beruhigungs- oder Schlafmittel verabreichen müssen.

Derweil gab es anderes, um das Mary und George sich kümmern mussten.

Vor den geschlossenen Türen des Ballsaales wachten zwei Stewarts darüber, dass ihn nicht nur kein Unbefugter betrat, sondern auch niemand etwa durch einen Türspalt lugen konnte. Im Inneren stellte der Kapitän derweil den Revolver sicher. Auf Marys ersten Reisen hatte das Schiff über keinerlei Material zur Sicherung und Aufbewahrung von Beweismitteln verfügt. Aber auf ihr Anraten hin hatte George inzwischen entsprechende Kits angeschafft. Er trug dünne Gummihandschuhe, während er den Revolver unter Marys Aufsicht nur mit seinen Fingerspitzen am unteren Ende des Griffes aufhob und ihn in einem durchsichtigen reißfesten Plastikbeutel verstaute. Er hatte sie gebeten, ihn dabei zu ›überwachen‹. Er war alles andere als ein Freund von Schusswaffen und der Umgang mit dieser, selbst wenn er nur in dieser einen Maßnahme bestand, war ihm unbehaglich. Aber er sah ein, dass diese Pflicht allein ihm oblag. Er verschloss den Beutel sorgfältig. Gemeinsam mit Mary würde er die Waffe später genauer in Augenschein nehmen. Viel versprachen sich die beiden davon allerdings nicht. Zwar besaßen sie durch die Kits auch die Mittel, Fingerabdrücke sichtbar zu machen und auf Folien aufzubewahren. Aber so nützlich diese Möglichkeiten Mary bei früheren Gelegenheiten auch gewesen wären — dieses Mal würden sie ihnen nichts bringen. Schließlich wussten sie ganz genau, wer den tödlichen Schuss abgefeuert hatte.

Mary hatte Farnkamp von allen Seiten mit ihrem Handy fotografiert. Dann hatte sie seine Taschen untersucht, um eventuelle Wertgegenstände sicherzustellen. Aber alles, was Farnkamp bei sich gehabt hatte, waren die Schlüsselkarte zu seiner Kabine, ein seidenes weißes Taschentuch und ein Zerstäubungsfläschchen mit Parfüm gewesen. Nach dieser Durchsuchung war er von einigen Crewmitgliedern in einen Leichensack gelegt worden. Mittels einer fahrbaren Bahre hatten Mary, George und einige Helfer ihn zur Krankenstation befördert. Sie hatten dabei Umwege genommen, ebenfalls jene Türen und Gänge benutzt, die dem Personal vorbehalten und für Unkundige nicht ohne Weiteres zu finden waren. Wissbegierige Passagiere, vor allem Fotografen, hatten sich um den Saal herum auf die Lauer gelegt. Offenbar genügte es ihnen nicht, dass sie den verstorbenen Farnkamp mit ihren Kameras festgehalten hatten. Sie wollten auch noch Bilder von ihm im Leichensack. Unterwegs gelang es dem Trupp tatsächlich, die Begegnung mit ihnen zu vermeiden. Doch zu Marys Bedauern — und Ärger — hatten die cleversten von ihnen das Ziel der Route vorausgeahnt und hielten sich vor der Krankenstation bereit. Die Stewarts bahnten ihnen einen Weg. Mary und George beeilten sich, die Bahre in die Station zu schieben und die Türen hinter sich zu schließen. Ihre Begleiter nahmen davor Aufstellung, damit es niemandem einfiel, die Krankenstation zu betreten.

Mary und George atmeten erleichtert auf, als sie sicher im Inneren waren.

Germer war schon vorgegangen, angeblich, um ›alles vorzubereiten‹. Was genau er vorbereiten wollte, war Mary schleierhaft gewesen, und er hatte sich dazu auch nicht näher geäußert. Sie war nicht dazu gekommen, ihn danach zu fragen. Er hatte es sichtlich eilig gehabt, den Ballsaal zu verlassen und hatte ihr keine Gelegenheit gegeben, sich genauer nach seinen Absichten zu erkundigen. Nun nahm er sie mit seinen Dreistigkeiten im Rezeptionsbereich in Empfang, wo sie die Bahre zunächst vor dem Tresen abstellten, hinter dem für gewöhnlich die Sprechstundenhilfe saß. Auch ohne Germers spürbare Feindseligkeit gegenüber Mary war deutlich, dass er sie nicht gerade sehnsüchtig erwartet hatte. Aber wer strahlte schon vor Begeisterung, wenn man ihm eine Leiche frei Haus lieferte? Das hieß allerdings noch lange nicht, dass Mary sich seine Frechheiten gefallen lassen musste.

»Ich freue mich ganz und gar nicht«, gab sie auf seine schnippische Bemerkung zurück. »Entgegen ihrer fehlgeleiteten Einschätzung meines Charakters ist der Tod eines Menschen für mich niemals ein freudiger Anlass. Wenn es angesichts dieses schrecklichen Vorfalls irgendetwas gäbe, mit dem ich zufrieden sein könnte, dann wäre es die Tatsache, dass es Ihnen, mein lieber Herr Doktor, unmöglich sein wird, Farnkamps Tod zu vertuschen. Da diese Tragödie sich vor zahllosen Zeugen abspielte, darunter viele Vertreter der Presse, wird jeder Versuch, sie vor der Öffentlichkeit zu verbergen, vergeblich sein.«

Germer grunzte.

»Vertuschungsversuche, davon weiß ich nichts. Das sind vollkommen unberechtigte Anschuldigungen. Mit denen sollten Sie darum lieber schön vorsichtig sein. Aber in einem Punkt haben Sie vollkommen recht: Zu verbergen gibt es hier nichts, von mir nicht und auch von niemandem sonst. Dieses Mal gibt es weder einen Mord noch sonstige kriminelle Machenschaften. Der Modefritze hat sich selbst ins Jenseits befördert, wie all die Zeugen, von denen Sie sprechen, bestätigen können. Wenn ich mir das genau überlege, haben Sie darum tatsächlich keinen Grund zur Freude oder Zufriedenheit. Im Gegenteil müssen Sie am Boden zerstört sein, weil Sie nichts zu ermitteln haben.«

Mary überlegte, ob sie etwas erwidern, auf Germers Anspielung eingehen sollte. Sie beschloss, darauf zu verzichten. Alles in ihr sträubte sich dagegen, vor ihm kleinbeizugeben. Aber sie wollte ihm nicht die Genugtuung verschaffen, sich von ihm ködern zu lassen. Ganz

91

abgesehen davon fand sie die unmittelbare Nähe des gerade Verstorbenen beklemmend und war gerade absolut nicht in Stimmung, kindische Fehden mit dem Schiffsarzt auszutragen. Daher schwieg sie. George jedoch war nicht bereit, Germer das letzte Wort zu überlassen.

»Nach dem, was geschehen ist, haben wir alle guten Grund, am Boden zerstört zu sein. Übrigens wäre es nett, wenn Sie uns endlich den Weg zeigen würden, anstatt hier für Unfrieden zu sorgen — von dem hatten wir heute Abend schon genug, finden Sie nicht?«

»Ruhig Blut, Herr Kapitän.« Wie immer, wenn Germer MacNeill mit seinem offiziellen Rang ansprach, tat er es mit einem spöttischen Tonfall. Er fasste eine der Stangen der Bahre. »Hier geht's lang.«

Während Germer zog und George schob, hielt sich Mary neben der Bahre, eine Hand am Gestänge. Geleitet vom Schiffsarzt rollten sie den Toten vorbei am Rezeptionstresen und einen Flur entlang. Das leise Rattern der Räder klang übermäßig laut in der ansonsten stillen Krankenstation, die zu dieser späten Stunde von nur wenigen Lampen erhellt wurde.

»Ich wollte auch gar nicht für Unfrieden sorgen«, sagte Germer über die Schulter. Sein Tonfall war versöhnlich. Aber sowohl Mary als auch George kannten ihn zu gut, um darauf hereinzufallen. »Sie kennen mich doch: Nichts liegt mir ferner.«

Mary hätte höhnisch aufgelacht, wenn es nicht so unangemessen gewesen wäre. Wenn es jemanden gab, der leidenschaftlich gerne für Streit sorgte, dann war es Germer.

»Ich wollte lediglich feststellen, dass es hier nichts zu vertuschen gibt, wie Ihre liebenswerte Freundin bereits angemerkt hat. Allerdings gilt, wie gesagt, das Gleiche für die Ermittlungen, die Sie, Mrs. Arrington, so gerne anstellen. Dieses Mal können Sie sich den Aufwand sparen, und uns den Ärger, der damit einhergeht. Die Lage ist klar wie Kloßbrühe. Eine willkommene Abwechslung, finde ich.«

Vorbei an den Krankenzimmern — derzeit alle unbelegt — erreichten sie den hinteren Bereich der Krankenstation. Patienten bekamen diesen Bereich nicht zu sehen. Hier befand sich das Lager, in dem Medikamente und medizinisches Material wie Spritzen und Mullbinden aufbewahrt wurden. Aber es gab noch einen weiteren Raum. Er war mit einer breiten Metalltür versehen, vor der Germer die Bahre nun zum Stehen brachte. Er fasste die Klinke. Doch anstatt die Tür sofort zu öffnen, wandte er sich zu Mary und George um. Wie so vieles bei ihm schien es eine Machtdemonstration zu sein, mit der er ihnen noch einmal deutlich machen wollte: Das hier war seine Station, sein Reich, über das er die totale Befehlshoheit besaß und in dem selbst der Kapitän nichts zu melden hatte.

»Aber mir ist klar, dass Sie diese Ansicht nicht teilen, Lady Arrington.«

Er verlieh dem ›Lady‹ die gleiche Note wie zuvor ›Kapitän‹. Sein Wiener Dialekt, den er auf die Spitze trieb, wenn er sich besonders wichtig vorkam, trug noch dazu bei, ihn besonders hochmütig klingen zu lassen.

»Ihnen wäre es natürlich lieber, Sie könnten wieder Detektivin spielen und allen damit auf die Nerven fallen, indem Sie Ihre Nase in Angelegenheiten stecken, die Sie einen feuchten Kehricht angehen.«

Es tat ihm sichtlich gut, Mary und George zu behandeln wie Eindringlinge, die sich hier nur dank seiner unermesslichen Gnade aufhalten durften. Sicher war das einer der Gründe dafür, dass von seiner Verstörung im Ballsaal nichts mehr zu bemerken war. Aber es gab noch einen weiteren Grund, warum sein Ego so schnell wieder zu seiner üblichen aufgeblähten Form zurückgefunden hatte. Nun, da Sie so eng beieinanderstanden, konnte Mary diesen Grund sogar riechen. Zu der Mischung von penetrant süßlichem Parfüm und dem schweren Moschus-Muff seines Deodorants, die Germer wie üblich ausdünstete, gesellte sich der Geruch von Enzianschnaps, den er mit seinem schnaufenden Atem ausstieß. Vor ihrem und Georges Eintreffen musste er sich einen ordentlichen Zug aus der Flasche genehmigt haben, die er in seinem Büro aufbewahrte. Wie sie ihn kannte, wahrscheinlich nicht nur einen.

»Apropos Nase«, sagte sie. »Jetzt ist mir auch klar, warum Sie schon vorgehen mussten. Offenbar war das, was Sie ›vorbereiten‹ mussten, wirklich ungeheuer dringend.«

Germer grinste sie an.

»Das war nur zu Farnkamps Ehren. Es wird doch wohl noch erlaubt sein, auf das Wohl eines Verstorbenen einen Toast auszubringen.«

George wies ungeduldig auf die Tür.

»Tun Sie uns doch allen einen Gefallen, Dr. Germer, und öffnen Sie endlich die Tür, damit wir weitermachen können. Das kriegen Sie doch wohl sogar angetrunken hin.«

Germer hob seine speckige Hand an die Stirn und äffte einen Salut nach.

»Aye, aye, Captain.«

Hinter der Metalltür befand sich die Kühlkammer der Queen Anne, die ausschließlich der Aufbewahrung von Toten diente. Schiffe, die auf dem Ozean unterwegs waren, waren gesetzlich verpflichtet, mit einer Leichenhalle ausgestattet zu sein, die über Kühlfächer für drei bis vier Leichen verfügte. Dies hatte nichts damit zu tun, dass

94

während einer Kreuzfahrt grundsätzlich mit Morden zu rechnen gewesen wäre (auch wenn sie, wie Mary erfahren hatte, durchaus vorkamen). Vielmehr ging es darum, auf das Ableben eines oder mehrerer der betagteren Passagiere vorbereitet zu sein, etwa durch einen Herzinfarkt oder eine Krankheit. Natürlich ließen sich auch Unfälle mit tödlichem Ausgang nicht ausschließen. In einem solchen Fall war der Kapitän nicht verpflichtet, den nächstgelegenen Hafen anzusteuern, einen nicht vorgesehenen Extra-Stop einzulegen. Es genügte, den Leichnam beim nächsten regulären Anlaufhafen von Bord zu bringen. Bis dahin aber musste eine fachgerechte Aufbewahrung gewährleistet sein.

Die Leichenhalle der Queen Anne war mit weißen Fliesen ausgelegt, auch die Wände waren weiß gekachelt. Das leise Surren einer Ventilationsanlage war zu vernehmen. Mary, George und Germer schoben die Bahre zu den Kühlfächern, die an der Wand gegenüber der Tür eingebaut waren. Germer zog eines davon auf, dessen Gummiverkleidung ein leichtes Sauggeräusch von sich gab. Er zog die ausziehbare Liege heraus. Die beiden Männer übernahmen es, den Toten von der Bahre zu wuchten. Sie ächzten unter dem Gewicht des Leichensacks und seines Inhaltes. Aber sie schafften es. George trat zurück. Germer schob den Toten auf der Liege in das Fach und schloss die Klappe, deren Verriegelung mit einem Klacken einrastete. Dann klatschte er in die Hände, als wolle er den Staub einer harten körperlichen Verrichtung von ihnen abklopfen. Der Knall hallte in dem kahlen Raum mit seinen Kacheln und Fliesen und erinnerte Mary an den Schuss, mit dem Farnkamp sich getötet hatte. Sie schauderte. Germer hingegen wirkte bester Laune, nachdem sie diese Pflicht hinter sich gebracht hatten.

»In Ordnung. Damit haben wir ihn sicher verstaut, und die Sache ist erledigt. Mehr können — und müssen — wir nicht tun. Dann würde ich mal sagen, Herrschaften, wir lassen den Guten allein.«

Sie kehrten in den vorderen Teil der Krankenstation zurück. Germer war anzumerken, wie gern er seine beiden ungeliebten Besucher losgeworden wäre. Wahrscheinlich, dachte Mary, wollte er sich wieder in Ruhe seiner Flasche widmen. Sie erreichten Germers Büro.

»Also, bis dann«, sagte der Arzt. »Es war wirklich ein zauberhafter Abend. Schade, dass wir uns schon trennen müssen. Sie finden ja raus, nicht wahr?«

Ohne eine Antwort abzuwarten, wollte er in seinem Büro verschwinden. Aber Mary stellte ihren Fuß auf die Schwelle und hinderte ihn daran, ihnen die Tür vor der Nase zuzuschlagen.

»Einen Moment noch, mein lieber Dr. Germer.«

Die süßliche Miene, die Germer bei seinen Abschiedsworten aufgesetzt hatte, wurde grimmig.

»Was wollen Sie denn noch?«

Mary konnte durch die offene Tür in Germers Büro schauen. Sie hatte kein Verlangen danach, es zu betreten. Die Gespräche, die sie darin mit ihm geführt hatte, waren ihr nicht gerade in angenehmer Erinnerung (was für alles galt, das mit Germer zu tun hatte). Das lag zum einen natürlich an Germer selbst, dessen Gesellschaft sie ebenso wenig verlockend fand wie er die ihre. Zum anderen lag es an diesem Zimmer. Nicht nur hatte es den Übelkeit erregenden Geruch aufgenommen, den Germer unablässig verströmte. Man war darin auch von Germer umzingelt. Abgesehen von seiner wirklichen, fleischlichen Gestalt, in der er sich in seinem Sessel hinter dem Schreibtisch zu fläzen pflegte, glotzte sein feistes Konterfei auch von zahlreichen Fotos, die an den Wänden hingen und in den Regalen aufgestellt waren. Mary konnte mit Fug und Recht behaupten, mit diesem Zimmer hinreichend vertraut zu sein, um niemals wieder einen Fuß über seine Schwelle zu setzen.

Dennoch erspähte sie heute etwas Neues darin: Auf einem hölzernen Podest stand ein weißer Kopf. Im ersten Moment dachte Mary, es handele sich um einen Totenschädel. Es hätte sie nicht verwundert. Schließlich scheute Germer im Allgemeinen nicht davor zurück, sich mit Abscheulichkeiten zu umgeben — man denke nur an all die Fotos. Doch sie kam nicht dazu, den Gegenstand genauer zu bestimmen. Germer verstellte ihr mit seinem schwammigen Leib den Blick — und den Weg. Ebenso wenig, wie es Mary reizte, sich in seinem Büro aufzuhalten, schien er sie darin haben zu wollen.

»Ich weiß, dass Ihre Krankenstation nicht für gerichtsmedizinische Untersuchungen eingerichtet und nicht dafür ausgestattet ist«, sagte Mary. »Aber ich frage mich, ob es nicht sinnvoll wäre, zumindest eine Blutuntersuchung an Herrn Farnkamp vorzunehmen, um festzustellen, ob er einen hohen Alkoholwert oder vielleicht Drogen konsumiert hatte.«

Germer sah sie an, als hätte sie den Verstand verloren.

»Was denn — glauben Sie etwa, jemand hätte ihm was in den Kaffee gerührt, das ihn dazu gebracht hat, sich die Birne wegzuballern?«

»Selbstverständlich nicht. Trotzdem …«

Germer fiel ihr rüde ins Wort.

»Nicht trotzdem. Wir halten uns da schön raus und überlassen das den Behörden in New York. Sie und Ihre Spinnereien. Mir ist klar, dass Sie sofort darauf anspringen, wenn jemand unter mysteriösen Umständen das Zeitliche segnet. Aber hier gibt es keine mysteriösen

Umstände. Nicht mal ansatzweise. Schließlich ist Farnkamp nicht etwa erschossen in seiner Kabine vorgefunden worden. Es hat auch niemand aus dem Publikum oder irgendeinem Versteck heraus auf ihn gefeuert. Der Sachverhalt könnte deutlicher nicht sein. Es gibt keine offenen Fragen. Das war Selbstmord, und damit basta. Also lassen Sie mich mit Ihren Hirngespinsten gefälligst in Frieden.«

Mit diesen Worten knallte er die Tür zu. Mary konnte gerade noch ihren Fuß zurückziehen, bevor Germer ihn ihr im Türrahmen einquetschte. Mary und George hörten, wie er den Schlüssel herumdrehte. Nach einigen stampfenden Schritten vernahmen sie das Klirren von Glas, das wohl daher rührte, dass er sich einen Schnaps einschenkte. Seinem aufgebrachten Verhalten nach war Mary nicht mehr sicher, ob er wegen des Toten seine Nerven beruhigen musste oder doch eher wegen der Begegnung mit ihr. So oder so war ihr klar, dass sie hier nichts mehr ausrichten konnten.

Mary und George begaben sich zum Ausgang der Krankenstation.

»Nach all dem könnte ich auch einen Drink vertragen«, sagte George. »Allerdings keinen ekligen Enzianschnaps. Ein schöner Rum wäre genau das Richtige. Ich muss mich noch mit meinen Offizieren besprechen, wie wir die Situation handhaben. Ich habe sie schon zu einem Treffen auf die Brücke beordert. Aber ein paar Minuten zum Durchschnaufen kann ich mir vorher erlauben. Was meinst du?«

»Das klingt gut«, sagte Mary. »Ich komme gern noch mit rauf zu dir.«

Da zwischen ihren Begegnungen immer einige Monate lagen, die Mary an Land, George auf See verbrachte, wollten sie die Zeit, die sie miteinander hatten, immer voll auskosten. Wenn Mary auf der Queen Anne war, verbrachten die beiden daher so viele Nächte miteinander, wie es Georges Dienstplan erlaubte. Manchmal besuchte George Mary in der Trafalgar Suite, manchmal trafen sie sich in der Kapitänskabine. In romantischer Stimmung war gerade verständlicherweise keiner von ihnen. Aber zu zweit würde es leichter sein, sich von dem Schock über Farnkamps Selbstmord zu erholen. Dazu kam für Mary ein weiterer Aspekt.

»Dann können wir uns auch darüber kurzschließen, wo wir mit unseren Nachforschungen ansetzen.«

George sah sie erstaunt an.

»Nachforschungen? Hör mal, ich weiß ja, dass du gerne allem auf den Grund gehst, vor allem außergewöhnlichen Ereignissen. Mit einem solchen haben wir es ja auf jeden Fall zu tun.«

»Aber?«

»Aber — und es fällt mir schwer, das auszusprechen — mir scheint, Germer hat recht. Wir haben alle gesehen, dass es Selbstmord war, und ob Farnkamp nun Alkohol oder Drogen im Blut hatte, spielt dabei keine große Rolle, oder?«

»Vielleicht, vielleicht nicht«, antwortete Mary. »Es wäre zumindest interessant, herauszufinden, ob er diese Tat bei klarem Verstand begangen hat.«

Sie blieben an der Tür stehen. Wenn sie dieses Thema erörtern wollten, mussten sie es hier tun, wo ihnen niemand zuhören konnte. Auf den Gängen war es für die Passagiere zu leicht, zumindest Bruchstücke ihres Gespräches aufzuschnappen. Das wollten sie um jeden Preis verhindern.

»Im Gegensatz zu unserem hochverehrten Chief Medical Officer«, Mary wies in Richtung des Büros, »bin ich nämlich durchaus der Ansicht, dass Ermittlungen notwendig sind.«

George runzelte die Stirn.

»Aber es liegt doch alles auf der Hand: die Tat, die Tatwaffe, der Täter, der gleichzeitig das Opfer ist. Was willst du da noch ermitteln?«

Mary schaute nachdenklich den Flur hinab, der zu der Leichenhalle führte.

»Nun ja. Wie Franz Farnkamp zu Tode gekommen ist, scheint vollkommen klar. Aber das erklärt noch lange nicht, warum er es getan hat.«

»Aber das hat er doch in seiner Ansprache erläutert.«

Mary wiegte den Kopf.

»Da hast du zwar recht. Aber die Gründe, die er angeführt hat, scheinen mir dafür ein bisschen dünn. Wenn er die Modebranche wirklich satthatte, hätte er ja einfach in Rente gehen können. Da bräuchte er sich nicht das Leben zu nehmen. Wie wir Farnkamp erlebt haben, vollkommen von sich selbst eingenommen, war er ein richtiger Narzisst. Solche Leute lieben sich viel zu sehr, um sich Schaden zuzufügen — zumindest ohne wirklich triftigen Grund. Ich weiß nicht, George. Ich kann es gerade nicht besser ausdrücken. Ich habe einfach ein komisches Gefühl bei der ganzen Sache. Nenn es Intuition.«

Sie sah ihn an, sein wettergegerbtes Gesicht mit dem Vollbart. In seinen Augen stand Skepsis. Aber dahinter fand Mary auch seine Bereitschaft, ihr zu glauben, auch wenn es ihr gerade nicht gelang, ihre Zweifel besser in Worte zu fassen oder sie mit handfesten Beweisen zu untermauern. George MacNeill war ein pragmatischer Mann. Das musste er sein in diesem Beruf. Er hielt sich an Messdaten, Koordinaten, Karten, um sein Schiff sicher über das Meer zu navigieren. Aber seine langjährige Erfahrung hatte ihn auch gelehrt, dass man manchmal seinem Gefühl folgen musste. Oft genug hatte er einen Umschwung des Wetters, einen starken Sturm oder heftigen Seegang vorausgeahnt, auch wenn keine Vorhersage ihm diese Eingebung bestätigt hatte. Er kannte Mary nun lange und gut genug, um darauf zu vertrauen, dass ihr Gespür sie nicht täuschte.

»In Ordnung, Mary,« sagte er. »Wenn du meinst, das mehr dahintersteckt, werden wir der Sache nachgehen.«

Sie fasste seine raue Hand und drückte sie, dankbar für seine Unterstützung.

»Natürlich kann es sein, dass ich falschliege«, sagte sie, »dass Germer recht hat und alles so ist, wie es den Anschein hat. Aber bevor ich mich vollkommen davon überzeugt habe, bleibe ich dabei: Es gibt hier durchaus ein Rätsel zu lösen.«

13

»Ein Einbruchsversuch?«

Sandra sah Mary von der Seite an, während sie den Korridor entlanggingen. Die junge Frau trug ihre hellblaue Uniform und schob den Wagen, in dem sie ihre Arbeitsutensilien, Reinigungsmittel, Schwämme und Lappen, aber auch Gegenstände des täglichen Bedarfs wie Toilettenpapier und frische Handtücher zu den Kabinen transportierte. Man hätte meinen können, dass Mary sie einfach nur auf einem der Rundgänge begleitete, die zu ihren Pflichten gehörten. Doch hielten die Frauen an keiner der Türen an, an denen sie vorüberkamen. Sie hatten ein ganz bestimmtes Ziel, von dem sie sich durch nichts ablenken ließen.

»Erst dieser Selbstmord und dann auch noch das?«

»Ich fürchte, ja«, antwortete Mary. »Was es umso wichtiger macht, dass wir uns in Farnkamps Kabine umsehen.«

Am liebsten hätte sie genau das noch in der vergangenen Nacht getan. Aber sie hatte es nicht allein tun wollen. Vier Augen sahen bekanntlich mehr als zwei, und vor allem Sandra, mit ihrem Beobachtungsvermögen und ihrer schnellen Auffassungsgabe, hatte sich in dieser Hinsicht mehr als einmal als hilfreich erwiesen. Wenn Mary es auch ungern zugegeben hätte: Insgeheim war es auch so, dass es ihr, so abgehärtet sie auch war, ein wenig unheimlich gewesen wäre, sich mitten in der Nacht allein in der Kabine eines Toten aufzuhalten. Aber sie hatte auf keinen ihrer üblichen Mitstreiter zurückgreifen können. George hatte zu der Besprechung mit seinen Offizieren gemusst und war anschließend damit beschäftigt gewesen, den Aufruhr über Farnkamps Tod einzudämmen, der sich bald nicht mehr nur auf die Gäste der Modenschau beschränkte, sondern sich in Windeseile über sämtliche Decks und sämtliche Passagierkategorien an Bord verbreitet hatte. Antonio, Sandras Freund, hatte eine Nachtschicht im Maschinenraum absolvieren müssen. Sandra selbst war bei den Aufräumarbeiten im Ballsaal eingebunden gewesen, wobei die Frage war, ob der Saal überhaupt für eine weitere Modenschau genutzt würde, ob es vertretbar war, die Veranstaltung nach dem Tod des Designers fortzusetzen. Auch in den Garderobenbereichen herrschte ein Chaos, das die Models, Stylisten und anderen bei ihrem plötzlichen Aufbruch hinterlassen hatten. Zudem hatten zahlreiche Gäste in ihrer Hast und ihrer Verstörung Kleidungsstücke oder Gegenstände wie Handtaschen liegengelassen, die, sofern sie sich zuordnen ließen, ihren Besitzern zurückgebracht werden mussten. Vielleicht wäre all das auch mit einer kleinen Crew zu erledigen gewesen. Aber Mary vermutete, dass es bei dieser Großaktion nicht allein um Reinlichkeit ging, sondern auch darum, ein Zeichen zu setzen, ganz so, als könne man den Erinnerungen an das grausige Ereignis ebenso mit Wasser und Reinigungsmittel zu Leibe rücken wie den Flecken auf dem Parkett.

Wie dem auch sei: Mary hatte warten müssen, bis ihre Gehilfin einsatzfähig war. Sie hatte Sandra nicht gleich nach ihren Pflichten in Anspruch nehmen, sondern ihr den wohlverdienten Schlaf gönnen wollen. Und sich selber auch. Obwohl es sie gedrängt hatte, mehr über Farnkamp und die Hintergründe seines öffentlichen Todes zu erfahren — Eile war nicht geboten gewe-

103

sen. Schließlich galt es, wie Germer angemerkt hatte, dieses Mal tatsächlich nicht, einen Mörder dingfest zu machen. Allerdings hätte Mary sich anders verhalten und ihre Besichtigung der Kabine nicht auf den Morgen verlegt, wenn sie geahnt hätte, dass sie nicht die Einzige war, die sich Zugang zu ihr verschaffen wollte.

»Wer könnte denn versucht haben, gewaltsam dort einzudringen?«

Wieder beäugte Sandra Mary von der Seite. Wie Mary wusste, machte es ihrer jungen Freundin nichts aus, die Kabinen, die auf dieser Route lagen, links liegen zu lassen. Sie sah es nicht als ihre Lebensaufgabe an, die Queen Anne von jedem Fussel und jedem Fleck zu befreien und war, gelinde gesagt, ein wenig nachlässig in ihrer Pflichterfüllung. Umso mehr, wenn es galt, stattdessen Nachforschungen anzustellen. Diese fand sie verständlicherweise spannender, als Staub zu wischen, Abfalleimer zu leeren oder Waschbecken zu schrubben.

»Der erste Verdacht, der sich mir aufdrängt«, sagte Mary, »trifft die Journalisten. Schließlich haben sie alle ein starkes Interesse daran, mehr über diese Angelegenheit zu erfahren, um ihre Stories für die Leser der Illustrierten mit besonders spannenden, vielleicht gar pikanten Details zu schmücken. Ohne einen ganzen Berufszweig unter Generalverdacht stellen zu wollen: Manch einer von ihnen kennt sicherlich keine Skrupel, wenn es darum geht, sich entsprechende Informationen zu verschaffen.«

Wieder ein Seitenblick.

»Gelungen ist es ihnen nicht.«

»Zum Glück. Die Kabine von K, Farnkamps Muse, liegt direkt nebenan. Das Mädchen selbst ist wohl, kurz, nachdem sie dorthin gebracht worden war, vor Erschöpfung in einen tiefen Schlaf gefallen. Aber ...«

Mary blieb abrupt stehen und stemmte die Hände in die Hüften.

»Sagen Sie mal, Sandra, müssen Sie mich die ganze Zeit so unter die Lupe nehmen?«

Sandra zuckte die Schultern. »Sorry, Mrs. Arrington. Ich kann nicht anders. Es sind diese Klamotten, wissen Sie? Gestern sind Sie rumgelaufen wie ein Heißluftballon. Heute sehen Sie aus, als würden Sie in einer Hütte im Wald wohnen.«

Trotz ihrer Missstimmung musste Mary schmunzeln. Sie schaute an sich herunter. Sandras Vergleich war treffend. Da an diesem Abend die Modenschau von Freya Jonsdottir stattfinden würde, war Mary verpflichtet, den Tag über ein Kleid der isländischen Designerin zu tragen. Zwar stand zu erwarten, dass die Fashion Cruise nach Farnkamps Tod abgebrochen wurde. Aber die letzte Entscheidung darüber war noch nicht gefallen, würde vielmehr erst im Laufe des Tages von Winthrop verkündet werden. Bis es so weit war, galten nach wie vor Marys vertragliche Pflichten. Die Kreation von Jonsdottir, die sie anhatte, war ein in Ocker-, Gras- und anderen Naturtönen gestaltetes knöchellanges Gewand mit grobem Schnitt, das ein Gürtel an der Taille zusammenhielt, der einer Schlingpflanze nachempfunden schien. Künstliche Federn dienten als Ornamente. Mary hätte nicht sagen können, was sie schlimmer fand, Farnkamps ›Lodernde Sonne von Capri‹ oder Jonsdottirs ›Wiesengeflüster‹.

»In Ordnung, Sandra, betrachten Sie mich in aller Ruhe und machen Sie Ihre Scherze, damit wir das hinter uns haben und uns wieder anderen Belangen zuwenden können.«

»Ach, kommen Sie schon, Mrs. Arrington, seien Sie nicht gleich eingeschnappt. Das steht Ihnen wirklich hervorragend. Ich will Sie ja auch gar nicht ärgern. Wenn Sie möchten, gehe ich in New York sogar mit Ihnen in den Central Park, um Wurzeln und Beeren zu suchen und Blumenketten zu flechten, damit Sie auch noch die passende Kopfbedeckung haben.«

Sandra grinste. Mary verdrehte die Augen.

»Sehr witzig, Sandra. Sind Sie dann fertig?«

»Fürs Erste.«

Die beiden Frauen setzten ihren Weg fort.

»Was wollten Sie sagen, Mrs. Arrington?«

»Dass eines der anderen Models und einer der Stylisten, der sich schon nach dem Schuss um K gekümmert hatte, die ganze Nacht über bei ihr geblieben sind, falls sie aufwachen und etwas brauchen sollte, und um die Journalisten wegzuschicken, von denen wohl eine ganze Reihe vorbeikam. Ich habe mit den beiden selbst noch nicht sprechen können. Aber einer der Offiziere hat mir berichtet, dass sie hörten, wie sich jemand an der Tür nebenan zu schaffen machte. Auf die Geräusche hin traten sie auf den Flur, um nachzusehen. Das störte den Einbrecher auf.«

Sie bogen um eine Ecke. Das leichte Quietschen der Räder an Sandras Rollwagen erinnerte Mary daran, dass sie erst vor wenigen Stunden eine Bahre mit einer Leiche geschoben hatte. Sie verdrängte den unbehaglichen Gedanken.

»Sein Gesicht«, fuhr sie fort, »konnten sie bedauerlicherweise nicht erkennen. Zudem trug er einen weiten Mantel und eine Mütze, sodass sie nicht einmal angeben konnten, ob es sich um einen Mann oder eine Frau handelte. Wenigstens konnten sie ihn in die Flucht schlagen. Sie meldeten den Vorfall, und George stellte einen Wachtposten ab.«

Diesen Wachtposten sahen sie nun einige Meter entfernt. Es war ein kräftiger Mann, der in strammer Haltung vor Farnkamps Kabine Aufstellung genommen hatte. George hatte Mary versichert, dass es sich um einen seiner verlässlichsten Leute handelte. Tatsächlich war ihm anzusehen, dass sich jeder, der hier nichts zu suchen hatte, an ihm die Zähne ausgebissen hätte. Die Journalisten und sonstigen Neugierigen hatten das wohl ebenfalls begriffen. Jedenfalls hielt sich keiner von ihnen in der Nähe auf.

Der Wachtposten nickte Mary und Sandra zu. George hatte ihn über ihr Eintreffen in Kenntnis gesetzt und ihm Anweisungen erteilt, sie hineinzulassen.

»Guten Morgen, Lady Arrington.«

»Guten Morgen. Wie stehen denn die Dinge? Hat noch jemand versucht, in die Kabine zu gelangen?«

Der Mann nickte.

»Eine ganze Reihe von Leuten ist vorbeigekommen. Einige wollten wohl wirklich nur schauen und sind nicht lange geblieben. Andere haben mehr oder weniger freundlich gefragt, ob sie mal hineindürften, um schnell ein paar Fotos zu machen. Natürlich gab es auch so manchen, der es mit Drohungen versucht hat, mit seinem Presseausweis herumgewedelt und mir mitgeteilt hat, ich hätte kein Recht, der Öffentlichkeit wichtige Erkenntnisse vorzuenthalten. Aber auch die haben irgendwann aufgegeben.«

»Das ist gut zu wissen. Das Letzte, was wir brauchen, ist, dass jemand da drin herumstöbert, möglicherweise noch etwas mitnimmt. Ich bin sehr froh, dass Sie das verhindert haben und niemand die Kabine betreten hat.«

Der Wachmann rieb sich mit unbehaglicher Miene den Nacken.

»Nun ja …« Er räusperte sich umständlich. »Ich fürchte, eine Person hat sie doch betreten.«

107

»Was? Aber Sie hatten doch strikte Anweisungen.«

»Das schon, ja.« In seiner Zerknirschung wirkte er weitaus weniger einschüchternd als zuvor. »Aber in diesem Fall konnte ich nichts machen. Die Person hatte eine Schlüsselkarte und war somit berechtigt, einzutreten. Das konnte ich ihr nicht verwehren.«

»Aber an die Karte hätte sie ja auch auf illegale Weise herankommen können.«

»Ich weiß. Aber daran habe ich in diesem Moment einfach nicht gedacht. Ich war wohl etwas überrumpelt.«

Sein Tonfall und seine verlegene Miene zeigten, dass er es nun bereute, dies nicht doch getan oder wenigstens Rücksprache mit dem Kapitän gehalten zu haben.

»Sie ist allerdings gerade erst gekommen und hat die Kabine noch nicht verlassen. Es ist also auf keinen Fall etwas abhandengekommen.«

Mary atmete auf. Sie war nicht begeistert davon, dass er seine Befehle missachtet hatte. Aber sie hatte Verständnis für die Zwickmühle, in der er sich befunden hatte. Abgesehen davon bot sich ihr nun die Gelegenheit, höchstpersönlich zur Rede zu stellen, wer auch immer sich hinter dieser Tür befinden mochte.

»Wer ist es denn?«, fragte Sandra.

Er zuckte die Schultern.

»Das weiß ich nicht. Ich kannte sie nicht, und sie hat sich auch nicht vorgestellt. Sie hat mir nur die Schlüsselkarte gezeigt und verlangt, dass ich sie durchlasse. Es tut mir wirklich leid, Lady Arrington.«

»Schon gut. Es ist ja nichts weiter passiert. Machen Sie sich keine Gedanken mehr darüber. Also los, Sandra. Schauen wir mal, wen wir da drinnen finden.«

Sie gab ihrer Freundin ein Zeichen, woraufhin Sandra die Generalschlüsselkarte zückte, mit der sie sich als Reinigungskraft Zutritt zu den meisten Passagierunterkünften verschaffen konnte. Der Wachtposten machte ihnen Platz, sichtlich erleichtert, dass sein Fehler keine unangenehmen Folgen nach sich ziehen würde.

»Ich bin hier draußen, falls Sie mich brauchen.«

»In Ordnung«, sagte Mary, die hoffte, dass es nicht dazu kommen würde und dass, auf wen auch immer sie gleich treffen würden, keine Bedrohung darstellte. Sandra öffnete die Tür. Gemeinsam betraten die beiden Frauen die Kabine des toten Designers.

14

Die Kabine war keine Kabine mehr. Jedenfalls ähnelte sie kaum noch jenen, in denen andere Passagiere wohnten. Zwar enthielt sie die übliche Ausstattung, Bett, Schränke, Tisch, Sofa und Sessel. Doch waren diese Gegenstände allesamt zweckentfremdet. Statt ihre übliche Bestimmung zu erfüllen, dienten sie hier offenbar ausschließlich als Ausstellungsfläche: Die Möbel waren allesamt mit großen Papierbögen bedeckt, die auf ihnen abgelegt oder im Fall des Schrankes und der Kommode an ihnen festgeklebt waren. Diese unzähligen Bögen zeigten mit leichter Hand gezeichnete menschliche Figuren in allerlei bunten Kostümentwürfen. Manche der Zeichnungen waren offenbar bis zum letzten Strich und Farbtupfer abgeschlossen, andere mittendrin abgebrochen. Etliche Blätter, auf den Möbeln, aber vor allem auch auf dem Boden, waren zerrissen, in kleine Schnipsel zerfetzt, und es schien, als sei dies geradezu zornig, in einem Anfall von Wut passiert. Zerteilte Frauen- und Männerfiguren, abgetrennte Gliedmaßen, ein Gemetzel, wenn es auch nur an Papier verübt worden war. Nicht nur dies bewies, von welcher rastlosen Schaffens-, aber auch Zerstörungskraft Farnkamp beseelt gewesen war und mit welcher Wucht sie sich hier Bahn gebrochen hatte. Einzelne Kleider, manche erst halb fertig, hingen an Bügeln an der Garderobe und den Knäufen von Schubladen. Auf dem Tisch lagen Stifte und Scheren und weiteres Arbeitsmaterial, dazu zahlreiche Stoffmuster, die nebeneinander ausgelegt waren, vielleicht zum Vergleich oder zur Prüfung, ob sie zueinander passten. All dies sorgte dafür, dass die Kabine nicht einem Wohnraum, sondern einem Atelier glich, das von seinem Nutzer nur nebenbei noch zu Verrichtungen des alltäglichen Lebens wie Essen und Schlafen verwendet worden war.

Auf dem Sofa saß die Muse K. Sie hatte einen Stapel Papierbögen voller Zeichnungen auf dem Schoß. Mary fand es nicht verwunderlich, dass es dem Wachmann nicht gelungen war, ihr gegenüber Härte an den Tag zu legen. Sie wirkte ungeheuer verletzlich. Schon bei ihrer ersten Begegnung hatte sie in Mary das Bedürfnis geweckt, sie zu schützen, sich um sie zu kümmern, und in ihrem jetzigen Zustand war dieses Bedürfnis noch stärker. Sie war blass, mit tiefen Augenringen, gezeichnet von den Ereignissen des gestrigen Abends und einer Nacht, in der ihr Schlaf mehr einer Ohnmacht geglichen haben musste und alles andere als erholsam gewesen war. Sie wirkte seltsam geistesabwesend, ihr Gesicht ausdruckslos, als sie nun aufblickte und die beiden ansah. Sie wirkte nicht überrascht, dass sie in die Kabine kamen. Sie befand sich wohl in einem Zustand, in der sie nichts zu überraschen vermocht hätte, in dem sie gleichzeitig aber auch nichts erfreut oder verärgert hätte. Ein Zustand, in dem die Welt sie nicht wirklich erreichte. Kein Empfinden, kein Gedanke war stark genug, durch ihren Schmerz zu dringen.

»Wie gefällt es Ihnen?«

»Wie bitte?«, fragte Mary.

K legte die Zeichnungen auf den Couchtisch. Dann stand sie auf und zeigte an sich herunter. Sie trug einen weiten, eierschalenfarbenen Überwurf, der wie ein biblisches Gewand anmutete.

»Mein Kleid. Es ist wunderschön, nicht wahr?«

Mary wusste nicht, was sie darauf sagen sollte. Sie

wunderte sich nicht, dass es das Mädchen war, das sie hier antrafen. Sie hatte schon damit gerechnet. Es machte Sinn, dass sie eine Schlüsselkarte zu der Kabine besaß. Allerdings war Mary nicht darauf eingestellt gewesen, dass K sich gerade mit so nebensächlichen Belangen wie ihrem Outfit beschäftigte — und der Frage, was andere davon hielten.

Sandra, weniger um Worte verlegen, schloss die Tür.

»Du siehst super darin aus.«

»Danke.«

K drehte sich einmal um sich selbst. Die Bewegung, tausendmal geübt, tausendmal vor Publikum durchgeführt, war geschmeidig und elegant. Sie passte nicht recht zu Ks betrübtem Gesicht. Sie lächelte zwar. Aber es war ein freudloses Lächeln. »Franz hat das für mich entworfen. Nur für mich. Das gibt es nirgendwo zu kaufen.«

»Es ist wirklich sehr schön«, sagte Mary.

K strich zärtlich über den Stoff.

»Er hat es mir erst gestern gegeben, kurz nachdem wir abgelegt haben. Er sagte, es sei ein Geschenk zum Beginn unserer Reise. Jetzt ist mir klar, dass es ein Abschiedsgeschenk war. Wenn ich das gewusst hätte … wenn ich gewusst hätte, was er vorhat, hätte ich mich nicht so darüber gefreut.«

Ihre Stimme klang eintönig, ein monotoner Singsang. Alles an ihr, die Gefühle, die sie äußerte, ihre Worte, wirkten gedämpft. Über ihren Augen lag ein glasiger Glanz. Der Glanz, dachte Mary, den starke Beruhigungsmittel über sie gelegt hatten. Nach dem gestrigen Schock waren Medikamente wohl das Einzige, was K überhaupt dazu befähigte, eine gewisse Ruhe beizubehalten. Vielleicht hatte Dr. Germer ihr welche verabreicht.

»Du hattest keine Ahnung, dass er sich etwas antun würde?«, fragte Sandra.

»Nein. Natürlich nicht. Sonst hätte ich doch versucht, es zu verhindern. Aber er hat das für sich behalten. Nicht ein einziges Wort. Zumindest kein gesprochenes.« Sie bückte sich, um von dem Papierstapel, den sie auf den Couchtisch gelegt hatte, ein Blatt aufzuheben. »Dafür hat er das hier zurückgelassen. Aber was nutzt das schon, jetzt, wo alles vorbei ist?«

Mary trat näher. Sie streckte die Hand aus.

»Dürfte ich das mal sehen?«

K zögerte, als fürchte sie, Mary werde es ihr nicht wiedergeben. Sie betrachtete Marys Gesicht. Ihre Pupillen waren unnatürlich geweitet.

»Sie sind diese Schriftstellerin.«

»Richtig. Ich möchte herausfinden, warum Herr Farnkamp sich das Leben genommen hat.«

K kniff nachdenklich die Lippen zusammen. Sie schaute unsicher zu Sandra herüber. Die beiden begegneten einander zum ersten Mal. Dennoch schien das Mädchen sofort Vertrauen zu Sandra zu fassen, als sehe sie in ihr etwas wie eine große Schwester. Vielleicht lag es daran, dass Sandra nur wenige Jahre älter war als sie. Sandra nickte ihr aufmunternd zu.

»Du kannst Mrs. Arrington vertrauen. Sie würde nie etwas tun, das jemandem schadet. Es geht ihr wirklich nur darum, die Wahrheit ans Licht zu bringen. Darüber, warum das alles passiert ist.«

»In Ordnung.« K reichte Mary das Papier. »Aber viel Neues wird Ihnen das hier auch nicht verraten, fürchte ich.«

Mary las:

Meine liebe K,

all das muss schlimm für dich sein. Es tut mir leid, dass ich dir das antue und dich allein lasse. Aber du musst verstehen, dass ich dir nichts sagen konnte — und dass ich für mich keinen Ausweg mehr gesehen habe. Dieses Leben zu führen war schon so lange eine Belastung für mich, und nun ist diese Belastung einfach zu groß geworden. Ich hoffe, du kannst mir verzeihen. Gib auf dich acht und genieß die Karriere, die du auch ohne mich vor dir hast. Ich weiß, du wirst es bis an die Spitze schaffen — wenn du das willst. Ich kann nicht mehr behaupten, dass sich die Anstrengungen für mich gelohnt haben. Wie sagt man so schön: Es ist einsam an der Spitze. Ich bin dankbar, wenigstens dich als meine treue Begleiterin, meine Muse gehabt zu haben. Danke für deine Freundschaft und deine Inspiration. Leb wohl — ich bin sicher, wir sehen uns auf der anderen Seite wieder.

In Liebe,
Dein Franz

P.S.: Für alle anderen, die diesen Brief lesen: Viele von euch haben sich doch gewünscht, es würde mich nicht mehr geben. Glückwunsch — eure Gebete wurden erhört. Also tut nicht so, als wäret ihr traurig, ihr Heuchler! Ärgert euch lieber, dass ich euch allen, wie schon so oft, noch ein letztes Mal die Show gestohlen habe — ihr habt doch wohl nicht geglaubt, dass Franz Farnkamp anders als mit einem gewaltigen Knall abtritt!

Diese Zeilen waren sauber untereinander gesetzt und mit schwarzer Tinte geschrieben. An vielen Stellen war sie zerlaufen, wo, vermutete Mary, Ks Tränen auf das Papier gefallen waren. Mary fand diesen Brief hochinteressant. Nicht weil es sich um den Abschiedsbrief eines Selbstmörders handelte und er eine makabre Faszination auf sie ausgeübt hätte. Es ging vielmehr um die Facetten, die sich darin offenbarten. Farnkamps Handschrift war

114

verschnörkelt, elegant, extravagant und entsprach genau dem Bild des aufgesetzten Wichtigtuers, als den Mary ihn kennengelernt hatte. Auch der Nachsatz, in dem er postum mit seiner spektakulären Darbietung prahlte und seine Feinde zurechtwies, unterstrich diesen Eindruck. Umso größer aber war der Kontrast zum ersten Teil des Textes, der mit seinem väterlichen, besorgten Tonfall so gar nicht dazu passen wollte. Er brachte Mary zu der Vermutung, dass Farnkamp noch eine andere Seite gehabt hatte, eine fürsorgliche, liebenswerte. Vielleicht war seine Großkotzigkeit gar nur Fassade gewesen, ein Aspekt jener Persönlichkeit, als die er sich der Öffentlichkeit präsentiert hatte. Der Künstlerfigur Farnkamp. Oder vielleicht war er, was es ja geben sollte, tatsächlich ein Ekel gewesen, das allein für diesen einen Menschen, dieses Mädchen einen weichen Fleck in seinem Herzen gehabt hatte. Welche Einstellung er genau gehabt hatte, würde Mary wohl nie erfahren.

»Nur fürs Protokoll«, sagte sie. »Sie sind sich sicher, dass dieser Brief von Herrn Farnkamp stammt?«

»Oh ja«, antwortete K. »Das ist eindeutig seine Handschrift. Von wem sollte er auch sonst stammen?«

Sie setzte sich wieder auf das Sofa, nahm eines der Kissen und drückte es an sich.

»Oh, Franz, warum hast du das nur getan?«

Mary machte Sandra ein auffälliges Zeichen. Da sie einen besseren Draht zu dem Mädchen hatte, schien es Mary sinnvoll, sie stärker in das Gespräch einzubinden. Sandra verstand. Sie legte vorsichtig einige der Zeichnungen beiseite, die auf der Sofakante lagen, und setzte sich.

»Wäre es okay für dich, wenn wir dir noch ein paar Fragen über ihn stellen?«

Im ersten Moment schien K so tief in sich versunken,

dass sie Sandra gar nicht zu hören schien. Mary wollte sie ein weiteres Mal ansprechen, aber Sandra bedeutete ihr mit einem Kopfschütteln, ihr mehr Zeit zu geben.

Schließlich sprach K, leise, kaum hörbar.

»Ich habe letzte Nacht mitgekriegt, dass es immer wieder an der Tür geklopft hat. Aiden und Rose haben auf mich aufgepasst. Sie haben mir erzählt, dass es Reporter waren, die mich über Franz ausfragen wollten. Die beiden haben sie weggeschickt. Ich war so froh, dass sie bei mir waren.«

Sandra legte ihr die Hand auf die Schulter.

»Wir werden nichts von dem, was wir besprechen, an die Presse weiterleiten. Ehrenwort.«

Das Mädchen sah zu ihr auf, forschte in ihrem Gesicht. Dann nickte sie.

»Ich schätze, mit euch kann ich über Franz sprechen. Wenn ihr glaubt, dass es irgendeinen Sinn hat.«

»Es würde viel dazu beitragen, diese Tragödie aufzuklären«, sagte Mary. »Auch wenn es mir leidtut, Ihnen eine solche Belastung zumuten zu müssen. Nach allem, was Sie schon durchgemacht haben. Sagen Sie uns bitte, wenn es Ihnen zu viel wird, Ms. K. Oder dürfen wir Sie Elise nennen? «

Durch den Schleier über den Augen des Mädchens drang etwas wie dumpfe Überraschung.

»Woher wissen Sie, wie ich heiße?«

»Ich habe es gestern Abend mitbekommen. Der Mann, der sich nach Ihrer Ohnmacht um Sie gekümmert hat, hat Ihren Namen erwähnt.«

»Ja, Aiden«, seufzte sie. »Er ist wirklich eine gute Seele.«

Sie senkte den Kopf. Sie schien sich überwinden zu müssen, die folgenden Worte auszusprechen.

»Franz nannte mich K. Jetzt, wo er tot ist, kann ich

für niemanden mehr so heißen. Sagen Sie also ruhig Elise zu mir.«

»Danke«, sagte Mary.

Ein Gedanke ging ihr durch den Kopf. Es gehörte sich vielleicht nicht, auf diese Weise über den Tod eines Menschen zu denken. Aber Mary schien es, als stelle Farnkamps Tod in gewissem Sinne eine Befreiung dieses Mädchens dar. Vorher war sie so stark von seinem Einfluss beherrscht gewesen, dass sie wie sein Besitz schien, reduziert auf diesen einen Buchstaben, den er ihr gelassen hatte. Jetzt konnte sie endlich wieder einen Namen haben. Sie selbst schien darüber nicht glücklich zu sein. Wenn es Mary vorkam, als erhalte sie nun einen Teil ihrer Identität zurück, schien sie es eher so zu empfinden, als verliere sie diese vollkommen. Das, was sie gewesen war, war schlagartig vorbei. Was übrig blieb, war eine Muse, die plötzlich aufgehört hatte, eine Muse zu sein.

»Sie sind Französin? Sie haben einen leichten Akzent.«

»Aus Kanada«, antwortete Elise. »Dem französischen Teil. Québec.«

»Da war ich schon einmal«, sagte Mary. »Es ist wirklich sehr schön dort.«

Ein kleines Lächeln zeigte sich auf Elises Lippen.

»Ja, nicht wahr? Im Moment habe ich richtig Heimweh.«

»Sagen Sie, Elise — was tun Sie hier? Ich meine, in dieser Kabine?«

Das Mädchen zuckte die Schultern.

»Ich weiß nicht genau. Ich wollte einfach hier sein. Ich dachte, es würde mir das Gefühl geben, näher bei Franz zu sein. Ich dachte, ich könnte ihn hier vielleicht noch spüren, wissen Sie? Aber all das«, sie wies durch die Kabine, »macht mir nur noch bewusster, dass er tot ... dass er weg ist.« Sie strich über die Papiere auf dem Couchtisch. »Ich dachte, ich könnte ein paar von seinen Zeichnungen mitnehmen. Als Erinnerungsstücke, verstehen Sie?«

»Ich verstehe«, sagte Mary. »Hören Sie Elise, wenn Sie meine Frage zu forsch finden, brauchen Sie natürlich nicht zu antworten. Aber wissen Sie, ob Herr Farnkamp schon länger Suizidgedanken hatte?«

Nun hielt der Gleichmut, den Elise bisher an den Tag gelegt hatte, nicht mehr. Sie schniefte und Tränen rollten ihre Wangen hinab. Sie glänzten auf ihrer bleichen Haut wie Strasssteine. Sandra zog ein sauberes Taschentuch aus ihrer Uniform und reichte es ihr. Elise nahm es. Aber anstatt sich die Tränen abzutupfen, ließ das Mädchen sie einfach fließen, während sie das Taschentuch in ihrer Fingern zusammendrückte.

»Franz war ein sehr gefühlvoller Mensch. Das war schon immer so, zumindest seit ich ihn kannte. Er lebte von seinen Emotionen und ging voll in ihnen auf. Er konnte total überschwänglich sein oder vollkommen am Boden zerstört. Das kam dann in seinen Entwürfen zum Ausdruck. In Phasen, in denen er gut drauf war, hat er bunte, fröhliche Kleider entwickelt.«

Sie wies auf einige der Zeichnungen, die ebensolche zeigten, schillernde, beinahe übermütig wirkende Formen und Farben.

»In anderen ist er in düsteres Brüten versunken. Dann konnte er gar nicht mehr lachen und schien ganz in sich verloren. Er meinte, er sei von Feinden umgeben, von Leuten, die ihm schaden wollten.«

»Wen meinte er damit?«, fragte Sandra.

»Konkurrenten, Neider. Davon gibt es in unserer Branche ja leider genug. Viele haben Franz seinen Erfolg nicht gegönnt und ihm Schlimmes gewünscht. Er hat oft von ihnen gesprochen. Aber Namen hat er keine genannt. Das war immer ganz allgemein, dass alle ihm Böses wollten und ich die Einzige sei, die zu ihm hielte. In diesen Phasen sind dann dunkle, bedrückende Sachen entstanden.«

»Ich bin keine Psychologin«, sagte Mary. »Aber das klingt, als habe er unter manisch-depressiven Episoden gelitten.«

»Das kann sein.« Elise zuckte die Schultern. »Ich habe ihm ein paarmal vorgeschlagen, zu einem Arzt zu gehen. Aber er wollte nichts davon hören. Er wurde sogar richtig wütend, wenn ich das angesprochen habe. Er wollte sich nicht untersuchen und auf keinen Fall therapieren lassen. Selbst, wenn es ihm richtig schlecht ging, meinte er, er schöpfe aus seinem Schmerz. Sein Leid sei eine Quelle seiner Kunst. Er hat gefürchtet, eine Therapie würde ihm seine Kreativität nehmen. Seine Stimmung hat stark geschwankt. Sie konnte von einem Augenblick auf den nächsten umschlagen. Das war manchmal fast ein bisschen unheimlich.«

Es behagte Mary nicht, sie wie in einem Verhör zu vernehmen. Aber es war eine Chance, mehr über Farnkamp von jenem Menschen zu erfahren, der ihm in den letzten Jahren am nächsten gestanden hatte und daher am meisten über ihn wusste. Mary wollte sich diese Chance nicht entgehen lassen. Sie bemühte sich jedoch, möglichst behutsam mit Elise umzugehen. Ihr Zustand war so fragil, dass, so schien es, ein einziges falsches Wort genügen würde, sie zusammenbrechen zu lassen. Doch es war sehr schwierig, behutsam zu sein, wenn es um ein so niederschmetterndes Thema ging.

»In diesen ... düsteren Phasen — sprach er davon, sich das Leben zu nehmen?«

Das Mädchen nickte.

»Er meinte, er habe alles satt und nichts habe einen Sinn und er wolle einfach nur, dass alles vorbei sei.«

Sie blickte zu Mary auf.

»Glauben Sie, ich hätte irgendetwas tun müssen? Die Polizei verständigen, jemanden zurate ziehen, auch wenn er das nicht wollte … glauben Sie, das ist passiert, weil ich … weil ich …«

Sandra nahm ihre Hand und drückte sie.

»Dich trifft keine Schuld. Das war allein seine Entscheidung. Er wollte keine Hilfe. Du konntest nichts tun.«

Mary war nicht sicher, ob das stimmte. Aber Elise war noch ein junges Mädchen, unerfahren. Sie hatte die Situation nicht richtig einschätzen können. Überhaupt war dies nicht der Zeitpunkt, ihr Vorwürfe zu machen. Sie litt schon genug.

»Es war auch so«, fuhr Elise fort, »dass er in den letzten Wochen gar nicht mehr davon gesprochen hat. Deshalb habe ich mir keine Gedanken mehr darüber gemacht. Vor der Reise war Franz richtig gut drauf, da war keine Spur von Sorgen oder Kummer.«

Sie hatte nicht erkannt, dachte Mary, dass gerade dies, Farnkamps Schweigen über seinen Todeswunsch, das deutlichste Warnsignal gewesen war. Es hatte gezeigt, dass er von Überlegungen zu einem Entschluss gelangt war.

»Er hat zwar gesagt, dass er sich freut, dass bald alles vorbei sei. Aber ich dachte die ganze Zeit, das bezieht sich auf seinen Ruhestand. Wie die Sachen, die er unternommen hat. Ich habe nicht erkannt, was er wirklich vorhatte.«

Sie ballte ihre kleine Faust um das Taschentuch, das sie immer noch hielt.

»Ich war so dumm, so blind.«

»Was für Sachen unternahm er denn?«, fragte Mary.

»Das weiß ich nicht genau. Er hat seine Angelegenheiten in Ordnung gebracht. So nannte er das. Irgendwelche bürokratischen Belange. Er hatte Termine mit einem Rechtsanwalt und einem Notar. Er hat mir davon nichts Näheres erzählt. Wie gesagt, ich bin davon ausgegangen, dass das nötig war, weil er aus der Modebranche aussteigen wollte. Ich hatte keine Ahnung, dass er das alles machte, weil er … Wie hätte ich das auch ahnen sollen? Er hat ja die ganze Zeit von den Dingen gesprochen, die wir tun würden, wenn er nicht mehr arbeiten, er aus diesem Sumpf, wie er es genannt hat, endlich aussteigen würde. Er wollte mir New York zeigen, mit mir auf das Empire State Building steigen und im Central Park spazieren gehen und … und …«

Ehe sich Mary versah, hatte sie sich mit einem Aufschluchzen an ihre Brust geworfen und klammerte sich an ihr fest. Mary war vollkommen überrumpelt. Aber sie schloss sie in ihre Arme und hielt sie fest, während Elise weinte. Wenn sie in Sandra eine Freundin sah, eine Schwester, schien es Mary, dann vielleicht in ihr so etwas wie eine Mutterfigur. Sie wusste zwar nichts Näheres über diese junge Frau. Aber es schien ihr klar, dass sie sich ungeheuer allein und verlassen fühlte. Sie brauchte jemanden, zu dem sie einen Bezug aufbauen konnte, nachdem der Mann, der ihr so nahgestanden hatte, schlagartig aus ihrem Leben gerissen worden war. Sie strich ihr mit der Hand in kreisenden Bewegungen über die schmalen Schulterblätter. Elise versuchte, zu sprechen. Aber außer unverständlichen Lauten brachte sie nichts hervor. Es dauerte einige Minuten, bis sie sich einigermaßen beruhigt hatte. Sie löste sich von Mary.

»Entschuldigen Sie, Mrs. Arrington. Ich wollte nicht aufdringlich sein.«

Über die Blässe auf ihrem Gesicht hatte sich eine leichte Röte gelegt, vielleicht von der Anstrengung, vielleicht vor Verlegenheit.

»Das ist mir ungeheuer peinlich.«

»Das macht gar nichts«, antwortete Mary. »Wenn ich etwas für Sie tun kann, zögern Sie nicht, mich danach zu fragen.«

»Ich helfe dir auch, wenn ich kann«, sagte Sandra.

Ebenso wie Mary nicht anders konnte, als von dem Mädchen eingenommen zu sein, schien es auch in Sandra das Bedürfnis zu wecken, sich um es zu kümmern.

»Danke. Sie beide sind ungeheuer nett.« Elise schaute sich in der Kabine um. »Es tut mir leid. Aber ich glaube, ich schaffe es nicht, länger darüber zu sprechen. Es belastet mich sehr, hier zu sein. All diese Dinge, die Franz gehört haben, seine Zeichnungen ... Das wühlt so viel in mir auf. Wenn Sie keine Fragen mehr an mich haben, dann ... ich glaube, ich muss hier raus, mich hinlegen oder ...«

Sie wirkte so mitgenommen, dass sie Mühe hatte, aufzustehen, ohne gleich wieder in sich zusammenzusacken. Mary half ihr auf die Beine und stützte sie.

»Das wird das Beste sein. Versuchen Sie, ein wenig zur Ruhe zu kommen.«

Mit zitternden Händen raffte Elise die Zeichenblätter auf dem Couchtisch zusammen und hob sie auf.

»Ich werde es versuchen. Ich habe Angst, dass die Reporter wiederkommen. Ich kann gerade mit niemandem reden, mit niemandem außer Ihnen.«

Dicht an ihre Brust gepresst, wie einen wertvollen Schatz, trug sie den Papierstapel zur Tür. Da sie keine Hand frei hatte, machte Mary sie ihr auf.

»Machen Sie sich keine Sorgen. Der Mann draußen wird auf Sie aufpassen.«

»Danke, Mrs. Arrington.«

»Gern geschehen.«

Mary trat mit ihr auf den Flur. Sie bat den Wachmann, dafür zu sorgen, dass niemand das Mädchen belästigte. Er versprach es bereitwillig. Mary wartete, bis Elise in kleinen, unsicheren Schritten die wenigen Meter bis zur angrenzenden Tür zurückgelegt hatte. Sie drehte sich noch einmal um und lächelte Mary schwach zu, bevor sie in ihrer Kabine verschwand.

Mary kehrte zu Sandra zurück.

15

»Was tun wir noch hier, Mrs. Arrington?«, fragte Sandra, als Mary die Tür ins Schloss drückte. Während Mary Elise nach draußen gebracht hatte, hatte Sandra sich die Zeit damit vertrieben, sich die Zeichnungen anzusehen. »Es ist natürlich furchtbar, dass dieser Farnkamp sich das Leben genommen hat. Auch wenn er, nach dem, was ich so gehört habe, nicht unbedingt der sympathischste Zeitgenosse der Welt war. Aber es war doch eindeutig Selbstmord. Also was wollen wir in seiner Kabine?«

»Ich möchte mich nur ein bisschen umschauen, ein besseres Gefühl dafür kriegen, was Farnkamp für ein Mensch war.«

Sandra rümpfte die Nase, offenbar ganz und gar nicht zufrieden mit dieser Antwort. Aber sie hakte nicht weiter nach. Stattdessen setzte sie eine der zerfetzten Zeichnungen wie ein Puzzle zusammen, dem allerdings einige Teile fehlten.

»Mode hatte er auf jeden Fall drauf. Vor allem tut es mir für das Mädel leid. Die hat das ganz schön umgehauen. Sie wirkt richtig verloren ohne ihn.«

»Da gebe ich Ihnen recht, Sandra.«

»Wobei das schon echt komisch ist, wenn ein älterer Typ und eine so junge Frau so dicke miteinander sind, fast schon wie so ein Abhängigkeitsverhältnis.«

Mary ging in der Kabine umher. Sie hätte gerne mehr von Elise erfahren. Aber dass sie weg war, bedeutete immerhin, dass sie sich hier ganz ungezwungen umsehen konnte.

»Da bin ich völlig Ihrer Meinung.«

Mary öffnete den Kleiderschrank, in dem neben Farnkamps Silberanzug noch ein weiß und ein schwarz glitzerndes Ensemble und eine Reihe von Hemden auf Bügeln hingen. Ein Fach des Schrankes enthielt den Safe, mit dem jede Kabine ausgestattet war. Der Safe stand offen. Er war leer.

»Glauben Sie, die beiden hatten was miteinander? Dass die ein Liebespaar waren?« Sandra schüttelte sich. »Bäh, schon bei dem Gedanken, dass der alte Sack seine Grabbelfinger an ihr hatte, krieg ich eine Gänsehaut.«

»Den Verdacht hatte ich jedenfalls auch schon«, sagte Mary. »Das Mädchen scheint niemanden zu haben, der ihm Orientierung bietet. Farnkamp übernahm das. Weil er ihr Potenzial als Model erkannte. Aber es ist gut möglich, dass er weitere Hintergedanken hatte, sie ausnutzte, sie sich gefügig machte. Ich konnte sie das aber schlecht geradeheraus fragen. Wobei wir, wenn es sich als nötig erweisen sollte, nicht drum herum kommen werden, solche und vielleicht noch ganz andere unangenehme Fragen zu stellen.«

Auf der Kommode fand Mary eine Vase aus Metall. Die Blumen, die hineingehörten, lagen allerdings daneben. Mary schaute in die Vase. Sie runzelte die Stirn über das, was sie darin fand: Es war die Asche verbrannten Papiers. Einige versengte Fetzen waren noch übrig, auf denen farbige Striche zu erkennen waren.

»Hm. Offenbar hatte Herr Farnkamp nicht nur die Gewohnheit, seine Zeichnungen zu zerreißen. Er verbrannte sie auch.«

»Wahrscheinlich die, die ihm überhaupt nicht gefielen«, sagte Sandra. »Aber warum sollten wir Elise unangenehme Fragen stellen? Er hatte Depressionen und hat offen davon gesprochen, sich das Leben zu nehmen. Er hatte einen Revolver. Es gibt einen Abschiedsbrief und, na ja, wir wissen, was er dann getan hat.«

Mary fand einen Kugelschreiber und stocherte in den Überresten der verbrannten Papiere herum. Sie hatte etwas darin entdeckt, das ihre Aufmerksamkeit erregte.

»Eine bittere Geschichte, klar«, fuhr Sandra fort. »Aber doch keine, wegen der man eine Kabine durchstöbern oder Leuten unangenehme Fragen um die Ohren hauen müsste. Wonach also suchen wir?«

Mary griff in die Vase und fischte eines der Papierstücke heraus. Es war der Überrest eines Briefumschlags. Die Adresse war nicht mehr zu erkennen, nur noch Teile der Briefmarke und ein Stück des Poststempels. Gerade interessierte Mary aber weniger der Umschlag als das, was in ihm steckte. Auch von dem Brief, der mit ihm verschickt worden war, hatte sich ein Stück erhalten. Mary zog es heraus und faltete es auseinander. Es war ein braunes, festes Schreibpapier. Von dem Text, der darauf geschrieben stand, ließ sich nicht mehr viel entziffern. Die einzigen Worte, die Mary ausmachen konnte, lauteten ›Schiff‹ und ›dein Verderben‹.

Sie betrachtete sie eingehend, bevor sie es Sandra hinhielt.

»Zum Beispiel nach etwas wie dem hier.«

Sandra nahm das Papierstück und betrachtete es. Dann zuckte sie die Schultern.

»Das kann alles Mögliche bedeuten.«

»Da haben Sie recht, Sandra. Vielleicht ist es völlig belanglos. Auf der anderen Seite ist es doch auffällig, wenn jemand ein Schreiben erhält, in dem es um sein Verderben und ein Schiff geht und er dann auf einem Schiff sein Verderben findet.«

Sandra gab ihr das Papier zurück.

»Sie meinen, das könnte so etwas wie eine Warnung gewesen sein?«

Mary schob den Brief zurück in den zerstörten Umschlag und verstaute ihn in ihrer Tasche.

»Eine Warnung, ja. Oder vielleicht eine Drohung. Worum auch immer es sich handelt: Es bestätigt ein Gefühl, das ich hatte. Das Gefühl, das an dieser ganzen Sache etwas nicht stimmt.«

»Worauf beruht dieses Gefühl? Können Sie das näher beschreiben?«

Mary ging in den Schlafbereich hinüber und zog die oberste Schublade der Kommode auf. Sie enthielt Farnkamps Unterwäsche und seine Socken. Während seine Socken aus Baumwolle zu bestehen schienen, waren seine Unterhosen offenbar allesamt aus Seide gefertigt. Eine Information, die Mary einerseits irritierte und andererseits nicht weiterbrachte.

»Ich kann es höchstens versuchen, Sandra. Elises Schilderung seiner psychischen Verfassung ist natürlich vollkommen glaubhaft. Vor allem, wenn Farnkamp sich gerade in einer manischen Phase befand, ist es kein Wunder, dass von seinen Depressionen hier an Bord nichts zu bemerken war.«

Auch wenn sie es nicht verlockend fand, mit Farnkamps Unterwäsche in Berührung zu kommen, schob sie sie auseinander. Aber nichts war dazwischen oder darunter verborgen.

»In dieser Hinsicht scheint also tatsächlich alles eindeutig. Auch, dass er sich nicht heimlich umgebracht hat, sondern es in aller Öffentlichkeit tat, passt zu dem, was wir bisher über seine Persönlichkeit wissen. Was mir zu denken gibt, hat daher auch weniger mit ihm zu tun als ...«

127

»Mit was?«

Mary schob die Schublade zu.

»Germer«, sagte sie.

»Germer?« Sandra, rastlos, schlenderte in der Kabine umher. »Was hat der damit zu tun?«

»Ich fand sein Verhalten unmittelbar nach dem Selbstmord überaus auffällig. Erst benahm er sich großkotzig wie immer und protzte mit seiner Autorität. Aber als er Farnkamps Puls fühlen wollte, war er auf einmal zu Tode erschrocken. Als hätte er nicht damit gerechnet, dass er tot war, obwohl er doch, wie wir alle, den Schuss mitbekommen hatte. Dazu kommt, wie schnell er sich zurückzog. Richtiggehend verstört. Wir haben ihn um Leichen herum erlebt. Er war sonst nie so, fast will ich sagen: zimperlich. Und ich glaube nicht, dass er mit der Zeit feinfühliger geworden ist.«

Sie zog die nächste Schublade auf. Sie enthielt einige Magazine und weiteres Zeichenmaterial, außerdem Stoffproben.

»Germer benimmt sich doch regelmäßig sonderbar«, wandte Sandra ein. »In diesem Fall … Ich habe zwar den Selbstmord nicht miterlebt. Aber das muss doch total heftig gewesen sein. So heftig, dass sogar ein Stumpfklotz wie er davon mitgenommen ist. Was die Leichen angeht, besteht da ja auch ein Riesenunterschied, ob man jemanden sieht, der schon tot ist oder live miterlebt, wie er sich das Leben nimmt.«

In diesem Punkt konnte Mary ihr nicht widersprechen. Auch wenn es nicht besonders professionell war, konnte sie es Germer kaum verdenken, sich nach einem solchen Erlebnis einen Schnaps zur Beruhigung zu gönnen. Aber das war es nicht, was ihr so eigenartig vorgekommen war.

»Auf der Krankenstation beharrte Germer vehement

darauf, es habe sich unzweifelhaft um einen Selbstmord gehandelt. Unter keinen Umständen könne irgendetwas Tiefergehendes dahinterstecken. Er weigerte sich auch, eine Blutuntersuchung durchzuführen. Grob wie immer, gab er sich ziemliche Mühe, George und mich loszuwerden.«

Sie blickte über die Stifte und die Blöcke in der Schublade. Aber es war nichts Ungewöhnliches an ihnen.

Sandra hatte ein Kleid aufgehoben, das über einer Stuhllehne gehangen hatte. Sie hielt es sich vor und betrachtete sich im Spiegel der Garderobe neben der Tür.

»Das muss alles nichts heißen, Mrs. Arrington. Er kennt Sie doch. Da will er von vornherein verhindern, dass Sie sich einmischen, ganz gleich, worum es geht. Natürlich hat er keine Lust, Ihnen dabei irgendwie entgegenzukommen.«

Mit dem Kleid vor ihrem Körper schob sie sich eine Haarsträhne aus dem Gesicht, drehte den Kopf und zeigte ein aufgesetztes Laufsteg-Lächeln. Wenn sie jemals eine Karriere als Topmodel ins Auge gefasst hätte, dachte Mary, wäre sie wahrscheinlich daran gescheitert, dass es ihr unmöglich gewesen wäre, auf dem Catwalk ernst zu bleiben. Sie wäre sich in einer solchen Rolle einfach viel zu albern vorgekommen. Statt kühl und unnahbar zu schauen, hätte sie sich kaputtgelacht und statt elegant zu schreiten, wäre sie wahrscheinlich gehüpft.

»Einen anderen Grund dafür, Sie abzublocken, kann er ja eigentlich nicht gehabt haben«, fuhr Sandra fort. »Es kann ihm nicht darum gehen, einen Skandal zu verhindern. Der ist ja schon da, und den kann auch er nicht mehr aus der Presse halten. Kann es nicht sein, dass seine Unfreundlichkeit einfach darauf beruhte, dass er Sie nicht ausstehen kann? Dass er nicht Ihr größter Fan ist,

129

wissen wir schließlich. Da ist es doch klar, dass er sich nicht darum reißt, mehr Zeit als nötig mit Ihnen zu verbringen.«

Mary schob die Schublade zu und seufzte.

»Vielleicht haben Sie recht, Sandra. Vielleicht ist die naheliegende Erklärung die richtige. Vielleicht täusche ich mich in Germer, überhaupt in dieser ganzen Sache, und muss mir eingestehen, dass hinter den offenkundigen Tatsachen keine Geheimnisse stecken.«

Nur der Form halber zog sie auch die unterste Schublade der Kommode auf. Sie enthielt verschiedene Accessoires, Geldbörsen und Handtaschen für Männer, Gürtel und lederne Handschuhe. Vieles davon war wie der Revolver mit Glitzersteinen besetzt, für die Farnkamp offenbar eine besondere Vorliebe gehabt hatte. Mary hatte sich schon so weit damit abgefunden, sich geirrt zu haben, dass sie nur einen flüchtigen Blick darauf warf und die Schublade schon wieder zuschieben wollte. Da aber stutzte sie. Zwischen all den Ausstattungsgegenständen entdeckte sie etwas, das nicht funkelte und ihr gerade deshalb ins Auge fiel. Sie lehnte sich vor, um es genauer zu betrachten.

»Ich fürchte, ich muss das zurücknehmen«, sagte sie. »Mit den offenkundigen Tatsachen allein dürfen wir uns nicht begnügen. «

Alarmiert von Marys Tonfall ließ Sandra das Kleid sinken und drehte sich um.

»Was ist denn, Mrs. Arrington? Was haben Sie da?«

Mary nahm ihren Fund aus der Kommodenschublade.

»Etwas, das unsere bisherigen Erklärungen völlig auf den Kopf stellt — und eine ganze Reihe weiterer Fragen aufwirft.«

16

Dr. Germer holte aus und schlug mit aller Kraft zu. Allerdings führte sein Gewaltakt nicht zu dem gewünschten Ergebnis. Der Golfschläger, den er so brachial geschwungen hatte, verfehlte den Ball vor seinen Füßen um mindestens eine Handbreite. Statt des typischen harten ›Tock‹, wie es versierte Spieler zustande brachten, produzierte er daher nur das Zischen des ungebremst durch die Luft sausenden Schlägers. Der Ball, der eigentlich wie ein Geschoss auf- und vorwärts schnellen sollte, blieb reglos auf dem Tee, dem kleinen Plastikstift, liegen.

»Gottverdammtes Mistding«, fluchte Germer.

Mary war nicht klar, ob er den Ball oder den Schläger meinte, die sich beide nicht seinem Willen fügen wollten. Sie befanden sich in der Indoor-Golfanlage der Queen Anne. Vor dem Abschlagplatz, an dem Germer stand, war eine große Leinwand gespannt. Sie zeigte einen Golfplatz in herrlichem Sonnenschein, eine langgezogene, sattgrüne Rasenfläche, gesäumt von Bäumen mit üppigen Kronen und unterbrochen von Sandgräben und blauschimmernden Weihern. Wenn man sich in diesen Anblick vertiefte, konnte man beinahe vergessen, dass man sich nicht an Land, sondern mitten auf dem Ozean befand. Allerdings wurde die Illusion durch die Netze gestört, die oberhalb und seitlich der Leinwand angebracht waren. Sie dienten dazu, die Bälle einzufangen, die in ihrem Flug die Leinwand verfehlten. In Germers Fall, der seinen Ball nicht vom Fleck bekam, schienen sie unnötig.

»Ich glaube, Sie sollten Ihre Schulter weiter runter nehmen und etwas weiter in die Knie gehen.«

Mary stand seitlich hinter ihm, in sicherer Entfernung. Von einem Ball getroffen zu werden, war zwar unwahrscheinlich. Allerdings musste man bei Germers ungelenken Bewegungen, die eher Axthieben als Golfschwüngen ähnelten, mit fliegenden Golfschlägern rechnen. Optisch passte er perfekt hier rein. Er hatte sich mit einem weißen Polohemd, einer beigen Hose und einer roten Schirmkappe ausgestattet. Dazu trug er ein weißes Ensemble aus Golfschuhen und -handschuhen. Seine ganze Ausstattung sah funkelnagelneu aus, wie auch sein Schläger und die Bälle, die verstreut um ihn herum lagen. Aber wenn er sich auch alle Mühe gab, wie einer auszusehen — vom Status eines Golfkönners war er so weit entfernt wie sein Ball vom Loch auf dem virtuellen Grün.

Marys Kommentar sorgte dafür, dass er seinen Unmut von Ball und Schläger auf sie lenkte.

»Vielen Dank, Mrs. Arrington. Ihre Tipps können Sie sich sparen.«

Dem Blick zufolge, den er ihr zuwarf, spielte er mit dem Gedanken, seine Zielsicherheit statt am Ball an einem größeren Ziel auszuprobieren, das leichter zu treffen wäre: ihrem Kopf.

»Das war nur, weil Sie mich abgelenkt haben. Bevor Sie gekommen sind und angefangen haben, mir mit diesem Unsinn auf die Nerven zu gehen, habe ich die Dinger bis hoch zum Mars gejagt.«

»Davon bin ich überzeugt, Dr. Germer.«

Im Stillen fragte Mary sich, ob er den Ball überhaupt schon einmal erwischt hatte oder hier seit Ewigkeiten nichts als Luftschläge durchführte. In den Minuten, die sie hier war, hatte er jedenfalls nichts getroffen. Es erklärte seinen Frust. Sie kannte ihn ja sowieso als jemanden, der schnell die Geduld verlor, wenn etwas nicht in seinem Sinne lief.

»Um noch einmal auf das zurückzukommen, was ich mit Ihnen besprechen wollte ...«

Germer grunzte und machte ein paar Probeschläge. Dann hob er den Schläger über seine Schulter.

»Der Tod von Franz Farnkamp. Ich habe Grund zu der Annahme ...«

»Oh Gott! Bloß nicht.«

Germer ließ den Schläger sinken.

»Wie bitte?«, fragte Mary.

»Wenn Sie meinen, Grund zu irgendwelchen Annahmen zu haben, bin ich jedes Mal der Leidtragende.«

»Damit können Sie eigentlich nur meinen, dass Sie jedes Mal die Mühe auf sich nehmen müssen, meine Ermittlungen zu sabotieren und alles in Ihrer Macht Stehende zu unternehmen, um ein Verbrechen zu vertuschen. Allerdings ist das ja nicht unumgänglich. Sie könnten ja ausnahmsweise mal etwas Hilfreiches beisteuern. Um meinen Satz zu Ende zu bringen: Ich habe Grund zu der Annahme, dass es sich bei Farnkamps Tod nicht um einen Selbstmord handelt.«

Germer schnaubte spöttisch.

»Und ich habe Grund zu der Annahme, dass sie Gespenster sehen.«

Germer riss den Schläger mit einer Gewalt abwärts, als wollte er den Ball in Stücke schmettern. Da er allerdings wieder daneben schlug, bekam der Ball von seinen krampfhaften Anstrengungen höchstens einen leichten Luftzug mit.

»Die Fakten sprechen dagegen«, erwiderte Mary. »Fakten, zu denen ich Ihnen gerne ein paar Fragen stellen würde. Sie betreffen nämlich auch Sie.«

133

»Was? Mich?«

Mitten in seinem nächsten Schlag wirbelte Germer herum. Marys Ankündigung mochte ihn erschrecken. Aber immerhin führte sie bei seinen Bemühungen zum Erfolg. Der metallene Schlägerkopf kollidierte tatsächlich mit dem Ball, auch wenn Germer dies nicht seinem Können zu verdanken hatte. Weit kam der Ball nicht. Er machte nur einen Satz und kullerte kraftlos der Leinwand entgegen. Nach einem gelungenen Schlag würde der Ball computersimuliert in der virtuellen Landschaft erscheinen. Diese würde, je nachdem, wie weit er dabei kam, mit ihm voranscrollen, sodass der Spieler sich, ohne seinen Platz zu verlassen, komplett durch sie hindurch bis zum Loch spielen konnte. Germers müde rollenden Ball schien die Software allerdings nicht einmal zu registrieren. Auch Germer schenkte ihm keine Beachtung.

»Was bitte soll das heißen? Genügt es Ihnen nicht mehr, sich Ihren Hirngespinsten hinzugeben? Müssen Sie mich da mit hineinziehen?« Er hielt ihr den Schläger entgegen. »Sie werden doch wohl nicht behaupten wollen, ich hätte mit Farnkamps Tod irgendetwas zu tun!«

»Doch. Genau das möchte ich behaupten.«

Germer setzte zu einem weiteren Empörungsausbruch an. Dann aber fasste er sich. Ihm ging wohl auf, dass er sich eine Blöße gab, wenn er sich von Mary in Aufregung treiben ließ.

»Sie spinnen ja«, sagte er daher nur. »Aber das wussten wir ja schon lange. Jetzt tun Sie mir einen Gefallen und lassen Sie mich in Frieden weitermachen.«

Er hob den Ball auf, legte ihn zurück auf das Tee und stellte sich wieder in Position. Aber seine neuerlichen Versuche gingen noch weiter daneben als seine vorherigen.

»Sind Sie sicher, dass Sie sich das noch länger antun wollen, mein lieber Dr. Germer? Es fehlt nicht viel und Sie kugeln sich die Schulter aus. Mit ihrem Abschlag scheint es heute ohnehin nichts mehr zu werden.«

»Jaja, lästern kann jeder. Machen Sie es doch, wenn Sie es besser können.«

»Wenn Sie darauf bestehen«, antwortete Mary, »werde ich es gerne versuchen.«

Sie streckte die Hand aus. Germer verzog das Gesicht. Er hatte wohl nicht damit gerechnet, dass sie auf sein sarkastisches Angebot eingehen würde. Aber jetzt konnte er keinen Rückzieher mehr machen. Widerwillig reichte er ihr den Schläger und räumte das Grün. Mary wog ihn in der Hand, um ein Gefühl für ihn zu kriegen, und stellte sich in Position. Germer sah ihr skeptisch zu. Mary lockerte ihre Schultern, holte aus und schlug zu. Der Schläger sauste in formvollendetem Schwung durch die Luft und traf den Ball an der exakt richtigen Stelle. Mary stellte ihren hinteren Fuß auf die Ballen, drehte ihre Hüfte ein und ließ den Schläger bis über ihre Schulter durchschwingen. Sie verharrte noch einen Moment in dieser Pose, während der Ball in hohem Bogen und genau in der Mitte in die Leinwand-Landschaft sauste. Der echte Ball prallte von der Leinwand ab und fiel zu Boden. Aber in virtueller Form flog er weiter. Er schien immer höher in den animierten blauen Himmel aufzusteigen, segelte weiter und weiter über den Rasen, bis er sich schließlich nach beachtlicher Strecke wieder der Erde zusenkte, aufschlug und noch ein gutes Stück rollte, bevor er zum Liegen kam.

Mary nahm den Schläger herunter und wandte sich zu Germer um.

»Wohl nicht gerade ein Hole-in-one. Aber immerhin ist er nicht in den Bäumen gelandet.«

»Pah«, sagte Germer. »Reines Glück!«

Sein Tonfall verriet, dass er selbst nicht daran glaubte. Es klang sogar eine gewisse Bewunderung durch, auch wenn er sie zu unterdrücken versuchte.

»Eher jahrelange Erfahrung«, entgegnete Mary. »Ich habe in meiner Jugend angefangen zu spielen. Später waren mein Mann und ich öfter zusammen auf dem Platz. Großbritannien hat einige wunderschöne Golfanlagen. Ein paarmal haben wir bei Benefizturnieren mitgespielt. Ich bin vielleicht ein bisschen aus der Übung, aber ...«

»Jaja, ganz toll«, maulte Germer. »Geben Sie das wieder her!«

Er schnappte ihr den Schläger weg. Er betrachtete ihn beleidigt, als hätte sich das Sportgerät mit seiner Erzfeindin gegen ihn verschworen, um ihn bloßzustellen. Er sah aus, als hätte er, wenn er schon nicht den Ball nennenswert von der Stelle bringen konnte, am liebsten wenigstens den Schläger in die virtuelle Landschaft geschleudert.

»Wenn Sie möchten, kann ich Ihnen gern bei Gelegenheit ein paar Tricks zeigen«, sagte Mary, wohl wissend, dass Germer sich niemals auf die Demütigung einlassen würde, sich von ihr etwas beibringen zu lassen. »Zunächst werden wir beide uns jedoch über Franz Farnkamp unterhalten. Im Zuge dessen möchte ich Ihnen außerdem etwas Wichtiges zeigen. Aber das kann ich nicht hier tun.«

»Toll. Ich kann es kaum erwarten.«

Am liebsten, schien es Mary, wäre Germer in die Leinwand gesprungen und hätte sich der angedrohten Unterredung durch eine Flucht über den programmierten Golfplatz entzogen. Da das jedoch nicht möglich war und ihm zudem klar sein musste, dass er sie nicht loswerden würde, blieb ihm nichts anderes übrig, als einzuwilligen.

»Wenn es unbedingt sein muss«, grummelte er. »Dann gehen wir eben auf die Krankenstation. Ich bin sowieso fertig hier. Wenn man Sie im Nacken hat, kann man sich ja überhaupt nicht konzentrieren. Abgesehen davon bin ich gespannt darauf, wie Sie mich in Ihre absurden Fantasiekonstrukte eingebunden haben. Also bringen wir es hinter uns!«

17

Sie verließen die Golfanlage, überquerten das Deck und fuhren mit dem Aufzug nach unten. Germer schlenkerte seinen Schläger wie einen Spazierstock, während er den Korridor hinabwatschelte. Er versuchte sichtlich, sich gelassen zu geben. Er pfiff sogar. Aber Mary konnte er nicht täuschen. Sie spürte die Anspannung, die von ihm ausging. Es bestätigte sie in der Vermutung, die sie Germer gegenüber angedeutet hatte: Er steckte in der ganzen Sache mit drin. Sie hielt sich ein Stück weit hinter dem Arzt. Zum einen, um nicht von dem Schläger getroffen zu werden — ein Unfall, den Germer sicherlich zutiefst bedauern würde — zum anderen, weil sie das, was sie mit ihm zu besprechen hatte, im Moment sowieso nicht mit ihm besprechen konnte und es sie wenig reizte, ihm näher zu kommen als unbedingt nötig.

Endlich erreichten sie die Krankenstation. Molly Prendergast, Germers Sprechstundenhilfe — und gelegentliche Bettgenossin —, stand hinter ihrem Tresen und begrüßte Germer mit einem strahlenden Lächeln.

»Hallo, Herr Doktor!«, flötete sie.

Mary konnte sich wieder einmal nur darüber wundern, wie sehr diese Frau Germer verfallen war. Es konnte wohl kaum an Germers körperlicher Anziehungskraft liegen. Auch nicht an seinem einnehmenden Wesen. Es sei denn, er besaß eine andere, liebenswerte Seite. Falls dem so war, hatte Mary sie allerdings noch nicht kennengelernt. Vielleicht ließ Molly sich von seinem großspurigen Betragen beeindrucken. Vielleicht gehörte sie zu jenen Menschen, die in jedem, selbst einem unausstehlichen Zeitgenossen wie Germer, etwas Gutes sahen.

Oder vielleicht war sie einfach nur einsam.

»Wie war Ihr Spiel?«

»Das war kein Spiel, das war Training«, grunzte Germer. Er deutete mit einer Kopfbewegung hinter sich. »Und es wurde grob unterbrochen.«

Molly Prendergast warf Mary einen vorwurfsvollen Blick zu. Mary quittierte ihn ihrerseits mit einem Lächeln. Der stumme Tadel wunderte sie nicht. Molly wusste natürlich, dass sie und Germer nicht gerade ein freundschaftliches Verhältnis pflegten. Nun beschränkte sich Mary nicht mehr darauf, Germer von seinen beruflichen Pflicht abzuhalten, sondern griff sogar in seine Freizeitgestaltung ein. Das konnte eine fürsorgliche Sprechstundenhilfe verständlicherweise nicht gutheißen.

»Solange Mrs. Arrington hier ist«, instruierte Germer sie, »stellen Sie bitte sämtliche Anrufe durch und lassen Sie jeden rein, der zu mir will, egal, um was für eine Lappalie es sich handelt. Ich wünsche unbedingt gestört zu werden.«

Molly setzte eine entschlossene Miene auf.

»Wird gemacht, Herr Doktor!«

Mary folgte Germer in sein Büro und schloss die Tür. Der Arzt schien zu erwägen, den Schläger weiterhin in der Hand zu behalten, als fürchte er, sich damit gegen Mary zur Wehr setzen zu müssen. Dann aber steckte er ihn doch in die Golftasche, die in einer Ecke des Zimmers stand. Ein Dutzend Schläger verschiedener Stärken ragten daraus hervor. Es passte zu Germer, dass er sich zu seinem Golfer-Outfit gleich auch noch eine komplette und wahrscheinlich sauteure Ausrüstung zugelegt hatte, obwohl er ganz offenkundig nicht die geringste Ahnung hatte, wie er damit umgehen sollte. Wenn nicht Mary

139

oder sonst jemand zugegen war, den er dafür verantwortlich machen konnte, schob er die Schuld für sein Misslingen wahrscheinlich auf die mangelnde Qualität seiner Schläger.

»In Ordnung, dann wollen wir Ihre neuesten Spinnereien mal aus der Welt schaffen.«

Germer ließ sich in den breiten Sessel hinter seinem Schreibtisch fallen. Mary fragte sich, ob der Sessel schon so breit geliefert worden war oder sich durch Germers ausladende Körperform mit der Zeit entsprechend ausgedehnt hatte.

»Wie ich schon sagte«, er legte die Hände über dem Bauch zusammen. »Sie sehen Gespenster, Mrs. Arrington.«

Mary setzte sich ihm gegenüber in einen der Stühle, die für Besucher vor dem Schreibtisch standen.

»Auch wenn wir selten einer Meinung sind, mein lieber Dr. Germer: In diesem Augenblick bin ich geneigt, Ihnen zuzustimmen.«

Diese Ausnahme, auch wenn sie fast schon den Rang eines historischen Moments besaß, hatte jedoch nichts Feierliches an sich. Denn während Germer von Farnkamps Tod und seinen Umständen sprach, beschäftigte Mary etwas anderes. Das, was sie auf die Krankenstation und in Germers Büro führte, hatte nichts von seiner Bedeutung oder Dringlichkeit eingebüßt. Aber gerade war sie zu verdutzt, um über das hinwegzugehen, was sie hier anschaute.

»Zumindest hoffe ich, dass es ein Gespenst ist, was ich sehe. Ansonsten könnte ich mir nämlich beim besten Willen nicht erklären, was es mit diesem sonderbaren Gebilde auf sich hat.«

Sie wies auf das, was sie in der vergangenen Nacht durch den Türspalt gesehen und zunächst für einen Totenkopf oder die anatomische Nachbildung eines Kopfes gehalten hatte. Nun, wo sie es aus der Nähe betrachten konnte, erkannte sie, dass es sich tatsächlich um die Nachbildung eines Kopfes handelte. Eines Kopfes, der frappierende Ähnlichkeit mit Germer aufwies.

»Dieses sonderbare Gebilde, wie Sie es zu nennen belieben, ist ein wertvolles Kunstobjekt«, wies Germer sie zurecht. »Aber für so etwas haben Sie ja kein Gespür.«

Mary hätte für sich in Anspruch genommen, im Allgemeinen durchaus ein Gespür für Kunst zu haben. Aber dieses Ding, das schräg hinter Germer auf einem hölzernen Podest stand, weckte nicht unbedingt ihren Sinn für das Schöne. Was vermutlich an demjenigen lag, der dafür Modell gestanden hatte.

»Soll das Ding Sie darstellen?«

»Allerdings.« Germers Stolz war unüberhörbar. »Das ist ja wohl offensichtlich.«

Mary lehnte sich vor, um es näher in Augenschein zu nehmen. Weiß und glänzend hatte es tatsächlich etwas Gespenstisches an sich. Sie musste zugeben: Dass es sich um Germer handelte, war unverkennbar. Wer es geschaffen hatte, verstand sein Handwerk. Vor allem der selbstgefällige Gesichtsausdruck war haargenau getroffen. Allerdings hatte der Bildhauer es gut mit Germer gemeint. Er hatte seine Hängebacken gestrafft und mindestens zwei von seinen vielfachen Doppelkinnen unterschlagen. Seine Haartolle, das einzig Farbige, hatte er mit Gold überzogen. Kein Wunder, dass das Ergebnis Germer so gut gefiel. Mary hatte ihn immer für jemanden gehalten, der sich gern im Spiegel betrachtete. Jetzt schaute er stattdessen bestimmt lieber diesen Kopf an.

»Sehr naturgetreu. Ich nehme an, das Ding ist innen hohl?«

»Sehr witzig«, maulte Germer.

»Es scheint mir unwahrscheinlich, dass irgendeine Firma für medizinischen Bedarf ein anatomisches Modell mit Ihren Zügen herstellt, es als Massenware produziert und in Praxen und Kliniken weltweit nun Germer-Köpfe dazu dienen, angehenden Ärzten die Folgen eines Schädel-Hirn-Traumas zu erläutern. Zumindest hoffe ich, dass dies nicht der Fall ist. Daher liegt der Schluss nahe, dass es sich um eine Auftragsarbeit handelt. Bei allem Respekt, mein verehrter Dr. Germer: Finden Sie das nicht ein bisschen übertrieben?«

»Wieso?«, fragte er. »Andere Leute stellen sich auch Büsten in Ihre Büros.«

»Natürlich. Wenn es sich hierbei um ein Abbild von Aristoteles oder Hippokrates handeln würde, hätte ich nichts gesagt. Aber es braucht schon eine spezielle Persönlichkeit, sich selbst in Gips verewigen zu lassen und seinen eigenen Kopf auf ein Podest zu stellen.«

Germer schaute sie beleidigt an. So wie er in seinem Sessel hing und aus allen Seiten aus ihm herauszuquellen schien, erinnerte er Mary an einen schmalztriefenden Germkloß. Ihr fiel auf, dass Kloß und Mann die erste Silbe gemeinsam hatten. Sie kam nicht umhin, sich zu fragen, ob es sich dabei lediglich um einen Zufall handelte oder ob Germer einem Koch oder Konditor nicht als Vorbild und Namensgeber für die gefüllte Mehlspeise gedient hatte. Aber vielleicht hatte der Schiffsarzt auch einfach nur so viele davon gegessen, dass er sich dem Dessert mit der Zeit optisch immer weiter angenähert hatte — und es nur eine Frage der Zeit schien, bis er sich vollkommen in einen Knödel verwandelte. Viel, dachte Mary, fehlte dazu nicht mehr. Ihn jetzt auch noch doppelt vor sich zu haben, machte die Unterhaltung doppelt unangenehm. Ein Germer reichte ihr voll und ganz. Das einzig Gute war, dass sein Abbild nicht sprechen konnte. Der echte Germer leider schon.

»Erstens ist das kein Gips«, erklärte er, »sondern feinstes Meissner Porzellan. Was wieder mal zeigt, dass Sie einfach keine Ahnung haben. Zweitens habe ich die Büste selbstverständlich nicht selbst in Auftrag gegeben. Für wie selbstverliebt halten Sie mich?«

Mary ließ ihren Blick über die zahlreichen Germer-Fotos wandern, von denen sie umzingelt war. Als mögliche Antwort auf Germers Frage gingen ihr zahlreiche Superlative durch den Kopf. Aber keiner davon schien zu genügen.

»Dieses Prachtstück«, Germer streckte seine feiste Hand aus und tätschelte sein Alter Ego, »hat eine Dame für mich anfertigen lassen. Und zwar, falls es Sie interessiert, aus Dankbarkeit dafür, dass ich sie während einer Kreuzfahrt von einem schweren Leiden befreit habe — wofür ich im Übrigen alle Register meiner medizinischen Kunst ziehen musste.«

Germer hatte eine etwas eigenwillige Auslegung seines hippokratischen Eides. Um die Beschwerden von Passagieren aus den unteren Kategorien scherte er sich herzlich wenig. Er speiste sie mit hastigen Untersuchungen und Pillen ab, um sie möglichst schnell wieder loszuwerden. Umso mehr Einsatz zeigte er dafür, wenn es um die zahlungskräftigen Bewohner der Suiten und Luxuskabinen an Bord ging.

»Da gratuliere ich Ihnen, mein lieber Dr. Germer. Um was für ein Leiden handelte es sich, wenn ich fragen darf? Waren es schwerwiegende Herzprobleme, ein lebensgefährliches Organversagen, eine bedrohliche Infektion?«

Germer räusperte sich. Sein Mitteilungsbedürfnis schien einen plötzlichen Dämpfer erhalten zu haben. Er

143

murmelte etwas, das jedoch nicht zu verstehen war. Dann zog er ein Tuch hervor, rollte seinen Sessel näher an die Büste und fing an, die Stelle zu polieren, an der er sie berührt hatte. Offensichtlich wollte er keine Fettflecke auf dem Porzellan.

»Wie bitte?«, erkundigte sich Mary. »Sie müssen schon deutlicher sprechen, Herr Doktor.«

»Es war eine schwere Verstopfung, in Ordnung?«, stieß Germer unwirsch hervor. »Das klingt vielleicht harmlos. Aber damit ist nicht zu spaßen. Es fehlte nicht viel und die Dame hätte einen Darmverschluss gehabt.«

Mary hatte Mühe, ihr Lachen zu unterdrücken.

»Na«, sagte sie, »dann sind wir froh, dass Sie eine Katastrophe verhindern und die Verdauung der Dame wieder in Gang bringen konnten. Wie schön«, sie deutete auf die Büste, »dass aus ihren Darmproblemen noch etwas Handfestes für Sie herausgekommen ist. In Anbetracht dieser Umstände muss die Büste natürlich aus Porzellan sein — dem gleichen Material wie Toiletten.«

Germer verstaute das Tuch in der Brusttasche seines Hemdes.

»Pah, Sie sind doch nur neidisch.«

»Ganz und gar nicht, mein lieber Dr. Germer. Dank Ihnen kann die Gute wieder Kaviar und Gänseleberpastete genießen — dieses Zeichen ihrer Anerkennung ist mehr als verdient. Noch dazu so durchdacht. Die Dame wusste offenbar genau, wie sehr Sie Ihre eigene Gegenwart genießen. Aber ich schlage vor, dass wir jetzt doch noch einmal auf das Thema zu sprechen kommen, das mich zu Ihnen geführt hat.«

»Wenn es sein muss.«

Germer machte keinen Hehl daraus, wie übel er es Mary nahm, dass sie seinem neuen Besitztum nicht nur die gebührende Bewunderung verweigerte, sondern es noch dazu mit schnippischen Kommentaren schmähte.

»Bringen wir es hinter uns. Ich bin schon richtig gespannt darauf, welche Märchengeschichten Sie mir heute wieder auftischen. Glauben Sie, dass Farnkamp von jemandem manipuliert, vielleicht gar hypnotisiert wurde, sich etwas anzutun? War ich vielleicht der Hypnotiseur?« Germer machte ein freudiges Gesicht, wie ein Kind, das eine packende Erzählung erwartet und sich dabei nicht darum schert, ob sie wahr ist oder erfunden. »Bitte, Mrs. Arrington, spannen Sie mich nicht länger auf die Folter!«

»Reden Sie doch keinen Unsinn, mein lieber Dr. Germer. Davon geben Sie im Allgemeinen schon zu viel von sich. Sie können reiche Damen von Verstopfungen heilen. Aber das heißt nicht, dass Sie jemanden dahingehend manipulieren könnten, einen Mord zu begehen. Nein, es geht um etwas anderes. Wissen Sie, ich habe mir Farnkamps Waffe genauer angesehen. In der Trommel des Revolvers fanden sich fünf Patronen und eine Patronenhülse, jene der Patrone, die abgefeuert wurde. Dies und der Einschusswinkel lassen keinerlei Zweifel aufkommen, dass Farnkamp selbst geschossen hat. Sein Betragen kurz davor und der Abschiedsbrief, den er hinterließ, überzeugen mich außerdem davon, dass er den Abzug aus freien Stücken betätigte.«

»Na also, dann sind doch keine Fragen mehr offen — und Sie haben keinen Grund, mich länger von meinen Pflichten abzuhalten.«

»Wenn es bei den Pflichten, von denen Sie sprechen, darum ginge, jemanden von einer Krankheit zu heilen, würde ich Ihre wertvolle Zeit selbstverständlich nicht beanspruchen wollen. Da ich allerdings vermute, dass Sie sich vor allem der Betrachtung Ihres Porzellan-Ebenbilds widmen wollen, habe ich in dieser Hinsicht kein schlechtes Gewissen.«

Germer schwieg trotzig und bestätigte Mary damit, dass er genau das vorgehabt hatte.

»Abgesehen davon«, fuhr sie fort, »bleiben doch noch einige Fragen. Die wohl wichtigste davon lautet, mit welcher Absicht Farnkamp diese Tat beging.«

Germer wedelte mit der Hand durch die Luft, als wollte er diese Bemerkung wie eine nervige Fliege beiseitewedeln.

»Na, welche Absicht soll er schon gehabt haben? Die, die jeder hat, wenn er sich eine geladene Waffe an die Schläfe setzt und abdrückt. Er wollte sich das Hirn rauspusten, was er dann ja auch gemacht hat.«

»Gut möglich, dass er das wollte. Allerdings habe ich in dieser Hinsicht Zweifel.«

Sie nahm ihre Handtasche, deren Gurt sie über die Stuhllehne gehängt hatte, und stellte sie sich auf den Schoß. Sie öffnete sie und holte den Revolver heraus. Er befand sich in einem durchsichtigen Plastikbeutel, zusammen mit fünf Patronen und einer Patronenhülse. Mary legte den Beutel auf Germers Schreibtisch. Germer bemühte sich, eine unbewegte Miene zu machen. Doch Mary entging nicht, dass seine Mundwinkel für einen Augenblick heftig zuckten und ein leichtes Beben seinen ganzen weichen Körper erzittern ließ. Verständlicherweise war er nicht begeistert, eine Schusswaffe vor sich zu haben, schon gar nicht eine, durch die nachweislich ein Mensch ums Leben gekommen war. Doch Mary hegte den Verdacht, dass dies nicht der einzige Grund für die Beunruhigung war, die von Germer Besitz ergriffen hatte.

»Sehen Sie«, sagte Mary, »in einem solchen Fall ist es ja nicht ganz unerheblich, womit die betreffende Waffe geladen ist. Da würden Sie mir doch sicher zustimmen. Ich habe mich in Farnkamps Kabine umgesehen — und dabei einen ziemlich aufschlussreichen Fund gemacht.«

Germer starrte noch immer den Revolver an. Mary sah, wie es hinter der Stirn des Schiffsarztes ratterte, während er versuchte, sich einen Reim darauf zu machen, was sich hier gerade abspielte und wie er damit umgehen sollte. Mary beschloss, sich seine Verwirrung zunutze zu machen und sie, bevor er sich gefasst hatte, noch zu vertiefen. Zu diesem Zweck griff sie ein weiteres Mal in ihre Handtasche. Sie zog zwei Schachteln daraus hervor, eine rote und eine weiße. Sie beobachtete Germers Reaktion genau, während sie die Schachteln neben den Revolver stellte.

»Was ist das jetzt bitte?«, fragte er. »Ihre Medikamente, die Sie von ihren Wahnvorstellungen heilen sollen und die Sie leider vergessen haben, einzunehmen? Am besten, Sie schlucken gleich mal eine doppelte Portion. Sie scheinen es nötig zu haben.«

Aber sein Witz hatte keinen Biss. Vielmehr wirkte er angestrengt und zeigte, dass Germer sich alles andere als wohl mit dem fühlte, was gerade in seinem Büro vonstattenging.

»Munition«, erwiderte Mary. »Und zwar, wie Sie an der Aufschrift auf den Schachteln sehen, zwei verschiedene Sorten. Diese Schachtel«, sie tippte auf die rote, »ist für scharfe Munition. Diese«, sie legte ihre Fingerspitzen auf die weiße, »für Platzpatronen.«

Germer lehnte sich vor, um die Schachteln besser zu betrachten, hütete sich jedoch davor, sie zu berühren. Der Moschusduft seines Deodorants und das stechende Aroma seines Rasierwassers wallten wie eine Wolke auf Mary zu. Sie drückte sich in ihrem Stuhl nach hinten, um nicht von ihr eingehüllt zu werden. Abgesehen von ihrer

Schweigsamkeit erkannte sie einen weiteren Vorzug der Büste — sie roch nicht so aufdringlich wie ihr lebender Konterpart. Langsam freundete Mary sich mit dem Porzellankopf an. So weit, dass sie nichts dagegen gehabt hätte, den echten Germer dauerhaft durch ihn zu ersetzen.

»Farnkamp hatte also scharfe Munition und Platzpatronen«, sagte Germer und ließ sich zu Marys Erleichterung wieder in seinem Sessel zurücksinken. »Wenn schon. Wir wissen doch gar nicht, was im Hirn dieses Modespinners vor sich ging. Vielleicht wollte er ein paar Leuten einen Schreck einjagen, indem er mit den Platzpatronen auf sie ballerte.«

»Vielleicht. Darüber kann man viel spekulieren. Aber ich glaube, wir sind gar nicht auf Spekulationen angewiesen. Was uns zu einer der weiteren offenen Fragen führt: Der Frage, was Sie, verehrter Dr. Germer, über all das wissen und verschweigen.«

»Ich?« Germer lachte, so laut und dröhnend, dass Mary kurz davor war, sich die Ohren zuzuhalten. Aber so laut dieses Lachen auch war, so gezwungen klang es auch. »Ich soll irgendetwas darüber wissen, warum dieser Modefuzzi sich selbst über den Jordan geschickt hat? Wie kommen Sie denn auf diese Schnapsidee? Ich weiß gar nichts darüber, nicht das Geringste, absolut null.«

Aber gerade seine vielfachen und heftigen Beteuerungen bestätigten Mary, dass sie voll ins Schwarze getroffen hatte.

»Ach, kommen Sie schon, Herr Doktor. Wir brauchen doch hier keine Spielchen miteinander zu spielen. Ihr sonderbares Verhalten gestern Abend hat Sie doch längst verraten — ebenso, wie das nun der Schweißfilm tut, der sich auf Ihrer Stirn gebildet hat.«

Germer zog noch einmal das Tuch hervor, mit dem er

die Büste poliert hatte. Nur brachte er es dieses Mal an sich selbst zum Einsatz. Doch wenn sich auch all seine Poren wie Schleusentore öffneten — er selbst machte dicht.

»Gar nichts weiß ich. Das ist alles, was Sie aus mir herauskriegen.«

Mary seufzte über ihn wie über ein uneinsichtiges Kind, das auf seiner Unschuld beharrt, obwohl es mit der Hand in der Keksdose erwischt worden ist.

»Wie schade, mein lieber Herr Doktor. Ich hatte gehofft, wir könnten die Sache wie Erwachsene klären. Aber natürlich habe ich damit gerechnet, dass Sie nicht ohne Weiteres kooperieren würden.«

Sie nahm den Revolver aus der Plastiktüte und drückte einen kleinen Knopf, was ihr erlaubte, die Trommel seitlich auszuklappen. Die Trommel war leer.

»Daher hatte ich mich schon darauf eingestellt, zu drastischeren Maßnahmen zu greifen.« Während sie sprach, öffnete sie die rote Schachtel, jene für die scharfe Munition. Sie entnahm ihr Patronen und steckte sie eine nach der anderen in die Trommelkammern. »Was nicht heißt, dass ich das gern tue. Glauben Sie mir, ich würde lieber darauf verzichten und finde es zutiefst bedauerlich, dass Sie mich dazu zwingen. Aber Sie lassen mir keine Wahl.«

Germer versuchte, verächtlich dreinzuschauen. Aber das Unbehagen, dass ihm die Waffe einflößte, war unübersehbar. Ein Unbehagen, das mit jeder weiteren Patrone anwuchs, die Mary hineinschob.

»Was denn? Wollen Sie mich mit der Knarre da bedrohen? Oder mich gleich abknallen? Kommen Sie, Mrs. Arrington, lassen Sie den Unsinn und packen Sie das vermaledeite Ding weg, bevor ein Unglück geschieht. Wissen Sie überhaupt, wie man damit umgeht?«

149

Mary beantwortete seine Frage, in dem sie die Revolvertrommel mit einem gekonnten Schnappen ihres Handgelenks einrasten ließ.

»Für meine Krimis habe ich einige Stunden auf Schießständen verbracht, um mich mit Schusswaffen vertraut zu machen und den Umgang mit ihnen möglichst sachgerecht beschreiben zu können. Dabei habe ich festgestellt, dass ich keine ganz schlechte Schützin bin. Natürlich kommt es immer darauf an, wie groß und wie weit entfernt das Ziel ist.«

Germer rutschte unruhig in seinem Sessel herum, in vollem Bewusstsein, dass er nicht nur ein überaus umfangreiches Ziel abgab, sondern Mary ihn auf diese kurze Entfernung wohl selbst mit verbundenen Augen getroffen hätte.

»Kommen Sie, Mrs. Arrington. Sie haben zwar oft genug bewiesen, dass Sie nicht alle Tassen im Schrank haben. Aber wir wissen doch beide genau, dass Sie mir niemals etwas antun würden.«

So ganz überzeugt schien er davon allerdings nicht zu sein. Im Gegenteil schien er kurz davor, unter seinem Schreibtisch in Deckung zu gehen.

Mary spähte über Kimme und Korn des Revolvers, hielt ihn dabei allerdings auf den Boden gerichtet. Nun, wo sie geladen war, war die Waffe weitaus schwerer. Mit ihren Glitzersteinen mochte sie albern aussehen. Aber das machte sie nicht weniger gefährlich.

»Sie haben ganz recht, mein hochverehrter Doktor Germer. Man kann zwar nicht behaupten, dass wir die engsten Freunde wären. Aber es liegt mir selbstverständlich fern, Ihnen Schaden zuzufügen.«

Germer entspannte sich — allerdings nur ein wenig. Er fand es immer noch sichtlich verstörend, dass Mary in seinem Büro mit dem Revolver hantierte.

»Es würde mir niemals einfallen, etwa eine Waffe auf Ihren Kopf zu richten. Jedenfalls nicht auf den Kopf, der Ihren breiten Schultern aufsitzt. Anders sieht es allerdings mit Ihrem Doppelgänger aus.«

Mit diesen Worten hob sie die Waffe und nahm die Porzellanbüste ins Visier. Sie hatte damit gerechnet, dass dieses Gespräch diesen Punkt erreichen würde und überlegt, wie sie mit Germers mangelnder Auskunftsbereitschaft umgehen sollte. Die Taktik, für die sie sich entschieden hatte, mochte drastisch sein. Aber schließlich ging es hier um wichtige Belange, die keinen Aufschub gestatteten, und ein anderes Druckmittel hatte sie gegen Germer nicht in der Hand. Ursprünglich hatte sie vorgehabt, seine Fotos als Schießscheiben zu verwenden, um ihn zum Sprechen zu bringen. Aber der weiß glänzende Porzellan-Germer gab natürlich ein weitaus wirksameres Ziel ab.

»Glauben Sie mir, ich hätte keine Hemmungen, daran meine Schießkünste unter Beweis zu stellen.«

Germer machte ein trotziges Gesicht. Es sollte wohl zeigen, dass er sich — Waffe hin oder her — von ihr nicht einschüchtern lassen würde, schon gar nicht in seinem eigenen Büro.

»Sie bluffen doch nur.«

Aber eine Spur Unsicherheit schwang in dem Satz mit. Schließlich kannte er Mary inzwischen gut genug, um zu wissen, dass sie nicht nur auf abwegige Ideen kam — so abwegig, dass manche sie als verrückt bezeichnen würden —, sondern auch nicht davor zurückschreckte, sie in die Tat umzusetzen.

»Wollen Sie es wirklich darauf ankommen lassen?«, fragte sie. »Wollen Sie zusehen, wie Ihr Porzellankopf in tausend Scherben zerspringt?«

Sie blickte ihn an, die Waffe weiterhin auf die Büste

gerichtet, genau auf die Mitte der weiß schimmernden Stirn unter der goldenen Tolle. Marys Hand zitterte nicht das kleinste bisschen. Von Germers, die auf der Schreibtischplatte ruhte, ließ sich das hingegen nicht behaupten.

»Wollen Sie dieses wertvolle Prachtstück wirklich für ein Geheimnis opfern, Dr. Germer? Verraten Sie mir einfach, was Sie wissen. Dann bleibt Ihr Schatz unversehrt.«

Germer und sie schauten einander in die Augen, ein stummes Duell. Germer schnaufte. Sein Gesicht war hochrot angelaufen. Am liebsten hätte er sich wohl über den Schreibtisch auf Mary gestürzt, um ihr den Revolver zu entwinden. Aber abgesehen davon, dass er für eine solche Aktion zu behäbig war, fürchtete er wohl, dass sich ein Schuss lösen könnte. So blieb ihm nichts, als sie mit seinen Schweinsäuglein hasserfüllt anzufunkeln.

»Das wagen Sie nicht. Sie spucken nur große Töne. Aber vor Ihnen knicke ich nicht ein, Sie dahergelaufene alte …«

Mary spannte den Hahn des Revolvers. Das Knacken, das dabei ertönte, ließ Germer verstummen und zusammenfahren.

»Ich zähle bis drei, Dr. Germer. Eins …«

Germer starrte sie an, schien in ihrem Gesicht zu forschen, ob sie es wirklich ernst meinte.

»Zwei … Letzte Chance, Dr. Germer.«

Germer war anzusehen, wie er mit sich rang. Bei seinem derzeitigen Schweißausstoß hatte sein Deo keine Chance. Er schnaufte wie ein asthmakranker Mastbulle.

»Und …«

Aber bevor Mary ›Drei‹ sagen konnte, war Germer aus seinem Sessel aufgesprungen.

»Halt, nein, tun Sie das nicht!«

Er stellte sich schützend vor die Büste. Mary war gleich doppelt überrascht. Zum einen hätte sie Germer

152

niemals zugetraut, sich mit einer solchen Geschwindigkeit zu bewegen. Zum anderen hätte sie nicht damit gerechnet, dass er bereit war, sich für diese Monstrosität in
die Schusslinie zu werfen. Das Ding musste ihm wirklich viel bedeuten.

»Sie Wahnsinnige! Sie sind ja vollkommen überge-
schnappt.« Er hielt ihr seine ausgestreckten Hände entgegen, als könne er mit ihnen eine Kugel aufhalten. »Sie
haben gewonnen, okay? Sie haben recht, ich verschwei-
ge etwas. Ich werde Ihnen alles erzählen. Aber nehmen
Sie um Gottes willen die Waffe runter!«

18

Mary ließ sofort den Revolver sinken. Es behagte ihr nicht, mit einer Waffe auf einen Menschen zu zielen, selbst wenn es ein so unliebsamer Geselle wie Germer war. Einen Moment stand der Schiffsarzt wie erstarrt, der ohnehin breite Oberkörper noch zusätzlich gebläht von dem Atem, den er vor Angst angehalten hatte. Nun ließ er ihn in einem langen Schnaufen entweichen. Der Schweiß, der vorher nur seine Stirn bedeckt hatte, hatte sich über sein ganzes Gesicht ergossen. Er zögerte noch. Erst, als er sicher war, dass Mary nicht nur auf freies Schussfeld wartete, um ihre Drohung doch noch wahrzumachen, ließ er sich in seinen Sessel zurückfallen. Sein Hemd rutschte hoch und gab einen Streifen seiner blassen Schwarte frei. Aber er schien es nicht einmal zu bemerken.

»Sie hätten es getan, nicht wahr?«, stieß er hervor.

Wenn er Mary vorher schon für eine Unruhestifterin gehalten hatte, galt sie ihm jetzt sicher als gemeingefährlich.

»Mein Gott, ist Ihnen denn gar nichts heilig?«

»Jedenfalls nicht die Götzenbilder, die sich Egomanen in ihre Büros stellen, um sich selbst anzubeten, weil sie sich für Halbgötter halten. Oder gleich für Götter.«

Sie legte den Revolver in ihren Schoß und ließ ihre Hand darauf ruhen. In dem Plastikbeutel wollte sie ihn nicht wieder verstauen. Sie war nicht sicher, ob sie die Waffe nicht doch noch brauchen würde. Es konnte nicht schaden, sie griffbereit zu haben, falls Germer vergessen sollte, welche Konsequenzen ihm bei weiterer Geheimniskrämerei drohten.

»Nun dann, Herr Doktor. Sie wollten mir etwas erzählen.«

»Ja, ja, schon gut. Lassen Sie mich wenigstens einen Augenblick zur Ruhe kommen.«

»Versuchen Sie nicht, mich hinzuhalten, Dr. Germer.«

»Tu ich ja gar nicht. Aber wenn ich hier an einem Herzinfarkt krepiere, haben Sie auch nichts davon, oder? Dann erfahren Sie auch nicht, was ich weiß. Also geben Sie mir einen Moment.«

Er zog eine Schublade seines Schreibtisches auf und holte eine Flasche hervor. Wenn Mary seiner Trinkfreudigkeit bei früheren Gelegenheiten beigewohnt hatte, hatte er wenigstens noch ein Glas benutzt. Jetzt schraubte er die Flasche einfach auf, setzte sie an und schüttete die klare Flüssigkeit glucksend in sich hinein. Es wunderte Mary nicht. Wenn er auf den gestrigen Schock einen Schnaps gebraucht hatte, hatte er jetzt erst recht einen nötig. Die einzige Frage, die sie sich stellte, lautete, ob er Schnaps seiner ärztlichen Fachkenntnis nach tatsächlich für ein angemessenes Mittel hielt, drohende Herzinfarkte abzuwenden.

Nach einem ausgiebigen Zug, der Marys Geduld strapazierte, setzte der Schiffsarzt die Flasche endlich ab.

»Das Ganze war nicht meine Idee«, sagte er. »Nicht, dass Sie mir das auch noch unterstellen. Zutrauen würde ich es Ihnen. Aber das war alles einzig und allein auf Farnkamps Mist gewachsen, dass das klar ist. Er wandte sich an mich.«

»Zur Kenntnis genommen. Womit wandte er sich an Sie — und wann?«

Germer stellte die Flasche auf den Schreibtisch. Bei

dem, was jetzt kam, schien er sie in Griffweite haben zu wollen.

»Das war, als die Queen Anne noch in Southampton vor Anker lag und alles für diese dämliche ›Fashion Cruise‹ hergerichtet wurde. Die Crew war natürlich schon vollständig an Bord. Von den Passagieren allerdings nur diejenigen, die mit der Veranstaltung zu tun hatten, diese aufgeblasene Tussi von diesem Modeheft.«

»Annabelle Winthrop.«

»Wie auch immer. Außerdem die Designer. Farnkamp kam auf die Krankenstation. Er hat behauptet, er litte unter Migräne und einer leichten Erkältung und fragte, ob ich ihm etwas dagegen geben könnte. Während ich ihn untersucht habe, plauderten wir. Wir sind beide Österreicher, und er war hocherfreut, einem Landsmann zu begegnen, mit dem er in seiner Muttersprache reden und mit dem er sich über sein Heimatland unterhalten konnte. Er hat sich verhalten, als seien wir seit Ewigkeiten enge Freunde. Seine Beschwerden schienen dabei wie nebenbei zu verschwinden. Er hat mich sogar in seine Kabine eingeladen, wo wir mit Champagner auf Wien angestoßen haben.«

Mary nickte. Was immer Farnkamp dazu getrieben hatte, mit Germer Kontakt aufzunehmen, er hatte offenbar ganz genau gewusst, wie er ihn für sich einnehmen konnte. Von einem berühmten Modedesigner auf Champagner eingeladen zu werden, musste Germers Ego geschmeichelt haben.

»Verstehe«, sagte sie. »Lassen Sie mich raten: Er suchte nicht Ihre Gesellschaft, um sich über Topfenstrudel und Sacher Torte auszutauschen.« Sie deutete auf Germers Bauchspeck. »Obwohl ich sicher bin, dass Sie von diesen Themen eine Menge verstehen.«

»Haha, sehr witzig.«

Germer bemerkte die bloßgelegte Speckrolle und zog sein Hemd herunter.

»Nein, um österreichische Spezialitäten ging es selbstverständlich nicht. All das, diese Verbundenheit, war nur vorgegaukelt, ein Vorwand. Vielleicht auch, weil er testen wollte, ob ich der Richtige für sein Vorhaben war. Nach ein paar Gläsern hat er mich auf das Sofa gezogen und gefragt, ob er ganz vertraulich mit mir sprechen könne, in einem Arzt-Patienten-Verhältnis. Er meinte, nachdem ich ihn so erfolgreich und gekonnt von seinen Beschwerden erlöst hätte, würde er gerne noch einmal meine Dienste als Chief Medical Officer in Anspruch nehmen.«

Mary lehnte sich in ihrem Stuhl vor. Endlich war der Moment der Offenbarung gekommen.

»Was sollten Sie für ihn tun?«

Germer druckste herum. Sein Blick wanderte von dem Revolver in Marys Schoß zu seiner Büste. Beides machte ihm wohl noch einmal klar, dass es jetzt kein Zurück mehr gab. Er musste alle Karten auf den Tisch legen.

»Ich sollte ihm helfen, seinen Selbstmord vorzutäuschen.«

Diese Eröffnung traf Mary nicht gänzlich unvorbereitet. Nach dem Fund in der Kabine hatte sie diese Möglichkeit bereits in Betracht gezogen. Allerdings nur als eine von mehreren. Nun hatte sie die Bestätigung.

»Darum hatte er die Platzpatronen.«

»Genau.« Germer wies auf die weiße Schachtel. »Mit den Dingern wollte er auf der Modenschau so tun, als würde er sich erschießen. Es sollte öffentlich passieren, damit auf jeden Fall alle glaubten, er sei wirklich tot.«

»Was dann allerdings besser geklappt hat, als für sein Vorhaben wünschenswert war«, sagte Mary. »Aber dazu

157

kommen wir noch. Klären wir erst einmal das, worüber wir schon Genaueres wissen. Welche Rolle hatte er Ihnen zugedacht?«

»Die typische des Arztes. Es war meine Aufgabe, seine Leiche«, Germer setzte Anführungszeichen in die Luft, »zu untersuchen und offiziell den Tod festzustellen.«

»Und gleichzeitig dafür sorgen, dass sich ihm niemand anderes näherte und bemerkte, dass es nur eine Täuschung gewesen war.«

Germer nickte, was die Fettröllchen unter seinem Kinn ineinanderschob wie eine fleischige Ziehharmonika.

»Anschließend sollte ich seine ›Leiche‹ fortschaffen, ihm einen Totenschein ausstellen und ihn in New York von Bord bringen lassen.«

Mary sah ihn ratlos an. Sie wusste, dass Germer nicht unbedingt ein strahlendes Beispiel für Anstand und Moral war. Oft genug hatte er versucht, die Verbrechen an Bord zu verschleiern. Aber bei all dem war sie dennoch verdutzt, dass es offenbar gar nichts gab, wovor er zurückschreckte.

»Sie haben sich darauf eingelassen? Wofür? Geld?«

»Na, was denken Sie denn?«, maulte Germer. »Umsonst mache ich so etwas nicht. Er hat üppig bezahlt, und ich sah kein Problem. Schließlich hatte er nicht vor, irgendjemandem zu schaden. Klar, er hätte den Leuten einen gehörigen Schrecken eingejagt. Aber weiter wäre doch nichts passiert. Was er verlangt hat, bedeutete für mich keinen großen Aufwand. Ich hätte ihn nur untersuchen, wegschaffen und für den Rest der Reise auf der Krankenstation verstecken müssen. Leicht verdientes Geld. Aber es war nicht nur das. Die Art, wie er mit mir umgegangen ist, der Champagner, seine Komplimente über meine Fähigkeiten — er war gut darin, mich einzuwickeln.«

»Bestimmt hat er über sie recherchiert. Schließlich war er bei seinem Plan auf die Hilfe des Schiffsarztes angewiesen. Dabei erfuhr er nicht nur, dass Sie Österreicher sind. Schließlich kommen Sie in einigen Zeitungsartikeln, die nach unseren vergangenen gemeinsamen Fahrten erschienen, nicht unbedingt gut weg.«

Germers grimmige Miene verriet, was ihm gerade durch den Kopf ging: Dass es vor allem Mary war, der er diese Artikel und seine wenig schmeichelhafte Darstellung darin verdankte. Mary ließ sich von seinem Groll nicht beirren.

»Farnkamp wusste, dass Sie keine ganz blütenreine Weste haben und daher einem krummen Geschäft nicht abgeneigt sein würden. Hat er Ihnen etwas darüber verraten, warum er seinen Tod vortäuschen wollte?«

»Nein, und ich habe auch nicht gefragt. Es gibt Dinge, über die man lieber nicht genauer Bescheid wissen sollte. Das ist zumindest meine Meinung, auch wenn ich weiß, dass Sie sie nicht teilen.«

Mary strich mit den Fingerspitzen nachdenklich über den Revolver.

»Da haben Sie recht, Dr. Germer. Diese Meinung teile ich nicht. Aber ich kenne diese Einstellung an Ihnen. Wobei: Wie sich die Lage für Sie entwickelt hat, könnte es doch ein Anreiz für Sie sein, diese Sichtweise mal zu überdenken.«

»Ersparen Sie mir Ihre guten Ratschläge, Mrs. Arrington. Sie können mir glauben, dass ich es bereue, mich darauf eingelassen zu haben. Wenn ich gewusst hätte, dass er wirklich ins Gras beißen würde, hätte ich mich aus der Sache rausgehalten, Kohle hin oder her.«

Er ballte die Faust und ließ sie auf den Tisch fallen, eine weniger wütende als vielmehr frustrierte Geste.

»Aber der Idiot war ja zu dämlich, die Sache vernünftig durchzuziehen, und jetzt stecke ich seinetwegen in der Klemme. Hilfsbereitschaft zahlt sich einfach nicht aus.«

Auch wenn Mary mit Germers Selbstbezogenheit bestens vertraut war, fand sie es doch immer wieder erstaunlich, wie weit sie reichte. Nicht nur, dass er es Farnkamp sozusagen postum übel nahm, ihm Scherereien zu bereiten — er stellte sich auch noch als Opfer der Verschwörung dar, die er selbst mit ins Werk gesetzt hatte. Mary war weit davon entfernt, ihn für seine selbstverschuldete Lage zu bedauern, und sie hatte auch keine Lust, hier zu sitzen und zuzusehen, wie er sich in Selbstmitleid suhlte.

»Nun wäre zumindest schon mal Ihr Verhalten gestern auf der Modenschau erklärt. Nach dem Schuss ließen Sie den fachkundigen Mediziner heraushängen, setzten sich als derjenige in Szene, auf den die Verantwortung fiel und der sie souverän zu tragen wusste, während alle anderen in Fassungslosigkeit oder gar Panik stürzten. Sie bahnten sich einen Weg zum Laufsteg und erfüllten dabei gleich einen wichtigen Teil der Abmachung, die Sie mit Farnkamp getroffen hatten: Sie wiesen die Models und Fotografen an, ihm nicht zu nahe zu kommen und ihn unter keinen Umständen zu berühren. Dadurch wollten Sie verhindern, dass jemand mitbekam, dass alles nur eine Täuschung war. Allerdings waren Sie selbst es, der einer Täuschung erlegen war. Die Wahrheit erkannten sie, als Sie Farnkamp untersuchten. Sicher hatten Sie sich schon darauf vorbereitet, wie Sie seinen Tod verkünden würden. Aber Ihr Schock, unübersehbar, machte Ihnen einen Strich durch die Rech-

160

nung. Der Schock darüber, dass Farnkamp nicht nur den Toten spielte, sondern dass er tatsächlich gestorben war.«

Sie wies auf die Flasche.

»Darum wollten Sie so schnell wie möglich in Ihr Büro, um sich einen Schnaps zu genehmigen. Sie waren zu aufgewühlt, um zu heucheln, und Sie fürchteten, sich zu verraten. Leider hatten Sie das zu diesem Zeitpunkt bereits getan. Als der Kapitän und ich Sie nachher hier auf der Krankenstation trafen, hatten Sie sich wieder einigermaßen im Griff. Sie hatten ein wenig Zeit gehabt, um über alles nachzudenken, und dabei ging Ihnen auf, dass sich Ihre Situation gar nicht so drastisch geändert hatte.«

Marys Beschreibung des tödlichen Schusses schien Germers Verstörung über Farnkamps Tod — der für ihn ja noch gänzlich unerwarteter eingetroffen war als für alle anderen — wieder aufleben zu lassen. Oder vielleicht war es ihre Erwähnung des Enzianschnapses, der seine Aufmerksamkeit von Neuem auf die Flasche lenkte. Jedenfalls schnappte er sie sich und genehmigte sich einen weiteren ordentlichen Schluck. Er war trinkfest, nicht zuletzt wegen seiner Körpermasse. Dennoch legte sich ein gläserner Schimmer über seine Augen und er begann, ein wenig zu lallen, als er sagte:

»Natürlich nicht. Ich brauchte nichts weiter zu tun, als dem Plan zu folgen, den Farnkamp für uns ausgeheckt hatte. Der einzige Unterschied bestand darin, dass ich es nicht mit einem angeblich Toten, sondern mit einem echten Toten zu tun hatte. Farnkamp selbst hatte ja alles so eingefädelt, dass sein Selbstmord vollkommen glaubwürdig erscheinen musste. Ich hätte ihm nur einen Totenschein ausstellen und ihn in Amerika von Bord schaffen müssen. Damit wäre ich sauber aus der Nummer raus gewesen. Aber Sie mussten ja mal wieder in allem herumstochern.«

Mit seinem wachsenden Alkoholpegel stieg auch seine Angriffslust. Aber Mary ging nicht auf seine Bemerkung ein.

»Haben Sie sich denn überhaupt keine Gedanken darüber gemacht, was es bedeutete, dass er starb?«

Germer zuckte die Schultern.

»Nicht wirklich. Ich hab mir gedacht, dass halt irgendetwas schiefgelaufen ist oder er es sich anders überlegt und doch entschieden hat, sich wirklich das Leben zu nehmen. Ist ja alles nicht mein Problem.«

»Nun ja, in gewissem Sinne ist es durchaus Ihr Problem. Ihnen muss doch klar sein, dass …«

»Jajaja«, unterbrach er sie gereizt. »Mir ist alles klar.«

Er stützte die Ellenbogen auf der Schreibtischplatte ab und beugte sich Mary entgegen. In seinen Moschus-Schweiß-Geruch mischte sich die Enzianfahne, die nun seine Worte begleitete. »Mir ist klar, dass ich Sie nicht dazu überreden kann, meine … Verwicklung in all das für sich zu behalten. Mir ist klar, dass Sie von hier aus direkt zu Ihrem Liebsten, unserem großartigen Herrn Kapitän latschen und ihm alles haarklein berichten werden. Mir ist klar, dass es nicht gut für mich aussieht. Sie brauchen mir also nicht erst noch in allen Einzelheiten auseinanderzusetzen, welche Konsequenzen mir drohen oder wie unredlich ich mich benommen habe. Ich habe Ihnen gesagt, was ich weiß. Also tun Sie mir einen Gefallen und lassen mich in Frieden, okay? Wenn Sie und der Kapitän mir zusammen noch mal die Hölle heißmachen wollen, wissen Sie ja, wo Sie mich finden.«

Er vollführte eine unwirsche Geste Richtung Tür.

»Packen Sie dieses kitschige Schießeisen weg und verziehen Sie sich mit Ihrer Klugscheißerei. Die hängt mir gehörig zum Hals raus.«

Mary lächelte nur milde über seine Anfeindungen. Sie war sie längst gewohnt.

»Aber, aber, mein lieber Dr. Germer. Es gibt doch wirklich keinen Grund, ausfallend zu werden. Vor allem, da ich vorhatte, Ihnen entgegenzukommen und mich für Ihre Auskünfte meinerseits mit einigen Informationen zu revanchieren, die für Sie von höchstem Interesse sind.«

Germer winkte ab.

»Ich verzichte dankend. Verschwinden Sie einfach!«

»Nun gut, Herr Doktor. Da Sie es unbedingt wollen. Behaupten Sie nur nachher nicht, ich hätte Sie nicht gewarnt. Ich hätte mir einen anderen Verlauf unserer Unterhaltung gewünscht. Aber Sie lassen mir ja keine Wahl. Wenn Sie mir nicht freiwillig zuhören wollen, muss ich mir eben auf andere Weise Gehör bei Ihnen verschaffen.«

Mit diesen Worten hob sie den Revolver, richtete ihn erneut auf die Büste — und schoss.

19

Dieses Mal schaffte Germer es nicht aus seinem Sessel, bevor sie den Abzug betätigt hatte. Er konnte nur noch einen Schrei ausstoßen und sich die Hände vor das Gesicht reißen. Mary war nicht sicher, ob er es tat, um sich vor fliegenden Scherben zu schützen oder vor dem Anblick der unter dem Einschlag der Kugel berstenden Büste. Nötig war es weder aus dem einen noch aus dem anderen Grund. Der Knall war wie ein wuchtiger Donnerschlag in dem Büro, das zwar nicht gerade klein war, aber ihm weitaus weniger Raum gab, sich auszubreiten, als es etwa der Ballsaal getan hatte. Doch löste er kein Klirren aus, kein Scheppern, keine wie Schrapnelle herumsausenden scharfkantigen Porzallenbruchstücke. Alles, was ihm folgte, war eine erschütterte Stille. Germer, der echte Germer, der nun zögerlich seine Hände herunternahm und zu seinem Podest hinüberlugte, hatte sein Gesicht zu einer entsetzten Grimasse verzogen. Der Porzellan-Germer jedoch, vollkommen unbeschädigt, schaute genauso selbstgefällig drein wie zuvor, unbeeindruckt von dem Schuss, den Mary auf ihn abgegeben hatte.

Sein menschlicher Konterpart hingegen schaute ziemlich dumm aus der Wäsche.

»Aber was ...«, stammelte Germer. »Wieso?«

Er streckte die Hand aus und wies auf die Büste. Sein Zeigefinger zitterte, als sei ihm der klobige Goldring, der an ihm steckte, auf einmal zu schwer geworden.

»Wieso ist er noch ganz?«

Der Schreck schien ihn schlagartig wieder vollkommen nüchtern gemacht zu haben, als hätte Mary einen Eimer eiskaltes Meerwasser über ihm ausgeschüttet. Ein weiterer, aus Marys Sicht wünschenswerter Effekt bestand darin, dass er seine Reizbarkeit ausgemerzt hatte.

»Weil ich natürlich niemals etwas unternehmen würde, um Ihrer heißgeliebten Verstopfungstrophäe Schaden zuzufügen.«

Germer erholte sich zwar langsam. Aber er hatte ungefähr den gleichen Hautton wie der Porzellan-Kopf.

»Sie hatten ja auch keine Hemmungen, in meinem Büro rumzuballern, Sie Wahnsinnige.«

Er zog sein Tuch hervor und wischte sich das Gesicht. Hinterher, dachte Mary, würde man das Tuch wahrscheinlich auswringen müssen, um es wieder trocken zu kriegen.

In diesem Moment wurde die Tür aufgerissen. Molly Prendergast steckte den Kopf ins Büro. Natürlich musste sie den Schuss gehört haben und war daraufhin sofort von ihrem Empfangstresen herbeigeeilt.

»Herr Doktor, ist alles in Ordnung?«

Voller Schrecken blickte sie auf Mary und die Waffe in ihrer Hand. Sie schien keinen Zweifel daran zu haben, dass die Auseinandersetzungen zwischen Mary und ihrem Chef nun zum Äußersten gekommen waren. Allein die Tatsache, dass Germer unverletzt war, schien ihre Panik im Zaum zu halten.

»Soll ich jemanden verständigen?«

»Ja, Herr Doktor«, sagte Mary. »Sollen wir jemanden verständigen und darüber aufklären, was hier passiert?«

Germer presste einen Moment lang seine fleischigen Lippen aufeinander. Dann schüttelte er den Kopf.

»Schon gut, Molly. Sie brauchen sich keine Sorgen zu machen. Das hier ist nur eine kleine … Demonstration.

165

Sie können also wieder an Ihre Arbeit gehen. Von jetzt an auch bitte keine Unterbrechungen mehr, hören Sie?«

Molly schaute ein wenig unsicher drein. Dann aber nickte sie.

»Wie Sie wünschen, Herr Doktor. Wenn Sie etwas brauchen, sagen Sie mir Bescheid.«

»Danke, Molly.«

Germer wartete, bis sie die Tür wieder geschlossen hatte.

»Ich verstehe nicht«, sagte er dann. »Sie haben den Revolver mit der scharfen Munition geladen. Das habe ich doch genau gesehen. Die Büste müsste kaputt sein.«

Mary legte den Revolver auf den Tisch. Sie glaubte nicht, dass Germer in seiner angeschlagenen Verfassung versuchen würde, ihn in seine Gewalt zu bringen. Was ihm, wie ihre Vorführung gezeigt hatte, ja ohnehin nichts genutzt hätte.

»Ich habe Patronen aus der roten Schachtel verwendet, ja«, sagte sie. »Aber der unbeschädigte Zustand Ihres Kleinods lässt darauf schließen, dass …«

Sie ließ den Satz unvollendet, um Germer eine Chance zu geben, die Schlussfolgerungen selbst zu ziehen. Aber er war offenbar nicht zu klarem Denken fähig. Er starrte nur die Büste an, als begreife er immer noch nicht, warum sie noch heil war.

»Ganz einfach, mein lieber Herr Doktor«, fuhr sie daher fort. »In diesen Patronenschachteln ist nicht drin, was draufsteht. In der weißen sind keine Platz- und in der roten keine richtigen Patronen, sondern umgekehrt. Das kann nur eine einzige Ursache haben.«

Wieder gab sie Germer Gelegenheit, seine eigenen Schlüsse zu ziehen. Wieder ließ er sie ungenutzt verstreichen.

»Jemand hat sie vertauscht.«

So langsam schien Germer gedanklich zu ihr aufzuholen.

»Vertauscht?«

»Ganz recht, Herr Doktor. Das ist die einzige Erklärung. Und dieser Jemand war nicht Farnkamp.«

»Woher wollen Sie das so genau wissen?«

Statt zu antworten, wedelte Mary mit der Hand, um den Pulvergeruch auszudünnen, der sich in dem Büro verbreitet hatte. Aber er war zu penetrant.

»Was halten Sie davon, ein Fenster zu öffnen? Es ließ sich schon vorher nicht so gut atmen hier drin und wenn nun auch gewisse andere unangenehme Gerüche übertüncht werden, denke ich doch, dass uns ein bisschen frische Luft guttun würde. Was meinen Sie?«

Falls Germer ihren Seitenhieb auf seine Ausdünstungen und seine Körperpflege überhaupt bemerkte, ging er jedenfalls nicht darauf ein. Ohne Widerrede schob er sich in seinem Sessel zum Fenster und zog es auf. Mit dem Rauschen der Wellen, durch die das Schiff sich fortbewegte, drang eine kühle Meeresbrise herein. Sie vertrieb den Gestank und ersetzte ihn durch eine Duftmischung aus Salz und Seetang. Mary atmete sie dankbar ein. Auch Germer, der tief durchschnaufte, schien sie gutzutun. Mary wartete, bis der Arzt an seinen Platz hinter dem Schreibtisch zurückgekehrt war. Dann fuhr sie in ihren Ausführungen fort.

»Sehen Sie, Herr Doktor, normalerweise lassen sich Platzpatronen gut von scharfer Munition unterscheiden. Es ist aber auch möglich, sie täuschend echt nachzuahmen. Mit so einer Sorte haben wir es hier zu tun.« Sie öffnete die Revolvertrommel, entnahm ihr eine der Patronen und reichte sie Germer über den Schreibtisch. »Ganz unten am Rand finden Sie eine winzige Markierung, mit bloßem Auge kaum zu erkennen, die darauf hinweist, dass dies eine Platzpatrone ist. Ansonsten sind diese Patronen einander alle zum Verwechseln ähnlich. Ich nehme an, Farnkamp besorgte diese oder ließ sie extra herstellen, damit sein Plan nicht aufflog. Er musste davon ausgehen, dass nach seinem angeblichen Selbstmord jemand Waffe und Munition untersuchen würde. Dabei war es für ihn wichtig, dass niemand auf den Gedanken kam, es könne sich um Platzpatronen handeln. Denn dadurch wäre sein Plan natürlich gescheitert.«

Germer drehte die Patrone in seinen Fingern und kniff die Augen zu Schlitzen zusammen, um die Markierung zu erkennen. Er tat sich noch immer sichtlich schwer, Mary Glauben zu schenken. Es war kein Wunder. Den Revolver abzufeuern hatte nicht unbedingt dazu beigetragen, ihr ohnehin schwach ausgeprägtes Vertrauensverhältnis zu stärken.

»Das ist Ihre Theorie? Auf dieser Grundlage ballern Sie hier wild um sich? Das scheint mir alles ziemlich weit hergeholt. Sie hätten sich ja auch irren können.«

»Ach, was Sie mir zutrauen.«

Germers Miene nach gab es spätestens jetzt, nach ihrem Schuss, kaum noch etwas, das er ihr nicht zutraute.

»Ich habe das natürlich ausprobiert, bevor ich zu Ihnen gekommen bin.«

»Wie, ausprobiert?«

»Oben an Deck, in einem Bereich, den George netterweise kurzzeitig für andere Passagiere gesperrt hat. Dort konnte ich über die Reling schießen. Natürlich brauchte ich ein Ziel, um zu testen, ob die Kugel einschlägt.«

»Ein Ziel, was für ein Ziel denn?«

»Sagen wir einfach, eine mutige Melone, die ursprünglich für das Frühstücksbuffet gedacht war, hat sich heldenhaft geopfert.«

Germer stellte die Patrone vor sich auf den Tisch und

betrachtete sie. Offenkundig gab sie ihm immer noch Rätsel auf. Er schien mit einem weiteren Schluck aus der Flasche zu liebäugeln. Aber was Mary nie für möglich gehalten hatte, war tatsächlich eingetreten: Die Lust auf Schnaps war Germer vergangen. Zumindest für den Moment. Er wusste wohl, dass er einen klaren Verstand brauchte, um die Zusammenhänge zu begreifen, die sich um diese Patronen drehten.

»Noch einmal ganz langsam, Mrs. Arrington: Sie sagen, jemand habe die Patronen vertauscht. Jemand anders als Farnkamp.«

»Genau. Nachdem ich die Schachteln gefunden hatte, machte mich eine Sache stutzig: In der weißen Schachtel waren einige Patronen weniger als in der roten. Das führte mich zu der Vermutung, dass Farnkamp seinen Revolver mit denen aus der weißen geladen hatte. Was zu dem passt, was Sie mir erzählt haben — schließlich wollte er seinen angeblichen Selbstmord ja überleben. Dass der Schuss, den er auf sich gab, ihn jedoch tötete, zeigte ganz klar, dass in der weißen Schachtel keine Platzpatronen waren. Farnkamp machte sich offenbar nicht die Mühe, die Munition noch einmal zu prüfen. Daher erkannte er nicht, dass es sich in Wahrheit um scharfe Munition handelte. Das wurde ihm zum Verhängnis — und liefert uns den Beweis, dass jemand die Patronen ausgetauscht hat. Sonst wäre Farnkamp ja noch am Leben.«

Sie wies auf die beiden Schachteln.

»Meine Vermutung bestätigte sich dann durch mein kleines Melonen-Experiment. In der weißen sind die scharfen, in der roten die Platzpatronen. Daher konnte ich gefahrlos mit Munition aus der roten Schachtel auf Ihre Büste schießen.«

Sie konnte sehen, wie die Erkenntnis nun endlich zu Germer durchdrang.

»Verdammt, Sie haben recht. Aber wenn jemand die Patronen vertauscht hat ...«

Dieses Mal war er es, der den Satz unvollendet ließ. Mary griff ihn auf.

« ... kann er dies im Grunde nur mit einer einzigen Absicht getan haben: Er wollte Farnkamp täuschen, damit er sich selbst erschoss, anstatt nur so zu tun. Damit das gelang, reichte es nicht, nur eine oder zwei Patronen auszutauschen, weil er dann nicht sichergehen konnte, dass Farnkamp eine von ihnen abfeuern würde. Er musste auf Nummer Sicher gehen, und das ging nur, indem er sämtliche Patronen austauschte und darauf setzte, dass diese Täuschung unentdeckt blieb. Sein Plan ging voll auf. Farnkamp bediente sich aus der weißen Schachtel, nicht ahnend, dass er dadurch einen fatalen Fehler beging, einen, der tödlich für ihn endete.«

»Das bedeutet, Farnkamps Tod war kein Selbstmord und auch kein Unfall. Er hat nicht etwa aus Versehen die Packungen verwechselt.«

»Ebenso wenig, wie er es sich anders überlegt und entschieden hat, sich doch umzubringen. Denn dann hätte er ja Patronen aus der roten Schachtel genommen — und wäre jetzt noch am Leben. Nein: Wie Farnkamp mit Ihnen besprochen hatte, wollte er seinen Tod nur vortäuschen. Aber irgendjemand hat dafür gesorgt, dass aus der versuchten Täuschung Wirklichkeit wurde.«

»Mein Gott!«

Germer presste sich die Fingerspitzen an die Schläfen.

»Mir schwirrt der Kopf. Haben Sie eine Ahnung, wer das gewesen sein könnte?«

»Bisher nicht. Bei der Untersuchung des Revolvers und der Schachteln habe ich zahlreiche Fingerabdrücke gefunden. Unter der Lupe war zu erkennen, dass sie von zwei Personen stammten. Eine davon war sicherlich Farnkamp. Aber wer die andere war, konnte ich nicht zuordnen. Noch nicht. Das heißt jedoch nicht, dass wir nichts über den Täter wissen. Es muss sich um jemanden handeln, der von Farnkamps Vorhaben wusste und vorhatte, es sich zunutze zu machen.«

Zwischendurch schien Germer ganz vergessen zu haben, dass er Mary auf den Tod nicht ausstehen konnte. Gepackt von diesen Eröffnungen und Überlegungen hatte er gar nicht gemerkt, dass er dabei war, sich an einer ihrer Ermittlungen zu beteiligen, die ihm sonst so zuwider gewesen waren. Auf Marys letzten Satz hin fiel ihm jedoch wieder ein, dass sie ja verfeindet waren.

»Moment mal, immer langsam. Denken Sie etwa, ich hätte etwas damit zu tun gehabt? Weil ich darüber Bescheid wusste? Wenn Sie anfangen, hier unbewiesene Verdächtigungen auszusprechen …«

Mary unterbrach ihn mit einem milden Lächeln.

»Ach nein, Herr Doktor. Da brauchen Sie sich keine Sorgen zu machen. Natürlich muss der Täter — oder die Täterin — Zugang zu der Waffe und der Munition gehabt haben und Sie als Offizier könnten sich diesen Zugang wahrscheinlich ohne große Schwierigkeiten verschaffen. Aber wenn ich auch weiß, dass Sie bisweilen ein ziemlich zweifelhaftes Verhältnis zu Recht und Ordnung haben, würde ich nicht so weit gehen, Ihnen einen hinterhältigen Mord zuzutrauen. Ich halte Sie für vieles — aber nicht für ein kriminelles Superhirn, das einen so perfiden Plan ersinnen würde. In dieser Hinsicht können Sie also ganz beruhigt sein.«

Aber Germers Skepsis, einmal geweckt, wollte sich nicht so schnell wieder legen.

»Dann wüsste ich aber gern, warum Sie mir das alles erzählen. Es ist ja nicht so, als hätten Sie mich sonst über Ihre Nachforschungen immer auf dem Laufenden gehalten.«

»Ganz einfach, Herr Doktor. In diesem Fall sind Sie unmittelbar beteiligt, anstatt nur, wie üblich, die Rolle des Saboteurs zu spielen, der mir auf Schritt und Tritt dazwischenfunkt. Übrigens hoffe ich sehr, dass Sie auf diese Rolle ausnahmsweise verzichten. Sollten Sie dafür nicht hinreichend motiviert sein, kann ich Ihnen gerne einen zusätzlichen Anreiz bieten. Ich werde nicht umhinkommen, den Kapitän über ihr Komplott mit Farnkamp in Kenntnis zu setzen. Aber ich denke, ich habe einen gewissen Einfluss darauf, wie er damit umgeht und ob Ihre Beteiligung öffentlich wird. Für diesen Einsatz würde ich allerdings darum bitten, dass sie keinerlei Versuche unternehmen, meine Ermittlungen zu verhindern oder zu erschweren, sondern sich im Gegenteil sinnvoll an ihnen beteiligen.«

Germer schien nicht besonders angetan von der Idee — was wohl auch daran lag, dass Mary sie in eine kaum verhohlene Drohung verpackte.

»Wie soll ich das tun?«, fragte er spöttisch. »Soll ich hinter Verdächtigen herschleichen, Leute überwachen oder, wie Sie es so gerne tun, in fremden Kabinen herumstöbern?«

»Nehmen Sie es mir nicht übel, Herr Doktor. Aber Sie scheinen mir nicht geeignet, jemanden bei einer heimlichen Verfolgung zu beschatten oder hinter einer Zeitung hervor unauffällig zu observieren. Dafür sind Sie nun doch ein wenig zu … auffällig. Heikle Unterfangen wie diese erledige ich lieber selbst. Sie können sich, zumindest für den Anfang, darauf beschränken, mir einige weitere Informationen zu liefern. Zum Beispiel, indem Sie mir verraten, ob Sie mit irgendjemandem über Ihre Abmachung mit Farnkamp gesprochen haben oder Ihres Wissens nach noch jemand eingeweiht war oder davon erfahren haben könnte.«

Germer war noch immer nicht begeistert davon, dass Mary ihn in der Hand hatte. Aber es schien ihn zu besänftigen, dass Sie wenigstens nicht vorhatte, ihn als eine Art Aushilfsdetektiv einzubinden.

»Ich habe natürlich niemandem etwas davon gesagt. Ich bin ja nicht blöde.« Er überlegte. »Ich glaube auch nicht, dass irgendwer meine Gespräche mit Farnkamp belauscht hat. Aber da ist natürlich dieses Mädchen. Seine Muse. Farnkamp hat es nicht ausdrücklich gesagt und sie war auch bei den Unterredungen nicht dabei. Aber von der Art, wie Sie mich angesehen hat, und so dicke, wie die beiden miteinander waren, könnte ich mir vorstellen, dass sie wusste, was er vorhat.«

»Elise. Ja, sie hatte ich auch schon ins Auge gefasst. Es ist denkbar, dass sie mit ihm unter einer Decke steckte. Ich werde mich also noch einmal mit ihr unterhalten. Genauso wie mit einigen anderen Leuten. Auch auf Sie werde ich sicher noch zurückkommen.«

»Toll. Ich freue mich schon drauf.«

»Ich muss Sie ja nicht bitten, über das, was wir besprochen haben, vorerst Stillschweigen zu bewahren. Solange der Täter nicht weiß, dass wir ihm auf der Spur sind, haben wir einen unschätzbaren Vorteil. Den dürfen wir nicht leichtfertig verspielen.«

Germer sah zu, wie Mary den funkelnden Revolver und die Patronenschachtel wieder in ihrer Handtasche verstaute.

»Keine Sorge«, sagte er. »Ich halte dicht. Ein Selbstmord auf dem Schiff ist schon schlimm genug. Es wäre für das Unternehmen nicht wünschenswert, wenn alle Welt erfahren würde, dass es sich in Wahrheit um einen weiteren Mord handelte.«

Mary stand auf und schickte sich an, das Büro zu verlassen.

»Nicht einfach nur um einen Mord, mein lieber Herr Doktor. Um einen Mord der ganz besonderen Art. Anstatt selbst die Drecksarbeit zu machen, hat der Mörder sie seinem Opfer überlassen.«

20

»Meine sehr verehrten Damen und Herren. Ich danke Ihnen aus tiefstem Herzen — dafür, dass Sie sich die Zeit nehmen, hier zusammenzukommen, und dafür, dass Sie sich so vorbildlich in Geduld geübt haben. Ich weiß, Sie sind ungeheuer gespannt darauf, das Ergebnis unserer Beratungen zu erfahren.«

Annabelle Winthrop stand auf der Empore über der Grand Lobby, die Hände auf das Geländer gelegt, und blickte auf die Menge hinab, die sich unter ihr versammelt hatte. Die Galerie, die sich oberhalb der Halle befand, war geräumt worden. Die Zuhörer drängten sich nicht nur in der Halle und um die Säulen, sondern auch auf den Treppen. An deren Aufgängen standen daher Wachleute und sorgten dafür, dass niemand nach oben gelangen konnte. Niemand sollte die Chefredakteurin stören. Derart abgeschirmt und im Bewusstsein, dass sich alle Augen auf sie richteten, schien Winthrop ganz in ihrem Element zu sein. Sie erinnerte Mary an eine Monarchin, die vom Balkon ihres Palastes herab zu ihrem Volk spricht. Das gediegene Ambiente der Lobby unterstrich diesen Eindruck noch. Mary war sicher, dass Winthrop deshalb diesen Ort für die große Verkündung gewählt hatte, deretwegen zahlreiche Passagiere und sämtliche an Bord befindlichen Journalisten sich hier eingefunden hatten.

»Wir haben lange beratschlagt, das Für und Wider abgewogen, Argumente bemüht und verworfen. Verständlicherweise waren die Gemüter erregt, wegen des

175

tragischen Vorfalls gestern Abend und natürlich auch, weil es sich um eine sehr emotionale Angelegenheit handelt. Für uns, die wir an diesen Beratungen beteiligt waren, und auch für viele der hier Anwesenden.«

Einige dieser Anwesenden nickten oder wechselten Blicke, mit denen sie einander diese Aussage bestätigten. Gleichzeitig drückten sie mit ihnen den Wunsch aus, Winthrop würde Wort halten und sie tatsächlich nicht länger warten lassen. Schließlich taten sie das schon seit geraumer Weile. Schon in den frühen Morgenstunden hatten sich Annabelle Winthrop, einige ihrer Mitarbeiter bei der ›Close Up‹, die Designer und andere, denen in dieser Hinsicht ein Mitspracherecht zufiel, in einen der Konferenzräume der Queen Anne zurückgezogen. Die Frage, die sie zu klären gehabt hatten, war keine einfache: Welche Konsequenzen sollten sie aus Farnkamps Tod ziehen? Sollten sie die Fashion Cruise abbrechen oder sie fortführen? Unter den Passagieren wie auch den Reportern hatte es Mutmaßungen in beide Richtungen gegeben, Fürsprecher eines Abbruchs wie auch vehemente Vertreter einer Fortsetzung. Aber sie alle waren wohl froh gewesen, dass es nicht ihnen oblag, darüber zu entscheiden, ebenso wie sie nun froh waren, endlich zu erfahren, was geschehen würde.

Aber Winthrop genoss zu sehr die Aufmerksamkeit, um sie nicht noch ein kleines Bisschen länger auf die Folter zu spannen.

»Mitunter hätte bei unseren Gesprächen nicht viel gefehlt und jemand wäre einem anderen an die Kehle ge...«

Sie unterbrach sich. Sie hatte wohl gerade noch gemerkt, dass ein solcher Ausdruck in Anbetracht des Todesfalls nicht angemessen war.

»Ich meine, wir haben uns mehrfach in die Haare gekriegt. Aber wir haben uns zusammengerauft und sind zu einer Einigung gekommen. Einige von ihnen werden diese gut heißen, andere werden uns widersprechen. Ihnen allen möchte ich versichern: Wir haben uns mit dieser Entscheidung schwergetan.«

Mary tat sich ebenfalls schwer — und zwar damit, sich weiterhin ›vorbildlich in Geduld zu üben‹. Damit ging es ihr wie vielen in der Menge, in die sie sich eingefügt hatte, um Winthrop zuzuhören. Allerdings bestand zwischen ihr und den anderen ein wesentlicher Unterschied. Dass sie hoffte, Winthrop würde so langsam mit ihrer Verkündung herausrücken — und mit ihrer Ansprache zum Ende kommen —, lag nicht daran, dass die Fortsetzung oder der Abbruch der ›Fashion Cruise‹ sie übermäßig beschäftigt hätten. Weitaus wichtiger war ihr gerade etwas anderes: Sie musste unbedingt noch einmal mit Elise sprechen. Zunächst hatte sie die Muse (oder, was wohl passender war: Ex-Muse) nicht finden können. In ihrer Kabine war sie nicht gewesen, ebenso in keinem der Restaurants, in denen Mary nach ihr gesucht hatte, und auch auf keinem der Außendecks war sie auf das Mädchen gestoßen. Weiter blindlings das Schiff abzusuchen, war aussichtslos. Die Queen Anne war einfach viel zu groß, um darauf einen einzelnen Menschen aufzustöbern. Mary hatte schon überlegt, Elise ausrufen zu lassen, als ihr eingefallen war, dass Winthrop diese improvisierte Zusammenkunft einberufen hatte, und die Chancen standen gut, Elise dort anzutreffen. Mary hatte sich beeilt, in die Grand Lobby zu kommen, und tatsächlich hatte sie das Mädchen dort recht schnell entdeckt.

Ein Gespräch mit Elise war aber zunächst nicht möglich. Sie stand zusammen mit Winthrop auf der Empore. Dabei teilte sie das Vergnügen nicht, dass die Chefredakteurin an ihrem Auftritt fand. Im Gegenteil. Es hatte den

177

Anschein, als sei Elise nicht freiwillig hier. Mary vermutete, dass sie von Winthrop verpflichtet oder zumindest genötigt worden war. Sie stand leicht hinter Winthrop, als wolle sie vor der Versammlung in Deckung gehen. Sie hatte die Arme vor dem Körper zusammengelegt und hielt die Augen auf den Boden gerichtet. Die Lust, mit der sie sich noch am Tag davor den Blicken und Kameras dargeboten hatte, war ihr offenbar vergangen. Am liebsten hätte sie sich wohl noch weiter zurückgezogen, außer Blick- und Reichweite. Mary wäre es recht gewesen. Es hätte ihr eine Möglichkeit geboten, mit Elise allein zu sein.

Aber es war ihr noch nicht vergönnt, dieses Bedürfnis zu erfüllen. Selbst, wenn es Mary gelungen wäre, sich durch die Menge und die Treppe heraufzukämpfen und sich an den Wachmännern vorbeizuschieben, hätte sie Elise schlecht von der Empore wegzerren können. Zumindest wäre es ihr nicht gelungen, ohne Winthrops Unmut auf sich zu ziehen — über die unerwünschte Unterbrechung und die ›Entführung‹ der Muse — und einen Aufruhr aufzulösen. So blieb ihr nichts anderes übrig, als ihre Ungeduld zu zügeln. Wenigstens schien Winthrops Rede nun ihren Höhepunkt und, wie Mary hoffte, damit bald ihr Ende zu erreichen.

»Aber wir haben abgestimmt, und so kann ich Ihnen mitteilen …«

Sie legte eine dramatische Pause ein.

»Die ›Intercontinental Fashion Cruise‹ wird weitergehen.«

Beifall brach in der Grand Lobby aus, vermischt mit zustimmenden Rufen. Nicht nur Begeisterung brach sich in den Zuhörern Bahn, sondern auch Erleichterung. Sie zeigte, dass die meisten, auch wenn sie sich vorher vielleicht gegensätzlich geäußert hatten, in Wahrheit auf genau diesen Ausgang gehofft hatten. Nur einige wenige, die dies wohl als Missachtung des Toten ansahen, verweigerten Winthrop den Applaus.

Mary war nicht überrascht von dieser Entscheidung. Im Gegenteil hätte es sie sehr gewundert, wenn sie anders ausgefallen wäre. Schließlich hatten die Beteiligten an dieser Abstimmung, die Designer ebenso wie ›Close Up‹, ein starkes Interesse daran, die Veranstaltung fortzuführen. Viel Mühe war in die Vorbereitung und Organisation geflossen, von Geld ganz zu schweigen. Und natürlich wollten sich die Designer nicht um die Gelegenheit bringen lassen, ihre Kreationen dem Publikum und der Presse vorzustellen. Abgesehen davon sprachen durchaus noch weitere Gründe für eine Fortführung. Es würde noch mehrere Tage dauern, bis die Queen Anne in New York einlaufen würde. Die Passagiere hatten nicht nur die Überfahrt gebucht — und teuer bezahlt —, sondern eben auch die Shows. Mary kannte das Schifffahrtsunternehmen und seine Sichtweise inzwischen gut genug, um zu wissen: Wegen eines einzigen Toten wäre der Eigner auf keinen Fall bereit, Rückzahlungen zu leisten, Beschwerden, vielleicht gar Klagen hinzunehmen. Was die Passagiere anging, so wäre es vielleicht wirklich hilfreich, ihnen etwas zu bieten, das sie von Farnkamps Tod ablenkte, damit dies nicht das Einzige war, was sie während der restlichen Reise beschäftigte und was sie von ihr vorrangig in Erinnerung behalten würden. Von diesen verschiedenen Standpunkten aus machte der Entschluss vollkommen Sinn. Trotzdem, fand Mary, haftete ihm ein bitterer Beigeschmack an.

Winthrop hob und senkte die Hände vor ihrem Körper, Handflächen nach unten, und ließ den Beifall dadurch abebben.

»Die weiteren Modenschauen werden wie vorgesehen stattfinden«, fuhr sie fort. »Das Gleiche gilt für Foto-shootings, Interviews und das sonstige Rahmenpro-gramm. Ich verstehe, dass einige von Ihnen sich lieber einen Abbruch aus Respekt vor Franz und seinem Tod gewünscht hätten. Ich war selber unsicher. Aber nach reiflicher Überlegung bin ich zu dem Schluss gekom-men, dass wir es, wenn wir weitermachen, nicht zwangsläufig an Respekt vor ihm mangeln lassen. Im Gegenteil. Es kann — und soll — zu seinen Ehren ge-schehen. Den Ausschlag gab letzten Endes K. Sie hat sich geäußert, sozusagen als Vertreterin des Verstorbe-nen. Er verdient doch ein Mitspracherecht. Da er selbst nicht zu uns sprechen konnte, hat sie ihm eine Stimme verliehen, um seinen Willen kundzutun — oder besser das, was sein Wille gewesen wäre. Denn wer wüsste das besser als sie? Hier, komm näher, meine Liebe.«

Sie legte dem Mädchen einen Arm um die Schulter und schob es an das Geländer. Elise nahm es hin, voll-kommen passiv, als sei sie nur eine Schaufensterpuppe, die Winthrop nach Gutdünken an diesen oder jenen Ort stellen konnte.

»Sag den Leuten, was du mir gesagt hast.«

Zögerlich schaute Elise hinab auf die Menge. Noch schwieg sie, schien Kraft zu sammeln, um sprechen zu können. Als sie es endlich tat, waren ihre Worte leise. Sie wären nicht zu verstehen gewesen, hätte in der Grand Lobby nicht eine geradezu andächtige Stille geherrscht.

»Franz lebte für die Mode. Für euch alle hier. Ja, manchmal haderte er mit der Branche, mit der Kreativi-tät, mit sich selbst ...«

Betroffenheit legte sich über die Versammlung. Wie sehr er mit sich gehadert hatte, hatten sie alle gestern er-lebt. Zumindest dachten sie das. Mary hingegen kannte die Wahrheit. Aber nicht nur sie. Sie war sicher, dass sie diese Kenntnis mit dem Mädchen auf der Empore teilte.

»Aber dies war es, was er liebte. Er …«

In diesem Moment begegnete ihr Blick Marys. Man hätte meinen können — und die meisten der Anwesenden taten das wohl auch —, dass sie im Satz stockte, weil es sie zu sehr mitnahm, über ihren verstorbenen Mentor zu sprechen. Aber Mary wusste, dass es nicht oder zumindest nicht nur darauf beruhte. Einige Sekunden lang sahen die beiden einander an. Es war, als führten sie eine stumme Unterhaltung, als wären sie, auch wenn sie von Menschen umgeben waren, in diesem schweigsamen Kontakt miteinander allein. Es blieb nicht ohne Wirkung auf Elise. Erst schaute sie Mary freundlich an, wenn auch ohne zu lächeln. Dann aber schlich sich ein wachsendes Unbehagen in sie hinein, als sie etwas in Marys Augen entdeckte. Mary war nicht imstande, zu heucheln, zu tun, als sei alles in Ordnung zwischen ihnen. Sie war Germers Ansicht. Bei dem engen Verhältnis, das Elise und Farnkamp gehabt hatten, war es schwer vorstellbar, dass sie nicht gewusst hatte, was er plante. Wahrscheinlich war sie sogar in irgendeiner Form daran beteiligt gewesen. Sie hatte ihnen Wichtiges verschwiegen, sie angelogen, und Marys Unmut darüber kam in ihrem durchdringenden Blick zum Ausdruck. Elise schaffte es nicht mehr, ihm standzuhalten. Sie schlug die Augen nieder. Sie sah Mary nicht noch mal an, auch niemanden sonst in der Menge. Hatte sie sich vorher schon unwohl gefühlt, schien sie es auf der Empore nun kaum noch auszuhalten. Sie schien ihren erzwungenen Auftritt nur noch so schnell wie möglich hinter sich bringen zu wollen.

»Franz hätte gewollt, dass es weitergeht.«

Winthrop nickte zufrieden. Es hätte Mary nicht gewundert, wenn sie Elise lobend auf die Schulter geklopft hätte.

»Sie hören es, meine Damen und Herren: Franz, unser aller, leider von uns gegangener Freund, hätte nicht gewollt, dass wir in unserer Trauer für ihn das vernachlässigen, was sein Lebensinhalt war.«

In diesem Punkt hatte Mary ihre Zweifel. Schließlich hatte Farnkamp bei seiner Abschiedsansprache ziemlich deutlich gemacht, was er von seinen Kollegen und der Modebranche an sich hielt, und er hatte keinen Grund gehabt, sich zu verstellen. Mary hielt es für gut möglich, dass er mit seinem vorgetäuschten Selbstmord nicht nur beabsichtigt hatte, eine eindrucksvolle Show hinzulegen. Gleichzeitig, als Bonus sozusagen, hatte er sicher dafür sorgen wollen, dass die ›Fashion Cruise‹ abgebrochen wurde. Auf diese Weise hätte er Rache an den anderen Designern nehmen können, von denen er sich nicht hinreichend gewürdigt fühlte. Nun schien es, dass dieser Teil seines Planes ebenso wenig aufging wie der andere. Das war nun einmal eines der Probleme, die damit einhergingen, tot zu sein: Man konnte sich nicht mehr dagegen wehren, wenn jemand angeblich im eigenen Namen sprach. Nun jedenfalls, wo die Entscheidung nicht nur von Winthrop gefällt, sondern auch von seiner Muse quasi abgesegnet war, konnte es niemanden mehr geben, der etwas daran auszusetzen hatte. Sicher war dies der Grund gewesen, warum Winthrop Elise zu dieser Verkündung dazugeholt hatte: Damit sie sich von ihr stellvertretend Farnkamps Zustimmung aus dem Jenseits holen konnte.

»Dabei werden wir selbstverständlich nicht einfach ausblenden, was geschehen ist. Wir werden Franz nicht vergessen. Wir werden seiner gedenken, mit Trauer, aber auch voll Dankbarkeit für das, was er uns geschenkt hat.

Lassen Sie ihn uns feiern als das große Genie, das er war. Ein Genie, wie die Modewelt gewiss nie wieder eines hervorbringen wird.«

Mary behielt Elise im Auge. Während Winthrop sprach, machte das Mädchen vorsichtig einige Schritte rückwärts. Noch hielt sie sich hinter der Chefredakteurin auf der Empore. Aber sie hatte eindeutig vor, den Abstand zu ihr unauffällig zu vergrößern, bis sie aus dem Sichtfeld der Zuhörer gelangt war und sich davonstehlen konnte. Das wollte Mary um jeden Preis verhindern — und schob sich ihrerseits näher in Richtung der Treppe.

»Welche bessere Art könnte es geben«, hallte Winthrops Stimme durch die Lobby, »ihn und sein Werk zu würdigen, als ihm diese Reise zu widmen, auf der wir uns befinden?« Sie breitete in einer großen Geste die Arme aus. »Meine Damen und Herren, ich freue mich, Sie zu einem Neuanfang begrüßen zu dürfen: Herzlichen willkommen auf der ›Franz Farnkamp Fashion Cruise‹!«

Erneuter Applaus brandete auf. Elise wollte die Gelegenheit nutzen, sich weiter zurückzuziehen. Aber Winthrop fasste sie an der Hand und zog sie zurück an das Geländer. Gemeinsam winkten sie in die Menge. Winthrop tat es mit stolzem Lächeln. Elises krampfige Miene hingegen ließ keinen Zweifel daran, dass sie lieber woanders wäre. Dieser Wunsch musste sich noch verstärken, als sie sah, dass Mary die Treppe erreicht hatte. Aber sie wagte nicht, sich von Winthrop loszureißen.

Mary hoffte, dass Annabelle das Mädchen festhalten würde, bis sie oben angekommen war. Es war kein leichtes Unterfangen. Die Leute standen dicht an dicht auf den Stufen. Mary nutzte noch die schmalsten Lücken zwischen ihnen und schreckte nicht davor zurück, diese

183

Lücken bei Bedarf mithilfe ihrer Ellenbogen zu vergrößern. Nach einem mühsamen Aufstieg erreichte sie die oberste Stufe. Über dieser aber stand der Seemann, der diesen Bereich zu überwachen hatte. Leider kannte Mary ihn nicht. Bei den Tausenden von Angestellten der Queen Anne war es unmöglich, mit jedem einzelnen Bekanntschaft zu schließen oder auch nur zu wissen, wie er hieß. Ebenso wenig konnte Mary erwarten, dass alle wussten, wer sie war. Zwar hatte sie auf dem Schiff eine gewisse Berühmtheit erlangt, einerseits durch die Verbrechen, die sie hier aufgeklärt hatte, andererseits durch ihre Beziehung mit dem Kapitän. Aber auch darüber waren nicht alle informiert, zumal bei jeder Reise auch neues Personal mit an Bord kam. Daher konnte Mary nicht damit auftrumpfen, mit George MacNeill zusammen zu sein. Das konnte schließlich jeder behaupten. Es blieb ihr also nichts übrig, als auf das Entgegenkommen des Matrosen zu hoffen.

»Lassen Sie mich freundlicherweise durch«, sagte Mary. »Es ist ungeheuer wichtig.«

»Es tut mir leid, Ma'am. Aber das kann ich nicht tun. Mrs. Winthrop hat angeordnet, dass es keinerlei Unterbrechungen geben darf.«

Mary spähte nach den beiden Frauen auf der Empore. Noch stand Elise neben Winthrop. Aber bestimmt nicht mehr lange. Mary wollte gerade dazu ansetzen, ihrem Gegenüber zu erklären, dass sein Pflichtgefühl zwar lobenswert sei, Mrs. Winthrop jedoch nicht die Befehlshabende auf diesem Schiff war und daher keine Anweisungen zu erteilen hatte. Gerne könne sie ihn aber an den wirklichen Kommandanten verweisen. Es war jedoch nicht nötig. Hinter ihr drängten, angespornt von ihrem Beispiel, nun auch zahlreiche andere die Treppen hinauf, um zu Winthrop zu gelangen. Einige Reporter achteten überhaupt nicht auf den Wachmann, sondern schoben sich einfach an ihm vorbei, bevor er sie zu fassen kriegen konnte. Der Wachmann sah wohl ein, dass es ihm nicht gelingen würde, diesem Strom Einhalt zu gebieten. Zudem war die Veranstaltung ja offenkundig aufgelöst, und Winthrop schien nun nichts mehr dagegen zu haben, dass die Leute ihre Nähe suchten. Daher gab er nun auch Mary den Weg frei.

»Vielen Dank!«, sagte sie im Vorübereilen und strebte der Empore zu.

Die ersten der Zuschauer hatten Winthrop und Elise erreicht. Sie schüttelten der Chefredakteurin die Hände, beglückwünschten sie, stellten Fragen. Elise wollte sich zurückziehen. Aber einige Reporter hielten sie auf, umstellten sie. Derart umzingelt konnte sie nicht ohne Weiteres flüchten. Notgedrungen wechselte sie ein paar Worte mit ihnen. Doch richtete sie ihren Blick dabei unentwegt auf Mary. Elise musste klar sein, dass sie zu ihr wollte, und es gefiel ihr offenbar gar nicht. Sie wimmelte die Reporter ab, quetschte sich zwischen zweien von ihnen hindurch und hastete den Korridor hinab, wobei sie nervöse Blicke über ihre Schulter warf. Sie schien sich gerade noch beherrschen zu können, nicht zu rennen.

»Elise«, rief Mary ihr nach. »Warten Sie! Wir müssen unbedingt miteinander reden.«

Aber das Mädchen hörte sie nicht oder tat zumindest, als würde sie sie nicht hören. Mary wollte ihr nach. Da aber griff jemand ihren Arm. Mary dachte, es sei einer der Journalisten und wollte sich schon losreißen.

»Was erlauben Sie sich?«

Da aber erkannte sie, dass es Annabelle Winthrop war.

»Mary, wie schön, dich zu sehen!«

»Entschuldige, Annabelle, ich muss wirklich …«

Aber Winthrop ließ sie nicht vorbei.

»Nicht doch, meine Liebe. Bleib kurz bei mir. Das ist doch ein besonderer Moment für uns alle. Lass ihn uns gemeinsam genießen!«

Mary sah, wie Elise das Ende des Korridors erreichte. Sie blickte noch einmal zurück, ohne ihr Tempo zu verlangsamen. Die Erleichterung, als sie merkte, dass sie Mary entkommen war — zumindest für den Augenblick — war unverkennbar. Dann verschwand sie um die Ecke. Mary war klar, dass sie das Mädchen nicht einholen würde, selbst wenn der Vorsprung nicht allzu groß war. Die Gänge auf der Queen Anne waren labyrinthartig. So leicht es war, sich in ihnen zu verlaufen, so leicht war es, Verfolger abzuhängen.

Mit einem Seufzen gab sie sich Winthrop geschlagen.

»In Ordnung.«

Sie tröstete sich mit dem Gedanken, dass es Elise immerhin nicht gelingen konnte, das Schiff zu verlassen. Jedenfalls hielt Mary es für unwahrscheinlich, dass das junge Mädchen sich eines der Rettungsboote schnappen und damit allein über den Ozean schippern würde, um sich einer Unterredung mit ihr zu entziehen.

»Schön.«

Winthrop hakte sich bei Mary ein und posierte mit ihr für die Kameras. Dann zog sie sie ein wenig zur Seite. Die Journalisten und anderen verstanden dieses Signal, das Winthrop für weitere Fragen derzeit nicht zur Verfügung stand, und zogen sich zurück.

»Ich hoffe, du hältst mich nicht für rücksichtslos, Mary«, sagte die Chefredakteurin, als sie außer Hörweite waren. »Natürlich hat mein Magazin enorm viel in die ›Fashion Cruise‹ investiert. Für mich persönlich gilt das auch. Viele werden behaupten, sie würde nur fortgesetzt, damit wir möglichst viel Gewinn herausschlagen.

Ich kenne das. Manchmal wird es nur gemunkelt, manchmal herausgebrüllt. Die Leute halten mich für einen Drachen. Aber so bin ich nicht wirklich.«

Mary fragte sich, warum Winthrop ihr dies alles erzählte. Sah sie tatsächlich eine Freundin in ihr und wollte nicht, dass sie schlecht über sie dachte? Wollte sie durch diese Rechtfertigungen ihr eigenes schlechtes Gewissen beruhigen, das sie vielleicht plagte?

»Ich verstehe, Annabelle. Ich kann mir vorstellen, dass die Leute dich gerne als Ziel für ihre Anfeindungen auswählen.«

Woran Winthrop selbst nicht ganz unschuldig war. Aber diesen Gedanken behielt Mary für sich.

»Wie recht du hast. In unserer Branche ist es wichtig, ein Image nach außen zu transportieren. Gerade als Frau in einer hohen, einflussreichen Position. Ich kann es mir nicht leisten, Schwäche zu zeigen. Es gibt genügend Leute, die das sofort schamlos ausnutzen würden. Es ist mir lieber, Sie hassen und fürchten mich, halten mich für ein Monster, als dass ich mich ihnen gegenüber angreifbar mache. Wenn sie denken, es gehe mir allein ums Geld, sollen sie doch! Sie liegen falsch. Es geht mir nicht darum, Gewinn zu machen oder Verluste zu vermeiden.«

Sie schaute sich um, ob auch wirklich niemand lauschte.

»Den größten Verlust haben wir bereits erlitten, einen, den kein Geld der Welt wettmachen kann. Franz ist tot, und ich kann dir nicht sagen, wie sehr mich das schmerzt.«

Ihre Stimme brach nicht. Sie weinte nicht. Aber es klang aufrichtig. Jetzt begriff Mary: Winthrop sprach mit ihr, um jemandem ihr Herz auszuschütten. Zwar fand Mary es sonderbar, dass sie sich dafür sie aussuchte, die sie doch gerade erst kennengelernt hatte. Aber vielleicht war gerade das der Punkt. Manchen fiel es leichter, sich Menschen zu öffnen, denen sie nicht nahestanden, mit denen sie nicht allzu viel zu tun hatten. Mary war eine ›Außenstehende‹, eben nicht Teil der Branche. Vor ihr musste Winthrop nicht den Schein wahren, und sie schien ihr zu vertrauen, dass Mary dies nicht ausnutzen würde — eine Einschätzung, mit der sie richtig lag. Mary fand es traurig, dass es offenbar niemanden sonst gab, an den sie sich wenden konnte. So mächtig und einflussreich diese Frau war, so einsam schien sie auch zu sein.

»Er fehlt mir ungeheuerlich. Franz und ich waren lange Weggefährten. Wir waren Freunde. Sofern man das bei ihm so nennen kann.«

»Ich verstehe«, sagte Mary. »Es gibt nichts Schlimmeres, als jemanden zu verlieren, dem man nahestand.«

Auch wenn Mary keine enge Verbundenheit zu ihr spürte und nicht vorhatte, sich enger mit ihr zu befreunden, machte es ihr nichts aus, Winthrop diesen Gefallen zu tun und ihr ein wenig Trost zu spenden. Da Winthrop sie jedoch abgehalten hatte, mit Elise zu sprechen, wollte Mary versuchen, zumindest noch einige Informationen von ihr zu erhalten.

»Es klingt, als sei es wirklich nicht einfach gewesen, mit Farnkamp befreundet zu sein.«

»Das stimmt. Er war ziemlich eigen.«

»Ich habe gehört, es gab immer wieder Kontroversen um ihn, Skandale. Was hatte es denn damit auf sich?«

Doch ihre Hoffnung, von Winthrop Näheres zu erfahren, zerschlug sich.

»Ach, Mary«, sagte die Chefredakteurin. »Lass uns nicht über diese unschönen Dinge reden. Es ist doch nicht das, was man von einem Verstorbenen in Erinnerung behalten will. Denken wir lieber nur an seine guten

Seiten, seine Kreativität, seine Leidenschaft, seine Liebe und seinen Einsatz für die Mode.«

Mary dachte, dass dies den meisten Menschen an Bord wahrscheinlich schwerfallen würde. Farnkamps letzten Skandal, seinen Auftritt bei der Show, würden sie nicht ohne Weiteres verdrängen können. Für sie würde die Erinnerung an ihn immer mit dem Bild verknüpft sein, wie er sich auf dem Laufsteg in den Kopf schoss. Aber sie verkniff es sich, Winthrop darauf hinzuweisen. Wenn die Chefredakteurin ihr keine Auskünfte über Farnkamp geben wollte, konnte Mary sie schlecht dazu zwingen. Sicher hätte Winthrop ihr bereitwilliger Auskunft gegeben, wenn Mary sie über die Hintergründe von Farnkamps Tod informiert hätte, darüber, dass dies alles nicht so war, wie es den Anschein hatte. Aber sie war nicht sicher, ob Winthrop darüber Stillschweigen bewahren würde, und sie war noch nicht bereit, ihre Erkenntnisse öffentlich zu machen.

»Apropos Mode«, fuhr Winthrop fort, nun wieder sachlich, beinahe so kühl und beherrscht wie zuvor. Für einen Moment hatte sie eine Lücke in ihrem Panzer geöffnet, sich eine Blöße gegeben. Jetzt schloss sie diese wieder und kehrte zu ihrem Geschäftsgebaren zurück.

»Für dich hat die Fortsetzung unserer Veranstaltung ja noch eine ganz besonders Bedeutung.«

»Welche denn? «, fragte Mary verdutzt.

Winthrop wies auf das Blumen-und-Gras-Kleid, das Mary nach wie vor trug.

»Dass du auch an allen kommenden Tagen die Outfits anziehen darfst, die wir für dich herausgesucht haben. Ist das nicht toll?«

»Ja«, sagte Mary. »Absolut großartig.«

Ihre Hoffnungen, diese Pein werde ihr erspart bleiben, hatten sich damit zerschlagen. Sie gab sich keine große Mühe, ihre fehlende Begeisterung zu verhehlen. Einen Mörder zu jagen war schließlich an sich schon ein schwieriges Unterfangen. Es wurde nicht angenehmer dadurch, es in extravaganten Klamotten zu tun.

21

»Elise? Machen Sie auf, Elise.«

Ein weiteres Mal klopfte Mary an die Kabinentür. Sie war nicht bereit, das Feld zu räumen, ohne mit der Muse gesprochen zu haben. Dass sie in der Kabine war, wusste sie. Zwar versuchte Elise offenbar, sich leise zu verhalten und zu tun, als sei sie nicht da — in der Hoffnung, Mary werde aufgeben. Aber nach ihrem ersten Klopfen hatte Mary im Innern ein leises Rumpeln vernommen.

»Soll ich meine Schlüsselkarte benutzen, um die Tür zu öffnen?«, fragte Sandra.

Nachdem Mary die Grand Lobby verlassen hatte, um Elise aufzusuchen, hatte sie Sandra auf ihrem Handy angerufen und sie gebeten, sie zu begleiten. Nicht nur, weil die beiden jungen Frauen einen Draht zueinander zu haben schienen und Mary sich davon eine höhere Kooperationsbereitschaft von Elise versprach. Sie wollte bei diesem Gespräch auch eine Zeugin haben. Elise sollte später nicht einfach widerrufen können, was sie gesagt hatte. Außerdem sparte sie sich dadurch die Mühe, Sandra nachher über alles in Kenntnis zu setzen (worauf Sandra bestanden hätte). Zu guter Letzt war es besser, zu zweit zu sein, sollte das Mädchen gewalttätig werden. Ausschließen konnte Mary das nicht. Immerhin bestand die Möglichkeit, dass sie es mit einer Mörderin zu tun hatten, die vor nichts zurückschrecken würde — schon gar nicht, wenn sie sich unter Druck gesetzt fühlte. Sie machte vielleicht nicht den Eindruck, als könnte sie jemandem auch nur ein Härchen krümmen. Aber Eindrücke konnten nun einmal täuschen.

»Besser nicht, Sandra. Wir wollen uns nicht unbefugtes Eindringen vorwerfen lassen. Außerdem sollten wir sie lieber nicht zu weit in die Ecke drängen. Ich denke, mit Beharrlichkeit erreichen wir hier mehr.«

Sie klopfte noch einmal, bestimmter nun.

»Elise!«

Noch immer nichts.

Sandra zog ihre Schlüsselkarte hervor.

»Soll ich nicht doch …«

Sie machte Anstalten, die Karte in das Lesegerät neben der Klinke einzuführen. Aber Mary drückte sachte ihren Arm herunter.

»Nein, Sandra. Wenn wir das tun, muss der Kapitän dabei sein, um es offiziell zu autorisieren. Ich unternehme noch einen letzten Versuch. Wenn Elise dann nicht aufmacht, verständigen wir George und überlegen mit ihm unsere nächsten Schritte.«

Sie hob ihre Stimme.

»Elise! Seien Sie vernünftig. Wenn Sie nicht aufmachen, wird alles für Sie nur noch schlimmer.«

Nichts. Mary zuckte die Schultern. Wie es aussah, war all ihr Bemühen vergebens. Sie wollte gerade ihr Handy hervorziehen, um George anzurufen.

Da öffnete sich die Tür, wenn auch nur einen Spalt breit. Allerdings war es nicht Elise, die vor ihnen stand. Es war der Mann mit dem blonden Vollbart und den Kringellocken, der sich am Vorabend um das Mädchen gekümmert hatte — und dies offenbar auch weiterhin tat.

»Können Sie endlich aufhören, so einen Terror zu machen?«, fragte er. »Sie haben Elise geweckt. Es geht ihr immer noch sehr schlecht. Sie braucht dringend Ruhe.«

»Ich nehme an«, sagte Mary, »Sie haben es sich zur Aufgabe gemacht, für diese Ruhe zu sorgen, Mr. ...«

»Aiden Schembri«, sagte der Mann. »Ja, da liegen Sie richtig.«

»Mr. Schembri«, sagte Mary, »darf ich fragen, welche Funktion Sie im Rahmen der Fashion Cruise erfüllen?«

»Ich bin Stylist. Ich richte die Models her, mache ihnen die Haare, das Make-up.«

»Sie sind also nicht als Elises offizieller Bodyguard eingestellt.«

»Nein. Aber jemand muss auf sie aufpassen und sie schützen.«

»Wohl kaum vor uns«, sagte Sandra. »Wir wollen nur mit ihr sprechen.«

Schembri verzog das Gesicht.

»Das wollen die Journalisten auch nur.«

»Ihr Einsatz und Ihre Fürsorge sind ehrenwert, Mr. Schembri. Aber es ist wirklich ungeheuer wichtig, dass wir mit Elise reden.«

Schembri bewegte sich keinen Zentimeter von der Stelle.

»Ich werde es ihr ausrichten. Sie können ja später wiederkommen. Vielleicht fühlt sie sich dann besser.«

Er wollte die Tür schließen. Aber Mary stellte ihren Fuß in den Rahmen. Schembri würde ihnen den Zutritt nicht freigeben, das stand fest. Jedenfalls nicht von sich aus. Aber deshalb war sie noch lange nicht bereit, aufzugeben.

»Was fällt Ihnen ein?«, rief Schembri.

Mary ignorierte ihn. Sie versuchte, an ihm vorbei in die Kabine zu schauen. Sie entdeckte Elise, die auf ihrem Bett saß.

»Elise? Wir wissen Bescheid. Hören Sie? Über Farnkamp und seinen Plan. Wir wissen, dass er sie eingeweiht hat. Sie können uns nicht die ganze Fahrt über aus dem Weg gehen. Früher oder später werden Sie mit uns sprechen müssen. Also erledigen wir das am besten gleich.«

»Sie werden gar nichts erledigen«, sagte Schembri. »Sie werden auf der Stelle verschwinden, ansonsten werde ich ...«

Aber Elise unterbrach ihn.

»Schon gut, Aiden. Lass sie rein.«

Er wandte den Kopf.

»Bist du sicher?«

»Ja. Du kannst dann auch gehen. Ich rede allein mit ihnen.«

Schembri passte das ganz offensichtlich gar nicht. Aber er erhob keinen weiteren Einwände.

»Wenn du meinst ... Ich sehe später wieder nach dir, ja?«

»Danke.«

Er warf Mary und Sandra noch einen Blick zu, der Bände sprach. Dann zog er mit spöttischer Höflichkeit die Tür auf und kam aus der Kabine.

»Wenn es Elise Ihretwegen schlechter geht«, raunte er Mary zu, »kriegen Sie es mir zu tun.«

»Ihre Drohungen können Sie sich sparen, Mr. Schembri. Damit bewirken Sie bei mir nichts. Wenn Sie uns dann entschuldigen würden.«

An dem Stylisten vorbei betraten Mary und Sandra die Kabine. Schembri blieb mit finsterer Miene auf dem Korridor stehen. Mary schloss die Tür mit Nachdruck.

22

Elise schaute Mary ängstlich an.

»Sie wissen Bescheid?«

Aber auch wenn sie diese Frage stellte, musste sie es längst gewusst, zumindest geahnt haben. Warum sonst hätte sie in der Lobby vor Mary Reißaus nehmen sollen?

»Tun wir«, antwortete Mary.

Sie blickte sich in der Kabine um. Zwar lagen einige ausgefallene Kleider herum. Aber ansonsten wirkte dies nicht wie die Unterkunft eines Topmodels — und passte schon gar nicht zu dem Bild, das Mary sich von Elise gemacht hatte: Die junge Frau, die selbstbewusst mit den Kameras spielte und sich mit einem Hauch von Mysterium umgab. Im Gegenteil kam es Mary vor, als stünde sie im Zimmer eines kleinen Mädchens. Elises Besitztümer, Koffer und Taschen, aber auch die Kleidungsstücke, die sie trug, wenn sie unbeobachtet war — all dies war vornehmlich in Rosa gehalten, so auch der Pullover und die Hose, die sie gerade anhatte. Außerdem schien sie ein Faible für Einhörner und Regenbögen zu haben. Sie zierten zum Beispiel ihre Bettwäsche, die sie extra auf diese Fahrt mitgenommen haben musste. Auf ihrem Pullover war gleich beides zu sehen: Ein Einhorn unter einem Regenbogen. All dies zeigte, wie viel von Elises Verhalten Fassade gewesen war. Eine Fassade, die Farnkamp für sie geschaffen hatte. Dahinter hatte sich, wie Mary nun erkannte, ein Mensch verborgen, der Freude an mädchenhaften Dingen hatte und noch nicht bereit war, vollends von seiner Kindheit loszulassen. Hier, ganz für sich, hatte Elise dieser Mensch sein können.

»Sie wissen also, dass ...«

Aber Elise ließ den Satz in der Luft hängen. Es hatte den Anschein, als könne sie sich nicht überwinden, ihn auszusprechen. Aber Mary war sich sicher, dass sie eigentlich prüfen wollte, was Mary und Sandra tatsächlich wussten, ohne Gefahr zu laufen, etwas preiszugeben, über das sie noch nicht im Bilde waren. Mary beschloss, es ihr in dieser Hinsicht nicht leicht zu machen. Das Mädchen hatte sie schon einmal belogen. Mary wollte ihr keine Gelegenheit geben, sie noch einmal hinters Licht zu führen — oder sie auf eine falsche Fährte zu locken.

»Unter anderem«, sagte sie daher, »dass Franz Farnkamp seinen Selbstmord vortäuschen wollte und Sie in seinen Plan eingeweiht waren. Damit sollten wir anfangen.«

Dass Elise von dem Plan wusste, konnte sie zwar nicht mit absoluter Bestimmtheit sagen. Aber es war doch höchstwahrscheinlich, wahrscheinlich genug, um zu versuchen, sie mit diesem Bluff aus der Reserve zu locken.

Elises Reaktion zeigte, dass sie voll ins Schwarze getroffen hatte. Sie vergrub ihr Gesicht in den Händen.

»Es stimmt. Franz hatte vor ... und ich ... ich ...«

Sie machte einen weniger weggetretenen Eindruck als bei ihrem Zusammentreffen in Farnkamps Kabine. Klarer. Wacher. In dieser Haltung nun, mit ihrer dünnen, zitternden Stimme, wirkte sie vor allem klein, zart und zerbrechlich. Vorher hatte Mary so etwas wie einen Beschützerinstinkt ihr gegenüber empfunden. Jetzt schien es ihr, dass Elise ganz genau wusste, wie sie einen solchen auslösen konnte — wie sie es auch in Aiden Schembri getan hatte — und dass sie es gerade genau darauf anlegte. Aber Mary ließ sich davon nicht beeinflussen. Sie war entschlossen, Elise nicht zu schonen.

»Es wird Zeit, dass Sie uns die Wahrheit sagen, Elise. Die ganze Wahrheit. Keine Spielchen mehr, keine Ausflüchte. Sie stecken jetzt schon in ernsten Schwierigkeiten. Wenn Sie versuchen, auszuweichen oder uns Flunkereien aufzutischen wie bei unserer ersten Begegnung, werden wir dafür sorgen, dass diese Schwierigkeiten noch größer werden.«

Elise schaute zwar nicht auf. Aber sie nickte.

»In Ordnung. Ich erzähle Ihnen alles. Franz hatte hohe Schulden, die er nicht bezahlen konnte. Er war zwar erfolgreich als Designer. Aber er gab immer mehr aus, als er sich leisten konnte.«

Zum Beispiel, dachte Mary, für mit Glitzersteinen besetzte Schusswaffen.

»Der Druck, den seine Gläubiger auf ihn ausgeübt haben, wurde immer größer. Sie setzten ihm immer mehr zu, mit Drohungen, Klagen. Es gingen ständig irgendwelche Anwaltsschreiben oder Gerichtsbeschlüsse ein. Sein Haus sollte gepfändet werden, sein Auto ...«

»Er suchte nach einem Weg, sich ihnen zu entziehen.«

»Genau. Außerdem war es, wie er auf der Modenschau sagte: Er hatte den ganzen Betrieb satt, die Eifersüchteleien und den Neid, die ständigen Feindseligkeiten untereinander. Er mochte zwar die Anerkennung, die Bewunderung, genoss es, im Rampenlicht zu stehen. Aber er hatte das schon seit Jahren gemacht und es war ihm zu viel. Er war einfach müde, wissen Sie? Er wollte aussteigen und zwar so, dass niemand ihn jemals wieder behelligen würde, die Fans nicht, die Journalisten, andere Designer. Wenn sie ihn für tot hielten, würde er endlich vor allen seine Ruhe haben.«

»Germer sollte ihn von Bord bringen«, sagte Sandra. »Aber was hatte er weiter vor — oder besser: ihr beide?«

Elise nahm die Hände vom Gesicht, sah aber keinen der beiden an. Stattdessen starrte sie auf den Boden zwischen ihren Füßen.

»Ich wäre bei ihm geblieben. Er hatte mir eine Vollmacht ausgestellt, die mich berechtigte, zu entscheiden, was mit seiner ›Leiche‹ passieren würde. Ich hätte Franz in ein Bestattungsunternehmen bringen lassen, mit dessen Besitzer wir eine Abmachung hatten.«

»Oh Mann«, sagte Sandra. »Klingt, als hättet ihr wirklich alles bis in die kleinste Einzelheit ausgetüftelt.«

»Das hatten wir.« Elise klang stolz, schien für einen Moment gar zu vergessen, dass die ganze Mühe umsonst gewesen, ihr Vorhaben auf schreckliche Weise gescheitert war. »Franz hatte sogar in New York einen Typen aufgetan, der uns gefälschte Pässe verschaffen würde, neue Namen, eine neue Identität. Wir wollten in Amerika ein neues Leben anfangen, irgendwo aufs Land ziehen, vielleicht eine kleine Farm finden, die wir führen konnten. Wir wollten einfach ganz in Ruhe und Frieden leben. Glücklich sein, weiter nichts.«

Die Vorstellung, dass Franz Farnkamp seinen Glitzeranzug gegen einen Overall tauschen und, statt sich auf Laufstegen feiern zu lassen, lieber Pferdemist schaufeln oder Hühner füttern wollte, kam Mary absurd vor. Aber wer wusste schon, welche Neigungen sich hinter der funkelnden Fassade des Star-Designers tatsächlich geregt hatten. Vielleicht hatte er sich einfach nach etwas gesehnt, dass einen möglichst starken Gegensatz zu dem Jetset-Leben darstellte, das er in den letzten Jahrzehnten geführt hatte.

»Das, was zwischen ihnen und Farnkamp bestand, war es … eine Liebesbeziehung?«

Nun blickte Elise sie an. Ihr Gesicht zeigte Erstaunen, als wundere sie sich, dass jemand dies auch nur in Betracht ziehen konnte.

»Aber nein, wo denken Sie hin? Franz war ein sinnlicher Mensch, ja, aber kein sexueller, so etwas interessierte ihn nicht, Körper, ja, aber als nur Träger seiner Entwürfe. Abgesehen davon hätte er niemals einen Finger an mich gelegt. Er war wie ein Vater für mich. Mein Elternhaus war ziemlich zerrüttet, ich hatte nie jemanden, der für mich da gewesen wäre. Bis ich Franz traf. Für ihn war es ... Er hatte nie eine Familie, keine Kinder. Er sagte immer, seine Models seien seine Kinder. Ich war wie eine Tochter für ihn und so hat er mich behandelt.«

»Nun ja«, sagte Mary, »als ich sie in der Grand Lobby zum ersten Mal zusammen sah, kam mir das nicht gerade wie ein Vater-Tochter-Verhältnis vor.«

Elise verzog das Gesicht.

»Ach, das hatte nichts zu bedeuten. Das war nur Show für das Publikum. Wenn wir allein waren, war es ganz anders. Wir haben geredet, miteinander gelacht. Franz meinte immer, ich sei der einzige Mensch, vor dem er sich nicht zu verstellen bräuchte.«

Sie zuckte die Schultern. Es wirkte trotzig.

»Hören Sie, ich weiß, dass das schwer zu verstehen ist. Aber so war es nun einmal zwischen Franz und mir und was Sie oder alle anderen darüber denken, spielt keine Rolle. Wir haben zusammengehört. Ich wollte unbedingt bei ihm sein. Ohne ihn weiter als Model zu arbeiten, kam für mich nicht infrage. Er hat mir Halt gegeben, und das war mir wichtiger als meine Karriere.«

Mary und Sandra wechselten einen Blick. Sie waren sich einig darin, wie suspekt diese Beziehung des jungen Mädchens mit einem umso vieles älteren Mann war. Ganz gleich, wie Elise es darstellte.

199

»Der Abschiedsbrief war bei all dem nicht nur ein wichtiger Bestandteil, um den Selbstmord glaubhafter erscheinen zu lassen«, sagte Mary. »Er war auch ein kleiner Scherz, den Sie sich untereinander erlaubten.«

»Wie meinen Sie das, Mrs. Arrington? «, fragte Sandra. Aber sie kam direkt von selber darauf. »Ah, ich verstehe: Farnkamp hat geschrieben, Elise und er würden sich auf der ›anderen Seite‹ wiedersehen. Jeder, der nicht eingeweiht war, musste glauben, er meine den Himmel oder das Jenseits. In Wahrheit ging es um Amerika, die andere Seite des Atlantiks. Nur dass aus dem Fake-Abschiedsbrief unbeabsichtigt ein echter geworden ist. Und der Scherz nicht mehr zum Lachen war.«

Elise senkte wieder den Kopf. Sie schien sich in Gedanken zu verlieren, vielleicht in Erinnerungen. Mary konnte sich vorstellen, wie sie und Farnkamp ihre Pläne geschmiedet hatten, ernsthaft, ja, weil es um eine überaus ernste Angelegenheit ging, aber teilweise vielleicht auch heiter, albern, wie Kinder, die einen raffinierten Streich ausklügelten und über ihren eigenen Einfallsreichtum und die dummen Gesichter jener lachten, die sie zum Narren halten würden. Sie hatten alles erwogen, hatten in Betracht gezogen, was schiefgehen konnte und wie es sich verhindern ließe. Doch hatten sie dabei wohl höchstens damit gerechnet, dass sie auffliegen und herauskommen würde, was sie vorhatten. Die Möglichkeit, dass Farnkamp wirklich sterben könnte, hatten sie nicht berücksichtigt. Aus dem cleveren Streich, den sie der Welt hatten spielen wollen, war blutiger Ernst geworden.

»So gewissenhaft, wie Sie alle Vorbereitungen getroffen hatten, gehe ich davon aus, dass auch der Ablauf auf der Modenschau genauestens einstudiert war. Farnkamps Verhalten ebenso wie Ihres, nicht wahr? Ich vermute, Ihre Ohnmacht war nur vorgetäuscht.«

Elise nickte.

»Es hat alles so ausgesehen, wie Franz es geübt hatte, der Schuss, die Art, wie er zusammengesackt ist. Sogar besser. Ich dachte, dass er das richtig überzeugend hingekriegt hatte. Meine Aufgabe an dieser Stelle war dann eben, bewusstlos zusammenzubrechen.«

»Ohnmacht auf Knopfdruck.«

»Wann war dir denn klar, dass etwas schiefgegangen war?«, fragte Sandra.

»In dem Moment, als der Arzt …«

Elise stockte, schaute forschend in Marys Gesicht, als könne sie darin erkennen, was Mary wusste und was nicht. Es gefiel Mary gar nicht. Wenn das Mädchen sich auch einigermaßen kooperativ gab — vollkommen offen ging sie nicht mit ihnen um.

»Wir wissen, dass Dr. Germer von Farnkamp gekauft und welche Aufgaben ihm zugedacht worden waren. Sie können also ganz frei sprechen. Ich möchte Sie auch noch einmal daran erinnern, dass Sie das auf jeden Fall tun sollten.«

»Ich wollte nur niemanden in Schwierigkeiten bringen, der so nett war, uns zu helfen.«

Mary stieß ein leises, spöttisches Schnauben durch die Nase.

»Sie liegen fehl in der Annahme, er hätte es aus Nettigkeit getan. Die Schwierigkeiten, in denen er deswegen steckt, hat er sich selbst zuzuschreiben. Also weiter!«

»Ich konnte ihn nicht beobachten«, sagte Elise, »weil ich ja die Augen geschlossen halten musste. Aber ich hab ihn gehört. Zunächst klang es, wie es sollte, aber dann … ich habe mich gewundert, dass er sich auf einmal so aufregte, rumschrie, als sei er erschrocken über Franz' Tod, wobei er doch darauf vorbereitet war. Aber ich hatte ihn ja kennengelernt und wusste, dass er ein bisschen wichtigtuerisch war. Darum dachte ich, er wollte nur das Rampenlicht voll auskosten, indem er seine Rolle besonders dramatisch spielte. Aber als er dann zu mir gekommen ist, um sich um mich zu kümmern, sich zu mir runtergebeugt hat, da hat er mir zugeflüstert, dass ... dass Franz wirklich tot ist.«

Einige Tränen liefen ihre Wangen hinab. Mary ließ sich davon nicht erweichen. Auch Sandra, die vorher so freundschaftlich mit ihr umgegangen war, verschränkte nun die Arme vor der Brust, anstatt ihr etwas Tröstliches zu sagen oder sie gar zu berühren. Sie schien Marys Ansicht zu teilen: Sie mussten damit rechnen, dass Elise jedes noch so kleine Zeichen von Nachgiebigkeit ausnutzen würde.

»Da konnte ich nicht mehr tun, als sei ich bewusstlos. Ich musste wissen, ob es stimmte ... und ich habe es ihm angesehen, wie er da lag ... und es hat sich angefühlt, als sei meine Welt zusammengebrochen. Alles, was ich dann getan hab, war echt. Ich weiß nicht einmal mehr, was es war. Es war alles so chaotisch. Ich konnte es gar nicht begreifen. Ich dachte, ich würde wahnsinnig werden. Ich weiß nur noch, dass ich geschrien und versucht habe, mich loszureißen, aber dass die anderen mich festgehalten haben und Aiden und noch jemand mich in meine Kabine gebracht haben. Danach habe ich in meinem Bett gelegen und versucht, zu verstehen, dass Franz wirklich tot war. Aber ich konnte gar nicht klar denken.«

»Das ist verständlich«, sagte Mary, »und rechtfertigt, warum Sie nicht sofort etwas gesagt haben. Aber am nächsten Tag, als Sie sich zumindest ein wenig erholt hatten — warum haben Sie die Wahrheit weiterhin für sich behalten?«

Elise zuckte die Schultern.

»Ich war immer noch sehr verwirrt. Das war einfach zu viel für mich. Ist es immer noch. Ich wusste auch nicht, was es nutzen sollte. Es hätte Franz nicht wieder lebendig gemacht.«

»Abgesehen davon, dass es nicht besonders gut für Sie ausgesehen hätte.«

Elises Tränen tropften von ihren Wangen auf ihre Hände. Jetzt erst schien sie zu bemerken, dass sie weinte. Sie wischte sich mit dem Handrücken über die Wangen.

»Sie halten mich für eine verschlagene Lügnerin, ich weiß. Aber so schlimm bin ich nicht. Wenn es etwas genützt hätte, hätte ich etwas gesagt. Aber wer hätte mir denn geglaubt? Niemand. Alle hätten mich für verrückt gehalten, es auf einen hysterischen Anfall oder so etwas geschoben.«

Mary hätte ihr erklären können, dass sie schon genug Verrücktes erlebt hatte, um einem solchen Bericht ohne Vorbehalte zu begegnen. Aber im Grunde konnte sie dem Mädchen schwer vorwerfen, ihr, einer Fremden, nicht vertraut zu haben.

»Was hast du denn gedacht, was passiert ist?«, fragte Sandra. »Dachtest du, Farnkamp hätte aus Versehen die falsche Munition benutzt?«

Elise schüttelte den Kopf.

»Ich konnte es mir nicht erklären. Aber ich wusste, dass Franz nicht die falsche Munition benutzt hatte. Das ist der andere Grund, warum ich nichts gesagt habe, nichts sagen konnte.«

»Welcher Grund genau?«, fragte Mary.

Elise presste die Lippen zusammen, und Mary wollte schon nachhaken. Dann aber überwand sich das Mädchen.

»Franz hat den Revolver nicht selber geladen. Das habe ich gemacht.«

23

»Du warst das?« Sandra riss die Augen auf. »Du hast den Revolver geladen?«

Mary gab ihr mit einer Geste zu verstehen, sich zurückzuhalten. Sie verstand Sandras Aufregung. Aber sie durften jetzt nicht übermütig werden. Im Gegenteil mussten sie gerade jetzt besonders vorsichtig vorgehen. Sandra verstand und überließ Mary das Wort.

»Dann dürfen wir davon ausgehen, dass die Fingerabdrücke, die wir an der Waffe und den Patronenschachteln gefunden haben, zu Ihnen gehören.«

»Was, Fingerabdrücke?«, fragte Elise.

Sie hatte wohl bisher damit gerechnet, dass Mary bloß mit Germer gesprochen und dieser ihr alles verraten hatte. Es verwunderte sie sichtlich, zu erfahren, dass Marys Nachforschungen sich nicht darauf beschränkt hatten, sondern sie darin viel weiter gegangen war. Mary hatte es genau darauf angelegt, Elise zu verwundern — oder besser noch zu verunsichern. Sie sollte ruhig glauben, dass Mary weitaus mehr wusste, als es den Anschein hatte. Eine Taktik, die bei Gesprächen wie diesen immer hilfreich war.

»Ja, das müssen meine sein. Ich hatte beide öfter in der Hand. Aber ich schwöre Ihnen, dass ich keine scharfe Munition hineingetan habe. Ich weiß nicht, wie das passieren konnte.«

»Bitte überlegen Sie genau«, sagte Mary. »Welche Munition haben Sie verwendet, als sie den Revolver luden — die aus der weißen oder die aus der roten Schachtel?«

Aber Elise brauchte nicht zu überlegen.

»Natürlich die aus der weißen Schachtel«, rief sie.

»Bist du ganz sicher?«, fragte Sandra.

Elise sah sie empört an.

»Klar bin ich sicher. Es mussten doch Platzpatronen hinein, damit Franz nichts passierte.« Ihr kurzes Aufbrausen ebbte sofort wieder zu Bekümmerung ab. »Ich wusste es. Das meinte ich eben: Ich konnte nichts sagen. Jetzt glauben Sie beide, ich hätte den Revolver absichtlich mit scharfer Munition geladen, damit Franz stirbt. Aber das habe ich nicht. Ich habe die Platzpatronen verwendet. Franz hat mir sein Leben anvertraut. Ich wusste, dass ich mir keinen Fehler erlauben darf. Als der Schuss ihn dann getötet hat ... ich fühle mich schuldig, als sei ich es wirklich gewesen. Ich habe mich tausendmal gefragt, ob ich etwas falsch gemacht habe, die falsche Schachtel geöffnet habe. Die Patronen sehen ja genau gleich aus. Aber ich war so sicher, ich bin immer noch sicher: Es waren die aus der weißen Schachtel.«

Mary überlegte, wie viel sie Elise verraten sollte. Sie über das, was wirklich vor sich gegangen war, im Dunkeln zu lassen, konnte ein wertvoller Vorteil sein. Andererseits wollte sie ihre Reaktion sehen.

»Das stimmt. Es waren die aus der weißen Schachtel. Sie haben sich nicht geirrt.«

»Aber, wie konnte dann ...«

Mary beobachtete sie genau, als sie sagte:

»Jemand hatte die Patronen vertauscht.«

Elise fuhr vom Bett auf.

»Was?«

»Ja«, sagte Mary. »Sie hatten jeden Schritt Ihres Planes genau durchdacht und vorbereitet. Aber Sie rechneten nicht damit, dass jemand Einfluss darauf nehmen würde. Jemand tat es, füllte die Patronen aus der roten in die weiße Schachtel und umgekehrt und brachte Sie dadurch dazu, den Revolver mit scharfer Munition zu laden anstatt mit Platzpatronen.«

Elise blickte ungläubig von Mary zu Sandra. Sandra nickte, um ihr zu bestätigen, dass es stimmte.

»Aber«, brachte das Mädchen fassungslos hervor. »Wenn jemand das gemacht hat, dann bedeutet das ja … mein Gott!« Sie legte sich die Hand an die Stirn. »Sie haben es wirklich getan. Sie haben ihre Drohungen wahr gemacht!«

»Wer? «, fragte Sandra aufgeregt. »Was für Drohungen?«

Elise schien sie gar nicht zu hören. Sie schien vollkommen eingenommen von ihren Gedanken. Aufgebracht stapfte sie in der Kabine herum.

»Wir dachten, wir könnten dem entgehen. Wir dachten, wir hätten sie ausgetrickst. Aber sie waren uns voraus. Wie konnten wir nur so dumm sein, zu glauben …«

Mary fasste sie an den Schultern und brachte sie zum Stehen.

»Kommen Sie zur Ruhe, Elise. Erklären Sie uns, wovon Sie sprechen.«

Elise starrte sie an wie jemand, der aus wirrem Schlaf wachgerüttelt wird.

»Franz hat Morddrohungen bekommen. Lange schon. Er hatte viele Feinde, Leute, die ihm seinen Erfolg nicht gegönnt oder sich von ihm nicht so beachtet gefühlt haben, wie sie es ihrer Meinung nach verdienten. Solche Schreiben sind immer mal wieder eingetrudelt, voller Beleidigungen. Er habe den Tod verdient, er werde auf grausame Weise umkommen, er werde für seine Vergehen büßen, solche Sachen. Franz hat das in der Re-

207

gel nicht ernst genommen, hat sogar Witze darüber gemacht. Aber in den vergangenen Monaten wurden es immer mehr Drohungen. Sie waren auch anders. Die davor waren immer recht allgemein gehalten. Aber diese letzten, die waren ziemlich genau: Er werde diese Reise nicht überleben, die Queen Anne werde sein Untergang sein.«

Mary und Sandra wechselten einen Blick, der zeigte, dass sie gerade an dasselbe dachten: Den angekokelten Brief, den sie in Farnkamps Kabine gefunden hatten.

»Dieses Mal haben sie Franz wirklich Angst gemacht«, fuhr Elise fort, »und mir auch. Das war ein weiterer Grund für seine Idee, seinen Tod vorzutäuschen. Er dachte, wenn er dem, der ihn umbringen wollte, sozusagen zuvorkäme, hätte er seine Ruhe vor ihm.«

Das beantwortete eine weitere Frage, die Mary im Kopf herumgegangen war und die sie Elise hatte stellen wollen.

»Für den Plan brauchte Farnkamp nur die Platzpatronen. Waren diese Drohungen der Grund dafür, dass er auch scharfe Munition hatte?«

Elise nickte.

»Er wollte sich verteidigen können, wenn es nötig wäre. Falls jemand versuchen sollte, ihm etwas anzutun und er sich — und mich — schützen musste. Abgesehen davon, dass er den Revolver für den Plan brauchte, war er nicht einfach nur ein Accessoire für ihn, mit dem er sich etwas Verwegenes verleihen konnte. Er hat damit in der Öffentlichkeit herumgespielt, damit derjenige, der ihn tot sehen wollte, von der Waffe abgeschreckt würde.«

»Hast du eine Ahnung, wer diese Briefe geschrieben haben könnte?«, fragte Sandra.

Trotz der ernsten Lage musste Mary beinahe lächeln.

Im Laufe ihrer Bekanntschaft hatte Sandra sich zu einer beeindruckenden Hobby-Detektivin entwickelt. Sie hatte ein feines Gespür dafür entwickelt, in welche Richtung sie Ermittlungen lenken, welche Fragen sie stellen musste. Höchstens an ihrer manchmal etwas zu ungestümen Art würde sie noch ein bisschen feilen müssen.

»Leider nein«, antwortete Elise. »Es gab einfach zu viele Leute, die Franz nicht leiden konnten. Wir fanden das auch nicht so wichtig, wer die geschrieben hat. Wir waren ja sicher, dass alles so funktionieren würde, wie wir es uns überlegt hatten. Es ging nur darum, einen einzigen Tag auf dem Schiff zu überstehen. Wir hätten nicht gedacht, dass jemand in dieser kurzen Zeit etwas gegen Franz unternehmen würde.«

»Ein grobe Fehleinschätzung«, sagte Mary. »Jemand hat nicht nur von dem Plan erfahren, sondern ihn auch noch gegen Farnkamp verwendet. Wenn er sich dem Kapitän anvertraut hätte, hätte man ihn beschützen können. Aber stattdessen haben sie beide diesen törichten Plan ausgeheckt, der ordentlich nach hinten losgegangen ist. Selbst danach rückten Sie nicht mit der Sprache raus. Wir wären vielleicht schon viel weiter mit unserem Bemühen, den Täter zu ermitteln. Stattdessen haben Sie uns dreist ins Gesicht gelogen.«

Elise sank wieder auf das Bett.

»Es tut mir leid, Mrs. Arrington. Ich sage Ihnen doch: Ich hatte einfach Angst und ... Ich habe immer noch Angst. Wenn jemand Franz umgebracht hat — vielleicht will er mir auch etwas tun. Sagen Sie, was ist denn eigentlich aus seinem Revolver geworden?«

»Den habe ich nach meiner Untersuchung dem Kapitän zur sicheren Aufbewahrung gegeben. Ich verstehe, dass Sie sich Sorgen machen. Aber glauben Sie bloß nicht, ich würde Ihnen die Waffe aushändigen.«

»Aber wenn mich jemand angreift, dann ...«

»Vergessen Sie es, Elise. Der Revolver ist ein Beweisstück. Ich werde nicht zulassen, dass ihn außer mir und dem Kapitän irgendjemand anders in die Hände bekommt. Er hat schon genügend Schaden angerichtet. Abgesehen davon ist nicht gesagt, dass Sie in Gefahr schweben. Diese Morddrohungen richteten sich schließlich nur gegen Farnkamp, nicht gegen Sie. Lassen Sie uns jetzt bitte noch einmal auf unsere Begegnung in Herrn Farnkamps Kabine zu sprechen kommen.«

Elise schlang ihre Arme um sich, als wollte sie sich selber festhalten, wenn es schon sonst niemand tat.

»Ich habe Ihnen ja schon gesagt — ich wollte einfach das Gefühl haben, ihm nahe zu sein. Außerdem wollte ich diese Zeichnungen holen.«

»Ja«, sagte Mary. »Das hatten Sie erzählt. Mir kam allerdings der Gedanke, ob Sie nicht vielleicht auch noch etwas anderes holen wollten.«

Elise sah sie erstaunt an. Mary konnte nicht einschätzen, ob dieses Erstaunen echt war.

»Was sollte das denn gewesen sein?«

»Nun, sehen Sie, Elise. Was wir in der Kabine gefunden haben, hat mich so sehr beschäftigt, dass ich etwas Wichtiges übersehen habe. Die Tatsache, dass wir etwas anderes nicht gefunden haben: Farnkamps Umhängetasche mit seinem Tablet.«

Elise presste die Lippen zusammen.

»Ich habe viel darüber nachgedacht«, fuhr Mary fort. »Natürlich ist denkbar, dass Farnkamp persönliche Informationen auf dem Tablet gespeichert hatte, von denen er nicht wollte, dass sie an die Öffentlichkeit gelangen. Aber vielleicht war es auch etwas anderes.«

»Was, glauben Sie?«, fragte das junge Model.

»Das, was für einen Modedesigner das Wichtigste

und Wertvollste überhaupt ist. Seine Kreationen, seine Entwürfe. Vor allem Entwürfe, die noch nicht geschneidert und der Öffentlichkeit präsentiert worden sind. Ich kenne das als Künstlerin. Auch wenn man weiß, dass es vollkommen unbegründet ist — man hat immer ein wenig Angst, man könne sein Werk — in meinem Fall mein Manuskript — verlieren, es könnte durch einen Computerfehler gelöscht, durch ein Virus im Internet verbreitet oder von Cyberkriminellen gestohlen werden. Es soll tatsächlich schon vorgekommen sein, dass solche Leute künstlerisches Material an sich gebracht und den Künstler erpresst haben. Es würde mich nicht wundern, wenn Herr Farnkamp ähnliche Sorgen unterhalten hätte.«

»Ich hätte nicht gedacht, dass es etwas gibt, in dem Sie ihm ähnlich sind«, sagte Elise. »Sie haben den Nagel auf den Kopf getroffen. Franz hat seine Kleider mit Stift und Papier entworfen. Wenn er nicht zufrieden war, hat er die Zeichnungen zerrissen. Das kam regelmäßig vor.«

Mary erinnerte sich an die Papierfetzen, die sie in Farnkamps Kabine gesehen hatten.

»Wenn etwas richtig gut war, hat er es in sein Tablet übertragen, mit einem Zeichenprogramm, und es darin gespeichert. Die Zeichnungen dazu …«

»… verbrannte er«, ergänzte Mary.

»Genau. Er wollte nicht riskieren, dass irgendjemand seine Entwürfe zu Gesicht bekam. Darum war dieses Tablet auch nie mit dem Internet verbunden.«

»Er speicherte die Entwürfe nicht in der Cloud?«, fragte Sandra.

»Nein. Das wäre ihm viel zu gefährlich gewesen. Das Tablet war für ihn der sicherste Aufbewahrungsort, wenn man das so nennen kann. Selbst wenn es ihm jemand gestohlen hätte, könnte kein Dieb es entsperren. Es hätte natürlich kaputtgehen können. Aber selbst in diesem Fall war es sehr unwahrscheinlich, dass die Festplatte ruiniert wäre und die Daten sich nicht wiederherstellen lassen würden.«

»Ein Dieb könnte es nicht entsperren, sagen Sie. Es sei denn, Elise, dieser Dieb wären Sie. Habe ich recht? Deshalb holen Sie es sich. Die Entwürfe könnten Sie für eine Menge Geld verkaufen.«

Elise schwieg eine Weile, grüblerisch. Dann schüttelte sie den Kopf.

»Nein, Sie irren sich. Ich meine, Sie haben recht. Ich wollte das Tablet aus der Kabine holen. Das brauche ich ja gar nicht zu bestreiten. Aber nicht für mich, sondern damit niemand anders es bekommt. In gewisser Weise hätte ich aber wohl ein Recht gehabt, es zu Geld zu machen. Franz hatte schließlich versprochen, sich um mich zu kümmern, für mich zu sorgen. Sollte ich plötzlich ohne einen Cent dastehen? Außerdem war ich es, die ihn zu den Entwürfen inspiriert hat, die auf dem Tablet gespeichert sind, zumindest zu vielen davon. Da dürfte ich von ihnen auch profitieren, finden Sie nicht?«

Weder Mary noch Sandra waren bereit, ihr zuzustimmen.

»Aber das könnte ich gar nicht. Die Entwürfe verkaufen. Ich käme nämlich ebenso wenig an sie ran wie irgendein Dieb. Ich könnte das Tablet nicht entsperren. Franz und ich hatten zwar ein enges Verhältnis. Aber den Code hat er selbst mir nicht anvertraut. Nicht mal für Notfälle. Ich sagte Ihnen doch, in dieser Hinsicht war er sehr eigen.«

Sie zuckte mit den Schultern.

»Das ist ja sowieso alles egal. Das Tablet war nicht in seiner Kabine, als ich es holen wollte. Auf der Modenschau hatte er es nicht dabei. Er hatte es im Kabinensafe eingeschlossen, weil er fürchtete, jemand könne ihm seine Tasche nach seinem ›Tod‹ abnehmen, und er wollte sie Germer nicht anvertrauen. Ich sollte sie später aus dem Safe holen. Die Kombination dazu kenne ich. Aber als ich in die Kabine gekommen bin, war der Safe schon offen und das Tablet war weg.«

Sie wies durch die Kabine.

»Wenn Sie mir nicht glauben, können Sie hier gern alles durchsuchen. Aber das Tablet werden Sie nicht finden. Das hat irgendjemand anders.«

Mary fiel der nächtliche Einbruchsversuch ein. Aber er war doch gescheitert. Oder etwa nicht? Hatten das Model und der Stylist, die auf Elise aufgepasst hatten, den Einbrecher nicht von seinem Eindringen abgehalten, sondern ihn erst ertappt, als er schon auf dem Weg nach draußen gewesen war? Oder war, vielleicht vorher, längst jemand anderes darin gewesen? Vielleicht sogar, bevor Elise in die Kabine nebenan gebracht worden war? Denkbar war es. Schließlich hatte der Mörder nicht auf der Modenschau sein müssen, um sicherzugehen, dass Farnkamp starb. Während alle anderen im Ballsaal beschäftigt gewesen waren, hätte er ganz in Ruhe die Chance nutzen können, in die Kabine einzudringen und das Gerät an sich zu bringen. Sie würde sich das in aller Ruhe durch den Kopf gehen lassen müssen. Erst einmal aber beschloss sie, Elise noch etwas weiter unter Druck zu setzen. Sie wurde das Gefühl nicht los, dass das Mädchen nicht ganz aufrichtig mit ihnen war.

»Was auch immer mit dem Tablet passiert sein mag — Sie sehen sicherlich ein, Elise, dass vieles auf Sie als Farnkamps Mörderin hinweist.«

Elise machte Anstalten, zu protestieren. Aber sie begriff wohl, dass Mary recht hatte und ihre Lage alles andere als günstig aussah.

»Sie hatten das nötige Wissen«, fuhr Mary fort. »Ihre

Kenntnis von Farnkamps Plänen. Sie hatten die Gelegenheit. Mit der Schlüsselkarte, die er Ihnen gab, konnten Sie in seiner Kabine ein- und ausgehen, wie Sie wollten. Somit hatten Sie auch Zugang zu seinem Revolver und der Munition. Ein Motiv hatten Sie auch: Durch die Vollmacht, die Farnkamp Ihnen ausstellte, hätten sie auch nach seinem Tod frei über sein Vermögen verfügen können. Wenn auch ein guter Teil dieses Vermögen an seine Gläubiger gefallen wäre — es wäre sicherlich noch eine beträchtliche Summe für Sie übrig geblieben. Was das Tablet angeht, gibt es immer Mittel und Wege, technische Möglichkeiten, an den Inhalt eines solchen Gerätes zu kommen. Ihre Angabe, den Code nicht zu kennen, zählt daher nicht besonders viel.«

Elise hatte ihr in dunklem Brüten zugehört. Mit jedem Wort war ihre Miene finsterer geworden.

»Das klingt alles einleuchtend, was Sie sagen. Aber das heißt nicht, dass es wahr ist. Ich bin unschuldig. Ich habe nichts getan, um Franz zu schaden, geschweige denn, ihn umzubringen. Wenn Sie das glauben, müssen Sie dafür erst einmal Beweise liefern. Jetzt lassen Sie mich bitte allein. Ich finde es sehr anstrengend, mit Ihnen zu reden, und ich will das nicht mehr.«

Mary betrachtete sie noch einen Moment. Dann nickte sie.

»Diesen Gefallen werden wir Ihnen tun. Was nun die Beweise angeht: Ob diese letzten Endes auf Sie verweisen oder jemand anderen überführen, wird sich zeigen. Aber finden werde ich sie, das verspreche ich Ihnen.«

24

»Glauben Sie ihr, Mrs. Arrington?«

Mary überlegte, bevor sie antwortete.

»Sagen wir es mal so, Sandra: Einen Teil von dem, was Sie uns erzählt hat, glaube ich ihr. Bei einem anderen habe ich meine Zweifel. Zum Beispiel, was das Tablet angeht. Ich halte es trotz ihrer Beteuerungen für gut möglich, dass sie es aus der Kabine geholt hat. Vielleicht sogar vor unserer Nase, unter den Papieren, die sie mitgenommen hat. Und ich bin mir ziemlich sicher, dass sie uns noch mehr verschweigt. Auch wenn das nur eine Vermutung ist und ich sie mit nichts untermauern kann als einem Gefühl.«

»Hm«, machte Sandra mürrisch.

Mary konnte es ihr nicht verübeln, dass sie diese Antwort so unbefriedigend fand wie sie selbst. Die beiden Frauen schlenderten über eines der Außendecks. Der Himmel war zugezogen und sah nach baldigem Regen aus. Außerdem wehte ein kühler Wind. Daher waren nur wenige der Deckchairs besetzt, die hier aufgestellt waren. Die Mutigen, die sich in ihnen niedergelassen hatten, wirkten auch nicht, als würden sie der Witterung noch lange trotzen. Mary und Sandra machten einen Bogen um sie. Da hier so wenig los war, konnten sie sich einigermaßen ungestört unterhalten. Dennoch mussten sie achtgeben, dass nicht jemand, an dem sie vorüberkamen, Bruchstücke ihrer Unterhaltung aufschnappte.

»Ich gebe Ihnen recht, Mrs. Arrington. Koscher ist das Mädel nicht. Aber umgebracht hat sie Farnkamp wahrscheinlich nicht, oder? Ich meine, wenn sie das gewollt hätte, hätte sie den Revolver einfach mit der scharfen Munition laden, ihn Farnkamp geben und ihm versichern können, dass er risikofrei drauflosballern könnte. Sie hätte sich gar nicht die Mühe machen müssen, die Patronen zu vertauschen.«

»Ganz so schnell dürfen wir sie nicht für unschuldig erklären«, wandte Mary ein. »Vielleicht wusste sie gar nicht, dass Farnkamp es ihr überlassen würde, die Waffe zu laden. Wenn sie dachte, er würde es selbst tun — oder ihr vielleicht dabei über die Schulter gucken —, hätte es durchaus Sinn für sie gemacht, die Patronen zu vertauschen.«

Sandra dachte darüber nach.

»Da haben Sie auch wieder recht. Verdammt, aber was machen wir dann mit ihr?«

Sie gesellten sich zu Antonio. Sandras Freund hatte gerade Pause, und Sandra hatte ihm eine SMS geschickt, dass er sie hier draußen treffen könne. Er stand an der Reling, die muskulösen Unterarme aufgestützt, und schaute auf den Ozean hinaus. Das frische Wetter schien ihm nichts auszumachen. Im Gegenteil. Er hatte ein kleines Lächeln auf dem Gesicht und schien den Wind tief in sich einzusaugen. Mary wunderte es nicht, dass er seine Zeit hier draußen in vollen Zügen genoss. Schließlich verbrachte er den Großteil seiner Tage — und mitunter der Nächte — im Maschinenraum. Statt der Weite des Meeres hatte er dort nur die Enge zwischen den Turbinen, den Lärm der Triebwerke statt dem Wellenrauschen, künstliches statt Tageslicht und Dieselgestank statt frischer Luft. Auf seinem Overall, den er wie üblich über einem weißen Unterhemd trug, prangten die Ölspuren, die sich bei seinem Job nicht vermeiden ließen. Sein schwarzes Haar, das er zum Pferdeschwanz gebunden trug, sah ebenfalls ölgetränkt aus. Allerdings handelte es sich um seinen natürlichen Glanz.

»Hey!«

Sandra umarmte ihn.

»Hallo, Antonio«, sagte Mary.

Der Kolumbianer küsste Sandra auf die Wange und nickte Mary zu. Eine wortreichere Begrüßung hatte keine von ihnen erwartet. Antonio sprach in der Regel nur, wenn er wirklich etwas zu sagen hatte. Was nicht hieß, dass er dem, was um ihn gesprochen wurde, keine Aufmerksamkeit schenkte. Seine lässige Art konnte man leicht für Gleichgültigkeit halten. Aber Mary und Sandra war klar, dass er nichts von dem Gespräch versäumte, das sie jetzt fortsetzten.

»Sollten wir Elise nicht vorsichtshalber in ihrer Kabine einsperren lassen?«, nahm Sandra ihren unterbrochenen Gedankengang wieder auf. »Wenn sie doch schuldig ist, kann sie dann immerhin keinen Schaden mehr anrichten.«

Mary lehnte sich an die Reling.

»Ich fürchte, dazu haben wir zu wenig gegen sie in der Hand. Sie wusste von den Plänen, sie hat den Revolver geladen. Aber das macht sie eben noch nicht zur Mörderin. Außerdem — wenn es hart auf hart käme, könnte sie ihr Geständnis, das ja nicht offiziell war, widerrufen und dann stünde ihr Wort gegen unseres. Sie könnte behaupten, es sei eben doch ein Selbstmord gewesen, und irgendeine Ausrede für die vertauschten Patronen ersinnen. Sie müsste sich einer Menge unangenehmer Fragen stellen. Aber letzten Endes gäbe es nicht genug, um sie zu überführen und zur Rechenschaft zu ziehen. Außerdem kann es uns nützen, Elise ihre Bewegungsfreiheit an Bord zu lassen. Wenn sie etwas verbirgt, müssen wir ihr den Raum geben, einen Fehler zu begehen.«

Antonio sah sie an und hob die Augenbrauen. Er war zwar bei der Unterhaltung mit Elise nicht dabei gewesen. Aber Sandra hatte ihn zuvor so weit wie möglich über die bisherigen Ermittlungsergebnisse und die beteiligten Personen auf den neuesten Stand gebracht. Er wusste genug, um sich zusammenreimen zu können, wie es in Elises Kabine gelaufen war.

»Wie sollen wir bis dahin weiter vorgehen?«, fragte er.

Dass er ›wir‹ sagte und sich damit selbst mit einschloss, gab Mary ein gutes Gefühl. Schließlich waren die drei ein bewährtes Team. Das Wissen, zwei so tüchtige Unterstützer an ihrer Seite zu haben, stärkte Marys Zuversicht, diesen Fall lösen zu können — auch wenn er ihr im Moment vor allem undurchsichtig vorkam.

»Das Tablet«, schlug Sandra vor. »Da könnten wir ansetzen. Weißt du«, sagte sie an Antonio gewandt, »Elise hat uns erzählt, dass aus Farnkamps Kabine ein Tablet mit wertvollen Entwürfen gestohlen wurde. Wenn sie das nicht selber war, ist es gut möglich, dass der Mörder es hat.«

»Das ist auf jeden Fall ein guter Anhaltspunkt«, sagte Mary. »Gleiches gilt für die Morddrohungen, die Farnkamp erhalten hat und die sich so auffällig auf die Reise bezogen. Wir müssen herausfinden, wer sie ihm geschickt hat.«

Sandra schmiegte sich an Antonio. Er legte seinen Arm um sie und drückte sie an sich. Wenn man die beiden einzeln traf, dachte Mary, war es schwer vorstellbar, dass sie zueinander passten: Die quirlige, manchmal rotzfreche Sandra, die kein Blatt vor den Mund nahm, und der stets so gelassene Antonio, aus dessen Mund kaum mal ein Wort drang. Tatsächlich gab es in ihrer Beziehung regelmäßig kleinere Reibereien. Aber wenn man sie zusammen sah, stellte man fest, wie viel sie einander bedeuteten.

»Elise konnte uns ja leider nicht viel darüber sagen«, meinte Sandra. »Überhaupt ist sie echt schwer einzuordnen. Man weiß einfach nicht, wo man bei ihr dran ist.«

»Deshalb möchte ich mich bei unserer Nachforschungen auch nicht allein auf ihr Wort verlassen«, sagte Mary. »Wir müssen andere Quellen auftun, von denen wir mehr über Farnkamp erfahren können. So kriegen wir hoffentlich heraus, wer ihn dermaßen hasste, dass …«

Sie unterbrach sich, als plötzlich ein junger Mann in ihre Richtung gerannt kam.

25

Der Mann, der es so eilig hatte, war schlank, mit hellbraunen Haaren und einem schmalen Gesicht, das leicht weibliche Züge aufwies. Er trug ein futuristisch aussehendes Gewand in grellen Neonfarben, in dem er aussah, als spiele er in einem Science-Fiction-Film mit. Mary erkannte ihn als eines der Models, die sich in der Grand Lobby den Kameras der Journalisten präsentiert hatten. Im Moment wirkte er allerdings nicht besonders fotogen. Sein Teint, sonst sicher einwandfrei, hatte einen besorgniserregenden Grünton angenommen, der ihm nicht besonders gut stand. Seine Augen waren weit aufgerissen, sein Blick geradezu panisch. Zudem presste er sich die Hände auf den Mund. All dies zeigte, dass er nicht darauf aus war, sich in das Gespräch zwischen Mary, Sandra und Antonio zu mischen, um irgendwelche Erkenntnisse aufzuschnappen. Er hatte ganz andere Sorgen. Die dringlichste bestand ganz offensichtlich darin, rechtzeitig die Reling zu erreichen, bevor das, was er mit seinen Händen zurückzuhalten versuchte, aus ihm hervorbrach. Er schaffte es gerade noch. Ein paar Meter von den dreien entfernt beugte er sich über das Geländer und übergab sich lautstark ins Meer.

Mary zog ein Taschentuch hervor, um es ihm anzubieten, sobald er fertig war. Aber noch bevor sein Schwall versiegt war, war jemand anderes zur Stelle. Gilbert und Letitia, das brasilianische Designer-Duo, eilte auf ihn zu.

»Mein Gott, Thomas«, sagte Letitia. »Sie armer Kerl. Da hat es Sie aber richtig übel erwischt.«

Der junge Mann hatte inzwischen offenbar seinen gesamten Mageninhalt dem Meer übereignet. Aber er hing noch immer röchelnd über dem Geländer.

Gilbert legte ihm eine Hand auf die Schulter.

»Atmen Sie tief durch. Die frische Luft wird Ihnen guttun.«

Thomas hob den Kopf. Er schaffte es, sich aufzurichten. Aber er sah elend aus und musste sich an der Reling festklammern, ohne deren Halt er wohl zusammengesackt wäre.

»Ich weiß auch nicht ... Ich kann einfach nichts bei mir behalten. Es tut mir so leid, Sie hängenzulassen.«

»Ach was, hängenlassen«, sagte Gilbert. »Wenn Sie krank sind, sind Sie nun einmal krank. Da kann Ihnen niemand einen Vorwurf machen.«

»Es geht bestimmt vorbei«, beteuerte Thomas. »Vielleicht schlagen die Tabletten endlich an. Für die Show morgen Abend bin ich wieder fit. Versprochen!«

So ehrenvoll seine Einsatzbereitschaft auch war: Seinem derzeitigen Erscheinungsbild nach war das kein Versprechen, das er halten konnte. Das schienen auch die beiden so zu sehen.

»Machen Sie sich darüber keine Gedanken«, sagte Letitia, nachdem sie einen zweifelnden Blick mit Gilbert gewechselt hatte. »Die Hauptsache ist, dass es Ihnen besser geht, ganz unabhängig von der Show. Die kriegen wir schon irgendwie gestemmt.«

Mary, Sandra und Antonio schauten auf das Meer hinaus und bemühten sich, so zu tun, als bekämen sie von den Beschwernissen des jungen Mannes nichts mit. Ihm ging es ja schon dreckig genug. Sie wollten ihn nicht noch zusätzlich in Verlegenheit bringen. Doch waren sie durch ihn und die Designer gezwungen, ihr eigenes Gespräch zu unterbrechen, und so konnten sie gar nicht anders, als dem kleinen Drama zu lauschen, das sich in ihrer unmittelbaren Nähe abgespielt hatte.

»Hier!«

Gilbert reichte Thomas eine Flasche Wasser. Thomas nahm sie dankbar, spülte sich den Mund aus und spuckte ins Meer, dieses Mal freiwillig. Dann trank er noch einen Schluck.

»Das ist natürlich das Letzte, was Sie beide jetzt gebrauchen können«, sagte er. »Eine Modenschau auf einem Schiff — und wen vermittelt Ihnen die Agentur? Ein Model, das seekrank wird. Was für ein schlechter Scherz! Ich werde auf jeden Fall versuchen, heute Nachmittag wieder bei den Proben dabei zu sein.«

»Erst einmal kurieren Sie sich aus«, unterbrach ihn Letitia. »Es geht Ihnen seit gestern schlecht, und das scheint noch schlimmer geworden zu sein. Da wollen wir Ihnen keine Belastungen zumuten. Nehmen Sie etwas ein und legen Sie sich hin. Dann sehen wir weiter.«

»Wenn er bei den Proben nicht dabei sein kann«, gab Gilbert zu bedenken, »kann er auch bei der Schau nicht mitmachen.«

»Ich will auf keinen Fall, dass Sie wegen mir Schwierigkeiten kriegen«, sagte Thomas. »Falls ich es nicht schaffe — vielleicht kann einer meiner Kollegen für mich einspringen, damit Sie bei der Show keine Probleme haben, weil Ihnen jemand fehlt. Ich kann rumfragen.«

»Das wird nicht gehen«, sagte Gilbert. »Die anderen Designer werden uns sicher nicht einfach eines ihrer Models ausleihen. Die freuen sich wahrscheinlich eher, dass wir in Schwierigkeiten stecken. Außerdem ginge das auch nicht, weil alle Models ja an Verträge gebunden sind.«

Thomas sah niedergeschlagen aus.

»Wenn ich vielleicht nur Zwieback und Tee esse und …«

»Schon gut, Thomas«, sagte Letitia. »Wir finden schon eine Lösung. Kommen Sie, wir bringen Sie zu Ihrer Kabine.«

»Nein, nein. Machen Sie sich keine Umstände. Das schaffe ich schon selbst.«

»Sind Sie sicher?«, fragte Letitia.

»Absolut!«

Er wollte ihnen wohl unbedingt zeigen, dass er wieder auf dem Damm war. Aber die Schritte, mit denen er sich am Geländer entlangtastete, waren wackelig und verrieten: Er war eindeutig nicht in der Verfassung, in absehbarer Zeit selbstbewusst über den Laufsteg zu schreiten. Abgesehen davon würde er dabei die ganze Zeit über Gefahr laufen, sich erneut zu übergeben und die Kleidung, die er präsentieren sollte, in einer Weise farblich umzugestalten, die die Designer nicht vorgesehen hatten. Als er gezwungen war, das Geländer loszulassen, sah es aus, als würde er zusammensacken. Er konnte sich gerade noch auf den Beinen halten, bis er die Tür erreichte und sich am Rahmen festhalten konnte, um ins Innere zu gelangen.

Die beiden Brasilianer schauten ihm mit besorgten Gesichtern nach. Doch es war klar, dass sein Zustand nicht ihr einziger Grund zur Bekümmerung war. Alle Versicherungen Thomas gegenüber, dass schon alles gutgehen würde, waren offenbar nur darauf ausgelegt gewesen, ihn aufzumuntern. Er hatte ja ohnehin schon ein schlechtes Gewissen gehabt. Nun, da er weg war, drückte die Körperhaltung der Designer keinerlei Zuversicht, sondern nur noch Mut- und Ratlosigkeit aus. Die beiden unterhielten sich in ihrer Muttersprache, sodass

Mary und Sandra sie nicht verstanden. Antonio wäre es vielleicht gelungen, vom Spanischen auf das brasilianische Portugiesisch zu schließen und zu übersetzen, da die beiden Sprachen gewisse Ähnlichkeiten aufwiesen. Aber es war nicht nötig. Der Tonfall und ihre bedrückten Mienen sprachen Bände.

Mary gab Sandra und Antonio ein Zeichen zum Aufbruch. Die Designer machten nicht den Eindruck, als wollten sie das Außendeck bald räumen. Daher mussten sie einen anderen, ruhigeren Ort finden, um ihre Beratung über den Mord an Farnkamp fortzusetzen.

Die drei waren gerade an dem Duo vorbeigegangen, als Gilbert ihnen etwas nachrief.

»Hey! Warten Sie mal kurz!«

Er sagte aufgeregt ein paar brasilianische Worte zu Letitia. Dann hastete er ihnen nach und stellte sich ihnen in den Weg.

»Entschuldigen Sie bitte! Ich will Sie nicht aufhalten, aber … Sie haben eine wirklich tolle Ausstrahlung!« Er zeigte auf Antonio. »Letitia, findest du nicht, dass er eine ganz fantastische Ausstrahlung hat?«

Sie eilte herbei und betrachtete Antonio von Kopf bis Fuß. Antonio ließ es geschehen, ohne dass es an seiner Lässigkeit gekratzt hätte. Aber Mary war sicher: Er war nicht begeistert, von Fremden derart unter die Lupe genommen zu werden.

»Unbedingt! Großartig! So … natürlich!«

»So ungebändigt!«

Sandra, weitaus weniger duldsam als Antonio, reckte ihnen drohend das Kinn entgegen. Mary kannte das an ihr: Wenn ihr jemand auf die Nerven ging, riss ihr schnell der Geduldsfaden. Besonders schnell ging das bei Passagieren, die sich Sandras Meinung nach ohnehin zu viel herausnahmen. In solchen Situationen vergaß sie, dass sie eine Angestellte auf der Queen Anne war und sich eigentlich um das Wohl der Gäste an Bord kümmern sollte.

»Was glotzen Sie ihn denn so an?«, fragte sie. »Er ist keine Schaufensterpuppe, okay? Jetzt lassen Sie uns gefälligst durch!«

Sie marschierte auf die beiden zu. Sie wichen ein paar Schritte zurück, kamen ihrer Aufforderung jedoch weiter nicht nach. Sie wechselten einen Blick, und ihre Gesichter leuchteten gleichzeitig auf, als hätten sie ein und denselben Gedanken gehabt.

»Hören Sie!«, wandte sich Gilbert an Antonio. »Ich weiß, dass wir mit der Tür ins Haus fallen. Aber könnten Sie sich vorstellen, für uns als Model zu arbeiten?«

»Sie würden uns damit einen riesigen Gefallen tun. Wir sind in einer argen Notlage. Einer Notlage, aus der Sie uns retten könnten!«

Antonio schickte sich an, zu antworten. Aber Sandra, wie immer flinker mit der Zunge, kam ihm zuvor.

»Wir werden Sie aus gar nichts retten. Das wäre ja noch schöner. Wir haben genug anderes zu tun. Also suchen Sie sich jemand anderen, den Sie in Ihre Kostüme stecken können! Wir verkleiden uns nur zu Karneval und Halloween.«

Letitia und Gilbert machten lange Gesichter. Ihre kurz aufgekeimte Hoffnung hatte sich schnell wieder zerschlagen.

»Es tut mir leid«, sagte Antonio, wie gewöhnlich etwas diplomatischer als Sandra. »Aber mich als Model auf dem Laufsteg in Pose zu werfen, ist wirklich nichts für mich.«

Sandra fasste ihn am Arm und wollte ihn ungeduldig weiterziehen. Aber Mary hielt sie zurück.

»Warten Sie!« Während der kurzen Auseinandersetzung zwischen Sandra und den Designern war eine Idee in ihr gereift. »Bitte geben Sie uns einen Moment.«

Sie entfernte sich ein paar Meter von den beiden Brasilianern und bedeutete Sandra und Antonio, sich zu ihr zu gesellen.

»Was ist denn, Mrs. Arrington?«, fragte Sandra, als sie wie Verschwörer die Köpfe zusammensteckten. »Sie wollen doch wohl nicht, dass Antonio bei denen einsteigt, oder?«

»Doch. Zumindest sollten wir das in Erwägung ziehen. Es tut mir leid, Antonio. Ich weiß, dass es nicht verlockend für Sie wäre, vor Hunderten von Leuten über den Laufsteg zu stolzieren. Aber das ist eine Chance, die wir uns nicht entgehen lassen sollten.«

»Eine Chance worauf?«, fragte Sandra. »Sich in einem dämlichen Outfit zum Affen zu machen?« Sie bemerkte, dass sie damit ungewollt auf Marys Situation anspielte, die nach wie vor unter vertraglichem Kleiderzwang stand. »Sorry, Mrs. Arrington. Aber es reicht doch wohl, wenn eine von uns das auf sich nimmt.«

Es wunderte Mary nicht, dass Sandra von Models und ihrem Beruf nicht begeistert war. Sie spielten ständig eine Rolle. Ganz im Gegensatz zu Sandra, die sich nie verstellte, sondern immer tat und sagte, was ihr gerade in den Sinn kam.

»Eine Chance, an wertvolle Informationen zu kommen«, erwiderte Mary. »Überlegen Sie doch mal, Sandra. Wenn Antonio als Aushilfsmodel eingesetzt wird, hat er unbeschränkten Zugang zum Garderobenbereich, kann sich dort umsehen, Kontakte knüpfen, die Leute aushorchen.«

»Sie meinen, weil er mit seiner gesprächigen Art so leicht das Eis bricht und mit anderen ins Plaudern kommt? Nichts für ungut, Antonio. Aber okay, ich verstehe, was Sie meinen, Mrs. Arrington. Das könnte uns bei unseren Ermittlungen enorm nützlich sein. Was meinst du, Antonio?«

»Ich weiß nicht recht ...«, sagte er. »Ich habe ja auch meine Schichten.«

So gern er das Neonlicht des Maschinenraums auch gegen Tageslicht tauschte: Die Vorstellung, sich in den Strahl eines Scheinwerfers zu stellen, schien ihm nicht zu behagen. Da blieb er wohl lieber zwischen den lärmenden Triebwerken.

»Ich bin sicher, ich kann das mit George arrangieren«, sagte Mary. »Aber ich will Sie zu nichts drängen. Das ist ganz allein Ihre Entscheidung. Falls Sie partout nicht möchten, finden wir andere Wege, unsere Nachforschungen voranzubringen.«

Sandra, die dem Vorschlag eben noch so ablehnend gegenübergestanden hatte, schien nun davon angetan.

»Ich finde, du solltest das machen. Für die Nachforschungen, klar. Aber auch für dich selbst. Da kannst du dich mal ein bisschen mit Mode beschäftigen, lernen, wie man sich schicker anzieht. Auch wenn die Klamotten von denen da«, sie deutete mit dem Daumen über die Schulter, »nicht so wirklich mein Fall sind: Es wäre eine nette Abwechslung, dich mal in etwas anderem zu sehen als in Overall und Unterhemd.«

Dies war ein Vorzug, der für Mary keine Rolle spielte. Aber sie erinnerte sich, dass Sandra sich in der Vergangenheit bereits mehrfach über Antonios Kleidungsstil beschwert hatte. Antonio schaute an sich herunter, als begreife er gar nicht, was es an seinem Ensemble auszusetzen gab. Schließlich seufzte er.

»Na schön. Wenn es den Ermittlungen hilft — und ich dir damit eine Freude machen kann, Sandra, dann bin ich dabei.«

227

»Super«, sagte Sandra.

»Unter einer Bedingung«, wandte Antonio ein.

»Welche Bedingung wäre das?«, fragte Mary.

Antonio grinste.

»Dass wir für Sandra auch eine Beschäftigung in diesem Bereich finden. Vielleicht in der Betreuung der Models. Mit ihrer moralischen Unterstützung würde ich mich bei all dem viel wohler fühlen.«

Mary lächelte über seinen kleinen Racheakt. Auch wenn Spott und Witze in der Regel an seiner Gelassenheit abprallten — einfach durchgehen lassen wollte er es Sandra nicht, dass sie seinen Kleidungsstil verhöhnte.

»Ich bin sicher, das ließe sich einrichten. Ich könnte Annabelle Winthrop bitten, zu schauen, was sich da machen lässt. Sie wird uns diesen Gefallen sicher gern tun, wenn ich erzähle, was für eine modebegeisterte junge Frau Sandra ist und dass sie sich schon immer danach gesehnt hat, tiefere Einblicke in die Branche zu gewinnen.«

»Hey, Moment mal!«, protestierte Sandra, die sich unversehens in der gleichen Situation fand, in die sie Antonio gerade noch gebracht hatte: Dass Entscheidungen über sie getroffen wurden, ohne dass sie dabei mitreden durfte. »Ihr macht das einfach so ab. Aber vielleicht habe ich ja zufällig keinen Bock, mit diesen aufgeblasenen Models rumzuhängen, die alle nur Luft im Kopf haben. Wahrscheinlich darf ich dann, anstatt den Passagieren hinterherzuputzen, deren Dreck wegmachen oder irgendwelche Botengänge erledigen oder so was. Nein, danke!«

»Komm schon, Sandra«, sagte Antonio in neckischem Tonfall. »Bring ein Opfer für unsere Ermittlungen.«

»Vier Augen und vier Ohren kriegen mehr mit als zwei«, sagte Mary. »Wenn Antonio näher an die anderen

Models herankommt, könnten Sie versuchen, die Stylisten, Friseure, Assistenten und anderen auszufragen. Es wäre gar nicht schlecht, mehr über diesen Aiden Schembri herauszukriegen, der sich mit Elise so gut zu verstehen scheint.«

Sandra zog einen Flunsch. Aber sie wusste ebenso gut wie Mary, dass sie sich selbst in eine Ecke manövriert hatte, die ihr keine Wahl ließ. Außerdem, dachte Mary, war es ihr vielleicht ganz lieb, dabei zu sein, wenn Antonio sich unter die Models mischte. Zwar hatten einige von ihnen ein etwas gewöhnungsbedürftiges Äußeres. Aber viele waren zweifellos attraktiv. Antonio hatte Sandra zwar niemals einen Anlass zur Eifersucht geliefert. Aber sie hatte bestimmt nichts dagegen, nicht nur ein Auge auf die Beschäftigten der ›Fashion Cruise‹, sondern auch auf ihn zu haben.

Sandra blies die Backen auf und ließ genervt die Luft entweichen.

»Puh. Okay, ich mach's. Aber sie klären das mit der Concierge.«

Mary glaubte nicht, dass das ein Problem sein würde. Sandras Chefin war zwar streng. Aber nachdem Mary und Sandra ihr auf der letzten Reise aus einer Notlage geholfen hatten, hatte sie Sandra einen Freischein für Ermittlungen gegeben.

»Hervorragend«, sagte Mary.

»Aber dass das klar ist: Ich bleibe im Hintergrund, lasse mich nicht auch noch in irgendwelche Klamotten stecken. Die Heidi Klum gebe ich Ihnen nicht.«

Die drei wandten sich wieder den beiden Designern zu, die ihren Kriegsrat mit ängstlicher Erwartung beobachtet hatten.

»Einverstanden«, sagte Antonio. »Ich steige bei Ihnen ein.«

»Großartig!«

Letitia klatschte in die Hände.

»Gott sei Dank! Dann steht dem Erfolg unserer Schau nichts mehr im Weg. Wir bezahlen Sie natürlich dafür. Ich verspreche Ihnen, dass es auch darüber hinaus eine lohnende Erfahrung für Sie sein wird. Der Modebetrieb ist ungeheuer spannend. Sie werden bereichernde Einblicke erhalten und jede Menge Faszinierendes lernen.«

Das hoffte Mary auch.

Aber noch war Antonio nicht an der Reihe, seine Modelkünste unter Beweis zu stellen. An diesem Abend fand zunächst, ganz nach Programm, die Modenschau von Freya Jonsdottir statt. Es war so etwas wie die ultimative Probe, ob die Entscheidung über die Fortführung der Veranstaltung auch tatsächlich so angenommen wurde, wie Winthrop es sich erhoffte. Dahingehende Sorgen erwiesen sich als unberechtigt. Zwar waren die Plätze jener leer geblieben, die gegen eine Fortsetzung der ›Fashion Cruise‹ gewesen waren oder die sich schlichtweg nicht überwinden konnten, nach Farnkamps Tod in den Ballsaal zurückzukehren. Aber es handelte sich nur um einige wenige, und der Applaus der übrigen fiel umso tosender aus, als wollten sie deren Abwesenheit wettmachen. Dabei schien es Mary, als beklatschten die Damen und Herren nicht allein Jonsdottirs naturfarbene Entwürfe. Das Publikum schien in seinem Enthusiasmus alles tun zu wollen, um das grausige Geschehnis, das sich hier ereignet hatte, vergessen zu machen. Ob das gelang, kam Mary zweifelhaft vor. Abgesehen davon, dass es erst 24 Stunden her war, handelte es sich schlichtweg um nichts, das sich ohne Weiteres vergessen oder verdrängen ließ. Zumindest galt das für sie und sie war sicher, dass sie nicht die Einzige war. Sie bemühte sich, ihren

Jurypflichten nachzukommen. Sie betrachtete die Outfits, hielt ihre Eindrücke und Bewertungen in Notizen fest, um nachher ein Urteil abgeben und mit ihren Kollegen den Siegesentwurf des Tages küren zu können. Aber sie war nicht recht bei der Sache. Immer wieder sah sie Franz Farnkamp vor sich, wie er auf dem Laufsteg den Revolver an seine Schläfe setzte, immer wieder hörte sie den Knall des Schusses. Immer wieder drängte sich die Frage in ihren Verstand, wer für seinen Tod verantwortlich war.

26

»Ich habe es kommen sehen.« Mr. Bayle schüttelte den Kopf. »In jenem Moment, in dem ich in den Nachrichten von dem Tod dieses Designers erfuhr, war mir klar, dass Sie sich in absehbarer Zeit mit mir in Verbindung setzen würden. Zwar ließen die Zeitungen nichts von einem Verbrechen verlauten. Sie schrieben lediglich, es habe sich um einen Selbstmord gehandelt. Doch sagte ich mir: Selbst wenn diese Einordnung zutreffen sollte, würde meine verehrte Mrs. Arrington ein solches Ereignis in ihrem unmittelbaren Umfeld nicht einfach zur Kenntnis nehmen und es darauf beruhen lassen. Ich hatte nicht den geringsten Zweifel, dass Sie auch dieses Mal in die Rolle der Detektivin schlüpfen würden, um die Hintergründe bis ins kleinste Detail auszuleuchten. Ebenso sicher war ich, dass Sie mich, wie Sie es in der Vergangenheit taten, wieder hinzuziehen würden.«

Wie üblich bei diesen Videokonferenzen saß Marys Lektor und langjähriger Vertrauter in seinem Arbeitszimmer hinter dem Schreibtisch und vor einem Regal voller Bücher. Wie üblich hatte er eine Tasse Earl Grey vor sich (nur abends oder nachts bevorzugte er Whisky), zudem einen Teller mit einem Sandwich. Wie üblich tat er so, als seien die ›Hilfsleistungen‹, von denen er sprach, im Grunde unter seiner Würde und als unterstütze er Marys Nachforschungen nur, damit sie möglichst rasch zu einem Ende kamen und sie sich wieder ihrer Schreibarbeit widmen konnte. Vielleicht war das am Anfang tatsächlich so gewesen. Inzwischen aber, davon war Mary überzeugt, hatte er Gefallen daran gefunden. Mehr noch: Er legte richtiggehend Wert darauf, daran beteiligt zu sein. Mary wunderte es nicht, dass er diesem Reiz verfallen war. Schließlich war es weitaus aufregender, Morde aufzuklären, als Romane über sie zu verfassen oder zu lesen. Zugegeben hätte Mr. Bayle das freilich nie. Im Gegenteil hätte er dahingehende Unterstellungen empört von sich gewiesen. Weshalb er sich alle Mühe gab, seine freudige Erregung zu überspielen.

»Nun wollen Sie also ein weiteres Mal Ihre und auch meine wertvolle Zeit dem Rätselraten opfern. Einmal mehr soll ich für Sie Recherchen übernehmen, meine Beziehungen spielen lassen und meine Kenntnisse einbringen.« Er seufzte theatralisch. »Als hätte ich nicht schon genug zu tun.«

»Aber ich bitte Sie, mein lieber Mr. Bayle«, sagte Mary, die, ebenfalls mit einer Tasse Tee, bequem zurückgelehnt auf dem Sofa in der Trafalgar Suite saß. »Sie sind selbstverständlich zu nichts verpflichtet. Nichts läge mir ferner, als Sie von Ihren hochbedeutenden beruflichen und gesellschaftlichen Tätigkeiten abzuhalten. Sollten Sie es daher als eine allzu große Zumutung erachten, werde ich auf der Stelle davon Abstand nehmen, Sie …«

Mr. Bayle beeilte sich, zurückzurudern.

»Nicht doch. Ich würde meine wichtigste Autorin und, wenn ich das sagen darf, gute Freundin niemals im Stich lassen. Wenn ich etwas beisteuern kann, nehme ich das gerne auf mich. Allein Ihnen zuliebe, versteht sich.«

Mary lächelte in die Kamera ihres Laptops, der vor ihr auf dem Couchtisch stand.

»Versteht sich.«

Tatsächlich war Mary nicht sicher, ob er etwas würde beisteuern können. So nützlich seine Informationen und Ratschläge in der Vergangenheit auch gewesen waren —

233

dieses Mal setzte Mary auf jemand anderen. Natürlich war es möglich, dass Mr. Bayle ihr half, und in ihrer schwierigen Lage brauchte sie alle Unterstützung, die sie kriegen konnte. Allerdings hatte sie Mr. Bayle vor allem ihm zuliebe hinzugezogen. Sie wollte nicht, dass er im Nachhinein von dem Fall erfuhr. Sie kannte ihn gut genug, um zu wissen: Er wäre gekränkt, ja beleidigt gewesen, wenn er sich außen vor gefühlt hätte. Ganz besonders, wenn herausgekommen wäre, durch wen Mary ihn in seiner Eigenschaft als Berater ersetzt hatte.

»Also gut.« Mr. Bayle rieb sich die Hände. Vor lauter Eifer schien er für einen Moment sogar die ihm sonst eigene Steifheit zu vergessen. »Berichten Sie mir, was Sie bisher herausgefunden haben. Dann werden wir erörtern, auf welche Weise ich mich einbringen kann. Gemeinsam werden wir alle Register ziehen, damit die Verbrecher gefasst und Ihrer gerechten Strafe zugeführt werden.« Er merkte, dass es ein wenig mit ihm durchging und fügte schnell an: »Dann können Sie diesen Fall als Ausgangsmaterial für Ihr nächstes schriftstellerisches Werk nutzen. Das ist natürlich mein Hauptbeweggrund dafür, mich auf diese Geschichte einzulassen.«

Mary hatte ihm amüsiert zugehört. In so einer geradezu kindlichen Einsatzfreude erlebte sie Mr. Bayle selten.

»Vielen Dank, mein lieber Mr. Bayle, dass Sie wie üblich meine Karriere im Blick haben. Ich fürchte allerdings, Sie werden sich noch einen kurzen Augenblick gedulden müssen. Bevor ich Sie über die näheren Umstände in Kenntnis setze, müssen Sie wissen, dass unsere kleine Konferenz noch nicht vollständig ist. Ich habe noch eine weitere sachkundige Person hinzugezogen.«

»Entschuldigung, wie bitte?«

Unmut zeigte sich auf Mr. Bayles Gesicht. Als Lektor

hätte er niemals jemand anderen an Marys Manuskripte gelassen. Ebenso wenig konnte es ihm gefallen, es als ihr Helfer in kriminologischen Belangen mit einem Nebenbuhler zu tun zu bekommen. Aber er kehrte rasch wieder zu seiner britischen Gefasstheit zurück.

»Nun gut, das ist verständlich. Ich schäme mich nicht, zuzugeben, dass Mode nicht gerade mein Fachgebiet ist. Da ist es nur vernünftig von Ihnen, einen Experten heranzuziehen. Ich muss sagen, ich freue mich sogar darauf. Da kann ich sicher noch einiges Aufschlussreiches erfahren. Sie wissen, ich bin stets bemüht, mein Wissen zu erweitern. Um wen handelt es sich denn? Um den Professor einer Hochschule für Mode und Design? Um einen Kulturwissenschaftler, der die Entwicklung von Bekleidung im Laufe der Menschheitsgeschichte und unter Einbeziehung der spezifischen Besonderheiten historischer Epochen untersucht?«

»Um Greta!«

»Was?«

»Huhu!«

»Aaaah!«

Die letzten beiden Äußerungen erfolgten beinahe zeitgleich: Die Begrüßung, mit der Greta sich in das Gespräch einschaltete, und Mr. Bayles Reaktion auf ihr Gesicht, das nun in einem neuen Fenster auf Marys und seinem Computer auftauchte. So beherrscht Mr. Bayle auch normalerweise war — niemandem gelang es so zuverlässig wie Greta, seine britische Würde zu erschüttern. Es fehlte wohl nicht viel und er wäre aus seinem Sessel gesprungen.

»Hallo, Lady Arrington! Wie schön, Sie zu sehen.«

Greta lächelte in die Kamera. Aber das Lächeln hielt nur, bis sie die letzte Silbe ausgesprochen hatte. Dann zog sie ihre Mundwinkel in die Gegenrichtung, und auch ihre freudige Stimme sank in eine dunklere Tonlage.

»Guten Tag, Mr. Bayle.«

Seit ihrer ersten Begegnung pflegten die beiden eine innige Feindschaft. Grund dafür war Mary. Zwar lag jedem von ihnen ihr Wohlergehen am Herzen. Doch hatten sie grundsätzlich unterschiedliche Auffassungen davon, wie dieses Wohlergehen herzustellen, zu pflegen oder zu erhöhen sei.

»Miss …« Er suchte vergeblich in seinem Gedächtnis nach ihrem Nachnamen. »Miss … Greta, welch eine Freude …«

Seine gequälte Miene strafte diese Aussage Lügen. Er wandte sich zur Seite. »Oh Gott!«, murmelte er. »Alles, nur das nicht.«

Er hatte wohl vergessen, dass das Mikrofon seines Computers seine Worte auffing und an die beiden übermittelte.

»Irgendwas nicht in Ordnung, Mr. Bayle?«, fragte Greta. »Sie sehen blass aus. Ich hab Ihnen doch schon öfter gesagt, Sie müssen mehr an die Luft.«

Tatsächlich sah Mr. Bayle aus, als sei ihm der Leibhaftige begegnet — und nicht bloß Greta. Wobei Mary bei seiner Abneigung ihr gegenüber manchmal das Gefühl hatte, er mache zwischen ihr und den Teufel keinen allzu großen Unterschied.

Im Gegensatz zu Mr. Bayle wirkte Greta so robust und gesund wie immer. Ihr fülliges Gesicht war rotbackig, ihr blonder Dutt saß makellos. Auf ihrem Kopf prangte wie ein Krönchen eine weiße Haube. Diese war Teil ihrer Uniform, eines blauen Kittelrocks mit weißer Schürze, die sich passgenau an Gretas üppige Formen schmiegten. Greta trug sie mit ebensolchem Stolz wie etwa George oder irgendein ranghoher Militärangehöriger die seine. Es war möglich, dachte Mary, dass sie gerade bei der Arbeit gewesen war. Aber ebenso möglich war es, dass sie die Uniform extra für dieses Gespräch angelegt hatte. Die beiden Frauen lebten seit Jahren unter einem Dach — wenn auch in unterschiedlichen Flügeln des weitläufigen Herrenhauses. Dennoch hatte Mary Greta niemals ›in Zivil‹ gesehen. Greta hätte das nicht zugelassen, ebenso wie ihr niemals eingefallen wäre, Mary anders als mit ›Lady‹ oder ›Madam‹ anzusprechen. Marys Angebot, sie beim Vornamen zu nennen, hatte Greta geradezu empört abgelehnt. Insofern war sie Mr. Bayle nicht unähnlich (auch wenn sie es niemals zugegeben hätte) — in mancher Hinsicht waren beide von der ›alten Schule‹.

»Darf ich fragen, meine verehrte Mrs. Arrington, was Sie sich davon versprechen, Ihre Haushaltshilfe zu diesem Gespräch hinzuzuziehen? Ich bin mir natürlich im Klaren darüber, dass Sie über tiefgehende Expertise verfügt. Allerdings liegt diese Expertise meines Wissens nach weniger im Bereich der Kriminologie als vielmehr«, Mr. Bayle hob sein Sandwich vom Teller und hielt es in die Kamera, »in der Zubereitung von belegten Broten.«

Mary wusste, dass Mr. Bayle dies ernst meinte. Es war sogar ein Kompliment, wenn es auch nicht besonders schmeichelhaft vermittelt war. Die beiden mochten sich spinnefeind sein. Aber das hinderte Mr. Bayle nicht daran, eine Schwäche für Gretas köstliche Gurkensandwiches zu unterhalten. Wann immer er Mary besuchte, um mit ihr ein Manuskript zu besprechen, ließ er sich von Greta mit einer üppigen Portion von ihnen versorgen. Manchmal schien es Mary, als käme er nur der Sandwiches wegen, wobei ihm das Manuskript lediglich als gern genommener Vorwand diente. Die Gurkensandwiches schienen das Einzige zu sein, was ihm Gretas Gegenwart erträglich machte. Sie nun ohne eine solche Entschädigung zu erdulden, musste ihm als Zumutung erscheinen.

»Ganz einfach, mein lieber Mr. Bayle«, erwiderte Mary. »Wenn es um die Welt der Prominenten geht, kennt sich niemand besser aus als Greta. Wenn uns jemand weiterhelfen kann, dann sie.«

»Eine hervorragende Wahl, meine hochgeschätzte Mrs. Arrington.« Seine Worte trieften vor Sarkasmus. »Vielleicht können wir ja bei zukünftigen Ermittlungen noch ihre Friseurin, ihren Gärtner oder den Fensterputzer hinzuziehen.«

»Das wäre vielleicht keine schlechte Idee«, konterte die Haushaltshilfe. »Die haben jedenfalls mehr Ahnung vom echten Leben als ein Bücherwurm im Tweedjackett, der den ganzen Tag hinter seinem Schreibtisch hockt und die Welt nur aus Romanen kennt.«

Damit hatte sie Mr. Bayle an einem wunden Punkt getroffen.

»Lassen Sie gefälligst meine Tweedjacketts aus dem Spiel, Sie infame Person! Die sind absolut zeitlos.«

»Zeitlos? Ha! Dieser neue Fall von Lady Arrington ist genau richtig für Sie. Da lernen Sie endlich mal was über Mode. Das haben Sie bitter nötig.«

Mary fand es zwar manchmal unterhaltsam, den Auseinandersetzungen der beiden beizuwohnen. Aber so gern sie auch aufeinander herumhackten — gerade gab es Wichtigeres.

»Greta, seien Sie so freundlich und verzichten Sie auf Kritik an Mr. Bayles Kleidung. Er ist nun einmal einem eher traditionellen Stil verhaftet — der auch weitaus besser zu ihm passt als die Outfits, die ich hier an Bord bisher bewundern durfte.«

Greta gab ein Schnauben von sich.

»Na gut. Wenn er rumlaufen will wie ein ausgestopfter Uhu, ist das seine Sache.«

»Vielen Dank. Was Sie angeht, mein verehrter Mr. Bayle: Wenn Sie sich in Gretas Gegenwart unwohl fühlen — auch wenn es sich nur um ihre virtuelle Gegenwart handelt —, brauchen Sie sich selbstverständlich nicht genötigt zu fühlen, an unserer Besprechung teilzunehmen. Ich würde es Ihnen nicht übel nehmen, wenn Sie auf eine Beteiligung an meinen Ermittlungen verzichten würden.«

Mr. Bayle schien darüber nachzudenken, ob er seinem Stolz — oder eher seinem Trotz — nachgeben sollte. Aber er brachte es offenbar nicht über sich, Greta freiwillig das Feld zu überlassen.

»Nein, schon gut. Ich bin höchstgespannt, zu erfahren, welche weltbewegenden Erkenntnisse Greta uns mitzuteilen hat.«

»Wie schön«, sagte Mary. »Da wir diese Formalitäten aus der Welt geschafft haben, schlage ich vor, dass ich Sie auf den neuesten Stand bringe.«

Mary schilderte den beiden, was vorgefallen war und was sie bisher herausgefunden hatte. Wie Mr. Bayle wusste auch Greta längst über Farnkamps Tod Bescheid. Da dies aber eher in ihr Metier fiel als in seines, war sie darüber weitaus besser informiert als der Lektor.

»Ich hab alles darüber gelesen«, sagte sie. »Im Internet und in den Zeitungen und hab natürlich auch alle Nachrichten im Fernsehen verfolgt. Keiner schreibt irgendwas davon, dass den Farnkamp einer um die Ecke gebracht hat. Das taucht nicht mal auf den Webseiten der Modemagazine auf.«

Verwunderlich, fand Mary. Schließlich ließen diese Illustrierten für gewöhnlich keine Gelegenheit aus, ein Geschehnis aufzubauschen oder mit wilden Gerüchten zu

239

unterfüttern. Aber auch ihnen kam es wohl so eindeutig vor, dass Farnkamp Selbstmord begangen hatte, dass sie nicht wagten, darüber hanebüchene Theorien zu verbreiten.

Greta schien ebenso verwundert wie sie selbst. Denn sie fuhr fort: »Dabei haben die doch eigentlich jahrelang über die Leute geschrieben, die Grund hätten, ihn abzumurksen. Die liefern uns eine Verdächtigenliste samt Fotos.«

»Ich habe Farnkamp nicht gerade als liebenswerten Zeitgenossen kennengelernt«, sagte Mary. »Er hatte sicher zahlreiche Feinde. Auf wen genau beziehen Sie sich, Greta? Wen würden Sie auf Ihre Verdächtigenliste setzen?«

»Warten Sie einen Augenblick, Lady Arrington.«

Greta entfernte sich vom Bildschirm. Bisher war ihre breite Form das Einzige gewesen, was die Kamera ihres Computers eingefangen hatte. Nun war zu erkennen, dass sie sich in dem Zimmer befand, dass sie in Marys Anwesen bewohnte. Sie ging auf ein Regal zu. Allerdings befanden sich darin nicht, wie in Mr. Bayles Arbeitszimmer, ledergebundene Ausgaben von Klassikern der Weltliteratur. Stattdessen zog Greta einen Stoß Zeitschriften heraus und trug ihn zu ihrem Tisch, auf dem der Computer stand. Wenn die Verfasser der Artikel in diesen Heften auch nicht gerade den literarischen Rang eines Shakespeare oder eines Marcel Proust einnahmen, pflegte Greta sie doch, als würden sie eines Tages im Wert steigen. Jedes Heft war in eine Schutzhülle eingeschlagen, und obwohl Greta sie sicherlich mehrfach gewissenhaft durchgearbeitet hatte, wies keines von ihnen auch nur ein einziges Eselsohr auf.

»Fangen wir mal mit diesen hier an.«

Greta nahm eines der Magazine und schlug es auf.

Die Überschrift zog sich über eine Doppelseite. Der dazugehörige Artikel war von Fotos begleitet, die offenbar von Paparazzi geschossen worden waren. Sie zeigten Farnkamp, einen deutlich jüngeren Farnkamp, als Mary ihn kennengelernt hatte, mit einer jungen Frau. Greta nahm weitere Ausgaben der Zeitschriften zur Hand und hielt sie der Reihe nach in die Kamera ihres Computers. Dadurch entstand eine ganze Fotostrecke von Farnkamp mit verschiedenen jungen Leuten, Männern wie Frauen, an seiner Seite.

»Das sind alles Models, die er im Laufe der Zeit unter seine Fittiche genommen hat«, erklärte Greta.

Auf einem Foto in einer der neueren Ausgaben erkannte Mary Elise.

»Seine Musen«, sagte sie.

»Genau. Er hat sie gefördert, zu Stars gemacht. Er hat sie an sich gebunden, ihnen das Blaue vom Himmel versprochen. Ein paar haben es durch ihn auch wirklich bis an die Spitze geschafft. Andere hat er vorher fallen gelassen. Seine Begeisterung für jemanden hielt immer nur so lange, bis er auf die nächste große Entdeckung gestoßen ist. Die davor waren dann von einem Tag auf den anderen abgemeldet. Er hat seine Musen gewechselt wie Unterwäsche.«

Mary schmunzelte über diesen modisch passenden Vergleich.

»Dann gab es noch die, die er verheizt hat.«

Greta ließ Mary und Mr. Bayle weiter in die Zeitschriften schauen, während sie erzählte.

»Die hat er so unter Druck gesetzt, dass sie daran kaputtgegangen sind. Die haben sich in Alkohol, Drogen und wilde Partys gestürzt und dadurch ihre Karrieren ruiniert. Manchmal ihr ganzes Leben.« Sie tippte mit ihrem klobigen Zeigefinger auf die Seite. »Wenn Sie mich fragen, war das einer von denen.«

Mary dachte an Elise. Sie fragte sich, wie weit es mit der Verbundenheit zwischen ihr und dem Modedesigner tatsächlich her war. War sie wirklich etwas Besonderes für ihn gewesen? Oder hatte er sie genauso manipuliert und ausgenutzt wie ihre Vorgängerinnen und Vorgänger? Wenn das so war — hatte Elise das gewusst oder hatte sie ihm seine Märchengeschichten tatsächlich abgekauft?

»Es ist auf jeden Fall möglich, dass ihn jemand aus Rache umgebracht hat«, sagte Mary.

Sie betrachtete jedes Gesicht auf den Fotos aufmerksam.

»Allerdings kommt mir auf diesen Fotos niemand bekannt vor außer Farnkamp und Elise alias K. Das muss natürlich nichts heißen. Wenn der Mörder oder die Mörderin eine seiner frühen Musen ist, kann sie heute, erwachsen, ganz anders aussehen. Abgesehen davon kann er oder sie sich natürlich getarnt und sich einen neuen Namen zugelegt haben. Wenn das so ist, wird es sehr schwer sein, diese Person zu finden.«

Mr. Bayle hatte mehr oder weniger geduldig zugehört. Es schien ihm nicht recht zu sein, dass Gretas Theorie die ganze Unterhaltung bestimmte. Nun wollte er offenbar ebenfalls mit einer hilfreichen Information auftrumpfen.

»Vielleicht sollten wir uns nicht zu früh auf diese Musen festlegen. Ich habe mich schlau gemacht. Ja, es gibt viele, die sich über Farnkamps Tod freuen. Dabei sticht aber eine Person besonders hervor.«

»Welche Person haben Sie da im Sinne, mein lieber Mr. Bayle?«

Bevor er antwortete, trank der Lektor erst einmal in

Ruhe einen Schluck von seinem Tee. Wahrscheinlich, dachte Mary, genoss er es, sie auf die Folter zu spannen.

»Vor einigen Jahren«, sagte er dann und stellte die Tasse ab, »ging das Gerücht um, Farnkamp habe Entwürfe anderer Designer gestohlen, sie leicht abgeändert und dann als seine eigenen ausgegeben. Es gab mehrere, die ihn beschuldigt haben. Die Wortführerin aber war …«

Wieder setzte er eine dramatische Pause. Aber Greta war offenbar nicht gewillt, ihm die Gesprächsführung zu überlassen.

»Freya Jonsdottir«, rief sie und hielt ein Bild der Designerin in die Kamera. »Ja, das hat damals für gewaltige Schlagzeilen gesorgt.«

Mr. Bayle zog einen Flunsch, sichtlich beleidigt, das Greta sich ungebeten eingeschaltet hatte.

»Richtig. Wie ich gerade sagen wollte«, er betonte das Ich überdeutlich, »führte sie die Hauptanklage. Im buchstäblichen Sinne. Sie zeigte ihn sogar an. Allerdings kam bei dem Gerichtsverfahren nichts heraus, weil sie den Diebstahl der Entwürfe nicht beweisen konnte. Farnkamp erhielt keinerlei Strafe, Jonsdottir keine Entschädigung. Dabei war das Geld, das sie verlor, nur das eine. Der Verlust der Entwürfe hat auch ihrer Karriere einen ziemlichen Dämpfer verpasst. Farnkamps hingegen hat kurz danach einen Aufschwung erlebt, seine nächste Schau wurde legendär. Sie behauptet, das hätte er nur mit ihren Kreationen geschafft. Das trägt sie ihm sicherlich noch nach.«

»Garantiert«, stimmte Greta zu. »Die beiden konnten sich noch nie ausstehen. Die waren immer schon Rivalen. Farnkamp hat immer wieder dumme Sprüche über sie abgelassen, so richtig über sie gelästert. Nachdem er das Verfahren gewonnen hatte, hat er sie verspottet,

wann immer er konnte. Das hat sie zu Todfeinden gemacht. Die Jonsdottir spricht heute noch in jedem Interview darüber, wie mies er sich verhalten hat.«

»Finanzieller Schaden«, sagte Mary, »ein beruflicher
Rückschlag, dazu noch persönliche Kränkung — damit
hat sie auf jeden Fall ein starkes Motiv.«

»Klar«, sagte Greta, die ihre Magazine wieder in ihren Schutzhüllen verstaute und sie ordentlich stapelte.
»Wenn ihr einer so übel mitspielt, ist es doch kein Wunder, dass sie ihm den Garaus machen will.«

»Nun ja, kein Wunder ...«, wandte Mr. Bayle schnip-
pisch ein. »Vielleicht aus Ihrer Sicht. In Ihrer Welt, der
Welt der Klatschmagazine mit ihren Dramen, Scheidun-
gen, Liebesaffären und aufgebauschten Skandalen ist
das wahrscheinlich gang und gäbe. Wir anderen, die wir
gehobene Lektüre bevorzugen, sehen das anders. Es
würde Ihnen guttun, auch mal zu einem Buch statt immer nur zu diesen Schundheften zu greifen.«

Mary wollte etwas einwenden. Aber wie üblich hatte
Greta keine Unterstützung nötig.

»Ja, diese Dramen finde ich ungeheuer aufregend, da
haben Sie recht. Ich kann gut verstehen, wie jemand in
einer solchen Lage zur Waffe greift. Es gibt ja eine Grenze dafür, wie viele Sticheleien, Beleidigungen und Frechheiten jemand aushält. Wenn sich einer immer so von
oben herab verhält und tut, als wär er was Besseres ...
Irgendwann ist das Maß voll, und dann kann es ganz
schnell zu Gewalttaten kommen. Wie sehen Sie das, Mr.
Bayle?«

»Ähem, also ich weiß nicht recht, worauf Sie da an-
spielen ...«

Aber sein unsicherer Blick zeigte, er wusste es ganz
genau. Er wirkte heilfroh, dass diese Unterhaltung nur
virtuell stattfand.

»Ich selbst würde natürlich nie jemanden erschießen ...«, fuhr Greta seelenruhig fort.

Mr. Bayle entspannte sich sichtlich.

»Nein? Nun, das ist gut zu wissen. Ich hätte Ihnen auch niemals zugetraut ...«

»Das gäbe eine viel zu große Sauerei«, unterbrach Greta ihn. »Ich meine, haben Sie eine Ahnung, wie schwer Blutflecken aus einem Teppich rausgehen? Und den Parkettboden könnten Sie vergessen. Aber davon verstehen Sie bestimmt nichts. Ein Mann von Ihrer hohen Bildung. Nein, wenn ich jemanden umbringen wollte, würde ich das ganz anders machen.«

Mary verfolgte diesen Teil der Unterhaltung mit einer Hand vor dem Mund. Sie wollte vor Mr. Bayle das Grinsen verbergen, das sie nicht unterdrücken konnte. Der Lektor rutschte immer unbehaglicher auf seinem Sessel herum.

»Ich würde ihm ein bisschen Rattengift in ein Gurkensandwich packen.«

Mr. Bayle blickte auf sein Sandwich neben sich. Dann schob er es beiseite. Der letzte Rest Appetit, den er noch gehabt hatte, war ihm offenbar vergangen. Stattdessen griff er nach seiner Tasse und trank. Es war der Versuch, vermutete Mary, gelassen zu tun.

»... oder es dem Schurken in seinen Tee rühren.«

Mr. Bayle prustete, als er sich beinahe verschluckte. Es fehlte wohl nicht viel, und er hätte einen Mundvoll Earl Grey auf seine Schreibtischplatte und seine Tastatur gespien.

»Vielleicht würde ich ihm auch einfach eins mit dem Mob überziehen und ihn im Putzeimer ersäufen.«

Mr. Bayle starrte schockiert in die Kamera. Er hatte wohl nicht damit gerechnet, dass Greta mit derart weit gediehenen Plänen aufwartete. Mary war sicher: In der

245

nächsten Zeit würde er sie nicht mehr zu Hause aufsuchen, sondern darauf bestehen, Arbeitsgespräche im Verlag zu führen. Falls er es doch noch einmal wagen sollte, über die Schwelle des Herrenhauses zu treten, würde er sicherlich auf die Sandwiches verzichten, die Greta ihm voller Liebenswürdigkeit anbieten würde. Mary hatte keinerlei Mitleid mit ihm. Dass Greta ihm eins ausgewischt hatte, hatte er sich selbst zuzuschreiben.

»Sehen Sie es positiv, mein hochverehrter Mr. Bayle«, sagte sie daher. »Falls man Sie jemals mit einem vergifteten Sandwich im Bauch oder Putzwasser in der Lunge auffinden sollte, wird es für mich nicht allzu schwer sein, diesen Mordfall aufzuklären. Da das allerdings bedeuten würde, Greta hinter Gitter zu bringen, möchte ich Sie, meine Liebe, innigst bitten, von Anschlägen auf Mr. Bayle abzusehen — so wie ich Ihnen, verehrter Freund, wärmstens empfehlen würde, Greta nicht über Gebühr zu reizen. Sie haben sicher Verständnis dafür, dass ich keine Lust hätte, auf einen Streich meinen hochgeschätzten Lektor und meine unersetzliche Haushaltshilfe zu verlieren. Abgesehen davon habe ich noch genug damit zu tun, den aktuellen Mord aufzuklären. Da möchte ich mir nicht schon Gedanken über den nächsten machen.«

27

Der Mountain Range Spa Club hatte alles zu bieten, was man sich nur wünschen konnte: Verschiedene Saunen, Dampfbäder, Whirlpools, Sonnenbänke, einen Ruheraum mit bequemen Liegestühlen, in denen man sich nach einem Saunagang und einer Dusche unter der Eisfontäne gemütlich ausstrecken und sich beim Blick auf den Ozean von seichter Musik berieseln lassen konnte. Wem das zum Stressabbau nicht genügte, der konnte ein Schlammbad nehmen, sich massieren lassen oder sich einer Thermaltherapie unterziehen.

Es war der perfekte Ort, um zu entspannen.

Sandra sah allerdings ganz und gar nicht entspannt aus. Im Gegenteil wirkte sie schlecht gelaunt. Aber schließlich war sie auch nicht hier, um nach ihrer letzten Schicht abzuschalten, indem sie es sich in der Sauna oder im Whirlpool bequem machte. Im Gegenteil lief eine ihrer Schichten gerade. Normalerweise erholten sich hier auf Deck 8 die Passagiere der Queen Anne von ihrem Kreuzfahrtalltag — obwohl das Herumliegen an einem der Pools und das Schlürfen von Cocktails nicht unbedingt strapaziöse Tätigkeiten waren. Nun aber war, angeführt von Freya Jonsdottir, eine Gruppe von Models in den Spa Club eingezogen, begleitet von einem Fotografen und mehreren Assistenten, darunter auch Sandra. In dem stilvollen Ambiente sollte eine Fotostrecke entstehen, auf der die Models eine Kollektion von Bademoden und Bademänteln präsentieren sollten, die Jonsdottir entworfen hatte, wie üblich in ihrem typischen ›Öko-

Schick‹. Sandra fielen dabei diverse Aufgaben zu: Ausrüstung von einem Punkt zum anderen schleppen, Möbelstücke wie Sessel hin und her schieben oder Topfpflanzen herumrücken, um einen entsprechenden Hintergrund zu gestalten, die Models bei Laune halten, falls sie etwas brauchten. Dabei gab es offenbar niemanden, der ihr keine Kommandos erteilte.

Mary wunderte sich nicht darüber, dass es Sandra auf die Stimmung schlug. Es hatte ihr noch nie gepasst, anderen als Handlangerin zu dienen. Mary hielt sich im Eingangsbereich, um nicht im Weg zu sein. Heute, am dritten Tag der Fashion Cruise, würde, neben Fotoshootings wie diesem hier, die Modenschau des brasilianischen Duos stattfinden. Dementsprechend trug Mary heute eine ihrer Kreationen. Es war eine Art Ganzkörperanzug, der so eng anlag, als sei er ihr an den Körper gegossen worden — weshalb es ihr einige Mühe bereitet hatte, überhaupt in ihn hineinzukommen. Er schimmerte in einem metallischen Schwarz, wartete mit einem breit ausstehenden Kragen auf, der Marys Kopf schirmte, und war aus Lack, Polyester und anderen künstlichen Materialien gefertigt. Zu Marys Leidwesen waren diese alles andere als atmungsaktiv und sorgten zudem dafür, dass es bei jeder Bewegung quietschte und knarzte. Dieses futuristisch wirkende Outfit stellte einen krassen Gegensatz zum Stil von Freya Jonsdottir dar. In der Nähe der Models, die allesamt im Natur-Look gewandet waren, kam Mary sich beinahe vor wie eine Zeitreisende aus der Zukunft.

Sie winkte Sandra zu, als diese zu ihr herübersah. Aber Sandra nickte nur missmutig. Es dauerte noch eine Weile. Aber dann war endlich alles zu Jonsdottirs Zufriedenheit hergerichtet, der Fotograf hatte seine Messungen genommen, und alle waren mit Erfrischungen versorgt.

Die Designerin besprach sich ein letztes Mal mit dem Fotografen. Dann gab sie den ersten Models ein Zeichen, Aufstellung zu nehmen. Für Sandra bedeutete das eine Verschnaufpause. Sie nutzte sie, um sich zu Mary zu gesellen. Eilig kam sie auf sie zu. Ihrem Gesicht nach brauchte sie dringend jemanden, bei dem sie ein wenig Dampf ablassen konnte. Sie unterließ es sogar, sich über Marys Aufzug lustig zu machen.

»Mann, ist das ätzend«, klagte sie. »Den ganzen Tag über bin ich das Mädchen für alles. Hol dies, Sandra, mach das, Sandra … echt zum Kotzen. Außerdem bin ich die Platzhalterin, muss mich in Position stellen, damit die Foto-Fritzen alles ausleuchten und die Designer die richtige Haltung überlegen können, damit sich die Damen und Herren Schönlinge bloß nicht überanstrengen. Da komme ich mir vor wie eine lebendige Schaufensterpuppe, die sie hinstellen und der sie die Arme und Beine verbiegen, wie es ihnen gerade passt. Ehrlich, da schrubbe ich lieber Waschbecken.«

»Das tut mir leid, Sandra. Es ist wohl wie bei allen Hochglanzveranstaltungen: Im Hintergrund läuft es alles andere als glamourös ab.«

»Das können Sie laut sagen, Mrs. Arrington.«

»Ein Gutes hat es immerhin, oder? Sie können mehr Zeit mit Antonio verbringen, als wenn er ständig im Maschinenraum malochen müsste.«

Sandra verdrehte die Augen.

»Hören Sie bloß auf. Ja, wir verbringen Zeit miteinander — wenn Sie das so nennen wollen, dass wir öfter im gleichen Raum sind. Aber Antonio ist irgendwie voll auf diesen Modeltrip eingestiegen. Damit hätte ich echt nicht gerechnet. Er übt fleißig den richtigen Gang für seinen Auftritt, wirft sich vor den Kameras in Pose. Das ist eine Seite an ihm, die ich bisher noch nicht kannte — und die

249

mir nicht besonders gefällt. Ich bereue schon, ihn dazu ermutigt zu haben.«

›Gedrängt‹, dachte Mary, wäre auch ein angemessener Ausdruck.

»Wenn das nicht für eine so wichtige Sache wäre, hätte ich ihm schon längst eine Szene gemacht und ihn zurück in seinen Maschinenraum gejagt.«

»Sie wollten doch, dass er ein besseres Gespür dafür entwickelt, wie er sich anzieht.«

»Klar. Dagegen sage ich ja auch gar nichts. Aber er geht für meinen Geschmack ein bisschen zu sehr darin auf, zu lernen, wie man sich auf dem Laufsteg präsentiert.«

Mary wusste, wie schwer es mitunter war, es Sandra recht zu machen. Sie glaubte nicht, dass Antonio abgehoben war. Das passte nicht zu ihm. Wahrscheinlich genoss er es einfach, mal etwas anderes zu tun, als Turbinen zu warten oder Maschinen einzustellen. Mary gönnte es ihm von ganzem Herzen. Auf der anderen Seite verstand sie, dass Sandra nicht begeistert war. Zuzusehen, wie Antonio seinen Spaß hatte, während sie selbst als Mädchen für alles herangezogen wurde, musste sie wurmen.

»Seien Sie nachsichtig mit ihm, Sandra.«

»Ja, Sie haben recht. Das ist vielleicht unfair von mir. Es geht nur alles etwas weiter, als ich es mir vorgestellt hatte, und dann … Er kommt mit den Leuten super aus, sie unterstützen ihn, erklären ihm Sachen, zeigen ihm Moves und so. Da komme ich mir etwas blöd vor, wenn ich nur zu den nervigen Aufgaben herangezogen werde, auf die sonst keiner Bock hat.«

»Wie Sie schon sagten, Sandra: Es ist für eine wichtige Sache. Aber ich bin Ihnen sehr dankbar, dass Sie dieses Opfer bringen. Sie haben es ja auch bald überstanden.«

»Das will ich mal schwer hoffen. Nicht, dass Antonio noch beschließt, bei diesem Designer-Duo anzuheuern und mit denen um die Welt zu ziehen.«

Mary lachte.

»Das kann ich mir kaum vorstellen. Gibt es sonst etwas zu berichten?«

Sandra zuckte die Schultern.

»Na ja, Farnkamps Tod ist natürlich Gesprächsthema Nr. 1. Die Models, Stylisten, Assistenten, alle sprechen darüber. Manche finden, dass er ein Genie war und der Verlust schrecklich für die Modeszene. Andere meinen, dass die Welt ohne den Mistkerl besser dran ist. Verdächtige Äußerungen hat aber niemand von sich gegeben. Da kann ich leider keine Anhaltspunkte liefern. Sorry, Mrs. Arrington.«

»Schon gut, Sandra. Einen Anhaltspunkt haben wir.« Sie wies auf Freya Jonsdottir. »Seien Sie so nett und fragen Sie Mrs. Jonsdottir, ob sie ein paar Minuten Zeit für mich hat.«

Sandra runzelte die Stirn.

»Mitten in einem Fotoshooting? Das glaube ich kaum.«

Mary zog das versengte Papierstück aus der Tasche, das sie in Farnkamps Kabine gefunden hatte.

»Wenn sie sich weigert, geben Sie ihr einfach das hier. Ich bin sicher, es wird sie umstimmen.«

Sandra betrachtete den Fetzen.

»Sie meinen, die Jonsdottir …«

»Das müssen wir herausfinden. Darum müssen wir mit ihr reden.«

»In Ordnung.«

Mary sah zu, wie Sandra zu dem Shooting zurück-

251

kehrte. Es war gerade unterbrochen. Freya Jonsdottir stand mit dem Fotografen vor einem Tisch. Auf dem Bildschirm des Laptops vor ihnen waren einige der Aufnahmen zu sehen, die gerade entstanden waren. Jonsdottir drehte sich nur widerwillig um, als Sandra sie ansprach. Sandra deutete auf Mary. Jonsdottir blickte zu ihr herüber, zwar nicht unfreundlich, aber es war doch erkennbar, dass ihr die Störung ungelegen kam. Was sie zu Sandra sagte, konnte Mary nicht verstehen. Aber sie schien die Angelegenheit damit als erledigt zu betrachten. Jedenfalls wandte sie sich wieder dem Laptop zu. Sandra warf Mary einen Blick zu. Dann hielt sie Jonsdottir den Brief unter die Nase. Die Designerin nahm ihn mit skeptischer Miene, faltete das Blatt auseinander und las. Mary konnte ihr Gesicht nicht sehen. Aber ihre Schultern schienen sich zu verspannen. Der Brief verfehlte seine Wirkung nicht. Jonsdottir blickte von dem Papier auf und starrte Sandra einen Moment lang an. Dann fasste sie sich. Sie gab dem Fotografen ein paar Anweisungen. Dann kam sie auf Mary zu. Sandra folgte ihr.

28

»Mrs. Arrington, nicht wahr?«

Jonsdottirs Stimme klang gereizt.

»Ganz recht«, antwortete Mary.

Jonsdottir schwenkte den Brief.

»Darf ich fragen, was es mit diesem Schreiben auf sich hat? Was soll ich damit? Sie sehen doch, dass ich enorm beschäftigt bin.«

Mary nickte.

»Natürlich, Mrs. Jonsdottir. Ich würde Ihre wertvolle Zeit auch nicht in Anspruch nehmen, wenn es nicht wichtig wäre. Was es damit auf sich hat, ist leicht zu erklären: Es handelt sich hierbei um die Überbleibsel eines Drohbriefs, der Franz Farnkamp seinen Tod auf dieser Reise ankündigt. Die Frage, was Sie damit sollen, ist ebenfalls einfach zu beantworten: Ich wüsste gern, was Sie mir darüber sagen können.«

»Ich? Was sollte ich Ihnen bitte darüber sagen können? Ich weiß gar nichts darüber. Hier, nehmen Sie das Ding.«

Sie hielt Mary den angekokelten Brief hin, als wollte sie deutlich machen, dass sie absolut nichts damit anfangen konnte. Aber auch, wenn sie versuchte, sie zu verbergen: Mary sah die Unsicherheit und Sorge in ihren Augen. Sie nahm den Brief.

»Jetzt lassen Sie mich bitte weiterarbeiten.«

Jonsdottir wollte sich umwenden.

»Ich bin ziemlich sicher, dass Sie eine Menge darüber

wissen«, sagte Mary. »Schließlich haben Sie ihn geschrieben.«

Jonsdottir hielt in der Bewegung inne.

»Ich? Das sind ungeheuerliche Anschuldigungen, Mrs. Arrington.«

Es klang empört. Allerdings warf Jonsdottir dabei einen Blick auf die Models und den Fotografen und sprach leise, als wollte sie sichergehen, dass sie nichts von dieser Unterhaltung mitbekamen.

»Wie um Himmels willen kommen Sie darauf?«

»Aus zwei Gründen. Sehen Sie, zum einen haben wir hier das Papier, aus dem der Umschlag und das Blatt hergestellt sind. Eine dunkle, leicht bräunliche Farbe, eine raue, faserige Zusammensetzung. Recyclingpapier. Sie arbeiten bei ihren Kleidern vorzugsweise mit nachhaltigen Materialien. Da liegt es nahe, dass Sie auch bei anderen Gelegenheiten darauf zurückgreifen. Überaus umweltbewusst von Ihnen, selbst beim Verfassen und Versenden von Morddrohungen an die Umwelt zu denken.«

Jonsdottir kaute auf ihrer Unterlippe.

»Das bedeutet gar nichts. Jeder kann schließlich solches Papier kaufen.«

»Da haben Sie recht. Ebenso gilt, dass jeder solches Papier in Stockholm kaufen kann. Von dort wurde der Brief versendet, und zwar vor anderthalb Wochen. Beides verrät uns der Poststempel, den man gerade noch entziffern kann. Ich habe ein wenig recherchiert, und wie es der Zufall will, haben Sie sich just zu dieser Zeit zu einer Modekonferenz in Schweden aufgehalten. Falls Sie immer noch bestreiten wollen, Farnkamp diesen Brief geschickt zu haben, können wir gerne noch einen Abgleich der Handschriften vornehmen. Es sieht nicht so aus, als hätte der Verfasser, besser gesagt, die Verfas-

254

serin der Drohung sich besondere Mühe gegeben, die ihre zu verfremden.«

Jonsdottir wich ihrem Blick aus.

»Freya«, rief der Fotograf. »Wie sieht es aus? Wollen wir weitermachen?«.

Er machte Anstalten, herüberzukommen. Aber Jonsdottir hielt ihn mit einer Handbewegung auf.

»Jetzt nicht. Machen Sie eine Pause. Ich muss erst das hier klären.«

Der Fotograf zog sich zurück. Die Models schauten neugierig zu den drei Frauen herüber. Jonsdottir machte ihnen ein Zeichen, dass alles in Ordnung sei. Aber ihr nervöser Gesichtsausdruck wollte nicht recht dazu passen. Sie blickte auf den Brief in Marys Hand, schien nach weiteren Ausflüchten zu suchen. Dann seufzte sie. Offenbar sah sie ein, dass es keinen Zweck hatte, weiter zu leugnen.

»Sie haben recht.« Sie wies auf den Brief. »Ich habe Farnkamp das geschickt.«

Sandra hatte sich ein wenig näher herangeschoben, um das Gespräch unauffällig verfolgen zu können. Mary sah Triumph in ihren Augen aufblitzen. Aber Sandra war klug genug, sich mit Bemerkungen zurückzuhalten. Dieses Geständnis brachte sie weiter. Aber es hieß noch nicht, dass der Fall gelöst war. Wenn Sandra jetzt zu übermütig wurde, gefährdete sie ihre Rolle als Marys Augen und Ohren hinter den Kulissen. Wenn herauskäme, dass sie zusammenarbeiteten, würde sich niemand mehr in ihrer Gegenwart unbekümmert äußern. Es war wichtig, dass sie sich im Hintergrund hielt.

»Darf ich fragen, wo Sie das herhaben, Mrs. Arrington?«

»Ich fürchte, das muss ich für mich behalten, Mrs.

Jonsdottir. Es war nicht das erste Mal, das Sie ihm so etwas geschickt haben, nicht wahr?«

Jonsdottir zögerte. Dann aber schien sie zu entscheiden, dass es das Beste war, reinen Tisch zu machen. Sie schüttelte den Kopf.

»Nein, war es nicht. Ich habe ihm seit Jahren Morddrohungen geschickt. Seit der Sache mit meinen Entwürfen damals.« Sie machte eine bittere Miene. »Sie wissen, dass er mir meine Entwürfe gestohlen und als seine ausgegeben hat?«

»Ich weiß zumindest, dass Sie ihm das vorwerfen. Bewiesen wurde es, soweit ich weiß, nie. Er wurde von diesen Anschuldigungen freigesprochen.«

Jonsdottir schnaubte verächtlich.

»Das bedeutet nicht, dass sie nicht wahr waren. Natürlich spielt das jetzt keine Rolle mehr. Was er mir gestohlen hat, kriege ich niemals zurück.« Sie schien ihren Ärger herunterzuschlucken — wenn auch mit einiger Mühe. »Farnkamp ist tot. Das zieht wohl einen Strich unter all das.«

Sie zeigte auf den Brief. Ihre Stimme klang ruhiger jetzt.

»Verstehen Sie mich nicht falsch: Ich weine ihm keine Träne nach. Er war ein Mistkerl, der viele Leute wie Dreck behandelt hat. Aber trotz all der Wut, die ich auf ihn hatte, hatte ich niemals vor, ihm wirklich etwas anzutun. Das ist vielleicht schwer zu glauben. Es stimmt aber. Ihm diese Briefe zu schicken war nicht nur ein Racheakt. Es war auch ... befreiend. Es half mir, mich nicht vollkommen hilflos zu fühlen. Wenn Sie so wollen, hatte es ... einen therapeutischen Effekt.«

Mary dachte, dass etwas anderes, das Freya sicher gutgetan hätte, einen noch viel größeren therapeutischen

Effekt hatte: eine richtige Therapie! Aber sie behielt den Gedanken für sich.

»Mrs. Arrington«, sie lehnte sich vertraulich zu ihr hin. »Wenn herauskommen würde, dass ich ihm Drohbriefe geschrieben habe, könnte das meinen Ruf ruinieren. Wäre es möglich, dass Sie niemandem davon erzählen? Mir zuliebe.«

Mary war weit davon entfernt, ihr einen Gefallen zu tun — oder auch nur auf diese Bitte einzugehen.

»Wenn ich das richtig sehe, waren Ihre früheren Briefe eher vage gehalten. Dieser hier ist aber ziemlich konkret. Sie erwähnen sogar das Schiff.«

»Sie sind gut informiert, Mrs. Arrington. Ja, das stimmt. Ich schickte ihm besonders viele in den Monaten vor der Reise. Besonders vehemente und spezifische. Hören Sie, wenn Sie so nett wären, mir …«

»Lassen Sie mich raten«, unterbrach Mary sie. »Sie wollten ihm Angst einjagen, ihn davon abhalten, an der ›Fashion Cruise‹ teilzunehmen. Habe ich recht?«

Jonsdottir schien einzusehen, dass sie mit Bitten und Betteln nicht weiterkommen würde. Sie schien zu bereuen, Mary den Brief wiedergegeben zu haben. Dadurch hatte sie sich um die Chance gebracht, ihn zu vernichten. Nun war sie Mary ausgeliefert und hatte keine Wahl, als sich mit ihr gutzustellen.

»Ja, genau«, antwortete sie. »Wenn Franz an einer solchen Veranstaltung teilnahm, konnte man davon ausgehen, dass er im Mittelpunkt stehen, alle anderen nur die zweite Geige spielen würden. Aber diese Fahrt ist ungeheuer wichtig für mich. Ich durchlaufe gerade beruflich ein Tief. Ich bekomme wenig Aufträge, meine Entwürfe werden nicht so gut besprochen, wie ich das gerne hätte. Durch die ›Fashion Cruise‹ wollte ich meiner Karriere einen Schub geben, am besten natürlich durch den Gewinn des Wettbewerbs. Aber ich wusste, ich und meine Kleider würden weitaus weniger Aufmerksamkeit erhalten, wenn Franz da war und wieder mal allen die Show stahl mit seiner wichtigtuerischen Art.«

Mit seinem Auftritt, dachte Mary, hatte er zweifellos allen die Show gestohlen. Allerdings hatte er für diese Aufmerksamkeit teuer bezahlt — ganz davon abgesehen, dass er nichts mehr von ihr hatte.

»Aber er ließ sich keine Angst einjagen«, sagte die Designerin. »Nein. Sein Ego war größer. Das hätte ich mir denken können. Dann hätte ich mir die Portokosten für die Briefe gespart.«

»Da er sich von Ihren Drohungen nicht einschüchtern ließ und Sie ihn an Bord sahen — haben Sie in Erwägung gezogen, diese Drohungen wahrzumachen?«

Jonsdottir sah sie erschrocken an.

»Wie bitte? Sie meinen, ob ich plante, ihm etwas anzutun?« Sie hatte laut gesprochen. Die Models und der Fotograf schauten zu ihnen herüber. Jonsdottir senkte ihre Stimme. »Auf keinen Fall. Ja, ich verabscheute ihn. Ich hasste ihn für das, was er mir angetan hatte. Aber ich bin kein gewalttätiger Mensch. Ich wäre niemals imstande gewesen, ihn zu verletzen oder gar zu töten. Warum fragen Sie mich das überhaupt? Es ist doch klar, dass er Selbstmord begangen hat. Wir waren doch alle dabei, als er sich erschossen hat.«

»Das waren wir«, sagte Mary. »Das heißt allerdings nicht, dass wir alles darüber Wissen.«

Sie hatte Jonsdottir genau beobachtet. Ihr Schreck schien echt gewesen zu sein, ebenso ihre Empörung über den Verdacht. Aber vielleicht war sie einfach nur besonders gut darin, sich zu verstellen. Mary war jedenfalls noch lange nicht bereit, diesen Verdacht fallen zu lassen. Jonsdottir hatte nach wie vor ein starkes Motiv. Das genügte nicht, sie zu überführen. Aber wenn sie wirklich die Täterin war, hatte Mary sie vielleicht hinreichend unter Druck gesetzt, dass sie einen Fehler begehen würde. Wenn dies geschah, wusste Mary, durfte sie es auf keinen Fall versäumen. Sie warf Sandra einen Blick zu. Sandra nickte zum Zeichen, dass sie verstand. Von nun an würde sie auf die Designerin besonders achtgeben.

»Ihre Auskünfte waren ziemlich aufschlussreich, Mrs. Jonsdottir. Ich denke, dass ich zu einem späteren Zeitpunkt mit weiteren Fragen noch einmal auf sie zurückkommen werde. Sie haben sicher Verständnis dafür, dass ich diesen Brief fürs Erste in meiner Obhut behalte.« Mit sichtlicher Enttäuschung sah Jonsdottir zu, wie Mary ihn in ihrer Tasche verschwinden ließ. »Sollte sich zeigen, dass ...«

Aber weiter kam sie nicht. Mitten im Satz wurde Mary von Geschrei unterbrochen, das in ihrem Rücken erscholl.

»Mrs. Arrington! Mrs. Arrington! Mein Gott bin ich froh, Sie gefunden zu haben.«

Sie wandte sich um.

Molly Prendergast kam völlig außer Atem auf sie zugelaufen.

»Ich habe schon das ganze Schiff nach Ihnen abgesucht.«

Mary ging ihr entgegen.

»Mrs. Prendergast. Was haben Sie denn?«

Sie hatte offenbar nicht genug Luft für eine ausführliche Erklärung.

»Es geht um Dr. Germer«, stieß sie nur hervor. »Sie müssen sofort mitkommen!«

29

»Mrs. Prendergast, können Sie mir nicht erklären, was denn eigentlich los ist?«

Molly Prendergast antwortete nicht. Sie schien all ihre Energie dafür aufzuwenden, so schnell wie möglich die Korridore zu durchqueren und schien an nichts anderes zu denken als daran, ihr Ziel zu erreichen. Mary konnte nichts weiter tun, als mit ihr Schritt zu halten und sich zu fragen, was wohl so Schreckliches mit Germer passiert war, das seine Sprechstundenhilfe in solche Panik versetzte. Im Eilschritt erreichten die beiden Frauen die Grand Lobby. Hier waren, in Glasvitrinen, die Siegerentwürfe der ersten Modenschauen ausgestellt. Zwei weitere Vitrinen würden noch hinzukommen, bevor am letzten Abend aus diesen vier Kleidern die beste Kreation der ›Fashion Cruise‹ gewählt werden würde. Es herrschte reger Betrieb. Außer Models, Fotografen, Designern und Journalisten hatten sich etliche Passagiere eingefunden, um die stofflichen Meisterwerke zu bewundern. Verwirrung brach aus, als Prendergast, dicht gefolgt von Mary, sich hastig zwischen ihnen hindurchdrängte. Im Vorüberhasten entdeckte Mary auch George. Er stand mit einem der Stewarts zusammen. Er unterbrach das Gespräch, das er mit ihm führte, und sah sie fragend an. Sie hob ratlos die Arme und bedeutete ihm durch eine Kopfbewegung, sich ihnen anzuschließen. George zögerte nicht. Für den Kapitän gehörte es sich nicht, zu rennen. Aber er folgte ihnen mit langen Schritten und schaffte es, zu ihnen aufzuschließen.

»Was ist denn jetzt schon wieder passiert?«, fragte er.

»Ich weiß es nicht«, antwortete Mary. »Aber es scheint, als würde uns die Fashion Cruise noch einige Aufregung bescheren.«

»Ich wünschte, Winthrop hätte diese ganze Aktion abgeblasen«, sagte George. »Da kann doch nichts Gutes bei herauskommen. Es wäre für alle das Beste, wir würden das bleiben lassen und möglichst stressfrei nach New York rüberfahren.«

Mary sah ihn mit einem kleinen Lächeln an.

»Ich nehme an, deine Einstellung hat nicht das Geringste damit zu tun, dass ein Abbruch der Fashion Cruise dir auch deinen Gang über den Laufsteg ersparen würde, vor dem es dich so graust.«

George zuckte die Schultern.

»Da wäre ich nicht böse drum. Ich sage doch: Für alle das Beste.«

Zu dritt erreichten sie die Krankenstation.

Molly Prendergast zog einen Schlüssel aus der Tasche, um die Tür zu öffnen. Mary wunderte sich. Eigentlich sollte die Krankenstation geöffnet sein. Prendergast stieß die Tür auf und sie folgten ihr ins Innere. Prendergast schloss die Tür hinter ihnen wieder ab. Dann führte sie Mary und George am Rezeptionstresen vorbei zu Germers Büro. Das Büro war leer. Der Sessel, in dem der Schiffsarzt sich so gerne fläzte, wirkte verlassen. Nur Germers grässliche Büste hielt Wache. George zeigte darauf, ohne dass Prendergast es mitbekam, und machte ein entsetztes Gesicht.

»Das Geschenk einer dankbaren Patientin«, raunte Mary ihm zu.

»Meine Güte«, flüsterte George. »Als würde ein Germer uns nicht vollkommen reichen.«

Prendergast trat an die Tür des Untersuchungszimmers, das sich an das Büro anschloss. Die Tür war ebenfalls geschlossen. Sie klopfte vorsichtig an.

»Germerchen? Schnutzi-Putzi?«

Vor lauter Aufregung dachte sie offenbar nicht daran, dass diese Kosenamen hier gerade etwas fehl am Platz waren. Mary und George warfen einander einen Blick zu. Georges Lippen formten tonlos das Wort nach: »Schnutzi-Putzi?«

Mary musste sich ein Lachen verkneifen und hob ratlos die Schultern. Es war auch nicht unbedingt die Bezeichnung, die sie sich für den beleibten Arzt ausgesucht hätte. Knödelchen, fand sie, wäre ein passenderer Kosename.

»Wer ist da?«, ertönte Germers Stimme von drinnen. Sie klang erschrocken, dachte Mary, geradezu furchtsam.

»Ich bin es, Molly. Mrs. Arrington und der Kapitän sind bei mir. Können wir hereinkommen?«

»Hast du die Eingangstür wieder abgeschlossen?«

»Habe ich.«

»Es ist auch sicher niemand sonst reingekommen?«

»Ganz sicher, mein Germerchen. Außer uns ist niemand hier. Du bist in Sicherheit.«

Einen Moment herrschte Stille hinter der Tür. Dann ließ Germer wieder von sich hören.

»Okay. Kommt rein.«

Molly Prendergast blickte Mary und George sorgenvoll an.

»Erschrecken Sie nicht«, sagte sie leise. »Er ist gerade nicht der starke, souveräne Mann, als den wir ihn kennen. All das hat ihn ziemlich mitgenommen. Uns beide. Wir müssen ganz behutsam mit ihm umgehen.«

Ebenso wie ›Schnutzi-Putzi‹ waren ›stark‹ und ›souverän‹ keine Ausdrücke, die Mary mit Germer in Verbindung gebracht hätte. Aber sie nickte. All das wurde immer sonderbarer. Sie war gespannt darauf, endlich zu erfahren, was genau Germer so mitgenommen hatte.

Prendergast drückte die Klinke herunter. Mary und George traten hinter ihr ein. Normalerweise war dies der Ort, an dem Germer seine Patienten untersuchte. Nun aber schien der Schiffsarzt derjenige zu sein, der eine medizinische Behandlung nötig hatte. Er saß auf der Untersuchungsliege, mit dem Rücken an die Wand gelehnt. Sein ganzer schwerer Körper war in sich zusammengesunken. Sein Gesicht war blass. Mit der linken Hand presste er sich einen Eisbeutel auf den Kopf. Mit der rechten umklammerte er einen Golfschläger. Er hatte ihn erhoben, auch wenn er nicht aussah, als sei er imstande, damit nennenswerten Schaden anzurichten, schon gar nicht aus dieser Position heraus. Der Schläger zitterte in seinem Griff und schien kurz davor, ihm zu entgleiten. Im Schoß hatte Germer eine Flasche Enzianschnaps, die bereits zu einem guten Teil geleert war. Er schaute zwar in ihre Richtung, als die drei hereinkamen, sah sie aber nicht direkt an. Stattdessen spähte er an ihnen vorbei, als befürchte er, hinter ihnen könne sich noch jemand verbergen. Erst, als sie die Tür freigaben und er sicher sein konnte, dass niemand in seinem Büro war, schien er sich ein wenig zu entspannen. Er ließ den Golfschläger sinken und seufzte erleichtert.

Mary trat an ihn heran.

»Was ist passiert, Dr. Germer?«

»Was passiert ist, fragen Sie? Wonach sieht es denn aus? Ich wurde brutal angegriffen. In meiner eigenen Krankenstation.«

Obwohl er angeschlagen war, hatte er nichts von seiner Grobheit eingebüßt. Es hätte Mary auch gewundert.

Es gab wohl nichts, dass Germer Höflichkeit beigebracht hätte.

»Wer hat Sie angegriffen?«, fragte George.

Germer zuckte die Schultern.

»Ich weiß es nicht. Es ist letzte Nacht passiert. Wann, kann ich nicht sagen. Ich hatte … spät gearbeitet.«

Für Marys Begriffe bedeutete das, dass er sich in seinem Büro betrunken und anschließend an seinem Schreibtisch eingeschlafen war.

»Irgendwann habe ich im Rezeptionsbereich ein Geräusch gehört. Ich bin nach vorne gegangen, um nachzuschauen. Aber da war niemand, und ich konnte auch nicht herausfinden, woher das Geräusch kam. Ich wollte gerade wieder in mein Büro gehen, um weiter zu schla… weiter an meinen wichtigen ärztlichen Berichten zu arbeiten. Da kriege ich von hinten eine übergezogen. Ich hab Sterne gesehen und bin bewusstlos zu Boden gegangen. Als ich wieder zu mir gekommen bin, war Molly da. Wie gesagt, den Täter selbst habe ich weder gesehen noch gehört. Aber er hat mir das hier verpasst.«

Er hob den Eisbeutel und senkte den Kopf. Zwischen seinen orangenen Haaren, die ihm das Eiswasser an den Schädel pappte, prangte eine hühnereigroße Beule.

»Verdammter Feigling!« Germer reckte seinen Golfschläger. »Wenn ich den erwische, führe ich ihm meine Schwungtechnik an seiner Visage vor.«

Mary hatte diese Schwungtechnik live erlebt und wusste, dass eigentlich niemand etwas davon zu befürchten hatte, aber das behielt sie lieber für sich. Germer berührte die Beule vorsichtig mit den Fingerspitzen.

»Au!«

Er beeilte sich, den Eisbeutel wieder auf der Schwellung zu platzieren. Stöhnend ließ er sich gegen die Wand zurücksinken.

»Ich hatte den Morgen frei«, sagte Molly Prendergast.
»Deshalb bin ich erst am späten Vormittag auf die Station gekommen. Die Tür war zu. Ich bin reingekommen, und da habe ich Schnutzi … Dr. Germer auf dem Boden liegen sehen. Ich habe einen ungeheuren Schreck gekriegt. Ich dachte erst, er wäre tot. Ich habe seinen Puls gefühlt und ihn gerüttelt, und Gott sei Dank ist er wieder zu sich gekommen. Er war total groggy, mein armes Germerchen.«

Sie tätschelte ihm die Hand.

Unter anderen Umständen hätte es Germer sicher nicht gefallen, von ihr vor Mary und dem Kapitän so genannt zu werden. Jetzt aber schien es ihm nichts auszumachen. Im Gegenteil. Ein wenig erinnerte er Mary an einen kleinen Jungen, der hingefallen war, sich das Knie aufgeschlagen hatte und es danach genoss, sich trösten zu lassen. Aber auch wenn Germer sich ein wenig kindisch benahm und sich in Prendergasts Mitleid suhlte — was vorgefallen war durften sie nicht auf die leichte Schulter nehmen.

»Ich habe ihm aufgeholfen und ihn gestützt und hierhergebracht«, fuhr Molly fort, »damit er sich hinlegen konnte. Er hat mir erzählt, was passiert ist. Ich habe ihm seinen Schnaps gebracht, gegen die Schmerzen. Dann bin ich sofort los, um Sie zu holen.«

»Moment mal«, warf George ein. »Das heißt, Sie haben sich auf der Krankenstation nicht noch einmal umgesehen, um zu prüfen, ob der oder die Angreifer vielleicht noch da waren?«

»Nein«, antwortete Molly. »Dr. Germer hat sich hier eingeschlossen, damit niemand an ihn heran konnte, und ich bin geradewegs vorne zur Tür raus. Ich habe nicht noch einmal geschaut …« Schrecken weitete ihre Augen. »Meinen Sie, der Verbrecher war noch hier? Dass ich ihn mit Germerchen auf der Station allein gelassen habe?«

Auch Germers Angst schien bei dieser Vorstellung noch einmal aufzuwallen. Er schluckte schwer und packte den Schläger fester.

»Mein Gott«, stieß er hervor. »Er hätte die Tür aufbrechen und mir den Garaus machen können.«

»Ganz ruhig«, sagte Mary, sowohl an ihn als auch an die Sprechstundenhilfe gewandt. »Sie haben das Richtige getan, Molly. Es ist unwahrscheinlich, dass der Täter sich nach dem Angriff lange hier aufgehalten hat. Er durfte ja nicht riskieren, erwischt zu werden. Sollte er doch geblieben sein, hätte es fatal enden können, wenn sie ihm in die Arme gelaufen wären. Es war das einzig Vernünftige, Hilfe zu holen. Was Sie angeht, Dr. Germer, hatten Sie hier drin nichts zu befürchten. Der Täter hätte ja gleich zwei Türen aufbrechen müssen, um an Sie heranzukommen, kein leichtes Unterfangen. Wie gesagt, ich gehe davon aus, dass er gar nicht mehr hier war.«

George nickte.

»Das sehe ich auch so. Ich glaube auch nicht, dass er hier Däumchen gedreht und darauf gewartet hat, dass jemand kommt. Er wird sich so schnell wie möglich aus dem Staub gemacht haben, nachdem er erledigt hatte, was ihn hergeführt hat. Was immer das gewesen sein mag.« Er wandte sich um. »Ich werde mich trotzdem mal umschauen, um sicherzugehen, dass wirklich niemand sonst auf der Station ist. Außerdem finde ich vielleicht einen Hinweis darauf, was der Täter wollte. Bleibt ihr solange hier. Ich sage euch Bescheid, sobald ich weiß, dass keine Gefahr besteht.«

Es passte zu George, dass er ohne zu zögern die Beschützerrolle übernahm. Als Kapitän war es seine Pflicht, für die Sicherheit aller Personen an Bord zu sorgen, und ob er dabei gegen einen Sturm, tobenden Wellengang oder Kriminelle zu kämpfen hatte, machte für ihn keinen Unterschied.

Mary fasste seine Hand und drückte sie. Sie hatte es zwar ernst gemeint: Ihrer Ansicht nach stand nichts zu befürchten. Außerdem war George kräftig und wäre imstande, sich in einer körperlichen Auseinandersetzung zu behaupten. Doch trotz dieses Wissens war ihr nicht ganz wohl dabei, ihn gehen zu lassen. Es war keine rationale Angst. Es war einfach die Sorge um diesen Menschen, der ihr so nahe stand und von dem sie auf keinen Fall wollte, dass ihm Schaden zugefügt wurde.

»Sei vorsichtig, George.«

Er schien zu erkennen, was in ihr vorging, und lächelte sie an.

»Das bin ich doch immer.«

»Im Büro sind Golfschläger«, sagte Germer. »Wenn Sie einen mitnehmen wollen.«

»Schon gut«, erwiderte George, seine wie immer ruhige, unerschütterliche Art ein starker Kontrast zum bangen Verhalten des Schiffsarztes. »Ich komme schon klar.«

Mit diesen Worten verließ er das Büro.

»Warum haben Sie ausgerechnet mich verständigt, Molly?«, fragte Mary, nachdem er gegangen war. »Warum nicht das Sicherheitspersonal?«

»Weil ich es ihr aufgetragen habe«, sagte Germer. »Was nützt mir das Sicherheitspersonal, wenn der Schweinehund schon über alle Berge ist? Die können sich nützlich machen und dafür sorgen, dass nicht noch mal so was passiert. Aber wer das war, kriegen die doch niemals raus.«

»Aber mir trauen Sie das zu?«

Germer zuckte die Schultern. »Ich dachte, wenn Sie

schon ständig an Bord mit Ihren Ermittlungen zugange sind, können Sie ja ausnahmsweise auch mal welche für mich anstellen und rausfinden, wer mir das angetan hat.«

Es klang zwar gehässig. Aber Mary war sicher, dass das nur gespielt war. Germer schien tatsächlich all seine Hoffnungen in sie zu setzen. Sie fragte sich, ob es mit ihrer vorherigen Unterredung zu tun hatte. Sie hatte sie zwar nicht gerade zu Vertrauten gemacht. Und sie hatte Germer gehörig unter Druck setzen müssen, damit er mit der Wahrheit herausrückte. Aber letzten Endes hatte er sich zumindest ansatzweise kooperativ gezeigt. Sein Interesse, Mary bei der Lösung des Falles zu unterstützen, war vielleicht nicht gigantisch gewesen. Das jüngste Ereignis jedoch hatte es sicherlich gesteigert.

»Ihr Vertrauen schmeichelt mir, Dr. Germer.«

Mary blickte zur Tür. Langsam wurde sie nervös. War George nicht viel zu lange weg? Die Krankenstation war schließlich nicht besonders groß. Sie bereute schon, dass sie ihn alleine hatte gehen lassen. Was, wenn sie sich geirrt hatten, der Angreifer noch dagewesen und George aus dem Hinterhalt attackiert hatte?

»Ich werde tun, was ich kann«, fuhr sie fort, machte jedoch einige Schritte durch das Büro, Richtung Tür. Wenn George nicht bald auftauchte, würde sie ihn suchen gehen. »Vor allem, weil dieser Vorfall ganz offenkundig mit Franz Farnkamps Tod in Zusammenhang steht.«

»Da haben Sie sicher recht«, sagte Germer.

Endlich näherten sich Schritte aus dem Rezeptionsbereich. Mary konnte nicht bestimmen, ob es Georges Schritte waren. Sie war kurz davor, sich selber einen der Golfschläger aus der Tasche zu schnappen. Ihre Anspannung schlug in Erleichterung um, als George das Büro betrat. Sie musste sich zurückhalten, ihm nicht um den Hals zu fallen.

»Und?«, fragte sie.

»Niemand da, wie wir erwartet hatten«, antwortete George. »Es scheint nichts zerstört und nichts gestohlen worden zu sein. Niemand hat sich an den Schränken mit den Patientenakten zu schaffen gemacht. Ansonsten wären für einen Dieb wohl die Medikamente am interessantesten. Aber auch an denen hat sich niemand vergriffen. Was genau der Täter wollte, kann ich also nicht sagen. Allerdings habe ich herausgefunden, wo er hin ist, nachdem er Dr. Germer niedergeschlagen hat.«

»Wohin?«, fragte Mary, und auch Molly und der Schiffsarzt sahen George gespannt an.

»In die Leichenkammer.«

30

Wie neulich Nacht, als sie Farnkamp hergebracht hatten, empfing die Leichenkammer sie mit kühler Luft und dem Surren der Ventilationsanlage. Es kam ihnen durch die Tür entgehen, die einen Spalt breit offen stand. Nun, wo sicher war, dass keine Gefahr drohte, hatte Germer darauf bestanden, sie zu begleiten. Immerhin sei dies seine Krankenstation. Er hatte sich von der Liege gewuchtet. Molly Prendergast hatte Anstalten gemacht, ihn zu stützen. Aber er hatte ihr seinen Arm entzogen. So gut ihm ihre Anteilnahme auch tat, wie ein Pflegefall wollte er wohl doch nicht behandelt werden. Sie hatte sich dicht bei ihm gehalten, als sie das Untersuchungszimmer verlassen hatten, bereit, dachte Mary, ihn aufzufangen, sollten ihn seine Kräfte verlassen. Den Eisbeutel hatte Germer liegenlassen, seinen Golfschläger jedoch mitgenommen. Er schien noch nicht vollends davon überzeugt, dass der Angriff vorbei war. Auf dem Weg zur Leichenkammer hatte er angespannt um sich geschaut, als rechne er damit, dass ein Übeltäter etwa hinter dem Rezeptionstresen hervorspringen und sich auf ihn stürzen könnte. Aber sie hatten die Metalltür ohne Zwischenfälle erreicht.

»Warst du schon drin?«, fragte Mary.

George schüttelte den Kopf.

»Ich habe nur einen Blick hineingeworfen. Es war zwar niemand da. Aber abgesehen von der offenen Tür deutet noch etwas anderes darauf hin, dass der Täter sich darin zu schaffen gemacht hat: Eines der Kühlfächer wurde geöffnet.«

»Lass mich raten — das, in dem Farnkamp liegt.«

»Ganz genau.«

George zog die Tür weiter auf.

Bevor sie eintraten, wandte Germer sich an seine Sprechstundenhilfe.

»Molly, Schatz, bleib du an der Rezeption, falls jemand kommt.«

»Bist du sicher?«

»Ja, geh schon. Ich komme zurecht.«

In Wahrheit, vermutete Mary, wollte er nicht, dass sie mitbekam, was sie zu besprechen hatten. Es hätte sie auch gewundert, wenn er sie in seine Abmachung mit Farnkamp eingeweiht hätte.

»Okay. Sag mir Bescheid, wenn du was brauchst.«

Mary, George und Germer betraten die Leichenkammer.

»Ich hab Schwein gehabt, dass ich nicht selber hier liege«, sagte der Schiffsarzt, »sondern gerade noch mal mit dem Leben davongekommen bin. Dass jemand einen Mordanschlag auf mich unternehmen würde, hätte ich nie gedacht. Hoffentlich kreuzt der Mistkerl nicht noch einmal auf, um zu Ende zu bringen, was er vorher nicht geschafft hat.«

»Warum, glauben Sie, würde Sie jemand umbringen wollen?«, fragte George.

Mary verkniff sich die Bemerkung, dass ihr da spontan eine ganze Reihe von Gründen einfallen würden.

»Das ist doch ganz klar«, erwiderte Germer. »Es muss wegen dieses Deals sein, den ich mit dem Designer gemacht habe. Derjenige, der ihn umgebracht hat, ist jetzt hinter mir her. Schließlich bin ich, soweit der Mörder weiß, der Einzige, der Farnkamps Pläne kannte, und

271

damit der Einzige, der wissen kann, dass es kein Selbstmord war. Der Mörder weiß ja nicht, dass Sie das inzwischen rausgefunden haben.«

Mary vermutete, dass er die Zeit im Untersuchungszimmer damit verbracht hatte, sich darüber Gedanken zu machen. Der Schnaps hatte sicherlich seinen Teil zu diesen Überlegungen beigetragen.

»Das könnte natürlich sein«, sagte sie. »Allerdings scheint es mir unwahrscheinlich, dass er sie töten wollte. Ein starkes Argument dafür besteht darin, dass Sie noch am Leben sind. Nachdem er sie bewusstlos geschlagen hatte, wäre es ihm ein Leichtes gewesen, Sie umzubringen. Dass er es nicht tat, führt mich zu der Annahme, dass er nur dafür sorgen wollte, dass Sie ihm nicht in die Quere kommen. Nein, Dr. Germer. So schlimm es ist, was Ihnen passiert ist — ich glaube nicht, dass der Täter es auf Sie abgesehen hatte, und deshalb glaube ich auch nicht, dass er noch einmal wiederkommen wird.«

Germer umklammerte den Golfschläger.

»Sie haben leicht reden, Mrs. Arrington. Sie haben ja auch nicht haarscharf ein Attentat überstanden. Ich werde jedenfalls nicht so leichtsinnig sein und mich in Sicherheit wiegen. Das will der Typ doch nur, dass ich unvorsichtig bin und er mir das Licht ausknipsen kann. Den Gefallen werde ich ihm nicht tun.«

Germers Verhalten wunderte Mary nicht. So wie er dazu neigte, sich selbst wichtig zu nehmen, nahm er auch alles wichtig, was ihm widerfuhr. Es passte zu ihm, dass er in seiner Opferrolle aufging. Aber sie spürte auch, dass seine Angst echt war. Sie konnte es ihm nicht verdenken. Auch wenn er es übertrieb und ihrer Meinung nach niemand versuchte hatte, ihn umzubringen — die Verletzung, die er erlitten hatte, war echt.

Mary und George traten an die Kühlfächer. Jenes, in

dem Farnkamp untergebracht war, war offen, wie George berichtet hatte. Die Bahre war auf ihren Schienen bis zum Anschlag herausgezogen. Der tote Designer befand sich zwar immer noch in dem Leichensack. Allerdings war dieser ein Stück weit geöffnet worden, sodass Farnkamps Oberkörper und sein blasses, ausdrucksloses Gesicht zum Vorschein gekommen waren. Farnkamp lag nach wie vor auf dem Rücken, so wie George und Germer ihn in der Nacht seines Todes auf die Bahre gebettet hatten. Die einzige Veränderung seiner Position bestand darin, dass seine linke Hand verrutscht war und von der Bahre herunterhing, als habe Farnkamp versucht, aufzustehen oder nach etwas zu greifen. Er war nach wie vor voll bekleidet. Es passte zu Germer, dachte Mary, dass er keine Lust gehabt hatte, sich weiter mit ihm zu befassen, geschweige denn damit, einer Leiche ihre Kleidung auszuziehen. Aber da er ja ohnehin nicht vorgehabt hatte, eine Obduktion durchzuführen oder ihn auch nur zu untersuchen, hatte es dafür natürlich aus seiner Sicht auch keinen Grund gegeben.

»Der Täter hat sich an der Leiche zu schaffen gemacht«, sagte George. »Aber was kann er gewollt haben?«

Mary betrachtete Farnkamp. Sein Gesicht sah aus wie aus Wachs. Das Blut um seine Schusswunde war getrocknet.

»Ich habe keine Ahnung«, sagte sie. »Seine Taschen haben wir geleert und ich bin ziemlich sicher, dass wir dabei nichts übersehen haben. Vielleicht wusste der Eindringling das jedoch nicht und hoffte, fündig zu werden. In diesem Fall musste er unverrichteter Dinge wieder abziehen. Allerdings macht es nicht den Eindruck, als sei die Leiche durchsucht worden.«

»Stimmt«, sagte George. »Er muss ja in Eile gewesen

sein. Da hat er ihn sicher nicht durchsucht und dann wieder ordentlich zurechtgelegt, damit niemandem was auffällt. Aber es sieht nicht aus, als hätte er Farnkamp überhaupt bewegt. Natürlich kann es sein, dass er ihm einfach nur die Taschen abgeklopft hat und dann schnell wieder verschwunden ist.«

»Oder«, sagte Mary, »er wollte etwas ganz anderes.«

Germer hielt sich bei der Tür. Marys Argumente hatten ihn offenbar wirklich kein bisschen beruhigt. Die Leichenkammer und Farnkamps Nähe schienen ihn ununterbrochen daran zu erinnern, dass er selbst jetzt in einem der Kühlfächer liegen könnte.

»Was soll das bitte gewesen sein?«, fragte er. »Was zum Teufel kann jemand von einem Toten wollen?«

Mary blickte nachdenklich auf die Leiche.

»Das, mein lieber Dr. Germer, werden wir herausfinden müssen.«

31

Am Abend hatte das Duo seinen großen Auftritt im Ballsaal. Ihr Stil, viel synthetisches Material in metallischen, an Autolack erinnernden Farbtönen, traf nicht gerade Marys Geschmack. Die meisten Outfits waren noch futuristischer gestaltet als das, was sie den Tag über getragen hatte. Es war ihr ein bisschen zu viel. Doch musste sie zugeben, dass ihre Show ein ziemliches Spektakel bot. Die Models, auffällig geschminkt, marschierten zu elektronischen Klängen und grellen Lichteffekten auf, während Gilbert und Letitia abwechselnd den jeweiligen Entwurf ankündigten. Besonders unterhaltsam aber war all dies für Mary dadurch, dass in dieser Parade junger Männer und Frauen einer ganz besonders hervorstach: Antonio.

Der Maschinist machte eine richtig gute Figur. Er stolzierte so gekonnt über den Laufsteg, als hätte er sein Leben lang nichts anderes gemacht. Mit seinem blendenden Aussehen, dem leichten, überlegenen Lächeln auf seinen Lippen und seinem Charisma ließ er sogar die Profi-Models blass aussehen. Ganz abgesehen davon schienen ihm die Entwürfe auf den Leib geschneidert. Mary war nicht die Einzige, die von ihm beeindruckt war. Jedes Mal, wenn er eine weitere Kreation präsentierte, brandete begeisterter Applaus auf. Wenn er dann das Ende des Catwalks erreichte und dort kurz stehen blieb, brach ein Blitzlichtgewitter aus. Zu Pfiffen und Bravo-Rufen des Publikums stemmte er eine Hand in die Seite und stellte ein Bein aus, um sich den Blicken darzubieten. Aber das war nichts gegen den Moment, in dem er sich wieder in Bewegung setzte. Er tat es mit einem geschmeidigen Hüftschwung, der eines Tänzers würdig gewesen wäre. Die Zuschauer schienen enttäuscht, wenn er im Garderobenbereich verschwand. Sandra hatte nicht übertrieben, dachte Mary: Antonio hatte überraschend gut in seine Rolle hineingefunden und setzte gekonnt um, was seine Modelkollegen ihm in dieser kurzen Zeit beigebracht hatten.

Während Mary die Kleider betrachtete und sich Notizen zu ihnen machte, blickte sie hinüber zu dem Platz, auf dem Franz Farnkamp hätte sitzen sollen. Er wurde aus Respekt vor dem Toten freigehalten. Auf dem Stuhl daneben saß Elise. Einmal schauten sie einander an. Aber Elise wandte den Blick sofort wieder ab.

Die Show verlief reibungslos. Allerdings nur bis kurz vor ihrem Ende. Bis dahin waren die Models in strengem Rhythmus und Abstand aufgetreten. Jetzt aber wurde dieser Rhythmus unterbrochen. Ein Model, das offenbar nicht an der Reihe war, stürmte aus dem Garderobenbereich auf den Laufsteg und brachte damit den Reigen ihrer Kolleginnen und Kollegen durcheinander. Sie reagierten entsprechend und blieben verwundert stehen. Es war nicht das einzig Sonderbare an diesem Model. Die junge Frau trug auch keines der Kostüme, sondern war in Jeans und einen Pullover gekleidet, die nicht unbedingt zur Haute Couture gehörte. Sie war auch nicht so aufwendig geschminkt, geschweige denn frisiert wie die anderen, im Gegenteil waren ihre Haare ein wenig struppig. Von elegantem Schreiten war bei ihr nichts zu bemerken, und zusätzlich begleitete sie ihren Auftritt mit Schreien, die sogar die Musik übertönten.

»Mrs. Arrington! Mrs. Arrington!«

Nun, da das vermeintliche Model näher gekommen

war, erkannte Mary, dass es sich um niemand anderen als Sandra handelte, die über den Laufsteg und durch das zuckende bunte Licht auf sie zu sprintete.

»Kommen Sie schnell!« Sie deutete hektisch in Richtung des Garderobenbereichs. »Das müssen Sie unbedingt sehen!«

Das Publikum wusste nicht, was es mit dieser Einlage anfangen sollte. Es konnten wohl über der Musik auch nicht alle Sandras Worte verstehen. Die anderen Models erstarrten auf der Stelle. Mary aber reagierte sofort. Sie verließ ihren Platz am Jurytisch und erklomm den Laufsteg. Eine böse Erinnerung an die erste Modenschau überkam sie, und unwillkürlich schaute sie zu Farnkamps Platz hinüber. Er war nach wie vor unbesetzt. Aber jetzt, erkannte Mary, galt das auch für den daneben. Wie lange das schon der Fall war, wusste sie nicht.

»Mrs. Arrington!«, rief Sandra. »Machen Sie schon!«

Sie beeilte sich, zu Sandra aufzuschließen. Auch George kam dazu, als Sandra sie hastig in den Garderobenbereich führte. Vor dem Eingang stand das Duo. Auf ihrem Weg auf den Laufsteg war Sandra an den beiden vorbeigeschlüpft, sodass es ihnen nicht gelungen war, sie aufzuhalten. Jetzt blickten sie dem kleinen Trupp verwundert entgegen, aber auch sichtlich verärgert darüber, dass ihre Show unterbrochen wurde.

»Sandra«, fuhr Gilbert sie an. »Was soll denn dieser Aufruhr? Wie kommen Sie dazu …«

Mary würgte ihn ab.

»Sandra würde das niemals leichtfertig tun. Irgendetwas ist passiert. Etwas Ernstes.«

Das Duo wechselte noch einen Blick miteinander. Aber es blieb ihnen nichts übrig, als Sandra, Mary und George ebenfalls zu folgen.

Sie durchquerten den Garderobenbereich, vorbei an

aufgestörten Models und Stylisten. Durch einen Lagerraum, der mit Kisten für Kleidung und Schminkutensilien vollgestellt war, gelangten sie zu einem Gang. An dessen Ende befand sich eine Tür. Die Tür war nur angelehnt. Licht drang durch den Spalt. Sandra blieb stehen und wies mit dem Zeigefinger darauf.

»Da drin!«

32

Mary trat an die Tür und zog sie weiter auf. Dahinter befand sich eine Abstellkammer. Die Regale, die rundum an den Wänden aufgestellt waren, waren mit Reinigungsmitteln, Papierhandtüchern, aber auch Tischdecken, Servietten und Schachteln mit Kerzen gefüllt. All dies wurde gebraucht, vermutete Mary, wenn der Ballsaal für seinen üblichen Zweck genutzt wurde: Tanzveranstaltungen, aber auch Banketts und ähnliche feierliche Zusammenkünfte. In einer Ecke standen ein Putzeimer und ein Mob. Davor, auf dem Boden, lag Elise. Sie lag auf dem Rücken. Ihre Arme waren schlaff zur Seite gefallen. Auf ihrem schmalen Hals prangten Würgemale, purpurne Blutergüsse in der Form von Fingern, die sich deutlich von ihrer blassen Haut abhoben. Ihre Augen waren offen und quollen hervor. Durch das Weiß um die leeren Pupillen zogen sich rote Äderchen. Sie mussten geplatzt sein durch den Druck, den der Täter auf die Blutgefäße ausgeübt hatte. Hatte sie schon lebendig zart und zerbrechlich ausgesehen, so galt das nun umso mehr. Sie wirkte tatsächlich, als hätte sie jemand zerbrochen.

»Wer ist es, Mary?«, fragte George hinter ihr. Da Mary in der Tür stand und sie nicht vollends geöffnet hatte, versperrte sie den anderen die Sicht. Sie konnten wohl erkennen, dass dort ein Mensch lag, nicht aber, um wen es sich handelte. Mary trat jedoch nicht beiseite, um den Durchgang freizugeben. Es lag nicht nur daran, dass sie ihnen den Anblick des toten Mädchens ersparen wollte. Vielmehr hatte sie das Bedürfnis, Elise vor ihren Blicken zu schützen. Als sie noch am Leben gewesen war, hatten sich permanent zahllose Augen und Kameras auf sie gerichtet, um sie von allen Seiten rücksichtslos zu begaffen und abzulichten. Da brauchte sie, fand Mary, nicht auch noch nach ihrem Tod angestarrt zu werden.

»Es ist Elise.« Sie blickte über die Schulter auf die anderen. »Farnkamps Muse.«

Der Aufruhr, den Sandra veranstaltet hatte und ihr Marsch durch den Garderobenbereich hatte einige der Models und Stylisten dazu gebracht, nachzusehen, was vor sich ging. Sie hatten sich auf dem Gang versammelt. Sie hielten zwar einigen Abstand von der Tür, bekamen aber mit, was Mary gesagt hatte. Erschrockene Ausrufe erklangen.

»Mein Gott!«

»Das arme Mädchen.«

»Erst stirbt Farnkamp — und jetzt auch noch sie!«

Mary entdeckte Aiden Schembri. Sein Gesicht war bei ihren Worten totenblass geworden.

»Nein, nicht Elise«, rief er. Er wollte vorstürzen. Aber Antonio, der neben Sandra stand, bekam ihn zu fassen und hielt ihn fest. Aiden wand sich in seinem Griff.

»Lass mich los. Lass mich zu ihr!«

Aber Antonio war stärker als er, und es gelang Aiden nicht, sich zu befreien. Tränen liefen über seine Wangen. Er sackte auf die Knie und streckte die Hand nach Elise aus, auch wenn es ihm unmöglich war, sie zu erreichen.

»Meine Elise …«

Seine Worte gingen in Schluchzen unter. Er schien geradewegs zu einem Häufchen Elend zusammenzusinken. Einige der Anwesenden blickten ihn betroffen an. Ein paar der Models und anderen Stylisten hockten sich neben ihn, um ihn zu trösten. Andere schauten wie erstarrt auf die Abstellkammer. Natürlich war auch Annabelle Winthrop nicht auf ihrem Platz geblieben. Mary war nicht sicher, ob ihre entgeisterte Miene daher rührte, dass ein weiterer Mord geschehen war, oder daher, dass eine weitere Modenschau ein schlimmes Ende genommen hatte.

»Ein Skandal«, sagte die Chefredakteurin. »Anders kann man es nicht nennen.«

Von der Türschwelle aus sah Mary sich in der Abstellkammer um. Offenkundige Spuren, die auf den Täter hinwiesen, konnte sie nicht entdecken. Einige Plastikbehälter waren aus den Regalen auf den Boden gefallen. Vermutlich hatte Elise sie heruntergerissen, als sie mit den Beinen gestrampelt, mit den Armen ausgeholt hatte, um auf ihren Angreifer einzuschlagen. Aber ihr Bemühen war vergeblich gewesen. Weil er sie daran hinderte, zu atmen, hatte sie nicht einmal schreien können. Während im Ballsaal ihre Kolleginnen und Kollegen zur Musik und unter dem Beifall des Publikums über den Laufsteg geschritten waren, hatte Elise hier hinten verzweifelt um ihr Leben gekämpft. Sie hatte diesen Kampf verloren, und Mary glaubte nicht, dass er lange gedauert hatte. Wenn man jemandem die Kehle zupresste, dauerte es nur wenige Sekunden, bis der- oder diejenige das Bewusstsein verlor. Noch schneller ging es, wenn der Angreifer statt der Luftzufuhr die Blutversorgung des Gehirns unterbrach, indem er die Schlagadern zudrückte. Die Abdrücke an Elises fragilem Hals zeigten: Wer immer sie umgebracht hatte, hatte große Kraft aufgewandt. Kraft, der das schmale Mädchen nichts entgegenzusetzen gehabt hatte.

»Was haben Sie denn hier hinten gemacht, Sandra?«, fragte Mary. »Wie haben Sie Elise gefunden?«

»Genau«, sagte Letitia. »Sie sollten den Models doch vorne beim An- und Auskleiden helfen.«

Sandra zuckte die Schultern. Genauso wie allen anderen war ihr klar, dass die Vernachlässigung ihrer Pflichten nun vollkommen belanglos war.

»Hier komme ich hin, wenn ich keinen Bock mehr habe und eine Pause einlegen will. Das mache ich schon die ganze Zeit so. In dem Durcheinander kriegt ja keiner mit, wenn ich für ein paar Minuten weg bin. Irgendwann habe ich eben die Schnauze voll davon, die da vorne an- und auszuziehen wie Barbiepuppen. Die sind doch alt genug, das selbst zu erledigen.«

Beinahe hätte Mary darüber geschmunzelt, wie treu Sandra ihrer leichtfertigen Arbeitseinstellung blieb. Aber in unmittelbarer Nähe eines Mordopfers war ihr nicht zum Lächeln zumute. Dem zweiten Mordopfer, mit dem sie es auf dieser Reise zu tun bekam.

»Wer würde diesem armen Mädchen so etwas Schreckliches antun?«, fragte Gilbert.

»Und uns noch dazu unsere Show verderben«, fügte Letitia hinzu. Aber sie schlug sich sofort die Hände vor den Mund. »Oh Gott, es tut mir leid. Ich weiß, ich sollte so etwas Furchtbares nicht sagen. Aber ... könnte das nicht auch ein Motiv sein, dass unsere Modenschau dadurch ruiniert wird?«

»Garantiert«, pflichtete ihr Annabelle Winthrop bei. »Das ist nicht nur ein ruchloser Mörder. Er will auch der ›Fashion Cruise‹ schaden.«

»Das ist durchaus denkbar«, sagte Mary. »Wenn nicht als ein Motiv, dann zumindest als etwas, auf das der Täter keine Rücksicht genommen hat. Natürlich ist es möglich, dass die Entdeckung der Leiche früher erfolgte, als er erwartete. Vielleicht rechnete er damit, dass sie erst nach der Schau gefunden würde. So oder so ist ihm gelungen, was er wollte: Er konnte sie töten, ohne von jemandem dabei ertappt zu werden. Annabelle, ich fürchte, Sie werden da rausgehen und den Abend für beendet erklären müssen.«

Beinahe erwartete Mary, Winthrop würde ihr widersprechen und darauf bestehen, die Show trotz allem zum Abschluss zu bringen. Dann aber nickte sie.

»In Ordnung, Mrs. Arrington. Ich erledige das.«

Sie wandte sich um.

Mary schob die Tür der Abstellkammer zu und trat zu George, damit außer ihm niemand hörte, was sie sagte.

»Es gibt keinen anderen Zugang zu dieser Abstellkammer. Der Mörder muss also den gleichen Weg genommen haben wie wir. Wir werden alle befragen, die im Garderobenbereich waren. Vielleicht hat jemand etwas Verdächtiges bemerkt. Dass er sich hier ungezwungen bewegen konnte, lässt darauf schließen, dass ...«

George führte den Gedanken zu Ende:

»... er zu den Leuten gehört, die berechtigt waren, sich hier aufzuhalten. Das heißt, dass wir bei unseren Vernehmungen möglicherweise auch mit ihm sprechen werden.«

Mary nickte. Sie ließ ihren Blick über die Gesichter der Models, Stylisten und anderen Beteiligten der Veranstaltung wandern. Eines dieser Gesichter musste das des Mörders sein.

33

Aber wenn sie ihm tatsächlich gegenübergestanden hatten, hatten sie es nicht bemerkt. Manchmal, wusste Mary, konnte man einem Verbrecher seine Tat buchstäblich von den Augen ablesen. Dieses Mal gelang ihr das leider nicht. Alle Personen, mit denen sie nach dem Mord an Elise gesprochen hatten, waren nervös und angespannt gewesen. Einige hatten geweint. Verdächtig verhalten hatte sich jedoch keiner von ihnen. Auch ansonsten hatten sie keine wirklich hilfreichen Informationen liefern können. Bei der Hektik und dem Chaos im Garderobenbereich war niemandem etwas aufgefallen. Ein paar hatten sich daran erinnert, Elise gesehen zu haben, jedoch nur kurz, und niemand hatte sie oder jemand anderes in Richtung der Abstellkammer gehen sehen. Eine genauere Untersuchung der Abstellkammer hatte ebenfalls keine Hinweise auf den Täter geliefert. Mary und George war nichts anderes übrig geblieben, als den Leichnam auf einer Bahre auf die Krankenstation zu bringen, wie sie es schon mit Farnkamp gemacht hatten. Molly Prendergast hatte sie dort in Empfang genommen und ihnen geholfen, Elise in einem der Fächer der Leichenkammer unterzubringen. Germer hatte sich nicht blicken lassen. Die Tür zu seinem Büro war geschlossen gewesen. Wahrscheinlich, hatte Mary gedacht, versteckte er sich dort weiterhin vor möglichen Attentätern. Die Nachricht von Elises Tod würde nicht unbedingt beruhigend auf ihn wirken. Mary hatte es selbst übernommen, Elise zu untersuchen. Aber außer den Würgemalen hatten sie nichts an ihr feststellen können. Während George anschließend wieder zu seinen Pflichten zurückkehrte, hatte Mary sich an den einen Ort begeben, von dem sie hoffte, mehr über Elise zu erfahren — und vielleicht darüber, wer sie getötet hatte und warum.

»Mir scheint, es besteht ein wesentlicher Unterschied zwischen dem Mord an Farnkamp und dem an Elise«, sagte sie.

»Welcher?«, fragte Sandra.

Die beiden befanden sich in Elises Kabine, inmitten ihrer rosaroten Besitztümer. Der Geruch eines leichten, blumigen Parfüms hing in der Luft. Wie eine Erinnerung an das Mädchen, das hier ihre letzten Tage verbracht hatte.

»Der Mord an Farnkamp war sorgfältig vorbereitet«, erklärte Mary. »Der Täter hat sich einen raffinierten Plan einfallen lassen und ihn in allen Einzelheiten geradezu perfekt umgesetzt. Er konnte im Publikum sitzen und einfach zusehen, wie Farnkamp sich durch seine Vorbereitungen selbst das Leben nahm. Er hat genauestens überlegt und kalkuliert und sich bei keinem seiner Schritte einen Fehler erlaubt — zumindest keinen, den wir rausgefunden hätten.«

Sandra nahm den Inhalt des Kleiderschranks näher in Augenschein. Sie hatte solche Aktionen schon öfter mit Mary durchgeführt. Daher brauchte sie nicht zu fragen, was sie suchten. Alles, was ihnen näheren Aufschluss über Elise lieferte — im besten Fall einen Hinweis darauf, warum sie umgebracht worden war.

»Oh Mann, die Gute hatte wirklich einen sonderbaren Geschmack. Wie eine Zehnjährige.«

Sandra zog einen Pullover heraus und hielt ihn Mary hin. Er war rosa, wie so vieles hier, und mit einem ›Hello Kitty‹-Motiv bedruckt. Sandra hängte ihn zurück.

»Ich verstehe auf jeden Fall, was Sie meinen, Mrs. Arrington. Bei Farnkamp war der Täter raffiniert. Das, was der mit Elise gemacht hat, ist dagegen ziemlich plump. Er hat sich nichts Ausgefuchstes einfallen lassen. Er hat sie einfach in einer Abstellkammer getötet.«

»Wobei er riskierte, erwischt zu werden«, sagte Mary. »Er beging diesen Mord nicht weit entfernt von zahlreichen Leuten. Im Garderobenbereich war enorm viel los. Ja, es war chaotisch, alle waren beschäftigt. Aber dennoch ist das kein Ort, an dem man jemanden umbringt. Wenn man dann noch die Tatsache dazu nimmt, dass Elise erwürgt worden ist, und zwar mit bloßen Händen, können wir davon ausgehen, dass es sich um eine spontane Tat handelt. Vielleicht hatte der Täter ursprünglich gar nicht vor, Elise zu ermorden, und wenn doch, dann sicher nicht dort und nicht auf diese Weise.«

Die Kommode, über der ein Spiegel hing, hatte Elise offenbar zu ihrem Schminktisch erklärt. Neben einer Packung Wattepads und einer mit feuchten Tüchern stand darauf ein pinker Schminkkoffer. Mary öffnete ihn. In verschiedenen Fächern enthielt er Rouge, Lippenstift, Lidschatten und anderes Make-up, jedoch nichts, was sie weiterbrachte.

»Stimmt«, sagte Sandra. »Wer vorhat, jemanden umzubringen, wartet auf eine bessere Gelegenheit, bei der es für ihn nicht so gefährlich ist. Und wenn er sich nicht irgendeine Falle oder so etwas ausdenkt, würde er wahrscheinlich irgendeine Waffe mitnehmen, eine Pistole, ein Messer, einen Hammer oder so etwas, anstatt das mit bloßen Händen zu erledigen.«

»Das sehe ich genauso. Es kann natürlich trotzdem derselbe Täter gewesen sein. Vielleicht hatte er dieses Mal einfach keine Zeit, einen Plan auszutüfteln und musste improvisieren.«

»Klingt einleuchtend. Glauben Sie, dass es wegen des Tablets war? Dass Elise es hatte und jemand es ihr abnehmen wollte?«

»Das halte ich für gut möglich«, antwortete Mary. »Hier scheint es jedenfalls nicht zu sein. Kann sein, dass ihr Mörder es an sich gebracht hat. Wir sollten trotzdem weitersuchen. Vielleicht finden wir es ja doch noch — oder etwas anderes, das uns weiterhilft.«

Auf dem Nachttisch lagen ein Stoß Modezeitschriften, natürlich auch die neueste Ausgabe der ›Close Up‹, die Annabelle Winthrop vor Beginn der Reise auf alle Kabinen hatte verteilen lassen. Sandra hob die Zeitschriften hoch. Darunter kam ein Stapel Bücher zum Vorschein. Sandra nahm das oberste.

»Einer von diesen kitschigen Jugendromanen«, sagte sie, während sie in dem Buch blätterte. »Über Mädchen auf einem Pferdehof. Nicht mein Ding.«

Sie legte das Buch zurück.

»Schauen Sie mal, Sandra. Da steckt etwas drin.«

Mary zeigte auf das Buch. Die Ecke eines grünen Papiers lugte zwischen den Seiten hervor.

»Oh. Tatsächlich.«

Sandra zog es heraus und betrachtete es.

»Eine Broschüre oder so was.«

Sie reichte sie Mary. Mary nahm sie. Vorne drauf war ein Foto. Das Grün, sah sie nun, war das Grün üppiger Baumkronen. Die Bäume standen in einer Park- oder Gartenanlage. Dahinter befand sich ein Haus, nein: eine Villa. Ein goldener Schriftzug prangte darüber: ›Sunshine Estates‹. Mary blätterte die Broschüre auf. Drinnen befanden sich weitere Fotos, dazu einige Textabschnitte. Mary überflog sie.

»Und?« Sandra wippte ungeduldig mit dem Fuß. »Können wir damit was anfangen?«

287

Mary klappte die Broschüre zu.

»Ich denke, schon.« Sie blickte sich in der Kabine um. »Wie es aussieht, hat Elise neben ihrer Vorliebe für Einhörner noch anderes geheim gehalten. Etwas, das allerdings gar nichts Kindliches an sich hat.«

34

›Wegen Krankheit vorübergehend geschlossen‹.

Nirgendwo konnte dieses Schild so fehl am Platz wirken wie an der Tür der Krankenstation. Dazu kam, dass Mary ihm nicht glaubte. Germer war sicher nicht krank. Vielmehr, vermutete sie, fürchtete er nach wie vor einen weiteren Anschlag und hatte sich deshalb in der Station verschanzt. Wahrscheinlich rechnete er damit, der Angreifer könne sich als Patient ausgeben und versuchen, ihn mit seinem eigenen Stethoskop zu erwürgen. Es passte zu Germer, dass er in seiner Angst um sein Leben keine Rücksicht auf die Gesundheit der Passagiere nahm. Es gab zwar noch einen Stellvertreter und eine Apotheke an Bord. Aber dass Germer die gesamte Krankenstation zu seiner persönlichen Sicherheitszone erklärte, war schon ein starkes Stück.

Mary betätigte die Klingel neben der Tür. Nach einer Weile kam Molly Prendergast. Sie lugte zunächst durch das kleine Fenster, das in die Tür eingelassen war. Ihre Miene zeigte Bedauern. Wahrscheinlich hatte sie sich schon darauf eingestellt, dem Besucher vermitteln zu müssen, dass Dr. Germer leider unpässlich war. Als sie Mary erkannte, lächelte sie.

Mary hörte das Klackern des Schlüssels im Schloss. Dann machte Molly ihr auf.

»Mrs. Arrington. Wie schön, Sie zu sehen.«

Es klang ehrlich — und geradezu erleichtert. Mary wunderte es nicht. Germer hatte sie bestimmt nicht nur dafür abgestellt, Passagiere von ihm fernzuhalten. Bestimmt fiel es derzeit auch in ihren Aufgabenbereich, ihn mit Speisen und Getränken zu versorgen, sich sein Gejammer anzuhören und, bei Bedarf, mögliche Attentäter abzuwehren. Wie sie das anstellen sollte, war Mary ein Rätsel. Molly wirkte weder besonders kräftig noch kampferprobt, und ein Angreifer würde sich wohl kaum mit dem Hinweis fernhalten lassen, der arme Doktor leide unter Bauchweh. Es war typisch Germer, dachte Mary. Obwohl er gelegentlich mit Molly das Bett teilte — oder seine Untersuchungsliege —, hatte er offenbar kein Problem damit, sie einem mordlustigen Verbrecher zu opfern, um sich selbst zu retten. Auch ohne dies musste es der Horror sein, mit Germer hier eingeschlossen zu sein. Da war es mehr als verständlich, dass Molly sich darüber freute, mit jemand anderem reden zu können. Mary kannte sie zwar als immer gut gelaunt. Aber diese Umstände mussten selbst einer Frohnatur wie ihr auf die Stimmung schlagen.

»Bitte, kommen Sie rein!«

Mary betrat die Krankenstation. Molly drückte die Tür zu und schloss sie wieder ab.

»Wie geht es Ihnen, Mrs. Prendergast?«

»Mir?«

Sie schien überrascht von dieser Frage. Auch das verwunderte Mary nicht. Wenn man viel Umgang mit Germer pflegte, war man sicher nicht daran gewöhnt, dass sich jemand nach dem eigenen Befinden erkundigte.

»Oh, mir geht es gut, danke.«

»Wie steht es um Dr. Germer?«

Prendergast machte ein bekümmertes Gesicht.

»Der Arme. Das Ganze hat ihn wirklich stark mitgenommen. Ich weiß nicht, was ich tun soll, Mrs. Arrington. Wenn das so weitergeht … Ich mache mir wirklich große Sorgen um ihn.«

»Kann ich mit ihm reden?«

»Aber natürlich. Vielleicht können Sie ihn ein bisschen aufbauen. In seiner Lage braucht er jeden Zuspruch, den er kriegen kann.«

»Ich werde tun, was ich kann«, sagte Mary.

Allerdings war sie nicht hier, um Germer aufzuheitern. Es reichte ja auch schon, dass Prendergast seine Pflegekraft spielte. Die beiden Frauen gingen an der Rezeption vorbei zu Germers Büro. Prendergast klopfte an.

»Dr. Germer?«

»Was?«, kam es von drinnen. Es klang alles andere als freundlich.

»Hier ist jemand, der gerne mit Ihnen sprechen würde.«

»Aber ich nicht mit ihm. Schicken Sie ihn weg. Ich will niemanden sehen.«

Prendergast warf Mary einen Blick zu, der um Nachsicht bat.

»Es ist Mrs. Arrington, Herr Doktor.«

»Mrs. Arrington?«

Auf einmal klang die Stimme lebhafter. Nun waren auch weitere Geräusche hinter der Tür zu vernehmen. Ein Rascheln und Klappern, dann ein Schlurfen, als Schritte sich näherten. Einen Moment später machte Germer auf, seinen Golfschläger erhoben, als fürchte er, es könne sich um ein Täuschungsmanöver handeln, um ihn aus seinem Büro zu locken. Allerdings machte er nicht den Eindruck, als sei er imstande, sich mit dem Schläger gegen irgendjemanden zur Wehr zu setzen.

Er hatte schon bei ihrer letzten Begegnung mitgenommen ausgesehen. Jetzt war er ein Wrack. Sein Gesicht war so stark gelblich verfärbt, dass sogar seine gräßliche Büste gesünder aussah als er. Stoppeln bedeckten seine speckigen Wangen. Seine Haartolle, die er

291

sonst sorgsam gebürstet an ihrer Position auf seinem Kopf hielt, war ungekämmt und in einzelne Strähnen zerfallen, die sich ungeordnet verteilten. Eine hing ihm ins Gesicht. Er schien es gar nicht zu bemerken. Mary hätte es zuvor nie für möglich gehalten: Aber auf einmal vermisste sie sogar sein penetrantes Deo. Es hatte zwar gemüffelt, als stünde man vor einem brünftigen Moschusochsen. Aber immerhin hatte es einigermaßen verlässlich seinen Schweißgestank überdeckt, der jetzt geradezu erschlagend war. Mary vermutete, dass es zu einem guten Teil Angstschweiß war, den er in den Stunden seit dem Angriff abgesondert hatte. Sein Hemd zu wechseln — oder sich zu duschen — schien ihm über seiner Besorgnis entfallen zu sein.

»Haben Sie den Kerl erwischt, der mich umbringen will?«

Sein Lallen verriet, dass er zur Verarbeitung seines Traumas weiterhin auf Selbstbehandlung durch Enzianschnaps zurückgriff. Aber es war offensichtlich nicht das einzige Mittel. Mary konnte an ihm vorbei in das Büro spähen. Es lag im Halbdunkel. Die Vorhänge hatte Germer zugezogen, wahrscheinlich, weil er einen Überfall vom offenen Ozean her befürchtete. Nur eine Schreibtischlampe brannte, und selbst die hatte er mit einem Tuch verhängt, um ihr Licht zu dämpfen. Es fiel auf eine Reihe von Döschen und Tablettenpackungen. Wie es aussah, bediente Germer sich an den Vorräten in den Medikamentenschränken. Es machte nicht den Eindruck, als würde er sich dadurch zu körperlicher oder geistiger Stabilität verhelfen. Vielleicht lag es daran, dass er sie durcheinander nahm und mit Schnaps runterspülte.

»Nein, leider nicht«, antwortete Mary. »Aber wie ich Ihnen schon gesagt habe: Ich glaube nicht, dass es jemand auf sie abgesehen hat. Dem Mörder ging es um Elise. An Ihnen hat er kein Interesse. Sie können also Ihre Arbeit wieder aufnehmen und die Krankenstation verlassen.«

Weitere Indizien im Büro zeigten, wie dringend nötig das wäre. Schmutzige Teller wiesen darauf hin, dass er hier seine Mahlzeiten einnahm. Im Untersuchungszimmer, dessen Tür offen stand, entdeckte Mary eine Decke und ein Kissen auf der Patientenliege, die offenbar Germers Schlafstätte geworden war. Mit dem kleinen Bad, das sich an das Zimmer anschloss, hatte er hier alles, was er brauchte — zumindest, solange Molly Prendergast sich um ihn kümmerte.

»Auf keinen Fall.« Er schüttelte heftig den Kopf, sodass seine Haartolle wie ein zerfaserter Fuchsschwanz von einer Seite zur anderen ausschlug.

»Ich kann dem Mörder immer noch gefährlich werden. Durch den zweiten Mord ist doch alles für ihn nur noch riskanter geworden. Nein, Mrs. Arrington, mich kriegen Sie hier nicht weg. Allerdings …« Mary sah, wie eine Idee in seinen Augen aufblitzte, »wäre es vielleicht nicht schlecht, wenn ich besser bewaffnet wäre als hiermit.« Er schwenkte den Golfschläger. »Farnkamp hatte doch diesen Revolver und …«

»Nichts da«, unterbrach Mary ihn. »Eine Schusswaffe ist das Letzte, was Sie in Ihrem Zustand besitzen sollten. Sie würden wahrscheinlich eher sich selbst als einen Angreifer verletzen. Nein, Herr Doktor. Der Revolver bleibt sicher in der Obhut des Kapitäns. Ich fürchte, Sie müssen sich mit Ihrem Sportgerät begnügen. Wobei ich, wie gesagt, sowieso der Ansicht bin, dass Sie nichts zu befürchten haben und es unsinnig ist, wenn Sie sich hier weiter im Dunkeln einsperren, bewaffnet oder nicht.«

Germer zog einen beleidigten Flunsch und grummelte etwas Unverständliches.

Mary ließ es dabei bewenden. Auf der einen Seite widerstrebte es ihr, Germer in diesem erbärmlichen Zustand zu lassen. Auch wenn sie alles andere als gute Freunde waren, zog sie keine Befriedigung daraus, ihn leiden zu sehen. Auf der anderen Seite gab es Schlimmeres, als ihn für den Rest der Reise in seinem Büro zu wissen, wo er sich nicht in ihre Ermittlungen einmischen und auch sonst keinen Unfrieden stiften konnte, wie er es sonst so gerne tat.

»Es ist natürlich Ihre Entscheidung, Dr. Germer. Vielleicht könnten Sie mir aber einen Gefallen tun.«

Germer gab ein Grunzen von sich.

»Was denn für einen Gefallen?«

»Einen, der auch in Ihrem Interesse wäre, da er der Ergreifung des Mörders dient. Keine Sorge, Sie können ihn von Ihrem Schreibtisch aus erledigen.«

Diese beiden Argumente schienen Germer zu überzeugen.

»Was soll ich machen?«

»Sehen Sie, Herr Doktor, es ist eingetreten, was ich nie für möglich gehalten hätte — ich muss Ihre Dienste als Arzt in Anspruch nehmen.«

Er betrachtete sie von Kopf bis Fuß.

»Sind Sie krank?«

Mary war sicher, dass er ihr mehr als einmal die Pest an den Hals gewünscht hatte. Jetzt aber schien er doch sorgenvoll. Schließlich musste ihm ebenso wie ihr klar sein, dass sie die besten Chancen hatte, den Mörder zu fassen und ihn, Germer, aus der Bedrohungslage zu befreien, in der er sich befand — oder sich zu befinden meinte.

»Nein, mir geht es bestens. Es handelt sich um etwas anderes. Sie sollen Ihren Einfluss geltend machen.«

»Meinen Einfluss?«

Es war hörbar, wie sehr ihm das schmeichelte. So sehr, dass er sogar für den Moment seine Panik zu vergessen schien.

»Wie denn?«

Mary reichte ihm die Broschüre aus Elises Kabine. Germer betrachtete sie.

»Was ist das?«

»Das ist die Broschüre einer Entzugsklinik in den USA. Therapie, Sport- und Freizeitmöglichkeiten, ein großzügiges Anwesen, umgeben von einem weitläufigen Park. Der perfekte Ort, um sich von einer Alkohol- oder Drogensucht zu heilen.«

Germer blickte über die Schulter auf den Schreibtisch voller Medikamente.

»Was soll ich damit? Wollen Sie mich einliefern lassen, oder was?«

»Nun, mein lieber Herr Doktor, in Anbetracht Ihrer derzeitigen Verfassung liegt es zwar nahe, Ihnen einen längeren Aufenthalt dort ans Herz zu legen. Wenn Sie möchten, können Sie sich gerne nach einem Platz erkundigen. Allerdings geht es mir zunächst um etwas anderes.

»Um was?«

»Wir haben diese Broschüre in Elises Kabine gefunden. Jetzt wüsste ich gerne, was genau Sie mit dieser Klinik zu tun hat. Wollte Sie selber dorthin? Wobei das nicht zu dem passt, was sie mir erzählte, dass sie mit Farnkamp aufs Land ziehen wollte. Es sei denn, sie wollte vorher dort eine Kur absolvieren. Oder kennt Sie jemanden, der dort Patient ist oder war? Das würde ich nur allzu gerne herausfinden.«

»Verstehe«, sagte Germer.

»Allerdings«, fuhr Mary fort, »kann ich nicht damit rechnen, dass mir die Klinik ohne weiteres Auskünfte erteilt, wenn ich dort anrufe und mich als Schriftstellerin vorstelle, die den Mord an Elise und ihrem Mentor aufklären will. Selbst wenn sie mir das abnehmen würden, würden sie mir nichts verraten, sich auf das Patientengeheimnis berufen. Da kommen Sie ins Spiel. Ein Arzt, der sich bei Kollegen nach einer gemeinsamen Patientin erkundigt, hätte weitaus bessere Aussichten, auf Entgegenkommen zu stoßen. Nun ist mir klar, dass Elise nicht bei Ihnen in Behandlung war. Aber Sie haben ja in der Vergangenheit bewiesen, dass Sie fähig sind, die Wahrheit zurechtzubiegen, wenn es in Ihrem Sinne ist.«

Germer ging über die spitze Bemerkung hinweg.

»Ich kann ein paar Anrufe erledigen. Vielleicht kriege ich etwas heraus.«

»Hervorragend, Herr Doktor.« Mary wies in das Büro. »Da Sie gerade einigermaßen nüchtern wirken, würde ich Ihnen empfehlen, sich jetzt gleich darum zu kümmern. Es ist zwar schon spät. Aber vielleicht haben Sie Glück und erreichen jemanden. Es wird ja einen Nachtdienst geben, und wenn sie hören, worum es geht, werden sie sicher Verständnis dafür haben, dass Sie sich um diese Uhrzeit melden. Ich werde hier warten.«

»Ich soll jetzt gleich …«

»Genau, mein lieber Herr Doktor. Machen Sie sich nützlich. Denken Sie daran: Je früher der Täter gefasst ist, desto früher ist die Gefahr gebannt.«

Eine Gefahr, in der Germer ihrer Meinung nach zwar nicht schwebte. Aber das hieß nicht, dass alle anderen auf dem Schiff ebenfalls vor dem Mörder sicher waren.

35

»Ein weiterer Mord? Ich muss schon sagen, meine verehrte Mrs. Arrington: Der Todeskutter macht seinem Namen mal wieder alle Ehre.«

»Sie meinen: Dem Namen, den Sie ihm verliehen haben, mein hochgeschätzter Mr. Bayle. Schließlich steht er
weder in großen Lettern am Rumpf, noch hat jemand
am Bug eine Flasche Champagner zerschlagen und das
Schiff darauf getauft. Ich fürchte daher, dass Sie nach
wie vor der Einzige sind, der es so nennt.«

»Was nichts daran ändert, dass sich diese Bezeichnung als überaus treffend erwiesen hat.«

»Haben Sie eine Ahnung, warum jemand dem armen
Mädchen das angetan hat, Lady Arrington?«

Mary schüttelte den Kopf. »Bisher nicht, Greta. Es
kann keinen Zweifel daran geben, dass der Mord an
Farnkamp und der an Elise miteinander in Zusammenhang stehen. Aber wie dieser Zusammenhang aussieht,
ist mir bisher noch ein Rätsel. Ich hoffe, mehr darüber
herauszufinden, indem ich mehr über Elise erfahre.«

Mary trank von dem Tee, den sie sich hatte bringen
lassen. Sie hatte sich für dieses Gespräch in die Bibliothek der Queen Anne zurückgezogen. Elises Tod hatte
sie stark erschüttert. Unmittelbar nach dem Fund ihrer
Leiche hatte sie beherrscht und überlegt handeln können. Ihr Ermittlerinstinkt hatte eingesetzt, ein Modus,
der ihr geholfen hatte, das schreckliche Ereignis auszu-
blenden und sich ausschließlich auf die Fakten zu konzentrieren. Aber später, in ihrer Suite, hatte sie tiefer

297

Kummer darüber eingenommen, dass jemand dieses junge Mädchen so brutal aus dem Leben gerissen hatte. George war mit zu ihr in die Trafalgar Suite gekommen. Auch er war bestürzt über diesen Mord. Mit den düsteren Gedanken daran hatte er ebenso wenig allein sein wollen wie Mary. Sie hatten stundenlang miteinander gesprochen, Trost darin gefunden, zusammen zu sein, einander Kraft zu geben. Sie hatten sich zwar irgendwann ins Bett gelegt. Geschlafen hatten sie jedoch kaum. Schon in den frühen Morgenstunden war Mary wieder aufgestanden, als es draußen, über dem Meer, noch dunkel gewesen war. Es waren nicht nur Bedrückung und Kummer, die ihr zu schaffen gemacht hatten. Es war auch Rastlosigkeit. Über dieses jüngste Verbrechen nachzugrübeln oder darüber zu reden war nicht genug. Der einzige Weg, damit umzugehen, bestand darin, etwas zu unternehmen. Sie musste ihre Ermittlungen voranbringen. Daher hatte sie sich ihren Laptop geschnappt, sich von George mit einem Kuss verabschiedet und die Trafalgar Suite verlassen. Sie musste raus, irgendwohin, wo sie sich ein wenig sortieren, wieder zu klarem Verstand kommen konnte.

Die Bibliothek schien genau der richtige Ort dafür. Es war ein weiter, heller Saal mit grüngelb gemustertem Teppich. An den Wänden mit blaugrauen Tapeten hingen Kunstdrucke. Die Bücher, Tausende von ihnen, standen nicht in einfachen Regalen, sondern hinter Glas in schweren Schränken aus edlem Holz. Es herrschte eine erhabene Atmosphäre, beinahe so wie in den altehrwürdigen Bibliotheken britischer Universitäten. Mary fand, dass sie sogar passend dazu angezogen war. Obwohl es sie gedrängt hatte, weiter zu ermitteln und obwohl sie nicht das geringste Bedürfnis gehabt hatte, sich schick zu machen, hatte sie ihre vertraglichen Pflichten nicht vernachlässigt. Heute Abend würde der italienische Designer Ludovico Castiglioni seine Modenschau veranstalten. Er hatte einen Hang zu klassischen, mitunter opulenten Kreationen. Das traf auch auf das Kleid zu, das Mary von ihm erhalten hatte und das sie den ganzen Tag über außerhalb ihrer Kabine tragen musste. Es war ein bodenlanges, mit Rüschen und Spitzen versehenes Kleid in einem dezenten Violett. Marys Meinung nach ein wenig überzogen, aber besser als der enge Anzug des Duos, den sie gestern getragen hatte. Das Einzige, was sie massiv an diesem Kleid störte, war die ellenlange Schleppe, mit der es ausgestattet war und die Mary somit ständig hinter sich herziehen musste. Dabei musste sie unentwegt aufpassen, dass niemand drauftrat und sie nirgendwo hängenblieb. Im Großen und Ganzen aber war sie, im Vergleich zu den vorherigen Tagen, dieses Mal ganz gut weggekommen.

In der Bibliothek luden weiße Ledersofas und Sessel ein, es sich zum Schmökern bequem zu machen. Mary hatte sich jedoch mit ihrem Laptop an einem der Tische niedergelassen, die an einer langen Fensterfront aufgestellt waren. Dadurch saß sie ein wenig abseits und musste nicht befürchten, gestört zu werden — oder jemanden durch ihr Gespräch zu stören. Wobei um diese Zeit ohnehin außer ihr kaum Besucher in der Bibliothek waren. Auf der einen Seite hatte Mary nun den Ozean neben sich, auf der anderen die Bücher. Beides hatte eine beruhigende Wirkung auf sie. Sie war dankbar dafür. Ebenso war sie dankbar dafür, sich nun ein weiteres Mal mit Mr. Bayle und Greta austauschen zu können.

»Hat Sie denn diese Broschüre, die Sie in Elises Kabine gefunden haben, dabei weitergebracht?«, fragte Mr. Bayle.

Mary hatte ihn und Greta knapp, aber mit allen wich-

299

tigen Details über Elises Tod und die Durchsuchung ihrer Kabine informiert.

»Zumindest ein Stück weit«, antwortete sie. »Dr. Germer hat Wort gehalten und von der Klinik Informationen eingeholt. Sie wollten ihm nicht alle Einzelheiten offenlegen, was verständlich ist. Aber sie haben ihm bestätigt, dass für Elise ein Platz bei ihnen reserviert war. Nun ist es wohl so, dass diese Plätze sehr begehrt und daher schwer zu erhalten sind. In Elises Fall gab es offenbar einen ehemaligen Patienten, der sich stark für sie eingesetzt hat. Seinen Namen konnte Germer leider nicht in Erfahrung bringen. Aber er war wohl vor Jahren dort untergebracht und hielt, aus Dankbarkeit für seine Heilung, weiterhin Kontakt zur Klinikleitung. Durch diese Verbindung konnte er Elise einen Platz verschaffen. Sie verstehen, dass ich nun unbedingt herausfinden will, um wen es sich dabei handelt.«

»Könnte man die Klinik nicht zwingen, mit dem Namen rauszurücken?«, fragte Greta, der für diplomatische Herangehensweisen wie üblich die Geduld fehlte. »Wo es sich doch um einen Mord dreht.«

»Um die Herausgabe von Patientenakten zu erzwingen, müsste man juristische Wege beschreiten«, gab Mr. Bayle zu bedenken. Obwohl er es sonst spürbar genoss, Greta zu belehren, tat er sein Wissen dieses Mal in geradezu bescheidenem Tonfall kund. Die Angst vor einem vergifteten Gurkensandwich hatte ihn offenbar zurückhaltender gemacht. »Aber der Erfolg wäre keineswegs garantiert. Die Klinik würde sich auf ihre Verschwiegenheitspflicht berufen, mit guten Aussichten, dass ein Richter ihr darin zustimmen würde. Zudem wäre das ein langwieriger Prozess. Und unsere liebe Mrs. Arrington ist ja, wie die Lage aussieht, auf baldige Erkenntnisse angewiesen.«

»Allerdings. Wenn wir in New York anlegen und die Passagiere das Schiff verlassen, kann der Mörder sich leicht absetzen. Ihn dann wieder ausfindig zu machen, wäre aussichtslos. Nein, ich muss ihn fassen, bevor die Reise endet.«

»Aber wie wollen Sie das anstellen, Lady Arrington?«

»Mit Ihrer Hilfe«, sagte Mary. »Sie, Greta, erwähnten ja, dass vor Elise schon einige andere von Farnkamps Musen Alkohol und Drogen verfielen. Da liegt die Vermutung nahe, eine von ihnen könnte in dieser Klinik untergebracht gewesen sein. Über die Arbeit mit Farnkamp bestünde dann schon eine Verbindung zwischen Elise und dieser Person. Vielleicht hatten die Musen ja Kontakt zueinander. Natürlich kann es sich auch um jemand ganz anderen handeln. Aber wir müssen dem nachgehen. Wenn die Klinik uns den Namen nicht verrät, könnten wir also sozusagen von der anderen Seite her an dieses Problem herangehen. Wenn wir mehr über die ehemaligen Musen erfahren, kriegen wir vielleicht heraus, welche von ihnen sich in der Klinik einer Kur unterzogen hat.«

»Gute Idee«, sagte Greta. »Ich habe Ihnen inzwischen ein paar Videos aus dem Internet zusammengesucht. Auf denen können Sie die früheren Musen bei ihren Auftritten sehen. Vielleicht hilft Ihnen das ja weiter.«

»Bestimmt, Greta, vielen Dank!«

»Ich schicke sie Ihnen direkt mal rüber.«

Kurz darauf erklang ein helles ›Pling‹, als Gretas Mail bei Mary einging. Die Videos selbst zu schicken, hätte viel zu lange gedauert. Daher enthielt die Mail eine Reihe von Links, die Mary zu ihnen leiten würden. Mary klickte den obersten an und öffnete das erste Video in einem separaten Fenster. Sie würde sich später die Zeit nehmen, sich die Clips ganz in Ruhe anzusehen. Aber sie wollte zumindest schon einmal einen Blick auf sie werfen, während sie mit Greta und Mr. Bayle sprach.

»Ich könnte da unter Umständen ebenfalls einen Beitrag leisten.« Für seine Verhältnisse klang Mr. Bayle geradezu bescheiden. »Farnkamp hat doch vor ein paar Jahren seine Autobiografie veröffentlicht. Wir stehen mit dem Verlag, in dem sie erschienen ist, in guter Beziehung. Ich könnte Kontakt zu dem zuständigen Lektor aufnehmen. Vielleicht kann er mir nähere Informationen liefern.«

»Das klingt hervorragend, mein lieber Mr. Bayle.«

Mary schaute weitere Videos durch. Sie waren auf verschiedenen Modenschauen entstanden und schienen einen guten Teil von Farnkamps Karriere zu umspannen. Vor allem die frühen Aufnahmen waren nicht gerade von bester Qualität. Trotzdem konnte Mary darauf einige der Models ausmachen, die Greta ihr und Mr. Bayle in den Magazinen gezeigt hatte. Nun sah sie diese Frauen und Männer zwar in Bewegung. Wirklich weiter brachte sie das allerdings nicht. Sie schloss das Fenster und spielte ein weiteres Video ab.

»Auf diese Weise könnten wir … Warten Sie!«

Mary klickte die Pausen-Taste und fror das Video ein.

»Ich glaube, ich habe da etwas!«

»Wirklich?«

Greta klang aufgeregt wie ein kleines Mädchen bei einem Kirmesbesuch.

»Haben Sie auf den Videos jemanden entdeckt, der Ihnen bekannt vorkommt?«

»Sagen wir: Ich habe etwas entdeckt, das mir bekannt vorkommt. Schauen Sie mal.«

Sie teilte ihren Bildschirm, sodass die beiden sehen konnte, was sie sah: Das Bild eines jungen Mannes.

Mary hatte ihn in jener Pose festgehalten, in die er sich am Ende des Laufstegs geworfen hatte.

»Greta, können Sie mir sagen, wer das ist?«

Greta lehnte sich näher an ihren Computer, um das Bild besser betrachten zu können. Sie kam ihrer Kamera dabei so nah, dass diese jede einzelne Pore ihres Gesichts einfing.

»Aber klar. Das ist L.«

»L?«, fragte Mr. Bayle.

»Ich hatte Ihnen doch erzählt«, sagte Mary, »dass Farnkamp seine Musen mit einzelnen Buchstaben zu bezeichnen pflegte.«

»Ach ja«, erwiderte Mr. Bayle. »Eine sonderbare Gepflogenheit.«

»Da stimme ich Ihnen zu. Abgesehen davon nützt mir diese Information nicht besonders viel. Einen L haben wir sicher nicht auf der Passagierliste. Greta, können Sie uns seinen richtigen Namen sagen?«

Greta schüttelte den Kopf.

»Leider nicht, Lady Arrington. Farnkamp hat immer eine große Geheimniskrämerei aus den Namen gemacht. Es heißt, seine Models mussten sogar einen Vertrag unterschreiben, in dem stand, dass sie ihn niemandem verraten durften. Zeitschriften, die nachforschten, gab er zur Strafe keine Interviews mehr. Darum ließen die das schön bleiben. Bei einigen der Musen, die auch nach ihrer Zeit mit Farnkamp Karriere machten, kamen die richtigen Namen raus. Aber L war einer von denen, die plötzlich von der Bildfläche verschwanden.«

Mary googelte. Aber wie die etwas körnige Qualität des Videos verriet, stammte es aus der Frühzeit des Internets — bevor jede noch so nebensächliche Information über alles und jeden im Netz landete. Einen L, der

303

mit Farnkamp in Zusammenhang stand, konnte sie nicht finden.

»Hier.« Greta hielt eine ihrer Zeitschriften in die Webcam. »Darauf ist er besser zu erkennen.«

Mary betrachtete das Foto. Das Gesicht darauf war ungeheuer jung, beinahe kindlich — so, wie Farnkamp seine Musen gemocht hatte, dachte sie. Der Junge, dem es gehörte, hatte noch nicht einmal Bartwuchs, schien höchstens vierzehn oder fünfzehn Jahre alt zu sein. Er war schmal, wie auch Elise schmal gewesen war — offenbar entsprach das Farnkamps Typ. Noch etwas anderes hatten sie gemein: Den kahl geschorenen Kopf. Auch dafür hatte Farnkamp wohl früh ein Faible entwickelt. Daher konnte Mary nicht einmal feststellen, welche Haarfarbe L gehabt hatte. Seine Augen waren dunkelblau. Aber das nützte ihr nicht viel.

»Ich weiß zwar nicht, wie er heißt. Aber es gab damals einen ziemlichen Krach, als Farnkamp L gegen jemand anderen austauschte. L zog in der Presse ziemlich über ihn her, beleidigte ihn, machte ihm Vorwürfe. Dann verschwand er von der Bildfläche. Wie es hieß, versank er in einer Drogensucht.«

»Das würde zu der Entzugsklinik passen«, sagte Mr. Bayle. »Ist er Ihnen an Bord begegnet, Mrs. Arrington?«

Mary versuchte, sich vorzustellen, wie dieses Jungengesicht wohl altern würde, wie es mit Haaren, ein paar Falten, vielleicht etwas mehr Fülle aussehen würde. Dann schüttelte sie den Kopf.

»Mir ist niemand begegnet, der ihm ähnlich sieht. Aber dieses Bild, wie auch das Video, ist ja vor zwanzig Jahren aufgenommen worden. In dieser Zeit hat er sich natürlich verändert, möglicherweise so sehr, dass man den Erwachsenen, der er heute ist, nicht mehr auf einem Foto aus seiner Jugend erkennen kann.«

»Wenn das so ist, müssen wir wohl alle Hoffnung auf den Lektor setzen.«

Mr. Bayle hatte sich während dieses Gesprächs spitze Bemerkungen gegenüber Greta verkniffen. Dabei fürchtete er wohl weniger, sie könnte ihn, wie sie angedeutet hatte, mit einem Gurkensandwich vergiften. Schwerer wog Marys Einschätzung nach seine Sorge, nie wieder ein Gurkensandwich von ihr vorgesetzt zu bekommen — vergiftet oder nicht. Nun klang er allerdings stolz, mit weitreichenden Beziehungen punkten zu können, mit denen Greta nicht aufwarten konnte. Mary hätte ihm diesen kleinen Triumph gegönnt. Allerdings musste — oder konnte — sie sein Angebot ablehnen.

»Das ist sehr freundlich von Ihnen, Mr. Bayle. Ihre Beziehungen haben mir schon mehr als einmal geholfen, und ich bin sicher, dass sie dies auch in Zukunft wieder tun werden. In diesem Fall aber brauchen Sie sie nicht zu bemühen.«

Mr. Bayle machte eine geknickte Miene.

»Aber warum denn nicht?«

Mary spulte das Video ein paar Sekunden zurück und ließ es noch einmal laufen. Es bestätigte sie in der Gewissheit, dass sich Farnkamps ehemalige Muse an Bord befand, wenn auch deutlich älter.

»Weil ich bereits weiß, wer mir den Namen verraten kann.«

36

»Wie bitte? Das da soll ich sein? Das glauben Sie doch nicht im Ernst, Mrs. Arrington.«

Aiden Schembri lachte spöttisch auf.

»Ich meine, ich war vielleicht kein abgrundtief hässlicher Jugendlicher. Aber ich war nicht so ein Schönling, dass ich zum Model getaugt hätte, und zur Muse für den großen Franz Farnkamp schon mal gar nicht.«

Er deutete auf das Handy, das Mary ihm hinhielt. Der Bildschirm zeigte eine Nahaufnahme von L.

»Der Bursche da sieht wirklich nicht aus wie ich.«

Mary musste zugeben: Eine große Ähnlichkeit war auf den ersten Blick nicht zu erkennen. Da war zum einen die Tatsache, dass Aiden, der erwachsene Aiden, Haare hatte statt einer Glatze, kringelige blonde Locken. Dazu kam der Bart, der die untere Hälfte seines Gesichtes bedeckte. Seine Wangen waren voller. Es war schwer, den Jugendlichen auf dem Foto in diesen Zügen wiederzufinden. In den Augen war es vielleicht möglich. Der Blick schien der gleiche. Aber auf dieses Merkmal war Mary nicht angewiesen. Sie hatte auf ein viel markanteres zurückgreifen können, um ihn zu identifizieren.

»Zwanzig Jahre gehen natürlich nicht wirkungslos vorüber«, sagte Mary. »Aber wenn sich auch vieles an ihnen verändert hat — Sie haben sich eine Sache bewahrt, die Sie verraten hat.«

»Welche sollte das bitte sein?«

»Ihr Hüftschwung. Das war doch damals ihr Markenzeichen.«

»Mein was? Mein Hüftschwung? Sie machen Witze, oder? Sehe ich aus wie jemand, der rumläuft und wild die Hüften schwingt? Am besten noch auf dem Laufsteg?«

Seine Nervosität war zu spüren. Er versuchte, sie hinter seinem Redeschwall und dem Lächeln zu verbergen. Aber dadurch erreichte er nur, dass sie noch deutlicher zutage trat. Er schaute sich um, als suche er nach jemandem, der ihm bestätigte, wie absurd dieser Gedanke war. Oder nach einem Ausweg.

»Ich hoffe, Sie nehmen es mir nicht übel, Mrs. Arrington, wenn ich unser Gespräch an dieser Stelle abbreche, so unterhaltsam es auch ist. Aber Sie sehen ja, dass ich zu tun habe.«

Die beiden standen im Schönheitssalon der Queen Anne. Hier, im wie üblich gediegenen Ambiente, das dem Schiff zu eigen war, wurde den Passagieren derzeit ein ganz besonderes Angebot gemacht: Im Rahmen der Fashion Cruise hatten sie die Möglichkeit, sich von einem Profi stylen zu lassen, der sich sonst um Topmodels kümmerte. Ein halbes Dutzend Frauen hatte sich eingefunden und sich in den Stühlen vor breiten Spiegeln niedergelassen, damit Aiden und seine Kollegen sie zurechtmachten. Er wollte Mary stehen lassen, um sich ihnen zu widmen. Aber Mary hielt ihn zurück.

»Ihre Kundinnen werden warten müssen. Mordermittlungen gehen vor Schönheit.«

Aiden schluckte schwer.

»Sie schwingen vielleicht nicht mehr auf dem Laufsteg die Hüften«, fuhr sie fort. »Im Garderobenbereich allerdings schon. Sie sind inzwischen Stylist. Aber ein bisschen was von dem Model, das sie damals waren, steckt noch immer in ihnen. Sie haben Antonio ihre Parade-Bewegung beigebracht: Diesen besonders eleganten

Hüftschwung. Sie waren geradezu berühmt dafür, wie ich erfahren habe. Als ich das Video sah, war mir klar, dass ich nichts weiter zu tun brauchte, als Antonio zu fragen, wer ihm diesen Move beigebracht hat.«

Zunächst schien Aiden nach weiteren Ausflüchten zu suchen. Dann aber seufzte er.

»In Ordnung, das bin ich. Ich schätze, es bringt nichts, es weiter abzustreiten.«

»Richtig.« Mary steckte das Handy ein. Allerdings nicht, ohne vorher die Aufnahmefunktion einzuschalten. Sandra hatte sie nicht begleiten können. Wenn Mary schon keine Zeugin für dieses Gespräch hatte, wollte sie es wenigstens aufzeichnen. »Das würde rein gar nichts bringen. Außer, dass wir uns in Anwesenheit des Kapitäns und des Sicherheitspersonals unterhalten müssten.«

Ein paar der Sicherheitsleute standen vor dem Schönheitssalon bereit, um einzugreifen und Aiden in Gewahrsam zu nehmen, sollte Mary ihnen das Signal dazu geben. Mary hatte George darum gebeten. Immerhin handelte es sich bei Aiden um einen Verdächtigen nicht nur in einem, sondern gleich in zwei Mordfällen. Sie hatte überlegt, sich von ihnen zu dieser Vernehmung — denn das war es ja schließlich — begleiten zu lassen. Aber dann hatte sie entschieden, Aiden erst einmal allein auf den Zahn zu fühlen. Das war weniger direkt und erlaubte ihr, behutsamer vorzugehen. Wenn sie zu früh zu viel Druck auf ihn ausübte, bestand die Gefahr, dass er dichtmachte. So konnte sie vielleicht etwas aus ihm herausholen, eine unbedachte Bemerkung, im besten Fall ein Geständnis. Schließlich hatte sie außer Mutmaßungen noch nicht viel gegen ihn in der Hand. Jedenfalls keinen schlagkräftigen Beweis. Angst vor Aiden hatte sie nicht. Sie glaubte nicht, dass er versuchen würde, ihr am helllichten Tag und vor anderen Leuten etwas anzutun.

Abgesehen davon stand ja noch gar nicht fest, dass er in die Morde verwickelt war — wenn die Indizien auch stark in diese Richtung wiesen.

Aiden winkte eine seiner Kolleginnen heran.

»Bist du so gut, dich um meine Gäste zu kümmern? Ich habe etwas wirklich Wichtiges mit dieser Dame zu besprechen. Danke. Mrs. Arrington, können wir vielleicht …«

Er wies auf eine Glastür, die auf einen breiten Balkon hinausführte. Mary fühlte sich nicht wohl dabei, den Salon zu verlassen und sich dadurch von den Sicherheitsleuten zu entfernen. Aber sie konnten sie bestimmt immer noch durch die Glasscheiben sehen.

»Natürlich.«

Sie verließen den Salon und traten nach draußen, wo sie ungestört reden konnten. Aiden legte die Hände auf die Reling und blickte auf das Wasser, das unter ihnen schäumte und heftige Wellen schlug.

»Mein Gott, was war das für eine Zeit damals. Für eine Weile habe ich die Laufstege der Welt beherrscht, wurde von allen gefeiert und bewundert. Sie können sich nicht vorstellen, was das für einen Jungen bedeutet, der als Arbeiterkind auf Malta aufgewachsen ist. Dort hat Farnkamp mich entdeckt. Er veranstaltete eine Schau in Valetta. Ich hatte einen Job als Botenjunge und sollte ihm eine Nachricht überbringen. So hat alles angefangen. Wie eine Märchengeschichte.«

In seine Augen trat ein wehmütiger Glanz, in seinen Worten klang Sehnsucht nach seiner ruhmreichen Vergangenheit durch. Dann Bitterkeit, als er weitersprach.

»Heute weiß niemand mehr, wer ich bin. Die Models auf dem Schiff sind zu jung, um meinen Namen zu kennen. Für die bin ich nur ein Stylist, der sie für ihre Auftritte aufhübscht. Ein Handlanger. Bei Antonio konnte ich noch einmal auf mein Wissen und mein Können zurückgreifen, noch einmal ein kleines bisschen Model sein. Ich hätte es wohl besser bleiben lassen.«

»Wie ich erfahren habe, nahm ihre Karriere ein ziemlich unschönes Ende.«

Er betrachtete sie nachdenklich. Er schien zu überlegen, ob er sich überhaupt dazu äußern sollte. Aber es war deutlich, dass ihn diese Dinge, auch wenn sie lange Zeit zurücklagen, noch immer stark beschäftigten und er das Bedürfnis hatte, mit jemandem darüber zu sprechen.

»Das können Sie laut sagen. Eine Zeit lang war ich Farnkamps Ein und Alles. Sein Kleinod.« Es klang verächtlich. »Irgendwann hatte er genug von mir. Es war, als hätte ich mich abgenutzt und würde ihn langweilen. Er hat mich durch jemand anderen ersetzt, und von einem Tag auf den nächsten war ich bei ihm abgemeldet. Fallen gelassen wie eine heiße Kartoffel. Meine Welt ist zusammengebrochen. Ich versank in einer Depression. Ich hatte vorher schon getrunken und Drogen genommen, viel zu viel, aber immer noch so, dass ich es unter Kontrolle hatte. Zumindest habe ich mir das selber gesagt. Falls ich Kontrolle darüber hatte, habe ich sie spätestens dann aufgegeben, als Farnkamp mich abserviert hatte.«

Von der Nostalgie, die der Videoclip in ihm ausgelöst hatte, war nichts mehr übrig. Stattdessen schien die Erinnerung daran, wie Farnkamp ihn behandelt hatte, nichts als Schmerz, Enttäuschung und Wut in ihm hervorzubringen.

»Meine Karriere als Model war vorbei. Ich hatte Farnkamp in Interviews beleidigt, alle gewarnt, sich auf ihn einzulassen. Er hat es mir übelgenommen. Klar, der eingebildete Fatzke meinte, alle wie Dreck behandeln zu dürfen, und wenn einer etwas gegen ihn gesagt hat, war er beleidigt. Vielleicht war es dumm von mir. Ich habe allen Klatschblättern erzählt, was für ein Mistkerl er war. Die fanden das natürlich super: Abgehalftertes Model zieht berühmten Designer durch den Schmutz. Ich habe mich toll gefühlt, weil sie mir zuhörten. Es hat mir gutgetan, meinen Frust rauszulassen und Farnkamp richtig eins reinzuwürgen. Und die Aufmerksamkeit. Die war … tröstlich. Aber natürlich haben die sich in Wahrheit gar nicht für mich interessiert. Es ging nur um den Skandal. In den Artikeln haben sie mich als versoffenen Junkie beschrieben. Und Farnkamp hat sein Bestes getan, diesen Eindruck zu festigen. Er stellte es so dar, als hätte er sich von mir getrennt, eben weil ich so viel getrunken und zu viele Drogen genommen hätte. Dabei war er es, der mir das erste Mal Kokain gegeben und es später immer wieder getan hat. Meine öffentlichen Tiraden brachten mir gar nichts. Im Gegenteil. Wenn ich darauf verzichtet hätte, wäre ich vielleicht irgendwo anders untergekommen, hätte weiter als Model arbeiten können. Aber Farnkamp war so sauer, dass er seinen Einfluss geltend gemacht hat, damit ich nirgendwo mehr Aufträge bekam, keiner was mit mir zu tun haben wollte. Damit war meine Karriere beendet.«

Sein Redeschwall deutete darauf hin, wie lange er all dies schon in sich trug — und wie sehr es ihn danach verlangte, es jemandem mitzuteilen. Mary war ungeheuer froh darum. Dass Aiden sich so bereitwillig über dieses hochemotionale Thema ausließ, war das Beste, was ihr passieren konnte. Mit etwas Glück ließ er sich zu belastenden Aussagen hinreißen, ohne dass sie viel dazu beitragen musste. Er ahnte nicht, dass sie das ganze Gespräch aufnahm. Und noch etwas anderes ahnte er nicht: Während sie sich unterhielten, war Sandra in Aidens Ka-

311

bine, um sich darin umzusehen und nach Beweisen zu suchen.

»Heute denke ich, dass mir gar nichts Besseres hätte passieren können. Wer weiß, was aus mir geworden wäre, wenn Farnkamp mich länger in seiner Gewalt gehabt, mich länger manipuliert hätte. Es war ein Glück für mich, dass er jemand anderen fand, der ihn mehr reizte. Mir ging es zwar mies. Aber es hat mir auch geholfen, mein Leben wieder in den Griff zu kriegen. Meine Eltern haben dabei eine große Rolle gespielt. Sie haben mich wieder bei sich aufgenommen, mir geholfen, ohne mich zu verurteilen, obwohl ich sie vorher so unfair behandelt hatte. Sie haben mich überredet, eine Entziehungskur zu machen. Dadurch bin ich wieder auf die Beine gekommen. Nach meiner Entlassung habe ich verschiedene Jobs angenommen. Ich studierte. Aber ich habe gemerkt, dass, auch wenn es so eine schlimme Zeit gewesen war, es mich in die Modebranche zurückzog. Nicht als Model, das wollte ich nicht mehr und hätte dort auch keine Chance gehabt. Schließlich war Farnkamp immer noch mächtig — und er war sehr nachtragend. Es hat mich ohnehin nicht zurück auf den Laufsteg gezogen. Aber ich wollte wieder Teil dieser Welt sein, die für mich lange so wichtig gewesen war. Als Stylist konnte ich das, ohne dem Druck ausgesetzt zu sein, den ich früher empfunden hatte. Ich konnte bei allem dabei sein, aber im Hintergrund, unbemerkt. Ich habe mir einen Bart wachsen lassen und langes Haar getragen. In der ersten Zeit kannten mich noch einige Models, mit denen ich früher bei Shows gelaufen war. Aber Models steigen eben aus, wenn sie zu alt werden, andere rücken nach, und bald wusste niemand mehr, wer ich einmal gewesen war. Der berühmte L! Das hat sich gut angefühlt, diese Anonymität. Ich habe mir einen Ruf erarbeitet und wurde für die großen Modenschauen engagiert. So konnte ich den Glanz und Glamour wieder erleben, aber sozusagen aus sicherer Entfernung.«

Er starrte schweigend auf den Ozean hinaus. Mary sah sich nun doch gezwungen, das Wort zu ergreifen.

»Ihr Wiedereinstieg in die Modebranche hatte nichts damit zu tun, dass Sie Rachegelüste gegen Farnkamp hegten, eine Möglichkeit suchten, an ihn heranzukommen und es ihm heimzuzahlen?«

Er schaute sie von der Seite an. Er schien zu versuchen, in ihrem Gesicht zu lesen.

»Warum fragen Sie mich das, Mrs. Arrington?«

»Ganz einfach. Es geht sicher nicht fehl, zu behaupten, Sie hätten einen Groll auf Farnkamp gehabt.«

»Verständlich, finden Sie nicht?«

Mary ging nicht darauf ein.

»Vielleicht sogar einen Groll, der über Jahrzehnte Bestand hatte. Schließlich hatte Farnkamp aus ihrer Sicht ihr Leben zerstört. Nun schauen Sie sich die heutige Situation an: Ein ehemaliges Model, das einen Hass auf Farnkamp hatte, befindet sich, ohne seine Identität preiszugeben, auf dem gleichen Schiff wie er, auf der Reise, auf der er zu Tode kommt. Das ist doch ein sonderbarer Zufall, nicht wahr?«

»Wovon reden Sie, Mrs. Arrington? Wir wissen doch alle, dass Farnkamp Selbstmord begangen hat. Oder etwa nicht?«

Ein feines Lächeln glitt über seine Lippen. Nur für einen Moment. Aber es entging Mary nicht. Mehr und mehr verfestigte sich in ihr die Überzeugung, mit dem Mann zu sprechen, den sie suchte — Farnkamps Mörder. Den Beweis oder das Geständnis, das sie brauchte, hatte sie noch nicht, und er schien das zu wissen. Beinahe kam es ihr vor, als spiele er ein Spiel mit ihr. Ein Spiel,

313

an dem er eine hämische Freude hatte. Sie wusste: Wenn sie ihn überführen wollte, musste sie sich darauf einlassen.

»Die meisten mögen das glauben. Aber einige von uns kennen die Wahrheit. Sagen Sie, Aiden, wie kommt es, dass Sie vor allen geheimgehalten haben, wer Sie wirklich sind, besser gesagt, wer Sie einmal waren?«

»Geheimgehalten? Was für ein Unsinn, Mrs. Arrington. Ich posaune halt nicht überall herum, dass ich früher für ihn gearbeitet habe. Gefragt hat mich auch keiner. Aber das heißt nicht, dass ich versucht hätte, irgendetwas zu verbergen. Dass Farnkamp tot ist, macht mich nicht gerade depressiv. Aber ...«

Er schüttelte den Kopf, setzte noch einmal an.

»Damit wir uns richtig verstehen, Mrs. Arrington. Was immer Sie mir hier unterstellen wollen, ich hatte selbstverständlich niemals auch nur die geringste Absicht, dem großen Franz Farnkamp ein einziges Härchen auf seinem edel frisierten heiligen Haupt zu krümmen.«

Sein beißender Spott strafte seine Worte Lügen.

»Aber reden wir einmal ganz hypothetisch. Wenn ich wirklich solche Rachegelüste gehabt hätte, wie Sie offenbar annehmen, hätte ich doch kaum so lange gewartet, um ihnen nachzugehen, oder? In zwanzig Jahren hätte sich schon die eine oder andere Möglichkeit ergeben, Farnkamp etwas anzutun. Ich hätte ihn längst um die Ecke bringen können. Es hätte keinen Grund für mich gegeben, so lange zu warten und es erst auf dieser Reise zu erledigen. Rein hypothetisch.«

Mary musste zugeben, dass er recht hatte. Sie hatte diesen Punkt in Betracht gezogen. Lange hatte sie darüber nachgegrübelt, ohne eine Antwort zu finden. Dann aber war ihr eine in den Sinn gekommen.

»Rein hypothetisch«, sagte sie, »könnte man annehmen, dass der Rachedurst vielleicht nicht der Grund war, zumindest nicht der ausschlaggebende. Vielleicht gab es da noch etwas anderes. Oder jemand anderen.«

»Oha!« Aiden wandte sich ihr zu. Der Wind spielte mit seinen Kringellocken. »Jetzt wird es langsam richtig interessant. Ich muss schon sagen, Mrs. Arrington, eine so aufregende Unterhaltung habe ich noch mit niemandem auf diesem Schiff geführt.« Er schmunzelte. »Ich bin geradezu froh, dass Sie mich von meiner Arbeit weggeholt haben.«

Die Freude, dachte Mary, würde ihm schnell vergehen, sobald sie ihn als Mörder dingfest gemacht hatte.

»Wer sollte denn dieser Jemand sein, von dem Sie da sprechen?«

Mary beobachtete sein Gesicht genau.

»Elise. Alias K.«

Schembris Lächeln hielt zwar. Aber auf einmal schien es ihn ungeheure Mühe zu kosten, es aufrechtzuerhalten.

»Ich nehme an, Sie haben sie bei einer der Modenschauen kennengelernt.«

Über Farnkamp und seinen Tod zu sprechen, schien ihm recht gewesen zu sein, ihm geradezu Vergnügen bereitet zu haben. Bei Elise sah das anders aus. Trauer und Schmerz füllten sein Gesicht. Er schien sich zusammenreißen zu müssen, um nicht in Tränen auszubrechen.

»Das stimmt. Wir haben uns gut verstanden. Mit der Zeit haben wir uns angefreundet. Elise — sie war etwas Besonderes. Sie war so rein, so unschuldig.«

»Ein junges Mädchen, das unter dem Einfluss eines Mannes stand, mit dem sie selber schlechte Erfahrungen gemacht hatten. Das musste sie sorgen.«

»Sorgen?« Er lachte bitter auf. »Mehr als das. Ich hatte Angst um sie. Ich wusste, wenn Elise bei Farnkamp

315

bliebe, würde es schlimm für sie enden. Über kurz oder lang würde ihr etwas Ähnliches passieren wie mir. Vielleicht etwas Schlimmeres. Sie hat bereits Drogen genommen, wie ich damals. Ich war noch einigermaßen heil aus all dem herausgekommen. Aber anderen war das nicht gelungen, und ich hatte Zweifel, dass Elise stark genug wäre.«

Mary sprach vorsichtig, beinahe sanft.

»Sie wollten sie schützen. Deshalb besorgten sie ihr einen Platz in der Entzugsklinik, in der sie selber untergebracht gewesen waren.«

Aiden schien nicht überrascht, dass Mary darüber Bescheid wusste.

»Ich wollte sie retten. Vor den Drogen. Vor diesem brutalen Business.«

»Vor Franz Farnkamp«, ergänzte Mary.

Aiden nickte.

»Er hätte sie zugrunde gerichtet, so wie er mich zugrunde gerichtet hat.«

»Aber er hatte Elise bereits so gut unter seiner Kontrolle, dass sie nur einen Weg sahen, sie von ihm zu befreien. Farnkamp musste sterben.«

Es war ein gewagter Vorstoß. Aber Mary hatte das Gefühl, dass er gelingen könnte. Aiden hatte sich ihr so weit geöffnet, dass nicht mehr viel zu fehlen schien, bis er alles zugab. Sie hoffte, er werde ihr endlich das Geständnis liefern, das sie von ihm brauchte.

Doch ihre Hoffnung wurde enttäuscht.

»Aber Mrs. Arrington — reden wir etwa wieder hypothetisch?«

Mary wusste: Jetzt kam es darauf an, ihn unter Druck zu setzen, ihn dazu zu bringen, dass sein Widerstand brach. Sie kannte seinen Schwachpunkt. Auch wenn er ihr vieles verheimlichte, eines schien echt: die Zuneigung, die er für Elise empfunden hatte.

»Nein, wir reden nicht hypothetisch. Wir reden über das, was wirklich passiert ist: Sie wollten Elise von Farnkamp befreien. Aber sie kam nicht von ihm los. Sie wussten, dass Sie es nicht schaffen würden, sie durch gutes Zureden von ihm zu lösen. Das konnte Ihnen nur gelingen, wenn Farnkamp starb. Deshalb sorgten Sie dafür, dass genau das geschah. Sie glaubten, Elise dadurch für sich gewinnen zu können. Vielleicht gingen sie nach seinem Tod zu ihr, erzählten ihr stolz von dem Plan, den Sie für sie gefasst hatten. Sie zeigten ihr die Broschüre der Entziehungsklinik, berichteten ihr von dem Platz, der für sie reserviert war, beschrieben ihr das neue Leben, das nach Farnkamps Tod für sie beginnen würde. Aber vielleicht wollte Elise nichts davon wissen. Das wäre nicht so verwunderlich. Wer lässt sich schon gern auf Vorhaben ein, in die man von anderen ohne Zustimmung oder auch nur Absprache eingebunden wird?«

Schembris Miene hatte sich mit jedem Wort zunehmend verdunkelt. Mary spürte, dass sie auf dem richtigen Weg war.

»Sie hatten sich vorgestellt, sie würde begeistert sein, so dankbar, dass sie sofort alles stehen und liegen lassen würde, um mit ihnen zu kommen. Aber da hatten sie sich verschätzt. Sie wollte nichts davon hören. Vielleicht wurde sie sogar wütend, beschimpfte sie. Das verkrafteten Sie nicht, ihre Weigerung, die Zurückweisung, diese Undankbarkeit. Schließlich hatten Sie mit den besten Absichten gehandelt. Sie hatten das alles für Elise getan, zu ihrem Besten. Sie rasteten aus, gingen auf sie los, legten ihr die Hände um den Hals ...«

»Nein!«

317

Sein Aufschrei kam so laut und so plötzlich, dass Mary zusammenfuhr.

»So war das nicht!«

Er schlug mit der Faust auf die Reling. Mary wich ein Stück vor ihm zurück. Er schien völlig außer sich. Sie traute ihm zu, sie zu packen und zu versuchen, sie hinunter ins Wasser zu werfen. Sie blickte durch die Scheibe in den Schönheitssalon. Sollte sie den Sicherheitsleuten ein Zeichen geben? Aber sie hatte noch nicht, was sie von Aiden brauchte. Sie hoffte, dass die Männer sie im Auge behielten und, falls Aiden sie tatsächlich angriff, schnell genug bei ihr wären, um sie vor einem Sturz ins Meer zu bewahren.

»Sie haben kein Recht, so etwas zu behaupten«, rief der Stylist. »Ich hätte Elise niemals etwas angetan. Ich habe sie geliebt! Hören Sie? Sie war alles für mich. Sie haben recht: Ich wollte sie schützen, sie retten und ich hätte alles unternommen, was dafür nötig war. Nach Farnkamps Tod ... sie war offen für die Idee mit der Klinik, sie vertraute mir. Sie hätte sich darauf eingelassen und alles wäre gut für sie ausgegangen, für uns, wenn nicht ...« Seine Stimme bebte, sein Gesicht war hochrot. Einige der Leute im Schönheitssalon schauten verstört zu ihnen hinaus. Aber er schien es nicht einmal zu bemerken.

»Das Schwein, das sie getötet hat, wird dafür büßen, das verspreche ich Ihnen. Ich werde herausfinden, wer es war, und ich werde ihn fertigmachen. Er verdient es, in höllischen Schmerzen zu krepieren. Das verdient jeder, der Elise jemals schlecht behandelt hat, und ich werde dafür sorgen, dass er seine Strafe bekommt.«

»So wie Farnkamp seine Strafe bekommen hat?«, fragte Mary. »So, wie Sie ihn fertiggemacht haben?«

Aiden starrte sie mit weit aufgerissenen Augen an.

Sein Atem ging in schnellen heftigen Stößen. Mary hielt seinem Blick stand — der in diesem Moment der Blick eines Wahnsinnigen war. Sag es, bat sie ihn im Stillen. Sprich es aus!

Aber Aiden tat ihr diesen Gefallen nicht. Es schien ihm all seine Willenskraft abzuverlangen. Doch er schaffte es, seine Gefühle in den Griff zu kriegen. Er schüttelte den Kopf.

»Vergessen Sie es«, sagte er. »Ich habe Ihnen schon genug erzählt. Außerdem habe ich Ihre Unterstellungen und Anschuldigungen satt. Wenn Sie mich weiterhin anklagen, ohne Beweise zu liefern, oder mich hier an Bord verleumden, werde ich gegen Sie vorgehen.« Ein kleines, böses Lächeln spielte auf seinen Lippen. »Mir würden einige Dinge einfallen, die ich mit Ihnen machen könnte, Mrs. Arrington. Natürlich nur rein hypothetisch. Wenn Sie mich dann entschuldigen würden — ich habe zu arbeiten.«

Er ließ Mary stehen und kehrte in den Schönheitssalon zurück. Sie blickte ihm nach. Durch die Scheibe konnte sie am Eingang einen der Sicherheitsmänner sehen, der näher gekommen war. Er blickte sie fragend an und deutete auf Aiden. Mary schüttelte den Kopf. Sie war hundertprozentig sicher, dass Aiden derjenige war, der Farnkamp umgebracht hatte. Aber Gewissheit allein war nicht genug.

37

»Aiden Schembri ist der Mörder. Daran habe ich nicht den geringsten Zweifel. Zumindest der Mörder von Farnkamp. Bei Elise bin ich mir nicht sicher. Aber dass er es war, der Farnkamps Munition vertauschte, davon bin ich überzeugt. Ich sage Ihnen noch was: Er wollte, dass ich Bescheid weiß, dass ich weiß, was er getan hat. Er hat es mir geradezu unter die Nase gerieben.«

Mary konnte diese Dreistigkeit noch immer nicht fassen. Sie war froh, ihrer Empörung Luft machen zu können.

»Nur blöd, dass das nicht als Geständnis durchgeht«, sagte Sandra.

»Ich glaube, ich hatte ihn kurz davor«, erwiderte Mary. »Aber er hat sich im letzten Moment zusammengerissen. Wir müssen ihn also auf andere Weise überführen. Haben Sie in Aidens Kabine irgendetwas Aufschlussreiches gefunden?«

Sandra schüttelte den Kopf.

»Noch eine Broschüre von dieser Klinik. Aber dass er dort war, wussten wir ja schon. Kein Tablet und auch sonst nichts, das mit Farnkamp zu tun hat.«

»Was mich immer noch beschäftigt«, sagte Mary, »ist die Art, wie er über Elise gesprochen hat. Seine Trauer über ihren Tod klang aufrichtig. Ich meine, er kann sie natürlich im Affekt umgebracht haben. Im Verlauf meines Gesprächs mit ihm sind seine Gefühle mehrmals von einer Sekunde auf die andere umgeschlagen. Vielleicht ist er in einem Wutanfall auf sie losgegangen. Aber wir müssen zumindest in Betracht ziehen, dass er sie nicht getötet hat.«

»Was bedeuten würde …«

»Dass wir es mit zwei Mördern an Bord zu tun haben.«

»Verdammt, Mrs. Arrington. Dieser Fall wird immer verwickelter. Wenn wir …«

Da aber wurde sie von einem Ruf unterbrochen.

»Sandra! Kommen Sie endlich!«

Der Designer Ludovico Castiglioni winkte sie ungeduldig zu sich.

»Sorry, Mrs. Arrington«, sagte Sandra. »Ich muss mal wieder Schaufensterpuppe spielen. Wir reden nachher weiter, ja?«

»Machen wir, Sandra.«

Mary sah zu, wie Sandra auf Castiglioni zuging. Der Designer, seine Assistenten, seine Fotografin und ein halbes Dutzend Models hatten sich auf der Sonnenterrasse auf Deck 13, dem obersten Deck, zu einem Fotoshooting eingefunden. Unter den Models war auch Antonio. Castiglioni war von seinem Auftritt für das Duo so begeistert gewesen, dass er ihn kurzerhand ebenfalls engagiert hatte. Die Kleider, die Antonio und die anderen trugen, zeigten ebenso wie Marys den Hang zur Extravaganz, der dem Italiener zu eigen war: Gepuffte Ärmel, hohe Kragen, weit bauschende Röcke, breit auslaufenden Hosenbeine, lange Schleppen (wobei Mary feststellen musste, dass ihr Kleid in dieser Hinsicht alle anderen übertraf), dazu Hüte in absonderlichen Formen, die sich teils stark in die Höhe, teils stark in die Breite streckten. Die Stilrichtung war klar: Geradezu altertümlich gestaltete Entwürfe, wie sie etwa auf einen Opernball vor hundert Jahren gepasst hätten, aber mit einigen raffinierten, modernen Zuschnitten und in strahlenden

Farben. ›Pompös‹ war das Wort, mit dem Mary sie beschrieben hätte.

Da Castiglioni es gerne pompös mochte, musste natürlich auch das Fotoshooting entsprechend ausgefallen sein. Zu diesem Zweck war die Reling an einer Stelle, wo dies über Scharniere möglich war, geöffnet, der entsprechende Teil des Geländers entfernt worden. Die Lücke, die dadurch entstand, war natürlich nicht offen gelassen worden — was lebensgefährlich gewesen wäre. Stattdessen war dort eine Art kurzer Laufsteg angebracht, der extra für diesen Zweck aus Brettern zusammengezimmert worden war und, von Querstreben getragen, vom Schiffskörper aus einige Meter über das Meer hinausreichte. Die Models sollten, soweit Mary es mitbekommen hatte, am Ende dieses improvisierten Laufstegs posieren, um den Aufnahmen einen Hauch von Gefahr zu verleihen und sie dadurch etwas spannender zu gestalten, als es Aufnahmen auf dem Deck selbst gewesen wären. Damit die Gefahr, abzustürzen und im Wasser zu landen, nicht Wirklichkeit wurde, war an den Seiten und dem Ende eine Schutzscheibe aus Plexiglas angebracht. Diese bot den Models Sicherheit, würde aber auf den Fotos kaum zu erkennen sein oder sich, vermutete Mary, in einem Bildbearbeitungsprogramm ohne große Umstände wegretuschieren lassen. Auf diese Weise würde der Eindruck entstehen, die Models stünden ungesichert hoch über den tosenden Wellen.

Bei dem Anblick dieses Laufsteges hätte man an ein Sprungbrett in einem Schwimmbad denken können. Allerdings würde jeder, der von dort den Weg nach unten antrat, nicht in einem Becken mit gechlortem, wohltemperiertem Wasser landen, sondern im ungebändigten Ozean, der alles und jeden, dessen er habhaft wurde, gnadenlos verschlingen würde. Daher erinnerte die Konstruktion Mary eher an eine Planke, auf der Piraten ihre Gefangenen gefesselt den Haien zum Fraß vorwarfen. Der luftige Catwalk war sicher robust gearbeitet und gewissenhaft verschraubt. Dennoch wurde Mary bei seinem Anblick mulmig. Sie war zwar schwindelfrei. Aber so hoch über dem Wasser zu stehen, und das bei voller Fahrt des Schiffes — sie hätte nicht gerne mit den Models getauscht. Spätestens jetzt wurde ihr klar, dass der Job dieser jungen Frauen und Männer nicht bloß daraus bestand, sich lächelnd in verschiedenen Kleidungsstücken darzubieten, sondern dass ihnen mitunter einiges abverlangt wurde.

Sie hielt sich im Hintergrund, um die Veranstaltung zu verfolgen. Im Moment wusste sie nicht, wie sie ihre Ermittlungen voranbringen sollte. Sie brauchte Sandra, um sich mit ihr auszutauschen. Daher hatte sie beschlossen, zu warten, bis ihre Freundin ihre Pflichten erfüllt hatte. Sie sah zu, wie Sandra zu der Fotografin und dem Designer trat.

»Sandra-Liebes«, hörte sie Castiglioni sagen. Er sprach mit einem hörbaren italienischen Akzent. »Sei ein Schatz und stell dich mal dort auf.«

Er wies auf den frei schwebenden Laufsteg. Mary konnte nicht anders, als ihn in Gedanken weiterhin als ›Planke‹ zu bezeichnen.

Sandra zog eine Grimasse. Ihr Unmut, wusste Mary, war dreigestaltig: Zum einen konnte sie es nicht ausstehen, wenn jemand sie Liebes oder Liebling nannte oder ihr sonst irgendwelche ›putzigen‹ Kosenamen gab (Antonio war zum Glück nicht der Typ dafür). Zum anderen sorgte die Aufforderung, ›ein Schatz‹ zu sein, bei ihr instinktiv für Widerstand. Zu guter Letzt verabscheute sie sowieso nichts so sehr, wie herumkommandiert zu werden. Sie warf Mary einen Blick zu, der verriet, wie übel

323

sie es Mary nahm, ihr diesen nervigen Posten aufgezwungen zu haben, und dass ihre Freundin bei ihr zumindest vorübergehend nicht höher im Kurs stand als der Designer. Mit einer solchen Visage würde sie es auf kein Titelbild einer Zeitschrift schaffen. Missmutig schlurfte sie auf den Laufsteg.

Das Sonnendeck machte seinem Namen heute nicht unbedingt alle Ehre. Der Himmel war zugezogen, und ein heftiger Wind herrschte. Er begann sofort, wild an Sandra zu zerren. Mit ihrer Frisur war es im Allgemeinen nicht weit her, sodass der Wind da nicht viel durcheinanderbringen konnte. Bei den Models würde das anders aussehen, dachte Mary. Abgesehen davon, dass er ihnen die Hüte von den Köpfen reißen würde. Aber offenbar hatte die Fotografin an alles gedacht. An den Kopfbedeckungen der Models entdeckte Mary Schleifen und Klammern, mit denen sie befestigt waren. Was die Frisuren anging, gab es zwar keine solche Lösung. Aber wie Mary in den Vorbereitungen auf das Shooting erfahren hatte, sahen darin weder der Designer noch die Fotografin ein Problem. Im Gegenteil: Models im Sonnenschein vor dem blau glitzernden Hintergrund habe man, wie sie erklärt hatten, schon zur Genüge gesehen. Ihre Fotostrecke würde ein Spiel mit den Elementen darstellen.

»Weiter zurück, Sandra.«

Die Fotografin visierte Sandra probeweise durch ihre Kamera an.

»Dann ein bisschen nach rechts.«

Sandra bewegte sich rückwärts zu der angewiesenen Stelle. Sie war ganz offenbar gar nicht in der Stimmung, die Elemente mit sich spielen zu lassen. Nach wie vor brauchte man nicht mit einem Fotoapparat auf sie einzuzoomen, um ihr die schlechte Laune vom Gesicht abzulesen. Ihre Augenbrauen waren ebenso nach unten gezogen wie ihre Mundwinkel. Aber in ihre Augen trat jetzt noch etwas anderes. Eine Spur von Unbehagen, gar Angst. Wer Sandra nicht kannte, hätte es wahrscheinlich gar nicht bemerkt. Aber Mary blieb es nicht verborgen — und sie konnte es Sandra schwerlich verdenken. Ihr wäre es nicht anders gegangen. Bei einem Sturz aus dieser Höhe würde der Aufschlag auf dem Wasser einem auf Beton gleichkommen. Selbst wenn man diesen überlebte, müsste man einen Kampf auf Leben und Tod mit den wild aufgewühlten Wellen führen. Die Queen Anne spontan zum Anhalten zu bringen, war unmöglich. Innerhalb weniger Minuten würde sie sich weit von der Stelle entfernt haben, an der jemand über Bord gefallen war. Ebenso war es nicht im Handumdrehen möglich, eines der Rettungsboote zu Wasser zu lassen. Das Einzige, was sich sofort unternehmen ließ, wäre, dem Ertrinkenden einen der Rettungsringe zuzuwerfen, die in regelmäßigen Abständen an der Reling und anderen leicht erreichbaren Positionen angebracht waren. Aber der Wurf eines solchen Rings konnte niemals besonders zielsicher sein. Man konnte ihn nur in die ungefähre Richtung schleudern und hoffen, dass derjenige, für den er gedacht war, ihn zu fassen bekäme und sich daran festklammern konnte, bis Hilfe käme. In den meisten Fällen, schätzte Mary, träfe diese zu spät ein.

»Gut so?«, fragte Sandra.

Sie sehnte sich sichtlich danach, wenn nicht festen Boden, so doch immerhin das stabile und verlässliche Deck wieder unter ihren Füßen zu haben. Aber noch war die Fotografin nicht bereit, sie zu entlassen.

»Noch ein Schritt.«

Sandra verdrehte die Augen. Dann tat sie, wie ihr geheißen. In jenem Moment aber, als sie ihren Fuß auf das

325

letzte Brett vor der Scheibe setzte, ertönte ein lautes Krachen. Das Brett brach unter Sandra weg. Das Stück der Scheibe, das an ihm befestigt gewesen war, löste sich aus den Verschraubungen, die Holz und Plexiglas miteinander verbunden hatte. Sandra fiel. Sie stieß einen Schrei aus und ruderte mit den Armen.

Dann verschwand sie in der Tiefe.

38

»Sandra!«, schrie Mary und rannte los, vorbei an den Models, dem Designer und der Fotografin, die vor Schreck erstarrt schienen. Aus den Augenwinkeln sah sie, wie auch Antonio sich von dem Stylisten befreite, der ihm eben einen Gürtel anlegen wollte. Ihre lange Schleppe hinter sich, hastete Mary auf den Steg. In diesem Augenblick machte sie sich keine Gedanken darüber, ob die Bretter sie halten würden. Alles woran sie denken konnte, war Sandra. Sie blickte über den Rand. Die Holz- und Plexiglasteile hatten die Wasseroberfläche noch nicht erreicht. Wie in Zeitlupe, schien es Mary, taumelten sie abwärts und landeten weit unter ihr auf den schäumenden Wellenkronen. Von Sandra aber fehlte jede Spur. Weder klammerte sie sich an der Bruchstelle fest, noch entdeckte Mary sie im Wasser. Panik packte sie. War Sandra etwa bereits untergegangen?

»Sandra!«, schrie sie so laut sie konnte. »Sandra, wo sind Sie?«

Zunächst erhielt sie keine Antwort. Dann aber hörte sie Sandras keuchende Stimme:

»Mrs. Arrington! Mrs. Arrington, helfen Sie mir!«

Mary konnte sie nicht entdecken.

»Sandra! Wo sind Sie?«

»Hier unten! Aber nicht mehr lange. Bitte beeilen Sie sich!«

Mary legte sich flach auf den Bauch und robbte so weit nach vorn, dass ihr Kopf und Hals frei über die Kante ragten. Sie spähte nach unten und in Richtung des

Schiffs. Da erspähte sie Sandra. Wohl weniger durch Körperkontrolle als vielmehr durch schieres Glück war es ihr gelungen, im Fallen eine der Querstreben zu greifen, die unterhalb des Laufstegs angebracht waren, um ihn zu stützen. Mit aller Kraft krallte Sandra sich daran fest. Die Strebe hatte sie gerettet. Aber sie hatte recht: Lange würde sie sich an ihr nicht festhalten können. Die Strebe war aus Metall und musste ihr hart in die Hand schneiden, ganz abgesehen davon, dass ihr bald die Kraft ausgehen musste.

»Halten Sie durch, Sandra, wir holen Sie rauf!«

Sie streckte die Hand nach ihr aus, doch fehlte noch ein gutes Stück. Sandra hätte sie vielleicht erreichen können, jedoch nur, wenn sie die Strebe losgelassen und wiederum selbst den Arm ausgestreckt hätte. Das aber hätte einen Absturz wahrscheinlich gemacht, vor allem, wenn sie Mary nicht richtig zu fassen bekam oder Mary sie nicht festhalten konnte — was sie sich ohnehin kaum zutraute. Sie war zwar fit. Aber das Gewicht eines Menschen würde sie bestimmt nicht halten, geschweige denn allein nach oben ziehen können.

»Lassen Sie es mich versuchen«, sagte Antonio, der plötzlich neben ihr war. Aber auch seine Arme, obwohl länger als Marys, reichten nicht bis zu Sandra. Auch sonst fiel Mary nicht ein, wie sie an sie herankommen sollten. Antonio war ein guter Turner, wie er bei Marys erster Reise eindrucksvoll unter Beweis gestellt hatte. Aber selbst, wenn er sich zu Sandra heruntergelassen hätte, hätte sie das nicht weitergebracht, da es dort keinen Weg gab, wieder auf das Schiff zu kommen. Die Streben reichten zwar bis an den Rumpf. Doch war kein Fenster in der Nähe, schon gar kein offenes, durch das sie ins Innere hätten steigen können, und sich fallen zu lassen in der Hoffnung, auf dem nächsten unterhalb liegenden Deck zu landen, wäre ein Himmelfahrtskommando. Sie waren einfach zu hoch. Selbst, wenn sie es geschafft hätten, ohne im Meer zu landen, hätte der Aufprall sie schwer verletzt, vielleicht sogar getötet. Sie mussten eine Möglichkeit finden, Sandra wieder nach oben zu hieven. Es war der einzige Weg.

»Bringt ein Seil, irgendetwas«, rief Mary über die Schulter in der Hoffnung, jemand werde ihrer Anordnung folgen.

Sandra blickte zu ihnen auf. Ihr Gesicht war voller Angst und Verzweiflung.

»Mrs. Arrington, ich kann nicht mehr.«

Schon sah Mary, wie ihre Finger von der Strebe zu rutschen drohten.

»Ein Seil, schnell!«

Da aber fiel ihr ein, dass sie nicht darauf warten musste, bis jemand ein Seil brachte. Sie hatte bereits etwas zur Verfügung, das sich als Seil verwenden ließ.

»Antonio! Halten Sie die Schleppe meines Kleides fest!«

Antonio schien zwar nicht genau zu wissen, was sie vorhatte. Aber er war froh, dass sie etwas unternahm, und folgte ihrem Befehl, ohne zu zögern.

»Wir müssen sie zu Sandra runterlassen.«

Sie warfen die Schleppe über den Rand. Mary scherte es nicht, dass sie den Leuten hinter sich damit einen freien Blick auf ihre bloßen Beine bot. Zum einen trug sie, wegen des kühlen Wetters, eine Leggins unter dem Kleid, sodass sie keine allzu persönlichen Aussichten feilbot. Zum anderen wäre selbst das ihr in diesem Moment egal gewesen, in dem es einzig darauf ankam, das Leben ihrer Freundin zu retten.

»Hier, Sandra! Nehmen Sie das!«

Sie schwang die Schleppe erst zurück, dann vor, in

329

Sandras Richtung. Sandra musste das Timing genau abpassen. Sie schaffte es! Erst griff sie mit der einen Hand die Schleppe, während sie sich mit der anderen weiterhin an der Strebe festhielt. Dann ballte sie auch die Finger dieser Hand um den Stoff. Um noch besseren Halt zu haben, wickelte sie den einen Arm darum, so gut es ging. Mary hoffte inständig, dass es sich um ein reißfestes Material handelte. Sandras Wechsel von der Strebe zur Schleppe hatte das improvisierte Tau ins Schaukeln gebracht. Sandra baumelte nun direkt unter Mary. Zum Glück wog sie nicht besonders viel. Dennoch merkte Mary, wie das Gewicht an ihr zerrte. Es hätte sie unweigerlich über den Rand gezogen, wenn Antonio nicht geholfen hätte, die Schleppe, und somit auch sie und Sandra, festzuhalten.

»In Ordnung. Jetzt weiter! Hey, Sie«, rief Mary den Assistenten der Fotografin zu. »Kommen Sie her und helfen Sie uns.«

Zu ihrer Erleichterung ließen sie sich nicht lange bitten. Auch einige der männlichen Models rissen sich nun aus ihrer Starre und eilten herbei. Auch wenn es mehreren Männern leichter gefallen wäre, Sandra nach oben zu bringen — ablösen konnte Mary aufgrund des Kleides und ihrer Position niemand. Auch war der Laufsteg zu eng, als dass er für sie alle am vorderen Ende Platz geboten hätte. Verständlicherweise wollte niemand einen Absturz riskieren. Daher übernahmen zwei von ihnen die Aufgabe, Mary an den Beinen festzuhalten, ein weiterer fasste Antonio, damit auch er sich weiter zu Sandra hinabbeugen konnte, ohne das Gleichgewicht zu verlieren. Stück für Stück wuchteten Mary und Antonio Sandra hoch.

Es fehlte nicht mehr viel. Sie konnten sie schon fast mit ihren ausgestreckten Armen erreichen. Da ertönte ein Ratschen: Die Nähte des Kleides gaben unter der Last nach und brachen auf.

»Oh Gott, nein!«, schrie Sandra, die ruckartig wieder ein Stück nach unten stürzte.

Noch hielt das Kleid. Aber sicher nicht mehr lange. Mary und Antonio schwitzten und keuchten vor Anstrengung. Marys Muskeln und Sehnen waren zum Zerreißen gespannt. Endlich war Sandra nah genug an dem Steg, dass sie sie berühren konnten. Antonio fasste ihren linken, Mary ihren rechten Arm. In einem letzten Kraftakt zerrten die beiden sie auf den Laufsteg. Sandra fiel ihnen entgegen, und gemeinsam sackten die drei zusammen. Sie saßen noch immer recht dicht am Ende des Stegs, der neben ihnen ins Nichts ragte. Ihre Unterstützer machten Anstalten, ihnen auf die Beine zu helfen. Aber Mary schüttelte den Kopf. Für den Augenblick waren sie zu erschöpft, um sich zu bewegen. Sandra hing wie ein schlaffes Bündel in Marys und Antonios Armen und hielt sich immer noch an den beiden fest. Sie zitterte am ganzen Körper, und zwar, Mary war sicher, nicht nur vor Anstrengung. Sie warf einen Blick über die Kante. Weder von dem Holz noch von der Scheibe war im Wasser auch nur noch die geringste Spur zu erkennen. Das Meer hatte sie verschluckt. Mit einem Schaudern dachte Mary daran, wie haarscharf Sandra dem gleichen Schicksal entgangen war.

39

»Gott, können diese Deppen nicht einmal ein blödes
Brett ordentlich befestigen? Oder haben die einfach irgendein morsches Stück Holz verwendet, vielleicht ein
Stück Treibgut, das sie unterwegs irgendwo aus dem
Wasser gefischt und sich gedacht haben: Hey, super, damit baue ich den Laufsteg des Todes? Oder vielleicht hat
sich die Fotografin das einfallen lassen, weil man so
langweilige Durchschnittsfotos, bei denen alle am Leben
bleiben, ja schon zu Genüge gesehen hat. Klar, Models
beim Sturz in die Tiefe — das hätte ein paar ganz tolle
Aufnahmen gegeben. Auf jeden Fall actionreich!«

Sandra war außer sich. Rastlos marschierte sie durch
die Trafalgar Suite. Mary hatte Tee, Kaffee, Kuchen und
Gebäck bringen lassen, damit sie sich stärken und von
ihrem Abenteuer erholen konnten. Sie hatten sich beide
auf das Sofa gesetzt. Aber Sandra hatte es nur wenige
Minuten an ihrem Platz gehalten, bevor sie aufgesprungen war. Mary war erstaunt. Draußen auf dem Deck war
sie vollkommen ausgelaugt gewesen. Aber offenbar hatte sie noch genug Reserven übrig, um sich aufzuregen.
Sandras Schock hatte sich in Wut verwandelt. Mary war
froh darum. Es war eine bessere Art, ihn zu verarbeiten,
als zu weinen oder sich, wie Germer, voller Furcht vor
dem Rest der Welt abzuschotten. Von Sandra hatte sie
allerdings sowieso nichts anderes erwartet. Ihr reizbares
Temperament hatte sie schon des Öfteren in Schwierigkeiten gebracht, bei Vorgesetzten wie auch bei Passagie-

ren, denen gegenüber sie sich allzu viel herausgenommen hatte. Jetzt half es ihr, den Schock zu verwinden.

»Was ist auf dieser Kreuzfahrt eigentlich los? Zwei Morde, ein Angriff auf den Schiffsarzt — reicht denen das nicht? Müssen die auch noch dafür sorgen, dass die Angestellten bei Unfällen das Zeitliche segnen? Wenn Sie und Antonio nicht gewesen wären, wäre ich Fischfutter geworden. Oh Mann, Mrs. Arrington, wer hätte gedacht, dass Ihr scheußliches Kleid doch zu etwas nütze sein würde?«

»Ja, es hat auf jeden Fall Lob verdient. Oder gleich den ersten Preis beim Fashion-Wettbewerb. Von welchem Kleidungsstück kann man schon behaupten, es habe jemandem das Leben gerettet? Was allerdings Ihren anderen Bemerkung angeht: Ehrlich gesagt bin ich ganz und gar nicht sicher, dass es sich um einen Unfall gehandelt hat.«

Sandra hielt erstaunt inne.

»Wie kommen Sie darauf?«

»Durch verschiedene Punkte«, antwortete Mary. »Zum einen haben Sie vollkommen recht: Auf dieser Reise ist schon enorm viel passiert. Fast hätte ich gesagt ›schiefgelaufen‹, aber dieser Ausdruck passt nicht recht. Schließlich waren das keine Zufälle, sondern alles von Menschen herbeigeführt. Da liegt es nahe, dass wir es auch dieses Mal nicht etwa mit einem Material- oder einem Konstruktionsfehler zu tun haben. Während Sie mit Antonio in Ihrer Kabine waren, um sich von dem Schrecken zu erholen, habe ich mit den Handwerkern gesprochen, die diesen Laufsteg gebaut und angebracht haben. Sie alle waren bestürzt, als sie hörten, was passiert ist. Alle versicherten mir, dass nicht nur die Materialien einwandfrei waren, sondern sie auch alles absolut sicher montiert hatten. Mehrere von ihnen haben den Steg betreten, um alles zu prüfen. Sie wussten, dass Annabelle Winthrop ihnen die Hölle heißmachen würde, wenn irgendetwas schiefgehen sollte.«

»Dann hat sich also jemand daran zu schaffen gemacht?«

Mary nickte.

»Davon müssen wir ausgehen.«

Sandra griff sich ein Törtchen und biss hinein.

»Meinen Sie, das war der Stylist?«, fragte sie kauend. »Das ist doch verdächtig — Sie sprechen mit ihm und kurz darauf passiert so was. Vielleicht sollte das eine Warnung an Sie sein. Wobei das echt komisch wäre, dafür die Models umzubringen.«

Krümel und Cremefüllung klebten an ihren Mundwinkeln. Mr. Bayle, dachte Mary, hätte sie darauf hingewiesen, dass man, nur weil man buchstäblich dem Tod von der Schippe gesprungen war, noch lange nicht das Recht hatte, seine guten Manieren zu vernachlässigen, mit vollem Mund zu sprechen und sich mit Törtchenfüllung zu beschmieren. Aber Mary war in dieser Hinsicht weit weniger streng. Nach dem, was Sandra erlebt hatte, durfte sie ihretwegen die ganze Suite bekleckern.

»Ich glaube nicht, dass er mich noch einmal warnen würde«, sagte sie. »Er würde direkt versuchen, mir etwas zu tun. Außerdem passt der zeitliche Ablauf nicht. Nach meinem Gespräch mit ihm hätte er gar nicht genug Zeit gehabt, diesen Anschlag vorzubereiten. Am helllichten Tag hätte er sich sowieso nicht an dem Steg zu schaffen machen können, jedenfalls nicht, ohne dass es jemandem aufgefallen wäre. Nein, die Sabotage muss schon gestern Nacht erfolgt sein, lange bevor ich mit ihm gesprochen habe. Das bringt mich zu einer weiteren Schlussfolgerung.«

»Welcher denn?«

Mary seufzte.

»Ich fürchte, Sandra, dieser Anschlag zielt weder auf mich noch auf die Models ab. Er richtete sich gegen Sie.«

Sandra ließ das Törtchen sinken.

»Gegen mich? Spinnen Sie jetzt total?«

Mary trank einen Schluck Tee, bevor sie antwortete.

»Es ist die einzige Erklärung, die Sinn macht. Überlegen Sie mal: Die Anbringung erfolgte gestern. Die Nacht über war der Bereich unbeaufsichtigt, sodass jeder, dem der Sinn danach stand, sich daran zu schaffen machen konnte. Der Täter muss das Brett angesägt und die Schrauben so weit gelockert haben, dass sie keiner nennenswerten Belastung standhielten. Vor dem Fotoshooting wurde die Stabilität nicht noch einmal überprüft, ein Versäumnis, auf das er spekuliert hat. Ebenso, wie er darauf spekuliert hat, dass Sie den Laufsteg als Erste betreten würden.«

Sandra machte ein skeptisches Gesicht. Mary verstand ihren Unglauben. Wer hörte schon gern, dass er das Opfer eines Mordanschlags gewesen war?

»Aber das konnte er doch gar nicht wissen.«

»Natürlich konnte er das. Es steht ja völlig außer Frage, dass der Mörder nicht etwa ein Zuschauer oder sonst ein gewöhnlicher Passagier ist, sondern zu jenen gehört, die an der Fashion Cruise direkt beteiligt sind, als Designer, als Model, als ein Mitarbeiter. So viel wissen wir spätestens seit Elises Tod hinter dem Garderobenbereich. Daher bekommt er alles mit, was sich abspielt, und somit weiß er auch, dass Sie für Aktionen wie das Fotoshooting Probe stehen, bevor die Models abgelichtet werden.«

Sandra legte das angebissene Törtchen zurück auf den Teller. Offenbar war ihr der Appetit vergangen.

»Aber warum sollte mich jemand umbringen wollen?«

»Auf diese Frage habe ich leider noch keine befriedigende Antwort gefunden. Der einzige Grund, der mir plausibel erscheint, ist, dass Sie irgendetwas wissen, von dem der Täter verhindern will, dass es rauskommt.«

»Was sollte das denn sein? Ich habe nichts gesehen, nichts gehört, nichts Verdächtiges beobachtet. Klar, ich habe Elises Leiche gefunden. Aber ich habe nicht gesehen, wer sie umgebracht hat, keine Spuren oder sonst irgendwelche Hinweise entdeckt. Selbst wenn ich irgendetwas darüber wüsste, muss dem Täter doch klar sein, dass ich es Ihnen längst erzählt hätte. Es würde ihm also gar nichts bringen, mich als Fischfutter von Bord zu befördern.«

»Vielleicht haben Sie doch irgendetwas bemerkt und wissen es nur nicht. Überlegen Sie mal. Ist Ihnen irgendetwas aufgefallen, das Ihnen sonderbar vorkam?«

»Sie meinen, abgesehen von der Toten in der Abstellkammer«, fragte Sandra trocken.«

»Genau. Abgesehen davon. Es muss nichts Großes gewesen sein. Möglich, dass es sich um eine Kleinigkeit handelt — beziehungsweise um etwas, das Ihnen und mir als Kleinigkeit erscheint.«

Sandra legte die Stirn in Falten.

»Mal sehen. Ich war bei den Fotoshootings dabei und habe viel Zeit im Garderobenbereich verbracht, um den Models und den Designern den Ar... den Hintern nachzutragen. Kaffee holen, Klamotten durch die Gegend schleppen, aufräumen. Die hinterlassen da immer ein Chaos, das glauben Sie nicht. Ich darf das dann in Ordnung bringen. Das ist fast noch ätzender, als Kabinen zu schrubben.«

Es klang, als würde Sandra sich bei ihren Reinigungstätigkeiten regelmäßig die Hände blutig scheuern. Aber sie wussten beide, dass es mit ihrer Arbeitseinstellung nicht ganz so weit her war.

»Das Einzige, was ich außer der Reihe gemacht hab ...«

Mary lehnte sich auf dem Sofa vor.

»Ja? Was war es?«

Sandra lächelte spöttisch.

»Nichts, worauf Sie so gespannt sein müssen. Ich muss ja auch im Schneiderraum aufräumen, wissen Sie? Da ist immer ziemlich viel los, weil die Designer noch Änderungen an ihren Kleidern vornehmen oder die an den Models nicht so sitzen, wie sie sollen und angepasst werden müssen. Die Designer, die ihre Shows schon hatten, basteln an den Entwürfen, die sie bei der Abschluss-Show noch mal zeigen wollen. Außer den Siegesentwürfen, die in der Lobby stehen, an denen dürfen sie ja nichts mehr ändern.«

Inzwischen waren es drei Kleider, die dort in Vitrinen ausgestellt waren, eines von Farnkamp, eines von Jonsdottir, eines von dem Duo. Trotz Farnkamps Tod und des katastrophalen Ausgangs, den die Modenschau von Letitia und Gilbert genommen hatte, hatte die Jury jeweils eine ihrer Kreationen für den Wettbewerb auswählen müssen.

»Dabei sammeln sich immer riesige Mengen von Stoffresten an. Die muss ich wegschaffen. Das habe ich auch gestern gemacht.«

»Und?«

»Na ja, da waren so ein paar Stoffe dabei, so Reste eben, die ich besonders schön fand ... und die ich, also ... Ich hab die mitgenommen, okay? Die brauchte ja keiner mehr, und ich dachte, vielleicht könnte ich mir mal was daraus machen. Ich will ja auch nicht immer in meiner blöden Uniform oder im Schlabberlook rumlaufen.«

Beinahe wirkte es, als sei es ihr peinlich, etwas so Mädchenhaftes getan zu haben. Dabei wusste Mary längst: Auch wenn Sandra sich tough gab und es nicht gern zeigte, hatte sie eine weiche, empfindsame Seite. Vielleicht, dachte Mary, war es Antonios Modelrolle, die Sandra dazu bewegt hatte, sich selber ein bisschen zurechtmachen zu wollen.

»Stoffreste?«, fragte Mary.

»Ja, nichts als ein paar Reste, die vom Schneidern übrig geblieben sind. Ein kräftiges Blau, so richtig schimmernd, mit eingewebten Silberfäden. Das waren zwei breite Ausschnitte, so wie Karos. Kann ich Ihnen nachher zeigen, wenn Sie wollen. Keine Ahnung, von wem die übrig geblieben waren. Ich hab mir nichts dabei gedacht, die mitzunehmen, die sollten ja eh weggeworfen werden. Das haben auch manche gesehen, dass ich die genommen hab, und keiner hat was dagegen gehabt. Ich glaube jedenfalls nicht, dass mich dafür jemand umbringen würde.«

Sie setzte sich zu Mary auf das Sofa.

»Jetzt sind Sie enttäuscht, Mrs. Arrington. Aber ich habe Ihnen gleich gesagt, dass das nichts Besonderes ist. Es ist eben das Einzige, das mir überhaupt einfällt.«

Mary war tatsächlich enttäuscht. Dieser Hinweis, den man nicht einmal wirklich als Hinweis bezeichnen konnte, brachte sie kein Stück weiter. Sie sah es wie Sandra: Es war kaum denkbar, dass jemand wegen ein paar Stoffresten bereit wäre, einen Mord zu begehen.

»Schon gut, Sandra. Wir finden das schon heraus. In der Zwischenzeit können Sie etwas unternehmen, um unsere Ermittlungen voranzubringen. Keine Sorge, es ist

nichts, das gefährlich wäre oder Sie vor größere Heraus-
forderungen stellen würde.«

Aber Sandra wirkte ohnehin nicht, als sorgte sie sich.
Obwohl sie gerade erst ein haarsträubendes Abenteuer
überstanden hatte, schien sie voller Tatendrang.

»Natürlich, Mrs. Arrington. Was soll ich machen?«

40

Am Abend fand die Modenschau von Castiglioni statt. Die letzte Einzelschau vor der großen Abschlusspräsentation. Nach allem, was passiert war, kam es Mary nicht mehr nur unpassend, sondern geradezu absurd vor, mit dem Spektakel weiterzumachen. Aber die Fortsetzung war nun einmal beschlossen und außer ihr verfiel offenbar niemand darauf, sie erneut infrage zu stellen. Auch wenn die ›Fashion Cruise‹ längst unrettbar zum Desaster geraten war, schien Annabelle Winthrop entschlossen, die Sache durchzuziehen. Um auch das Publikum bei der Stange zu halten, hatte sie den ganzen Tag über die Werbetrommel gerührt. Sie hatte nicht nur Champagner und feine Häppchen für alle Zuschauer in Aussicht gestellt, sondern auch Gratis-Abonnements von ›Close Up‹ und Gewinnspiele mit kostspieligen Preisen.

Ihr Bemühen zeigte Erfolg. Bis auf wenige Plätze war der Ballsaal tatsächlich voll. Von der feierlichen Atmosphäre, die ihn bei der ersten Veranstaltung gefüllt hatte, war allerdings nichts mehr übrig. Farnkamps Tod auf dem Laufsteg und der Fund von Elises Leiche hatten dafür gesorgt, und nicht einmal Winthrops beherzter Einsatz hatten etwas daran ändern können. Stattdessen herrschte eine angespannte, ängstliche Stimmung. Während die Models in prächtigen Roben und aufwendigen Gewändern zu gehobener Orchestermusik über den Catwalk stolzierten, schien das Publikum jeden Augenblick damit zu rechnen, dass auch diese Veranstaltung durch einen weiteren Todesfall, einen Unfall oder eine ähnliche Katastrophe unterbrochen wurde.

Doch nichts geschah. Die Modenschau verlief reibungslos. Die Models drehten ungehindert ihre Runden. Castiglioni pries seine Kreationen an. Sie wurden bewundert und beklatscht. Am Ende wählten Mary und die anderen Jurymitglieder einen Siegesentwurf. Er wurde dem Publikum noch einmal präsentiert. In dem Applaus, mit dem er bedacht wurde, schien sich auch die Erleichterung darüber Bahn zu brechen, dass nichts weiter schiefgelaufen war. Der Designer und seine Models zogen sich in den Garderobenbereich zurück. Die Zuschauer strömten aus dem Ballsaal. Der Siegesentwurf wurde, zusammen mit den vorherigen, in einer Glasvitrine in der Grand Lobby ausgestellt. Annabelle Winthrop wirkte überglücklich. Alle an Bord schienen von der Hoffnung beseelt, die Queen Anne werde New York ohne weitere schreckliche Zwischenfälle erreichen.

Es dauerte nicht lange, bis diese Hoffnung zerstört wurde.

41

»Meine Güte, wie konnte das passieren? Das können die doch nicht … das darf nicht …«

Annabelle Winthrops Schreie hallten Mary entgegen, als sie aus dem Lift trat. George begleitete sie. Er hatte sie in den frühen Morgenstunden aus dem Bett geholt und sie gebeten, mit ihm in die Grand Lobby zu kommen. Mary hatte sich hastig angezogen, während George ihr in groben Zügen geschildert hatte, was passiert war. Keine weitere Leiche. Kein weiterer Mordanschlag. Dafür ein Anschlag anderer Art.

»Wer ist so grausam und skrupellos, etwas derart Furchtbares zu tun?«

Winthrop stand vor den Glasvitrinen, die für die Siegesentwürfe aufgestellt worden waren. Noch auf dem Weg in ihre Suite war Mary nach der Modenschau an ihnen vorbeigekommen. Vier Vitrinen auf Podesten, darin vier Schaufensterpuppen, die vier Kleider trugen, je eines von Farnkamp, Jonsdottir, dem Duo und Castiglioni. Aber der Anblick, der sich ihr nun bot, war ein gänzlich anderer als noch vor einigen Stunden.

Die Vitrinen waren zerschmettert. Nur noch Scherben waren von ihnen übrig. Mit ihrem Inhalt sah es nicht besser aus. Die Schaufensterpuppen standen zwar noch. Doch hingen an ihren Kunststoffleibern nur noch versengte Fetzen. Die edlen Designerkreationen, die sie getragen hatten, waren nicht mehr zu erkennen. Die Gliedmaßen der Puppen waren teilweise verkohlt und mit den Stoffen verschmolzen. Stellenweise waren sie von

weißem Schaum überzogen. Er entstammte dem Feuerlöscher, der inmitten der Scherben auf dem Teppich lag.
Zwei der Puppen hatten unversehrte Gesichter. Der
gleichmütige Ausdruck darauf wollte nicht zu dem Chaos passen, von dem sie umgeben waren.

»Meine Güte«, sagte Mary. »Da war wohl jemand
mit unseren Jury-Entscheidungen nicht einverstanden.«

»Sieht ganz so aus«, sagte George.

Winthrop hörte sie kommen und drehte sich zu ihnen
um. Sie hatte sich wohl ebenso eilig etwas übergezogen
wie Mary. Ihr Abendkleid saß schief und war falsch ge-
knöpft. Dazu trug sie zwei unterschiedliche Stöckelschu-
he. So viel Wert sie auch sonst auf ihre Erscheinung legte — im Moment schien sie sich wenig darum zu
scheren.

»Herr Kapitän! Was hier vor sich gegangen ist, ist
eine absolute Zumutung! Ein Verbrechen an der Haute
Couture. Ich verlange, dass die Verantwortlichen auf der
Stelle zur Rechenschaft gezogen werden. Angefangen
mit ihm!«

Sie deutete anklagend auf den Stewart, der an der Rezeption Nachtdienst gehabt hatte. Er saß auf einem Stuhl
hinter dem Tresen und sah ziemlich mitgenommen aus.
Das Glas Wasser, das er hielt, zitterte in seinen Händen.
Er schaffte es nur, ganz kleine Schlucke daraus zu nehmen.

»Er hätte besser aufpassen sollen.«

Winthrop marschierte auf ihn zu.

»Sie da! Sie haben versagt.«

Der Stewart tat nichts weiter, als sie anzustarren. Er
schien zu benommen, um sich zur Wehr zu setzen.

»Sie sind für Ihren Posten vollkommen ungeeignet.
Ich werde dafür sorgen, dass Sie …«

George hingegen war nicht bereit, sie weiter gewäh-

343

ren zu lassen. Er trat ihr mit grimmiger Miene in den Weg. Mary wusste, was in ihm vorging. Sie kannte ihn als ruhig und geduldig, nicht leicht aus der Fassung zu bringen. Aber wenn es eines gab, das ihn wütend machte, dann waren es ungerechtfertigte Anschuldigungen gegen ein Mitglied seiner Crew.

»Hören Sie gefälligst auf, ihm Vorwürfe zu machen. Er wurde angegriffen und niedergeschlagen. Er konnte nichts tun. Also halten Sie sich zurück, und seien Sie lieber froh, dass ihm nichts Schlimmeres passiert ist.«

Winthrop stand mit offenem Mund da. Für jemanden, der Widerworte nicht gewohnt war, musste das eine verstörende Erfahrung sein. Sie schien zu einer Erwiderung anzusetzen. Aber ihr war wohl klar, dass es keine gute Idee war, George weiter zu reizen.

»Pah«, machte sie nur. Dann drehte sie sich auf dem Absatz um und ging zu den zerstörten Kleidern zurück.

Mary wandte sich an den Stewart.

»Wie fühlen Sie sich? Brauchen Sie irgendetwas?«

Er schüttelte den Kopf, aber ganz sachte. Nur so schien er dazu imstande zu sein, ohne dass es zu sehr schmerzte.

»Mein Schädel dröhnt ganz schön. Ich habe ein paar Aspirin geschluckt. Sie fangen langsam an zu wirken.«

»Sie sollten sich hinlegen«, sagte George. »Sich ausruhen.«

»Das mache ich gleich«, antwortete der Stewart. »Aber ich dachte, dass ich erst mit Ihnen reden sollte. Erzählen, was passiert ist. Auch wenn ich Ihnen nicht viel sagen kann.«

»Jede noch so kleine Information kann wichtig sein«, sagte Mary. »Erzählen Sie uns alles, woran Sie sich erinnern.«

»Wie gesagt, viel ist es nicht. Ich war hier hinter dem

Tresen. Alles war ruhig, wie immer spät nachts. Es war niemand in der Lobby. Zumindest habe ich niemanden gesehen. Dann habe ich plötzlich ein Geräusch von dort hinten gehört.« Er wies auf die Treppe. »Ein Schaben oder Kratzen. Ich bin rübergegangen, um nachzusehen, wo es herkam.«

»Ein Ablenkungsmanöver«, vermutete Mary. »Solange sie hinter ihrem Tresen standen, konnte der Täter sie nicht überraschen. Sie hätten ihn auf jeden Fall kommen sehen. Er musste sie erst hervorlocken, bevor er sie angreifen konnte.«

»Ungefähr so, wie es mit Germer auf der Krankenstation passiert ist«, sagte George.

»Stimmt«, sagte Mary. »Was darauf schließen lässt, dass es möglicherweise derselbe Täter war. Bitte erzählen Sie weiter.«

Der Stewart nickte.

»Ich weiß nur noch, dass ich einen harten Schlag auf den Hinterkopf bekommen hab und mir schwarz vor Augen wurde. Ich weiß nicht, wie lange ich bewusstlos war. Der Feueralarm hat mich geweckt. Als ich die Augen geöffnet hab, standen die Kleider lichterloh in Flammen.«

»Wir haben natürlich Rauchmelder, die bei Brandgefahr Alarm auslösen«, erklärte George. »Außerdem ist die Grand Lobby, wie der Rest des Schiffes, mit einer Sprinkleranlage ausgestattet. Diese reagiert allerdings ein wenig später, auf ein stärkeres Rauchaufkommen als die Rauchmelder. Wir wollen schließlich weder einen Passagier, der verbotenerweise in seiner Kabine raucht, sofort unter Wasser setzen, noch die Grand Lobby. Das kann zu kostspieligen Schäden führen. Durch den Alarm kann sich das Personal zunächst selbst um einen Brand

345

kümmern. Wenn wir es nicht schaffen, ihn zu löschen, greifen die weiteren Sicherheitsmaßnahmen.«

»Verstehe«, sagte Mary. »Das war dieses Mal glücklicherweise nicht nötig.«

»Ich war ziemlich benommen, und mein Kopf tat höllisch weh«, sagte der Stewart. »Aber ich wusste, dass ich etwas unternehmen musste. Ich habe mich auf die Füße gewuchtet und den Feuerlöscher geholt, den wir hinter dem Tresen haben. Ich bin so nah an das Feuer ran, wie ich es gewagt habe. Es war ungeheuer heiß, und der Rauch hat mir in der Lunge gebrannt. Ich habe den Feuerlöscher auf die Vitrinen gerichtet und auf jede von ihnen eine ordentliche Ladung Schaum gesprüht. Zum Glück hat das gereicht.«

»Das haben Sie großartig gemacht«, sagte George. »Sie haben in einer schwierigen Situation besonnen gehandelt und genau das Richtige getan. Mit der Nervenstärke eines geborenen Seemanns.«

»Danke, Herr Kapitän.« Das Lob tat ihm sichtlich gut.

»Jetzt gehen Sie und ruhen sich aus. Wenn wir noch weitere Fragen an Sie haben sollten, unterhalten wir uns später noch einmal. Schaffen Sie es allein in Ihre Unterkunft oder soll ich Ihnen jemanden mitgeben?«

»Nein, Herr Kapitän. Das schaffe ich schon.«

Der Stewart stand von seinem Stuhl auf.

»Auf Wiedersehen, Mrs. Arrington.«

»Gute Besserung.«

Mary und George blickten ihm nach, wie er leicht wankend die Lobby verließ.

»Sein Eingreifen hat Schlimmeres verhindert«, sagte Mary dann. »Außer den Kleidern wurde nichts beschädigt. Dem Täter genügte das allerdings vollkommen. Es gibt ja keinen Zweifel, dass sein Plan darin bestand, die Kleider zu vernichten. Dafür brauchte es nicht viel. Er konnte riskieren, dass das Feuer gelöscht wurde, bevor sie völlig verbrannten. Auch so sind sie ja derart beschädigt, dass sie zu nichts mehr zu gebrauchen sind. Das reichte ihm vermutlich.«

George nickte.

»Die Frage ist, warum er das wollte. Und falls es da einen Zusammenhang mit dem Angriff auf Germer gibt — worin besteht er? Warum macht sich jemand erst an einer Leiche zu schaffen und verbrennt dann diese Kleider?«

»Darauf habe ich leider noch keine Antwort, George.«

Sie kehrten ebenfalls zu den Vitrinen zurück, oder besser dem, was von ihnen übrig war. Mary ging in die Hocke. Sie hatte etwas entdeckt. Auf dem Teppich schimmerte eine kleine Lache. Mary berührte sie und roch an ihrer Fingerspitze. Sie blickte zu George auf, der neben sie getreten war.

»Spiritus«, erklärte sie. »Nachdem der Täter den Stewart niedergeschlagen hatte, zerschmetterte er die Vitrinen, schüttete seinen Brandbeschleuniger über die Kleider und zündete sie an. Eine Aktion von wenigen Minuten.«

Annabelle Winthrop tappte ungeduldig mit der Schuhspitze auf den Boden.

»Und?«, fragte sie. »Hat der Stewart gesehen, wer das war?«

»Leider nicht«, sagte Mary. »Aber ihm haben wir es zu verdanken, dass kein größerer Schaden angerichtet wurde.«

Winthrop schnaubte verächtlich.

»Der Schaden ist ja wohl groß genug. Wissen Sie, was diese Entwürfe wert waren? Was für ein gewissenloser

Schuft muss man sein, um sich an Mode zu vergreifen? Ganz abgesehen davon, dass ...«

»... Ihre großartige Fashion Cruise einen weiteren Rückschlag erleidet«, unterbrach Mary sie. »Jaja, das wissen wir. Ganz ehrlich: Es gibt nichts, was mich im Moment weniger interessiert.«

Die Frau war seit ihrer erster Begegnung anstrengend gewesen. Bisher hatte Mary es hingenommen, auch wegen des Vertrags, den sie abgeschlossen hatte. Inzwischen hatte sie jedoch keine Geduld mehr, Winthrops Wichtigtuerei und aufgebauschte Dramatik zu ertragen.

»Was unterstehen Sie sich?«, begehrte Winthrop auf. »Sie haben kein Recht ...«

Mary schnitt ihr ein weiteres Mal das Wort ab.

»Menschen sind gestorben. Dagegen sind ein paar verkokelte Klamotten eine Lappalie.«

»Eine Lappalie?«

Winthrop starrte sie entgeistert an.

»Ganz recht. Ebenso diese gesamte Veranstaltung. Wenn Sie nach Farnkamps Tod nicht darauf beharrt hätten, weiterzumachen, wäre das vielleicht alles nicht passiert. Ich hoffe, Sie ziehen jetzt in Betracht, dem Ganzen ein Ende zu setzen und die Abschluss-Modenschau abzublasen.«

Winthrop schien fassungslos. Sie war es gewohnt, dass die Leute vor ihr kuschten. Jetzt musste sie erleben, erst vom Kapitän und dann auch noch von Mary in ihre Schranken gewiesen zu werden. Es brachte sie sichtlich aus dem Konzept. Aber das hieß noch lange nicht, dass sie für Marys Vorschlag offen gewesen wäre.

»Niemals!«, rief sie, nachdem sie ihre Erschütterung verwunden hatte. »Das will dieser Verbrecher doch nur. Ich werde auf keinen Fall klein beigeben. Die Abschluss-Show wird stattfinden, auch ohne diese Kleider! Darauf

348

können Sie sich verlassen. Sie wird ein nie dagewesenes Spektakel sein!«

Mit diesen Worten hastete sie aus der Lobby.

»Sie könnte recht haben«, sagte Mary.

George schaute sie erstaunt an.

»Womit?«

»Damit, dass die Abschluss-Show ein nie dagewesenes Spektakel wird. Allerdings nicht in dem Sinne, wie sie sich das wünscht.«

George runzelte besorgt die Stirn.

»Du meinst, da blüht uns noch was?«

»Gut möglich«, sagte Mary. »Mit Mördern und Brandstiftern an Bord müssen wir auf alles gefasst sein.«

42

Der letzte Tag der Kreuzfahrt brach an. Zunächst brachte er mehr von der Verwirrung, Angst und Unsicherheit, die schon an den vorherigen vorgeherrscht hatten. Das Feuer in der Grand Lobby und die Vernichtung der Kleider versetzte die Passagiere in Aufregung. Bei den Designern löste sie Empörung, Wut und Verzweiflung aus. Die Fashion Cruise hatte von Anfang an unter einem unseligen Stern gestanden. Viele an Bord erwarteten, dass die Veranstalter, namentlich Annabelle Winthrop, jetzt endlich ihr Scheitern eingestehen und sie frühzeitig für beendet erklären würden. Aber wie Winthrop Mary gegenüber schon in der vergangenen Nacht deutlich gemacht hatte, wehrte sie sich nach wie vor mit aller Kraft gegen diese Einsicht. Mit einer trotzigen Jetzt-erst-recht-Einstellung beharrte sie darauf, dass die Abschluss-Modenschau stattfinden werde. Bei der vehementen Entschlossenheit, mit der sie diese Entscheidung umsetzte, wagte niemand auch nur den Versuch, es ihr auszureden. Hinter vorgehaltener Hand jedoch bezeichneten nicht wenige sie als ›starrköpfig‹ oder gar ›durchgeknallt‹. Welchen Sinn sollte die Show haben, wenn die Kleider, die im Wettbewerb gegeneinander hatten antreten sollen, unrettbar vernichtet worden waren? Winthrop hingegen behauptete, darin kein Hindernis zu sehen. Im Gegenteil stellte sie es so dar, als biete sich dadurch die Chance, alles noch einmal frischer und spannender zu machen. Sie verfügte, dass die Designer, wie es ursprünglich vorgesehen war, drei Kleider aus ihrer jeweiligen Show auswählen und vorführen durften. Um dem Publikum etwas Neues zu bieten, durften sie eine weitere Kreation präsentieren. Dabei konnte es sich entweder um ihren nominierten Siegesentwurf handeln, den sie noch einmal anfertigten, oder aber um einen gänzlich anderen, den sie noch gar nicht gezeigt hatten. Die Designer waren wenig begeistert. Innerhalb eines Tages ein Kleid auszusuchen — oder gar zu entwerfen — und es zu schneidern, war eine Mammutaufgabe. Aber keiner von ihnen war bereit, aus dem Wettbewerb auszusteigen. Daher wurde jedem von ihnen eine bestimmte Zeit im Schneideraum zugewiesen. Zusätzlich dazu ließen sie sich von ihren Assistenten und Assistentinnen Nähmaschinen, Stoffe und anderes Arbeitsmaterial in ihre Kabinen bringen. Es schien, als würde Winthrops Plan aufgehen: Es war ihr gelungen, dem Wettstreit neuen Schwung zu verleihen, und das Publikum wartete voller Spannung darauf, was dabei herauskommen würde.

Was Mary anging, so blieb sie bei ihrer Meinung: Selbst bei all diesem Aufwand konnte es keine große Hoffnung geben, dass diese Show die Fashion Cruise noch zu einer gelungenen Veranstaltung erheben würde. Dafür war einfach viel zu viel passiert. Das Höchste, das man erwarten durfte, war wohl, dass wenigstens ein reibungsloser Ablauf ohne weitere Katastrophen zustande kam. Die Aufregung, die sie selber spürte, hatte nichts mit Winthrops krampfhaftem Optimismus oder dem eifrigen Einsatz der Designer zu tun. Sie war immer noch auf Mörderjagd. Leider hatte sie diese in eine Sackgasse geführt. Sie wusste nicht, wo sie ansetzen, wen sie noch befragen sollte, um sie zum Erfolg zu führen. Den ganzen Tag über grübelte sie angestrengt über neue Ansätze nach, ohne welche zu finden. Sie ging noch einmal sorgfältig alles durch, was sie bisher in Erfahrung gebracht hatte, besprach sich mit Sandra, Antonio und George, stellte Theorien auf, schmiedete Pläne — die sie dann doch wieder allesamt verwerfen musste. Sie hatte einen Punkt erreicht, den sie bereits von vorherigen Fällen kannte. Es war das Gefühl, alles zu haben, was sie brauchte, und die Lösung dennoch nicht zu finden. Manchmal, wusste sie, half dabei nur Geduld, bis es irgendwann ›Klick‹ machte und sie klar sah. Das Problem war: Für Geduld brauchte sie Zeit. Zeit, die sie nicht hatte. Am nächsten Tag würde die Queen Anne in New York einlaufen, die Passagiere würden das Schiff verlassen — und unter ihnen würden auch diejenigen sein, die für all die Verbrechen an Bord verantwortlich waren. Das wollte Mary um jeden Preis verhindern. Nur wusste sie im Moment nicht, wie sie es anstellen sollte. Sie brauchte eine Eingebung, eine Inspiration, irgendetwas, das ihr half, alle Puzzleteile zu einem klaren Gesamtbild zusammenzusetzen.

Und sie brauchte es bald.

Vor allem, weil die bösen Mächte, die an Bord walteten, alles andere als untätig waren. Wie sich herausgestellt hatte, war die Brandstiftung nicht das einzige Verbrechen, das in der letzten Nacht begangen worden war. Ein weiteres hatte sich ereignet, das Mary aufhorchen ließ. Während George mit ihr in der Grand Lobby gewesen war, war jemand in die Kapitänskabine eingedrungen. Die Frage, was er dort gewollt hatte, war schnell beantwortet:

Franz Farnkamps Revolver, mitsamt der Munition, war verschwunden.

43

Die Abschluss-Show begann.

Ludovico Castiglioni war der einzige unter den Designern, der einen bekannten Entwurf präsentierte. Allerdings hatte auch er nicht darauf verzichtet, ihn umzugestalten und dadurch interessanter zu machen. Die anderen hatten die Chance genutzt, eine gänzlich neue Kreation vorzuführen — und dabei ihrem Einfallsreichtum freien Lauf gelassen. Es machte sich bezahlt. Die Pracht der Kleider schien die Zuschauer im Ballsaal dermaßen in ihren Bann zu ziehen, dass sie darüber sogar die Schrecken und Verstörung vergaßen, die sich an Bord ausgebreitet hatten. Sie schienen es bereitwillig zu tun, dankbar für die Ablenkung. Zwei Stunden lang hätte man an diesem Abend glauben können, es sei nichts vorgefallen, kein Mord, keine Brandstiftung, nichts, das den Verlauf dieser Reise gestört hätte. In all dieser Begeisterung kam es Mary vor, als befasse unter all diesen Leuten sie allein sich noch mit den Verbrechen. Sie hatte damit gerechnet, dass Winthrop sie ihres Postens in der Jury entheben würde, nachdem sie in der Grand Lobby aneinandergeraten waren. Aber der Chefredakteurin war es wohl zu umständlich, zu allen weiteren Umstellungen auch noch ein Jury-Mitglied zu ersetzen. Daher saß Mary während der Modenschau an ihrem Platz vor dem Ende des Laufstegs, betrachtete die Kleider und machte sich pflichtgemäß Notizen. In Gedanken aber war sie ganz woanders. Sie suchte immer noch nach dem letzten, entscheidenden Anhaltspunkt.

Sie fand ihn unversehens dort, wo sie nie damit gerechnet hatte.

Eines der Models, das sich vor ihr unter Beifallsstürmen und Jubelrufen auf dem Catwalk in Pose warf, lieferte ihn ihr frei Haus. Das Model ahnte es ebenso wenig wie irgendjemand sonst. Mary aber wurde von Erregung gepackt, als ihr mit einem Mal die Lösung auf die vielen Fragen aufging, mit denen sie sich den ganzen Tag über herumgeschlagen hatte. Sie war sich hundertprozentig sicher. Noch aber war der Zeitpunkt, diese Erkenntnis zu verkünden, nicht gekommen. Sie würde das Ende der Show abwarten müssen. Es machte ihr nichts aus. Auf diese Weise konnte sie überlegen, wie sie am besten vorgehen sollte, um die Täter zur Rede zu stellen. Davonlaufen, wusste sie, würden sie ihr nicht.

Schließlich war es so weit. Die Modenschau steuerte auf ihren Abschluss und ihren Höhepunkt zu: die Krönung des Siegesentwurfs. Mary und ihre Jury-Kollegen steckten die Köpfe zusammen. Mit großer Spannung erwarteten alle Anwesenden, die Zuschauer auf ihren Plätzen, die Designer und Models auf dem Laufsteg, das Ergebnis ihrer Beratungen. Schließlich gaben sie Winthrop ein Zeichen, dass sie eine Entscheidung getroffen hätten. Die Chefredakteurin erklomm den Laufsteg.

»Meine Damen und Herren«, sprach sie in das Mikrofon, das sie in der Hand hielt. »Die Jury hat Ihre Wahl getroffen. Sie wird uns nun mitteilen, wer von unseren großartigen Designern das Schiff als Sieger der Fashion Cruise verlassen wird.« Sie wandte sich an die Preisrichter. »Wer von Ihnen wird diese Ehre übernehmen?«

»Ich mache es«, sagte Mary.

Bevor irgendjemand Einspruch erheben konnte, stand sie auf, erklomm den Laufsteg und nahm das Mikrofon entgegen, das Winthrop ihr hinhielt.

Die Designer hatten zusammen mit ihren Models Aufstellung genommen. Das Model, das den jeweiligen Wettbewerbsentwurf trug, stand unmittelbar neben ihnen. Sie schauten Mary ebenso erwartungsvoll an wie das Publikum, ein wenig ängstlich, schien es gar. Dabei gaben sich alle die größte Mühe, siegessicher zu wirken. Im Inneren aber, dachte Mary, bereiteten sie sich wahrscheinlich darauf vor, im Fall einer Niederlage ihre Enttäuschung zu verbergen und, statt zu fluchen oder eine Grimasse zu ziehen, zu lächeln, zu klatschen, ihrem Rivalen zu gratulieren und so zu tun, als gönnten sie ihm den Erfolg von ganzem Herzen.

Mary blickte in die Runde.

»Gewonnen hat …«, sie legte eine dramatische Pause ein, »Azurene Oszillation.«

Beifall und Bravorufen brandeten im Publikum auf. Viele erhoben sich von ihren Plätzen. ›Azurene Oszillation‹ war der Name, den das brasilianische Duo seinem Entwurf gegeben hatte. Gilbert und Letitia stießen Jubelschreie aus und fielen einander in die Arme. Das Model trat vor und drehte sich, damit alle das Kleid noch einmal von allen Seiten bewundern konnten. Auch die anderen Designer klatschten. Alle schafften es, zu lächeln, wenn es auch besonders bei Freya Jonsdottir etwas gezwungen wirkte. Annabelle Winthrop hatte sich derweil von einer Assistentin einen Blumenstrauß reichen lassen. Mit diesem wollte sie nun auf das Duo zutreten, das in die Menge winkte und Kusshände warf. Aber Mary bedeutete ihr, zu warten. Sie war noch nicht fertig.

»Der Sieger«, fügte sie hinzu, »heißt somit: Franz Farnkamp.«

Sie hatte laut genug in das Mikrofon gesprochen, um den Applaus zu übertönen. Dieser endete nun abrupt. Aus den Bravo-Rufen wurden Rufe der Verwunderung.

Verblüffte Blicke richteten sich auf Mary, nicht nur von den Sitzreihen, sondern auch vom Jury-Tisch her. Sie hatte ihre Kollegen mit dieser Verkündung ebenso überrascht wie alle anderen. Die Models auf dem Laufsteg schüttelten erstaunt die Köpfe. Annabelle Winthrop schaute gar grimmig drein, als lege es Mary darauf an, böswillig die Abschluss-Show zu verderben. Das Duo trat mit verwirrten Mienen auf sie zu.

»Da ist Ihnen wohl ein Fehler unterlaufen, Mrs. Arrington«, sagte Gilbert.

»Genau«, schloss sich Letitia an. »Das Kleid ist von uns.«

»Da muss ich Ihnen widersprechen«, erwiderte Mary. Sie sprach weiterhin in das Mikrofon. Alle sollten mitbekommen, was in dieser Unterhaltung geäußert wurde. Das wollten auch alle. Der Aufruhr legte sich und die Männer und Frauen lauschten aufmerksam.

»Sie haben vielleicht ein paar kleine Änderungen vorgenommen, damit es nicht so stark von ihrem sonstigen Stil abweicht, und ihm einen Namen gegeben. Aber das bedeutet noch lange nicht, dass dies Ihre Kreation ist. Vielmehr ist und bleibt es eine, die Sie von Franz Farnkamp gestohlen haben, um sich den Sieg zu sichern.«

Aufgebrachtes Gemurmel füllte den Ballsaal, gemischt mit Äußerungen von Empörung. Die lautesten aber stießen Gilbert und Letitia aus.

»Was fällt Ihnen ein, uns so etwas zu unterstellen?«, brauste der Brasilianer auf.

»Eine Unverschämtheit!«, stimmte Letitia zu.

Auch Winthrop schaltete sich nun ein. Sie reckte Mary die Blumen wie eine Waffe entgegen.

»Das ist wirklich eine unerhörte Behauptung, Mrs. Arrington.«

»Mag sein. Allerdings keine leere. Wissen Sie, was

mir besonders gut an diesem Entwurf gefällt?« Sie zeigte auf die Seiten des Kleides. »Diese wunderschöne Farbe hier. Ich nehme an, auf ihr beruht die Bezeichnung. Ein herrlich schimmernder Blauton.«

»Toll, dass er Ihnen gefällt«, sagte Gilbert sarkastisch. »Aber was hat das mit all dem zu tun?«

»Ganz einfach«, antwortete Mary. »Sehen Sie, meine gute Freundin Sandra, die im Garderobenbereich arbeitet, hat im Schneideraum Stoffreste gefunden. Sie haben genau die gleiche Farbe, und sie passen vom Schnitt her genau zu diesem Kleid.«

»Na und?«, fragte Letitia.

»Sie hat diese Stoffe vorgestern gefunden, vor der Zerstörung der Siegesentwürfe in der Lobby. Das bedeutet, dass Sie dieses Kleid bereits herstellten, bevor überhaupt bekannt war, dass Sie und die anderen Designer die Abschluss-Show mit neuen Kreationen bestreiten würden. Nach dem Feuer in der Grand Lobby haben alle Designer sich beeilt, ein neues Outfit für die Abschluss-Show zu schneidern. Sie allerdings hatten das nicht nötig. Warum nicht? Ganz einfach — Ihres war schon fertig. Ein Kleid, von dem Sie sicher waren, dass es Ihnen den Sieg einbringen würde. Sie hatten es schon am Tag vor dem Brand hergestellt. Den Brand hatten sie da natürlich ebenfalls schon geplant. Sie verließen sich auf Mrs. Winthrops Starrsinn, dass die Abschluss-Show trotzdem stattfinden würde. Auf der wollten Sie dann Ihr neues Kleid vorführen. Allerdings hatten Sie ein Problem. Sandra hatte die Stoffausschnitte aus dem Schneideraum. Sie wussten, dass sie mir bei meinen Ermittlungen hilft und sie möglicherweise imstande wäre, das Kleid während der Schau zu erkennen, so wie ich es getan habe. Sie versuchten also, sie aus dem Weg zu räumen. Ihr Anschlag beim Fotoshooting scheiterte. Aber

357

nun hatten sie keine Zeit mehr, ein anderes Kleid zu schneidern. Sie mussten es drauf ankommen lassen und hoffen, dass niemand die Wahrheit erkannte. Zu Ihrem Pech berichtete Sandra mir von dem Stoff. Ich konnte mit dieser Information zunächst nichts anfangen. Aber als ich diese Farbe dann an Ihrem Model sah, war mir klar, dass sie für beides verantwortlich waren, den Mordanschlag auf Sandra und das Feuer. Sie wollten unbedingt gewinnen. Die Fashion Cruise war vielleicht eine Katastrophe. Aber sie hat dadurch auch mehr Aufsehen erregt als jede andere. Farnkamps Tod, der Mord an Elise, das Feuer — die Zeitungen weltweit sind voll davon. Das Siegeskleid jener Cruise entworfen zu haben, auf der der große Franz Farnkamp starb — die Leute hätten es Ihnen aus den Händen gerissen. Ihre Karriere hätte einen gewaltigen Aufstieg erfahren.«

Gilbert machte eine wegwerfende Handbewegung.

»Was für ein Schwachsinn. Ich meine, es stimmt: Wir haben das Kleid schon vorgestern angefertigt. Aber das war nur, weil uns die Eingebung dazu kam und wir gerne sehen wollten, was dabei herauskommen würde. Da ahnten wir noch gar nicht, dass wir es für die Abschluss-Show einsetzen würden — und es uns sogar den Sieg einbringen würde. Uns, hören Sie, nicht Franz Farnkamp. Es ist mir ein Rätsel, wie Sie darauf kommen, es könnte von ihm sein. Aber dafür haben Sie bestimmt eine ebenso idiotische Erklärung parat, nicht wahr?«

»Eine Erklärung auf jeden Fall. Ob sie idiotisch ist, sei dahingestellt. Würden Sie sie gerne hören?«

Es war den beiden anzusehen, dass sie lieber darauf verzichtet hätten. Am liebsten hätten sie den Blumenstrauß von Winthrop entgegengenommen und sich verabschiedet. Aber das Publikum hatte Marys Ausführungen voller Spannung gelauscht, und es war klar:

Niemand würde den Ballsaal verlassen, bevor alles geklärt war.

Auch Annabelle Winthrop schien das einzusehen.

»Das würden wir tatsächlich gern, Mrs. Arrington. Schaffen wir diese Sache ein für alle Mal aus der Welt.«

Mary machte ein paar Schritte auf dem Laufsteg. Ein wenig kam sie sich, vor Publikum und mit dem Mikrofon, wie eine Moderatorin vor. Statt Mode würde sie jedoch nichts als Fakten präsentieren. Jene Fakten, die sie durch den Anblick des blauen Kleides erkannt hatte.

»Manche hier wissen bestimmt«, sagte sie, »dass Franz Farnkamp seine Kleider zunächst auf Papier entwarf. Wenn er eins für gelungen erachtete, hielt er es auf seinem Tablet fest. Dieses Tablet muss somit eine wahre Fundgrube für Designer gewesen sein. Nach Farnkamps Tod verschwand es. Ich habe hin und her überlegt, was damit wohl passiert ist. Inzwischen weiß ich es.«

Sie blickte Gilbert und Letitia an. Die beiden machten trotzige Gesichter. Doch verrieten sie durch kleine Anzeichen, ein Zittern des Kinns, ein Zucken des Mundwinkels, dass ihnen Marys Erläuterungen überhaupt nicht behagten.

»Elise, Farnkamps Muse, nahm das Tablet an sich«, fuhr Mary fort. »Es war kein Problem für sie. Sie hatte ja Zugang zu seiner Kabine und kannte die Kombination des Safes. Anstatt es für sich selber zu verwenden, was natürlich sehr verdächtig gewesen wäre, verkaufte sie es. Sie wusste ja, wie ungeheuer wertvoll sein Inhalt war. Vielleicht machte sie allen Designern vorsichtige Andeutungen, das Tablet stehe zum Verkauf. Vielleicht hatten Gilbert und Letitia vorher schon versucht, sie dahingehend auszuhorchen. Jedenfalls überließ sie es den beiden, sicherlich zu einem stolzen Preis. Allerdings gab es da ein Problem.«

»Welches, Mrs. Arrington?«, fragte Annabelle Winthrop. Auch wenn das bestimmt nicht das Ende war, dass sie sich für diese Show gewünscht hatte — sie schien von diesen Ausführungen ebenso gebannt wie das Publikum, das Mary fasziniert lauschte.

»Gilbert und Letitia konnten das Tablet nicht öffnen. Farnkamp hatte solche Angst, jemand könnte ihm seine Werke stehlen, dass er nicht einmal Elise den Zugangscode verriet. Ein Fachmann hätte die Sperre umgehen können. Aber unser Duo wollte nicht bis zur Ankunft in Amerika warten, um einen solchen zurate zu ziehen. Die Beiden wollten die gespeicherten Entwürfe schon während der Reise nutzen, um den Wettbewerb für sich zu entscheiden. Da es sich bei Gilbert und Letitia jedoch um kreative Menschen handelt, fanden sie auch eine kreative Lösung. Es war ein neues Tablet. Außer mit einem Zahlencode lassen sich solche Modelle ja noch auf andere Weise entsperren. Zum Beispiel mit einem Fingerabdruck. Um an diesen heranzukommen, schlichen unsere beiden Jungdesigner sich in die Krankenstation. Sie schlugen Dr. Germer nieder, fanden Farnkamps Leiche in der Kühlkammer und legten seinen Finger auf den Scanner. Voilà! Schon hatten sie Zugriff auf all seine Entwürfe und brauchten sich nur jenen auszusuchen, von dem sie sich die besten Chancen versprachen.« Sie wandte sich an das Duo. »Liege ich so weit richtig?«

Gilbert starrte sie voller Zorn an.

»Alles Lügen. Verleumdung. Sie haben nichts Handfestes vorzuweisen.«

Mary zuckte die Schultern.

»Nicht hier und jetzt. Aber ich denke, wenn wir Ihre Kabine durchsuchen, werden wir auf ein Tablet stoßen, das sich mit Farnkamps Fingerabdruck öffnen lässt und das, neben diesem Entwurf, den Sie hier gezeigt haben, und anderen aus seiner Feder noch viele weitere Daten und Unterlagen enthält, die ihn als Besitzer ausweisen. Habe ich recht?«

Gilbert und Letitia wechselten einen Blick miteinander. Eine Antwort gaben sie nicht. Aber sie war auch nicht nötig.

»Bliebe noch die Frage«, sagte Mary, »was mit Elise geschehen ist. Ich nehme an, Sie wollte mehr Geld. Vielleicht wurde ihr klar, dass sie Ihnen das Tablet zu günstig überlassen hatte und mehr herauszuholen war. Vielleicht drohte sie, zu verraten, dass Sie Farnkamps Entwürfe als Ihre eigenen ausgeben wollten, und erpresste sie somit. Sie waren nicht gewillt, auf Ihre Forderungen einzugehen. Daher musste sie sterben. Ich denke, dass Sie, Gilbert, während Ihrer Modenschau mit Elise in der Kammer hinter dem Garderobenbereich über das Geld in Streit gerieten und sie umbrachten, während Letitia vorne weiter Ihre Kleider präsentierte.«

Fassungslose Ausrufe erklangen aus dem Publikum. Gilbert ballte die Fäuste. Aber er richtete den Blick zu Boden. Letitia hingegen hatte es nicht die Sprache verschlagen.

»Sie verdammte Schnüfflerin«, zischte sie. »Warum müssen Sie sich in Dinge einmischen, die Sie einen Dreck angehen? Wenn Sie nicht …«

Weiter kam sie nicht. Ein wütender Schrei schnitt ihr das Wort ab.

44

»Ihr Monster! Ihr habt meine Elise getötet.«

Der Aufruhr auf dem Laufsteg hatte auch die Stylisten, Friseure und übriges Personal in den Ballsaal gelockt. Sie hatten sich in einer dichten Traube am Durchgang zum Garderobenbereich versammelt und wohnten gebannt den Geschehnissen zwischen Mary und dem Duo bei. Nun wurden sie mit einer solchen Wucht auseinandergeschoben, dass einige von ihnen vom Laufsteg gefallen wären, hätten Kollegen sie nicht im letzten Moment zu fassen gekriegt und festgehalten. Aiden Schembri drängte sich zwischen ihnen hindurch und stürmte auf Mary und das Duo zu.

»Das werdet ihr büßen!«

Sein Gesicht war hochrot und von Wut verzerrt. Im Laufen griff er hinter sich und zog Farnkamps Revolver hervor, der, verborgen unter seinem Hemd, in seinem Hosenbund gesteckt hatte. Ohne sein Tempo zu verlangsamen, richtete er die Waffe auf Gilbert und Letitia. Die beiden waren zu geschockt, um auszuweichen oder wegzurennen. Schembri schoss. Sechs Schüsse knallten in schneller Folge durch den Ballsaal, und selbst als die Trommel leer war und nur noch ein Klicken ertönte, betätigte er noch einige Male den Abzug. Schreie hallten durch den Saal, Zuschauer sprangen von ihren Stühlen auf. Schembri hatte aus so kurzer Entfernung gefeuert, dass er das Duo gar nicht hätte verfehlen können.

Doch die beiden sackten nicht zusammen. Auf ihrer Kleidung breiteten sich keine Blutflecken aus. Sie standen unversehrt an der gleichen Stelle, an der sie zuvor gestanden hatten. Sie hatten sich ein wenig zusammengekrümmt und die Arme vor ihre Körper gehoben, als könnte sie das vor einer Kugel schützen. Ihre Gesichter waren schreckensbleich. Ansonsten aber waren sie unversehrt.

Fassungslos blickte Schembri auf den Revolver in seiner Hand.

»Aber was?«, stammelte er. »Warum …«

Weiter kam er nicht.

George war mit einer Geschwindigkeit, die Mary ihm nicht zugetraut hätte, die Stufen hoch und über den Catwalk gespurtet. In vollem Lauf warf er sich von hinten auf Schembri und riss ihn von den Beinen. Schembri ächzte, als er, unter Georges ganzem Gewicht, auf dem Boden landete. Der Revolver rutschte ihm aus der Hand und schlitterte Mary vor die Füße. Schembri versuchte, George von sich zu stoßen. Aber der Kapitän hielt ihn mit seinen kräftigen Händen zu Boden gedrückt, die es gewohnt waren, hart zuzupacken. Nun war auch Antonio zur Stelle. Jeder von ihnen fasste einen von Schembris Armen. Gemeinsam zogen sie ihn auf die Füße. Er wand sich in ihrem Griff. Aber nur noch schwach.

Einige der Zuschauer applaudierten. Einige riefen sogar »Bravo, Herr Kapitän!«. George blickte um sich. Sein Gesicht war rot. Zum Teil von der Anstrengung, vermutete Mary. Aber zum Teil auch wegen des Beifalls. Ihrer Meinung nach hatte er ihn voll und ganz verdient.

Sie hob den Revolver auf.

»Sie wundern sich, Mr. Schembri, warum Gilbert und Letitia noch am Leben sind?«, fragte sie. »Das werde ich Ihnen gerne erklären. Zunächst einmal möchte ich mich allerdings bedanken.«

»Bedanken?« Schembri blickte sie verwirrt an. Er war

nicht der Einzige unter den Anwesenden. »Wofür denn?«

»Dafür, dass Sie uns gerade den Beweis dafür geliefert haben, dass Sie für den Tod von Franz Farnkamp verantwortlich sind.«

Annabelle Winthrop hatte bei seinem Angriff den Blumenstrauß fallenlassen. Auch sie war blass.

»Wie meinen Sie das, Mrs. Arrington?«

»Sehen Sie, Mrs. Winthrop, Farnkamp hatte zwei Schachteln mit Patronen. Eine rote mit scharfer Munition, eine weiße mit Platzpatronen. Beide Munitionsarten waren nicht voneinander zu unterscheiden. Das wurde Farnkamp zum Verhängnis. Bevor er sich seinen Revolver auf der Modenschau an die Schläfe setzte, tauschte jemand die Patronen in den Schachteln aus, sodass Farnkamp statt mit einer Platzpatrone mit einer scharfen auf sich feuerte — und dadurch zu Tode kam.«

»Wie bitte?«, fragte Winthrop. »Ich verstehe nicht.«

Mary erinnerte sich daran, dass Winthrop, wie die meisten anderen im Saal, nicht über die Hintergründe von Farnkamps Tod informiert war. Aber dies war nicht der passende Zeitpunkt, sie ihr in allen Einzelheiten auseinanderzusetzen.

»Das müssen Sie auch im Moment nicht. Wichtig ist vor allem, dass Mr. Schembri versteht. Sehen Sie«, sagte sie an den Stylisten gewandt, »nach unserem Gespräch war ich ziemlich sicher, dass Sie Farnkamps Mörder waren. Ich konnte sie allerdings nicht überführen, jedenfalls nicht auf direktem Weg. Ich musste dafür sorgen, dass Sie selbst mir diese Aufgabe abnahmen. Ich glaubte Ihnen, wie viel Elise Ihnen bedeutete — und ebenso Ihren Racheschwur gegenüber denjenigen, die das Mädchen auf dem Gewissen hatten. Deshalb gab ich Ihnen Gele-

364

genheit, Farnkamps Revolver an sich zu bringen, um diesen Schwur zu erfüllen.«

Schembri schaute sie verächtlich an.

»Was soll das heißen — Sie gaben mir Gelegenheit?«

»Nun ja, es wäre nicht schwer gewesen, ihn sicherer zu verwahren. Aber wir, der Kapitän und ich, brachten ihn so unter, dass jemand, der es darauf anlegte, ihn leicht in die Finger kriegen konnte. Über meine Freundin Sandra ließ ich im Garderobenbereich verbreiten, dass sich der Revolver in der Kabine des Kapitäns befinde und dass er leicht zu entwenden sei, vor allem, da der Kapitän aufgrund seiner Dienstzeiten auch nachts immer wieder auf der Kommandobrücke sein müsse. Ich konnte sicher sein, dass sie das mitbekamen, und brauchte nur noch darauf zu warten, bis sie die Waffe an sich bringen würden. Zusammen mit den Patronen. Was Sie nicht ahnten, ist, dass ich die Munition vor Ihrem Diebstahl wieder in die zugehörigen Schachteln füllte, die Platzpatronen in die weiße, die scharfen in die rote.«

»Na und?«, fragte Schembri. »Okay, ich habe den Revolver aus der Kabine des Kapitäns gestohlen. Aber das heißt doch nicht, dass ich an Farnkamps Tod schuld bin.«

»Aber sicher heißt es das. Wir haben die Sache mit den vertauschten Patronen streng unter Verschluss gehalten. Farnkamps Mörder war der Einzige, der außer uns davon wusste. Er ging davon aus, dass die scharfen in der weißen, die Platzpatronen in der roten Schachtel waren, so wie er sie umgefüllt hatte. Sie, mein lieber Mr. Schembri, luden den Revolver mit Patronen aus der weißen Schachtel, um Gilbert und Letitia zu erschießen. Weil Sie dachten, es handele sich um die echte Munition. Jeder außer Farnkamps Mörder hätte den Revolver mit Munition aus der roten Schachtel geladen in der Annah-

365

me, diese sei tödlich. Jeder, Mr. Schembri, außer Ihnen. Sie können also ruhig aufhören, Ihre Tat abzustreiten.«

Schembri machte ein finsteres Gesicht. Aber er erhob keinen Widerspruch. Angesichts dieser Herleitung sah er wohl ein, dass er überführt war und es nichts brachte, seine Schuld länger abzustreiten.

»In Ordnung«, sagte er. »Ich war es. Ein paar Jahre, nachdem ich als Stylist angefangen hatte, lernte ich Elise kennen. Das habe ich Ihnen ja schon erzählt, Mrs. Arrington. Ich habe mich sofort in sie verliebt – ihr aber nie etwas gesagt. Ich habe mich ihr gegenüber immer wie ein guter Freund verhalten. Meine Leidenschaft, meine Liebe hätte sie verschreckt, und ich musste auch aufpassen, dass Franz nichts davon erfuhr und mir den Umgang mit mir untersagte. Sie war ihm ja leider so hörig. Er hätte auch leicht dafür sorgen können, dass ich bei Modenschauen, bei denen Elise aufgetreten ist, nicht mehr arbeiten durfte. Dadurch wäre es ungeheuer schwer für mich geworden, sie überhaupt noch zu sehen. Ich habe ja alles getan, was ich konnte, um immer dort einen Job zu kriegen, wo auch sie war. Franz hat mich nicht erkannt. Ich hatte mich seit der Zeit, in der ich seine Muse gewesen war, zu stark verändert. Außerdem war das typisch für ihn. Sobald er sich für jemanden nicht mehr interessierte, hat er sogar dessen Gesicht vergessen.«

Er atmete tief durch. Er sprach zwar einigermaßen ruhig. Aber George und Antonio hielten ihn immer noch so fest, dass er sich nicht hätte losreißen können. Mary war froh darum. Sie traute ihm zu, auf sie loszugehen.

»Aber eines Tages hab ich mich ihm zu erkennen gegeben. Ich habe gehofft, dass ich, wenn ich wieder Kontakt zu ihm aufnähme, auch näher an Elise herankäme. Ich sagte ihm, wer ich war. So viele Jahre waren vergangen, und es war scheinbar eine Überraschung für ihn. Er hatte wohl nicht damit gerechnet, mich wiederzusehen. Von seiner Abneigung war nichts mehr übrig. Ich glaube, das lag weniger an der Zeit, die vergangen war — er konnte ziemlich nachtragend sein — als daran, was aus mir geworden war. Wäre ich erfolgreich gewesen, berühmt, hätte er sicher immer noch einen Hass auf mich gehabt. Er hat sich immer über Missgunst in der Branche beklagt. Aber er war in dieser Hinsicht nicht besser als alle anderen. Die Tatsache, dass ich bloß ein Stylist war, ein kleiner Bediensteter, hat ihm erlaubt, mir zu verzeihen, sogar nett zu mir zu sein. Ich sagte Farnkamp, wie leid es mir tue, was ich damals über ihn gesagt hatte und wie das damals zwischen uns gelaufen war. Ich habe die ganze Schuld auf mich genommen. Ich wusste, es war die einzige Möglichkeit, sein Vertrauen zu gewinnen. Ich hab ihm Honig ums Maul geschmiert, ihm geschworen, wie sehr ich ihn bewunderte. Es klappte. Natürlich. Bei seiner Eitelkeit und seinem Drang, angehimmelt zu werden, ist er voll darauf eingestiegen. Einen Job, wie ich gehofft hatte, gab er mir nicht. Aber er hat mich in Elises Nähe geduldet und mich mit der Zeit mehr und mehr wie einen Vertrauten behandelt.« Er stieß ein verächtliches Schnauben aus. »Als wäre zwischen uns nie etwas vorgefallen. Als hätte er mich nicht wie den letzten Dreck behandelt.«

»Sie hatten es von Anfang an darauf abgesehen, Elise von ihm zu lösen, nicht wahr?«

Schembri nickte.

»Ich wollte sie entweder von ihm lösen oder für sie da sein, wenn er sie fallen ließ, was über kurz oder lang passieren würde. Da war ich mir sicher. Ich konnte mich ihr gegenüber immer nur in Andeutungen äußern. Ich wusste ja, was in ihr vorging, in was für Abhängigkeitsverhältnisse Farnkamp seine Musen verstrickt hat. Schließlich hatte er mit mir dasselbe gemacht. In der Phase, in der er sich um mich gekümmert und so getan hatte, als wäre ich der wichtigste Mensch auf der Welt, war ich ihm genauso hörig gewesen wie Elise. Wenn da jemand gekommen wäre und versucht hätte, mich von ihm loszueisen, hätte ich mich mit Händen und Füßen dagegen gewehrt. Meine Familie und einige Freunden haben mir damals geraten, mich von ihm zu loszusagen. Aber anstatt diesem Rat zu folgen, habe ich ihnen vorgeworfen, Franz zu verkennen oder aus Missgunst meine Karriere zerstören zu wollen, und dann habe ich den Kontakt zu ihnen abgebrochen. Ich fürchtete, Elise könnte mich genauso behandeln, wenn ich zu forsch vorgehe. Ich musste einen anderen Weg finden, um sie zu befreien.«

»Sie hofften, es werde Ihnen auf dieser Reise gelingen«, sagte Mary. Das Mikrofon hatte sie beiseitegelegt. Das hier war keine Show für das Publikum mehr.

»Mein ursprünglicher Plan war, Elise in Amerika zu entführen, sie zu verstecken, bis sie wieder klar denken konnte. Sie war ja manipuliert von Farnkamps Gehirnwäschen. Anschließend wollte ich sie in die Klinik bringen, wo sie von ihrer Drogensucht geheilt werden sollte. Aber dann habe ich von Farnkamps Plan erfahren, seinen Tod vorzutäuschen. Er selber hat mich eingeweiht. Welche Ironie! Ich glaube, er brauchte jemanden, vor dem er mit seiner Brillanz angeben konnte, und er meinte, ich wäre der Richtige dafür, wäre ihm wieder genauso verfallen wie vor zwanzig Jahren. Dieser Idiot! Ich habe meine Chance erkannt. Nicht nur die Chance, Elise für mich zu gewinnen. Auch dafür, mich endlich an Farnkamp zu rächen und dafür zu sorgen, dass er niemandem mehr schaden könnte, weder Elise noch anderen jungen Models. Vorsichtig habe ich ihn über die Einzelheiten des Planes ausgefragt. Er erzählte mir alles. Als ich Bescheid wusste, habe ich von Elise die Türkarte zu Farnkamps Suite gestohlen, mich hineingeschlichen und die Patronen in ihren Schachteln ausgetauscht. Dann brauchte ich nur noch abzuwarten, bis er selbst den Rest erledigte.«

»Sie ahnten nicht«, sagte Mary, »dass ihr Plan auch Elises Tod nach sich ziehen würde.«

Schembri blickte voller Hass auf Gilbert und Letitia. Aber er sagte nichts mehr. Mary machte es nichts. Fürs Erste hatte sie genug gehört. Sie nickte George zu.

»Ich denke, es wird Zeit, dass wir diese Veranstaltung auflösen — und die Fashion Cruise für beendet erklären.«

»Da bin ich ganz deiner Meinung«, sagte George. Er gab einigen seiner Leute ein Zeichen. »Seien Sie so nett und bringen Sie die drei weg. Wir haben bestimmt noch ein paar schöne Kabinen, in die wir sie sperren können.«

»Jawohl, Herr Kapitän.«

Sie achteten darauf, sich zwischen Schembri auf der einen Seite und Gilbert und Letitia auf der anderen Seite zu halten, während sie das Duo und den Stylisten abführten. Mary, George und Antonio sahen zu. Auch Sandra, die beim Garderobenpersonal gestanden hatte, gesellte sich nun zu ihnen. Die Show war gelaufen. Aber nur wenige Leute aus dem Publikum machten Anstalten, den Saal zu verlassen. Bei alldem, was sich gerade vor ihren Augen abgespielt hatte, gab es einfach noch viel zu viel zu diskutieren.

Annabelle Winthrop trat auf Mary zu. Sie hatte den Blumenstrauß aufgehoben, den sie Mary nun reichte.

»Ich denke, den hat niemand so sehr verdient wie Sie, Mrs. Arrington. Danke, dass Sie diese furchtbaren Verbrechen aufgeklärt haben. Das war wirklich eine absonderliche Fashion Cruise. Aber garantiert eine, die in die Geschichte eingehen wird.«

Mary nahm den Strauß.

»Damit darf man wohl rechnen.«

»Wenn Sie mich dann entschuldigen würden.« Winthrop wandte sich um und ging auf die Journalisten zu, die bereits ungeduldig auf sie warteten. »Ich habe Interviews zu geben.«

»Du hast den Fall gelöst, Mary. Herzlichen Glückwunsch!«

»Danke, George. Dir aber auch.«

»Mir? Wozu solltest du mir denn gratulieren?«

»Für deinen Auftritt auf dem Laufsteg. Dafür, dass du solchen Bammel davor hattest, hast du ihn wirklich bravourös gemeistert.«

George lachte auf.

»Sieht aus, als hätte ich nur den richtigen Ansporn gebraucht.«

»Was ist mit Ihnen, Antonio?«, fragte Mary den Maschinisten. »Wollen Sie Ihre aufkeimende Modelkarriere weiterverfolgen?«

Sandra hakte sich bei ihm.

»Genau«, sie schaute Antonio forschend an. »Wie sieht es damit aus?«

Antonio schüttelte den Kopf.

»Es war eine interessante Erfahrung. Aber um ehrlich zu sein, fühle ich mich unter Deck doch lieber als im Rampenlicht. Was nicht heißt, dass ich mich nach Feierabend nicht dann und wann ein wenig schick machen könnte.«

Sandra drückte ihm einen Kuss auf die Wange.

»Für mich brauchst du das nicht. Ich mag dich auch

im Unterhemd. Das ist mir jetzt ein für alle Mal klar geworden.«

Die kleine Gruppe ging auf die Treppe zu, die vom Laufsteg hinabführte.

»Wie wäre es, wenn wir auf diesen Ermittlungserfolg anstoßen würden?«, fragte George.

»Super Idee«, sagte Sandra. »Wenn der Kapitän einen ausgibt, bin ich als Crew-Mitglied ja geradezu in der Pflicht.«

Mary war nicht sicher, ob sich Georges Angebot nicht eigentlich nur an sie gerichtet hatte. Schließlich hatten die beiden während dieser Fahrt wenig Zeit für Zweisamkeit gehabt. Aber auch wenn George ein wenig unglücklich aussah — einen Rückzieher konnte er nicht mehr machen. Mary fand es fair. Immerhin hatte Sandra einen unschätzbar wertvollen Beitrag zu den Ermittlungen geleistet.

»Kling gut«, sagte sie. »Aber bevor wir feiern, müssen wir noch eine Sache erledigen.«

371

45

»Dr. Germer wird sich ungeheuer freuen. Endlich kann er wieder sein Büro verlassen, unter Menschen gehen, seinen ärztlichen Pflichten nachkommen, die er so liebt. Er hat das alles ungeheuer vermisst.«

Molly Prendergast wirkte richtig aufgekratzt. Sie hatte von den Geschehnissen im Ballsaal nichts mitbekommen. Mary vermutete, dass sie die Krankenstation ebenso wenig verließ wie Germer, da sie es als ihre Aufgabe ansah, nicht von seiner Seite zu weichen. Wenn sie von der Freude darüber sprach, wieder unter Menschen zu gehen, meinte sie wahrscheinlich ebenso sich selbst wie ihren Chef. Als sie ihr erzählt hatten, dass die Verbrecher in Gewahrsam genommen worden waren, hatte sie sogar einen begeisterten Schrei ausgestoßen.

»Da bin ich sicher«, sagte Mary. »Außerdem wird es ihm guttun, mal etwas anderes zu sehen als sein Büro und sein Untersuchungszimmer.«

»Unbedingt.« Trotz ihrer spürbaren Erleichterung zeigte sich nun Sorge auf Mollys Gesicht. »Ich fürchte, wenn er sich noch länger hier einsperrt, ständig nur im Dunkeln hockt und so viel trinkt, könnte er gesundheitlichen Schaden nehmen.« Sie zögerte, bevor sie hinzufügte. »Auch geistig.«

»Diese Angst ist sicher berechtigt«, stimmte Mary zu. »Schon bei meiner letzten Begegnung mit ihm machte er einen ziemlich angeschlagenen und verwirrten Eindruck. Es wird wirklich Zeit, dass wir ihn aus seinem Einsiedlerdasein holen.«

Mary, George, Antonio und Sandra waren allesamt gekommen, um dem Schiffsarzt die frohe Nachricht zu bringen. Sie erreichten die Tür zu Germers Büro.

Molly klopfte an.

»Germerchen«, rief sie leise, als fürchte sie, ihn zu erschrecken. »Germerchen, ich bin's. Zusammen mit Mrs. Arrington und deinen anderen Freunden.«

Mary und George wechselten einen Blick. Eine Freundschaft war so ziemlich das Letzte, was sie mit Germer verband. Sandra stieß ein spöttisches Lachen aus. Mary war sicher, dass ihr zudem ein bissiger Kommentar auf der Zunge lag. Aber sie behielt ihn für sich.

»Sie wollen schauen, wie es dir geht — und sie haben etwas ganz Tolles zu erzählen. Germerchen, hörst du mich? Mach doch bitte die Tür auf, ja?«

Aber aus dem Inneren erklang keine Antwort.

»Lassen Sie es mich mal versuchen«, sagte Mary.

Sie hämmerte mit der Faust fest gegen die Tür. Sie wollte Germer helfen. Aber sie hatte keine Lust, stundenlang damit zu verbringen, sanft auf ihn einzureden wie auf ein verängstigtes Kind. Abgesehen davon, dass er wahrscheinlich stockbesoffen auf seiner Liege lag und von Mollys gehauchten Bitten überhaupt nichts mitbekam.

»Dr. Germer! Aufwachen, Dr. Germer!«

Sie rüttelte an der Klinke. Die Tür war abgeschlossen. Doch sie erhielt endlich eine Reaktion. In Germers Büro tat sich etwas. Es ertönte zunächst ein Scheppern und Klirren, das vermutlich daher rührte, dass Germer über Teller, Besteck und leere Flaschen stolperte. Mary vermutete, dass es Molly trotz ihrer Fürsorge nicht gelungen war, immer alles schmutzige Geschirr einzusammeln, das Germer produzierte. Dem Gescheppper folgte ein Rumpeln, das von einem umgeworfenen Stuhl oder dem Zusammenstoß eines Menschen mit dem Schreibtisch stammen konnte. Beides wurde begleitet von heiseren Flüchen. Soweit schien es Mary noch nicht weiter merkwürdig. Wenn Germer seine Notunterkunft weiterhin im Halbdunkel und sich selbst in einem Zustand dauerhafter Trunkenheit hielt, war es kein Wunder, dass er mit seinen Möbeln und der sonstigen Einrichtung seiner Räumlichkeiten kollidierte.

Dann aber geschah etwas, das sie alarmierte: Ein kehliger Schrei drang durch die Tür, der eindeutig von Germer stammte.

»Ahhhh! Wer sind Sie? Was zum Teufel machen Sie hier?«

Schrecken lag in diesem Schrei, geradezu panische Angst.

»Lassen Sie mich in Ruhe! Hilfe, Mörder!«

Im nächsten Moment hörten sie ein Rumsen und Krachen, das auf einen Kampf schließen ließ. Mary konnte sich nicht erklären, mit wem Germer — wonach es ja den Anschein hatte — um sein Leben kämpfte. Schließlich waren alle Mörder gefasst. Sowohl der Stylist als auch das Duo waren eingesperrt und selbst, wenn es ihnen gelungen wäre, sich zu befreien — was, wie Mary wusste, nicht der Fall war —, machte es doch für sie keinen Sinn, über Germer herzufallen. Aus purer Rache würden sie es sicher nicht tun — schließlich war er nur am Rande an all dem beteiligt gewesen, und Mary war diejenige, die ihnen das Handwerk gelegt hatte. Außerdem hätten sie ja gar nicht unbemerkt in das Büro gelangen können, es sei denn, sie wären, was unwahrscheinlich war, außen am Schiffsrumpf bis zu seinem Fenster geklettert. Aller vernünftigen Überlegungen zum Trotz ließ sich jedoch nicht leugnen, dass hinter dieser Tür etwas Beunruhigendes vor sich ging.

Molly war kreidebleich.

»Wir müssen etwas tun! Wir müssen ihn retten!«

George klopfte an die Tür.

»Dr. Germer! Was ist da drinnen los? Wer ist bei Ihnen?«

Wieder Germers aufgebrachte Stimme, noch immer furchtsam, aber jetzt auch voller Wut:

»Mich kriegst du nicht! Nimm das, du Mistkerl!«

Ein gewaltiges Klirren wie von zerschmetterten Scheiben, zusammen mit einem martialischen Brüllen, ließ Mary und die anderen zusammenfahren.

Dann herrschte Stille hinter der Tür.

»Oh mein Gott, mein Germerchen!«, wimmerte Molly Prendergast.

Sie sah aus, als würde sie jeden Moment ohnmächtig zusammenbrechen.

»Machen Sie Platz!«, befahl Antonio. Die anderen wichen zur Seite. Antonio holte Schwung und versetzte der Tür mit aller Kraft einen Tritt. Holz krachte und splitterte, die Tür schwang auf.

Mary, George, Molly, Sandra und Antonio schauten in das Büro. Der Anblick, der sich ihnen bot, machte sie sprachlos.

Das Zimmer lag tatsächlich im Dunkeln. Nicht eine einzige Lampe brannte, die Vorhänge waren zugezogen. Das Licht, das durch die offene Tür hineinfiel, beleuchtete Germer, der in der Mitte des Büros stand. Er war offenbar unverletzt. Was nicht hieß, dass er gesund aussah. Im Gegenteil sah er noch mitgenommener aus als bei Marys letztem Gespräch mit ihm. Er trug einen Arztkittel, der über seinem nackten Bauch auseinanderfiel, und eine Boxershorts im Hawaii-Look. Sein Gesicht war mit Bartstoppeln überzogen und von den Torturen gezeichnet, die er sich in den letzten Tagen selber zugefügt

375

hatte, der geistigen Pein, seinem Verfolgungswahn und seiner Selbstmedikation mit Schnaps und Beruhigungsmitteln. Seine Haartolle hing ihm in die Augen. Seine Lippen zitterten. Mit beiden Händen umklammerte er einen Golfschläger. Er blickte zur Tür.

»Ich dachte, es wäre ein Einbrecher ...«

Seine Stimme war belegt, die Silben kamen ihm nur gebrochen über die Lippen.

Zunächst verstand Mary nicht. Dann wurde ihr klar, was er meinte. Das Podest neben dem Schreibtisch, auf dem Germers Büste gestanden hatte, war nun leer. Dafür war der Boden um ihn herum mit weißen Porzellanscherben übersät. In einigen von ihnen waren noch Einzelteile von Germers Gesicht zu erkennen. Dazwischen machte Mary die goldene Haartolle aus, die Germers Schwung mit dem Golfschläger einigermaßen unbeschadet überstanden hatte. Es hatte also tatsächlich einen Anschlag gegeben. Allerdings war Germer selbst der Attentäter — und gleichzeitig das Opfer.

Molly eilte zu ihm, vorsichtig, um nicht in die Scherben zu treten, und umarmte ihn — wobei es ihr nicht gelang, seinen breiten Körper komplett zu umfassen.

»Mein armes Germerchen!«

Sie strich ihm über die Tolle.

»Meine Büste ...«, murmelte Germer. »Meine wunderschöne Büste ...«

Es klang so jammervoll, als sei mit seinem Standbild auch ein Stück seiner selbst zerstört worden.

»Sehen Sie es positiv, mein lieber Herr Doktor«, sagte Mary. »Immerhin ist Ihr Golfschwung besser geworden. Vielleicht sollten Sie immer an größeren Objekten üben. Im besten Fall allerdings an solchen, die nicht gleich beim ersten Schlag kaputtgehen.

Aber Germer schien nicht empfänglich für Scherze.

Schon gar nicht für Scherze auf seine Kosten. Beinahe tat er Mary leid. Zum Glück gab es ja etwas, womit sie ihn aufheitern konnte.

»Wir haben übrigens gute Neuigkeiten: Die Mörder sind gefasst. Sie haben also nichts mehr zu befürchten.«

Aber nicht einmal das schien ihn über den Verlust seiner geliebten Büste hinwegzutrösten. Er sah aus wie ein dicker kleiner Junge, dem sein Lieblingsspielzeug kaputtgegangen war.

Molly Prendergast tätschelte ihm liebevoll den drallen Bauch.

»Wir kleben das wieder zusammen. Es wird alles gut.«

»Meine Büste ...«

Germer schien kurz davor, in Tränen auszubrechen. Mary wollte ihm die Demütigung ersparen, vor ihr, George, Sandra und Antonio zu weinen.

Sie fasste die Klinke. Nach Antonios Tritt hing die Tür zwar schief im Rahmen, ließ sich aber zumindest noch behelfsmäßig schließen.

»Meine Güte«, sagte Sandra, als sie zusammen die Krankenstation verließen. »So fertig habe ich Germer noch nie erlebt.«

»Ja«, sagte George. »Wer hätte gedacht, dass er zu anderen Gefühlen als Arroganz fähig ist?«

Die vier schlenderten durch die Grand Lobby, wo einige Besatzungsmitglieder gerade damit beschäftigt waren, das große ›Intercontinental Fashion Cruise‹-Banner abzuhängen.

»Von dem Verlust dieser Abscheulichkeit wird er sich schon erholen.« Mary hakte sich bei George ein. »Wir brauchen nicht davon auszugehen, dass mit der Büste auch sein Ego in die Brüche gegangen ist. Es hat höchstens einen Knacks erhalten. Was, seien wir ehrlich, nicht das Schlechteste wäre.«

Sie erreichten das Außendeck und traten an die Reling. In einiger Entfernung erhob sich die prächtige Skyline von New York mit Tausenden Lichtern in den Himmel.

»Wie sieht es aus, George? «, fragte Mary. »Steht dein Angebot noch?«

»Aber sicher!«

In diesem Moment trat ein Stewart hinzu. Er trug ein Tablett, auf dem vier Gläser mit Champagner standen. George musste ihm ein Zeichen gegeben haben, ohne dass Mary es bemerkt hatte. Jeder von ihnen nahm ein Glas.

»Auf ein bestandenes Abenteuer«, sagte Mary.

Sie stießen zusammen an.

»Willkommen in New York!«, sagte George und wies auf die nächtliche Skyline. »Weißt du, Mary, nach all den Aufregungen haben wir uns einen kleinen Urlaub verdient, findest du nicht? Was hältst du davon, wenn wir uns ein paar schöne Tage im Big Apple gönnen?«

Mary schmiegte sich an ihn.

»Das ist eine hervorragende Idee, George. Das machen wir. Museen, Parks, Cafés und Restaurants ... Herrlich! Und nach all den Modenschauen und den skurrilen Outfits, die ich auf dieser Reise tragen musste, verspreche ich auch, dich nicht in ein einziges Kleidungsgeschäft zu schleppen.«

Mord in York – die pfiffige Bibliothekarin Kitt Hartley ermittelt in ihrem ersten Fall

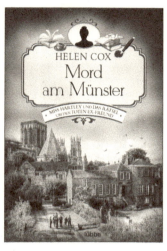

Helen Cox
MORD AM MÜNSTER
Miss Hartley und das
Rätsel um den toten
Ex-Freund
Aus dem Englischen
von Barbara Röhl
368 Seiten
ISBN 978-3-404-18421-7

Kitt kann es kaum glauben: Ihre beste Freundin soll ihren Ex-Freund getötet haben. Dabei kann Evie doch keiner Fliege etwas zuleide tun. Zudem war sie zum Tatzeitpunkt bei Kitt. Wie kann es also sein, dass Detective Inspector Halloran sie trotz Alibi verdächtigt? Klar, dass Kitt ihrer Freundin zur Seite stehen und ihre Unschuld beweisen muss. Schließlich hat sie nicht umsonst zahlreiche Krimis gelesen, und durch ihre Arbeit in der Bibliothek von York ist sie sowieso ein Recherche-Ass. Da wäre es ja gelacht, wenn sie dem attraktiven, aber engstirnigen Polizisten nicht zeigen könnte, was eine gute Detektivin ausmacht. Wagemutig macht sie sich auf die Suche nach dem Mörder ...

Lübbe

Gegen Mord ist kein Kraut gewachsen ...

M. C. Beaton
AGATHA RAISIN UND
DER TOTE GÖTTERGATTE
Kriminalroman
Aus dem Englischen
von Sabine Schilasky
256 Seiten
ISBN 978-3-404-18334-0

Agatha Raisin kommt es nach einer aufregenden Zeit ganz gelegen, dass Robert Smedley sie lediglich damit beauftragt, zu beweisen, dass seine Frau Mabel ihn betrügt. Agatha übernimmt den Fall mit größtem Vergnügen. Leider scheint Mabel die perfekte Ehefrau zu sein: jung, hübsch und eine regelmäßige Kirchgängerin. Von Betrug weit und breit keine Spur. Aber just, als Agatha den Fall ad acta legen will, wird Robert Smedley mit Unkrautvernichter umgebracht – und seine Witwe damit zur Hauptverdächtigen ...

Lübbe

Ein Apfel am Morgen bringt Kummer und Sorgen

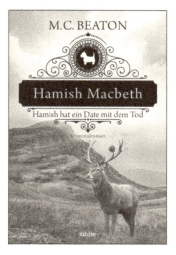

M. C. Beaton
HAMISH MACBETH HAT
EIN DATE MIT DEM TOD
Kriminalroman
Aus dem Englischen
von Sabine Schilasky
224 Seiten
ISBN 978-3-404-17994-7

Constable Hamish Macbeth schwebt mit der schönen Priscilla auf Wolke sieben. Aber als in deren Tommel Castle Hotel acht hoffnungsfrohe Mitglieder eines Single Clubs einchecken, kehrt für die beiden wieder die Realität ein. Am eigentlich romantisch geplanten Wochenende läuft alles schief, was schief laufen kann. Der tragische Höhepunkt: Eine Frau wird tot aufgefunden. In ihrem Mund: ein Apfel. Hamish steht vor einem großen Rätsel. Fest steht nur: auf jeden Fall ein Sündenfall ...

Lübbe

Schöner sterben in den Cotswolds

Helena Marchmont
BUNBURRY - EIN
IDYLL ZUM STERBEN
Vorhang auf für einen
Mord & Oldtimer sterben
jung
Aus dem Englischen
von Sabine Schilasky
288 Seiten
ISBN 978-3-404-17938-1

Herrliche Natur, frische Luft und erholsame Ruhe! Das denkt sich Alfie, als er das Cottage seiner Tante in den Cotswolds erbt. Und kehrt kurzerhand dem trubeligen London den Rücken. Kaum im malerischen Bunburry angekommen, steckt er jedoch mitten in einem mysteriösen Todesfall. Gemeinsam mit den zwei charmanten alten Ladys Liz und Marge macht Alfie sich ans Ermitteln und stellt fest: Verbrechen gibt es selbst in der schönsten Idylle ...

Lübbe

Davon stand nichts im Testament ...

Ellen Barksdale
TEE? KAFFEE? MORD!
DER DOPPELTE MONET
/ DIE LETZTEN WORTE
DES IAN O'SHELLEY

384 Seiten
ISBN 978-3-404-18336-4

Cottages, englische Rosen und sanft geschwungene Hügel - das ist Earlsraven. Mittendrin: das »Black Feather«. Dieses gemütliche Café erbt die junge Nathalie Ames völlig unerwartet von ihrer Tante - und deren geheimes Doppelleben gleich mit! Die hat nämlich Kriminalfälle gelöst, zusammen mit ihrer Köchin Louise, einer ehemaligen Agentin der britischen Krone. Und während Nathalie noch dabei ist, mit den skurrilen Dorfbewohnern warmzuwerden, stellt sie fest: Der Spürsinn liegt in der Familie ...

Lübbe

Die Community für alle, die Bücher lieben

In der Lesejury kannst du
- ★ Bücher lesen und rezensieren, die noch nicht erschienen sind
- ★ Gemeinsam mit anderen buchbegeisterten Menschen in Leserunden diskutieren
- ★ Autoren persönlich kennenlernen
- ★ An exklusiven Gewinnspielen und Aktionen teilnehmen
- ★ Bonuspunkte sammeln und diese gegen tolle Prämien eintauschen

Jetzt kostenlos registrieren: www.lesejury.de

Folge uns auf Instagram & Facebook:
www.instagram.com/lesejury
www.facebook.com/lesejury